EL INFIERNO PROMETIDO

Una prostituta de la Zwi Migdal

Las imágenes que ilustran las tapas y contratapas de los libros de la colección Narrativas Históricas no necesariamente responden a la fisonomía real de los personajes que aparecen en estas novelas.

ELSA DRUCAROFF

EL INFIERNO PROMETIDO

Una prostituta de la Zwi Migdal

EDITORIAL SUDAMERICANA
BUENOS AIRES

Diseño de tapa: Isabel Rodrigué

Drucaroff, Elsa
   El infierno prometido - 1ª ed. - Buenos Aires : Sudamericana, 2006.
   336 p. ; 23x16 cm. (Narrativas históricas)

   ISBN 950-07-2710-2

   1. Narrativa Argentina. I. Título
     CDD A863

IMPRESO EN LA ARGENTINA

Queda hecho el depósito
que previene la ley 11.723.
© 2006, Editorial Sudamericana S.A.®
Humberto I 531, Buenos Aires.

www.edsudamericana.com.ar

ISBN 950-07-2710-2

A la memoria de mi Zeide y de mi Babe, Sansón Drucaroff y Berta Blejman, judíos que llegaron a principios del siglo XX de la Europa oriental del hambre y los pogroms. Porque junto a muchos otros trabajaron con honra y entregaron su vida a la Argentina, porque soñaron con construir acá, para todas las personas, una sociedad justa, comunista. Y porque me transmitieron la luz, la potencia, la audacia de ese sueño.

A mi padre, Simón Drucaroff, porque me hizo judía laica, judía de la diáspora, de la mezcla. Y porque habla con mi hombre en ídish todos los domingos, cuando nos juntamos a almorzar.

"Es necesario ver la miseria de las ciudades judeo-
polacas... para entender que un viaje a Buenos Aires
no es terrorífico." (Un rabino en 1899)

Citado por Donna J. Guy en *El sexo peligroso. La
prostitución legal en Buenos Aires. 1875-1955*

CAPÍTULO 1
VAS A TERMINAR EN BUENOS AIRES

"La sola mención de Buenos Aires hacía temblar
a muchos europeos."

Donna J. Guy

I

Cerca del río el terreno hacía una pequeña hondonada donde crecían unos cuantos árboles. En primavera el piso húmedo y frío se llenaba de fresas silvestres; en otoño, de hojas secas. Y era otoño (una gris, amenazante tarde de otoño) cuando Dina, acurrucada junto a un tronco, leía ensimismada, ignorando el frío, envuelta en el chal que se había tejido tres veranos atrás.

Kazrilev, 2 de julio de 1926

Querido Diario:
El miércoles la tía Jaique me regaló tres rosas de su jardín: una roja, dos rosadas. Las rosadas eran dos pimpollos tan bellos y llenos de vida como yo misma. Los puse en el agua para que se abrieran. La roja se abrió en seguida y la que me había parecido más fea fue pronto la más bella. Los dos pimpollos vivieron hermosos, cerrados y frescos el miércoles, el jueves y el viernes. A pesar de que les cambié el agua todos los días y les prodigaba todos los cuidados, se negaron a abrirse. Ayer se empezaron a marchitar. Hoy están muertos. Murieron con toda

su belleza escondida, dejaron pasar la oportunidad que les di (¡incluso el sábado les cambié el agua a escondidas!). En cambio la rosa roja recién hoy agoniza feliz. Se ha abierto tanto que me emociona mirarla. ¿Moriré como las rosas rosadas? ¡Voy a cumplir dieciséis años y tengo tanto para dar! Ahí están, caídas, fúnebres, pequeños pimpollitos mustios que desperdiciaron la Oportunidad por la que Dios los creó, por la que fueron cultivados, recogidos, cuidados. ¿Terminaré igual que ellos, soltera, mi cuerpo intacto, a espaldas de la vida?"

"En todo caso, si sigo acá voy a terminar con pulmonía", pensó Dina tiritando. Y también pensó en la ropa que se apelmazaba mojada, lista para colgar, en la palangana, y en los gritos de la madre porque una vez más desaparecía cuando se iba al río a lavar, justo ahora que el tiempo cambiaba y las cosas ya no se secaban tan rápido como antes. Ya no era primavera, definitivamente. "Hay libros más interesantes que tus penas", se recriminó incorporándose y guardando el Diario; muchas veces se consideraba a sí misma soberbia, egoísta y decididamente mala.

Una hojita pequeña planeó muy cerca de su mano y tocó tierra junto a su bota, con increíble delicadeza. Dina no supo por qué se le llenaron los ojos de lágrimas. Le ocurría a menudo, porque sí, cuando estaba en los días impuros.

Gris, frío y triste, el bosquecito era, sin embargo, hermoso. El río murmuraba apenas a la vera, con ese verde profundo y oscuro de las tardes nubladas. Las ramas se movían suavemente, las hojas caían casi en silencio sobre un suelo que empezaba a volverse amarillo. La chica salió del bosque con paso rápido y una opresión en el pecho. Dejó la palangana en tierra y se lo tocó con las dos manos, respiró profundamente el aire frío, se detuvo un instante para mirar su aldea desde allí. Las casitas bajas de Kazrilev, con sus patios de tierra, sus establos, sus techos de adobe, las gallinas y los gansos que cloqueaban, el edificio de dos plantas de la sinagoga, el único —junto con la casa de Leibe, el carnicero— donde la madera resplandecía, prolija y bien mantenida; más allá, las casas de los polacos, su iglesia, la mansión del barón Kuszocki. Pobres y ricos, judíos y gentiles, todo le pareció, una vez más, tan mezquino, tan estrecho. ¿Y ahí vivía el "buen judío" al que sus padres querrían, tarde o temprano, entregarla? ¿Ahí iba a pasar ella su vida miserable, rezando a Dios para que no le diera muchos hijos? Porque los hijos se enferman y se mueren si no hay dinero. ¿Qué pasó, si no, con sus dos primitos? A tía Jaique le quedaron cuatro. ¿Llegarían a grandes? ¿De dónde tanto esfuerzo por traer tantos hijos al mundo?

Dina respiró hondo, largó el aire con fuerza para descomprimir el pecho. Ajena a su angustia, su aldeíta, su *stehtl*, atardecía en silencio, dulcemente, una mansa bestia dormida que guarda silenciosa su veneno letal. ¿Era acá donde iba a desperdiciar, como los pimpollos, su Oportunidad, la gran oportunidad de la existencia, envejeciendo entre rituales religiosos en los que creía a medias y un marido ignorante al que obedecer, un mediocre que consideraría locura o pecado todas sus inquietudes, todas sus preguntas?

Estaba Iosel, claro, Iosel sí la entendía. Pero Iosel a ella no le gustaba, aunque lo quisiera mucho. Y además tenía más dinero, sus padres aspiraban a otra clase de novia. Igual, él ya les había avisado que se iba a casar solamente por amor y cuando se le diera la gana. Se lo contó a Dina con los ojos chispeantes, mirándola fijo. En esa mirada ella leyó la batalla que había transcurrido, los gritos, la firmeza, y lo admiró al mismo tiempo que le apenaba entender que ella era incapaz de responderle como merecía, como seguramente deseaba. Iosel era feo, era invenciblemente pálido, de piel demasiado grasosa y picada de viruelas, de barba demasiado rala. ¡Y sin embargo sabía tantas cosas, era tan brillante, tan audaz! Su mamá odiaba a Iosel; su papá no, pero le tenía un poco de miedo.

Iosel despreciaba el *stehtl*. "¿Qué hay, acaso, en Kazrilev? De un lado, ignorantes embrutecidos y fanáticos", decía refiriéndose a los polacos; "del otro nosotros, temerosos resignados, atados a la tradición y a las humillaciones por superstición y obediencia". Eran las nuevas ideas; ideas de bolcheviques, tan fascinantes. Iosel exageraba, claro. "Es demasiado loco ese muchacho", le advertía la mamá, "que no te llene la cabeza". Sin embargo, era el único con el que se podía hablar en la escuela. Y tal vez no exagerara, tal vez, después de todo, tuviera razón. Con sus dieciséis años, Dina ya sabía criticar lo que la rodeaba: "¿O no se la pasa el rabino explicando que todo lo que sufre nuestra gente son pruebas que Dios envía a su amado pueblo elegido?" "Resignación y obediencia", decía Iosel con asco, y su fea barba rala, sacrílegamente recortada, temblaba de indignación.

"¡Qué pena que Iosel sea tan feo!", volvió a decirse Dina sinceramente, y se sintió mal por pensarlo. Pero era así: feo y un poco pesado. Muy inteligente, muy bueno. Pero no. Iosel no era el hombre que ella estaba aguardando.

De pronto sintió que tenía tanto por entregar que iba a desbordarse, a ahogarse, a morir de riqueza como un bote que se hunde en el río por sobrepeso. Otra vez se le cayeron las lágrimas. Emprendió el camino hacia la aldea sintiendo que era una condenada que volvía a prisión. Pero entonces el aire le trajo música. Música dulce, suya, alegre e infinitamente melancólica al mismo tiempo. Sin detenerse, buscó con la mirada en el techo de la casa de Motl, el carpintero. Ahí estaba la silueta: Motl y su violín. "No sólo resignación y obediencia, Iosel", murmuró Dina y sonrió. La tristeza empezó a evaporarse. Las notas ondeaban como un campo de trigo bajo el viento y Dina sintió que Dios la escuchaba, que le enviaba una respuesta. Algo latía tal vez en esa aldea, en esa pequeña y pobre aldea, tal vez ahí o muy muy cerca de ella, sí estuviera después de todo el hombre capaz de recibir el tesoro que la ahogaba, el que llevaba adentro.

II

Todas las mañanas Dina y su único hermano, Marcos, de once años, subían al carro y viajaban 4 kilómetros hasta la escuela polaca, en la pequeña ciudad de Markuszew. No era fácil la travesía durante los oscuros amaneceres de invierno, tiritando bajo chalecos, mantones, ropa sobre ropa porque todo el dinero era para pagar la escuela, no había dinero para abrigos de piel. Y sí lo había habido para que el padre de Dina y Marcos, endeudándose, cargándose de compromisos y trabajo, consiguiera que su hija fuera admitida en el gimnasio. No era fácil ni usual, la chica lo sabía y por eso iba feliz cada mañana, consciente del privilegio aun en esas madrugadas negras en que el carro avanzaba entre la nieve.

Era realmente afortunada: en vez de poner su destino en manos de la casamentera, su padre la enviaba a estudiar; su padre, el herrero Schmiel Hamer, había discutido a gritos con Jane, su mujer, para que su hija mayor, única hija (porque ya después de Marcos no iba a nacer ninguno más, lo había dicho el médico), tan inteligente hija, pudiera estudiar. "Dios me dio dos, son solamente dos; otros se lamentarían, yo me alegro de poder, porque son sólo dos, darles lo máximo", dijo su tate a su mame. "¿Dios quiso que la mayor fuera mujer y tuviera cabeza? ¿Por qué casarla tan pronto, entonces?"

La mame protestó mucho y buscó en seguida la complicidad de su niña. Pero asombrada, horrorizada, descubrió que no contaba con ella. "Yo quiero estudiar", susurró Dina primero con timidez y culpa, después, ya a solas con su mame, con una firmeza serena que Jane le conocía pero no esperaba en este caso. La señora consideró una traición imperdonable que su hija no la apoyara. Y cedió, por supuesto, pero con furia, con resentimiento, murmurando por lo bajo contra ese esposo absurdo al que debía obediencia y contra esa hija ingrata que la dejaba sola y marchaba a la catástrofe.

—¿Así que tu padre y vos quieren tu ruina? —le gritó a Dina el día de la última pelea— ¡Pues la vas a tener! ¿No te casás ahora, joven y fresca? ¡No te vas a casar más!

—Mame, ¿cómo puede estar segura de eso? ¿Acaso la única edad para casarse es la que tenía usted?

Como si no la escuchara, Jane la miró de arriba abajo y de pronto dijo:

—¡Ay, Dios no quiera que te pierdas! ¡Dios no lo quiera! —aparentemente era una súplica, pero el tono era más bien de amenaza, de profecía.

Dina lo notó. "Quiere que me vaya mal", pensó con amargura. Sin embargo, prefirió ignorarlo y tratar de calmarla. Odiaba las peleas y los gritos.

—¿Por qué me voy a perder, mame? —dijo dulcemente, acercándose para abrazarla— ¿No me tiene confianza? Mame, el mundo está cambiando, no se preocupe. Una mujer puede casarse bien más grande.

—Los buenos partidos de Kazrilev van a estar casados o prometidos para cuando termines el gimnasio.

—Tal vez en Kazrilev, tal vez cerca de acá. Y hay que ver. Pero, mame, en primer lugar a lo mejor ya hay otras ideas de lo que es un buen marido.

—¿Qué decís? ¿Ahora vas a elegir vos el marido? ¿Tu padre te puso también eso en la cabeza?

No. Ni su padre ni nadie. Y ella pensaba en eso, sí, elegir ella, pero no se lo iba a decir tan directamente. Trató de calmar a la mame pero a cambio recibió una poderosa bofetada. Llevándose la mano a la mejilla, Dina descubrió a esa Dina que llevaba adentro y pocas veces aparecía. Con la voz vibrante de desafío, gritó:

—Y en segundo lugar, mame, me pegue o no me pegue le aviso que yo no me voy a quedar en Kazrilev cuando termine el gimnasio.

Descontrolada por la furia, su madre tiró al piso lo que estaba amasando.

—¡No, claro que no! ¡Vos vas a terminar en Buenos Aires!

"¡Vas a terminar en Buenos Aires!" El insulto entró como un puñal y no salió, se quedó ahí clavado. Muy callada, los ojos nublados por las lágrimas que bajaban automáticamente, Dina vio a su mamá agacharse con trabajo para levantar la masa, negra de tierra, inútil. Le pareció que tenía las manos más viejas que nunca cuando las descubrió temblando, venosas, deformadas, mientras tiraban la masa a la basura. No hizo ningún gesto para ayudarla. Esperó a que se doblara sobre la mesa de cocina, echando nueva harina, nueva manteca, los únicos dos huevos que quedaban. Se dio media vuelta y se fue.

Después de ese día la madre no habló más del asunto. Durante un tiempo casi no dirigió palabra a su marido y a su hija, a Dina sólo le hablaba para darle indicaciones sobre el trabajo doméstico. Nunca le pidió disculpas por la tremenda ofensa, nunca reconoció nada. Pasaron algunas semanas y volvió a sonreír y hasta a ser un poco cariñosa; la tensión aflojó, pero Dina supo que nada iba a ser ya como siempre. Algo se había roto entre las dos y no parecía tener remedio.

Mientras tanto, Schmiel Hamer había golpeado puertas, había trabajado de más, había enrejado dos grandes ventanas en la casa del director del gimnasio y había logrado que la hija mayor fuera admitida en la escuela secundaria. Era una de las dos mujeres del curso (la otra era Janka, una polaca seria y rechoncha, de memoria prodigiosa, que además no parecía antisemita). En Kazrilev, entre los suyos, sólo Sara, la hija del carnicero, el judío más rico del pueblo, seguía estudiando. Pero no asistía a la escuela, Sara tenía un maestro particular.

A Dina le gustaba el gimnasio. Le interesaba lo que estudiaba, le interesaban sus conversaciones con su amigo Iosel y también observar el otro mundo, el diferente y paralelo, lejanísimo pero adyacente, en el que vivían sus compañeros polacos. Casi no hablaba con ellos —su contacto era con Iosel y Ponchik, los otros dos judíos de su clase— pero los escuchaba, los observaba y aunque por momentos coincidía con Iosel y le parecían, en su diferencia, tan simples, superficiales, temerosos e ignorantes como la mayor parte de sus paisanos de Kazrilev, por momentos los envidiaba porque los veía bellos, fuertes, audaces, capaces de disfrutar del mundo y de adecuarse a él con un brillo, una naturalidad que ni ella, ni Iosel, ni ninguno de los suyos podría conseguir.

Además, no todos los polacos del curso eran brutos. No lo eran Janka ni Andrei. Andrei, el buenmozo Andrei, el hijo de Kowal, influyente secretario del municipio; Andrei que, así como debía haber sobresalido su padre cuando estudiante, sobresalía en todo. Era el mejor en las competencias deportivas que la escuela organizaba para los varones varias veces por semana; era uno de los buenos en las clases de gramática, literatura e historia; definitivamente el mejor en las de ciencias, geografía y matemáticas. Su cuerpo fuerte y elegante, sus ojos profundamente verdes, su abundante y lacio cabello dorado lo hacían, además, el galán no sólo del curso sino de la escuela.

Aunque mantenía distancia, Dina intercambiaba tímidos saludos y hasta sonrisas con Janka, pero a Andrei no le dirigía la palabra. Él, por su parte, ignoraba espontáneamente su existencia. Pero si el muchacho nunca la había siquiera mirado (algo que ella podía atribuir vagamente a su condición de judía, pero adjudicaba sobre todo a su natural capacidad para ser anodina e invisible), ella sí lo había hecho y lo hacía. Bajo una total aunque aparente indiferencia, casi sin reconocérselo a sí misma, su percepción de él era constante, su atención, sostenida y clandestina. Miraba con el rabillo del ojo a ese muchacho hermoso, exitoso, rutilante, que parecía haber nacido a pedido del mismísimo mundo, que se movía entre las cosas y la gente como si todo supusiera su cuerpo, lo precisara. Dina lo escuchaba hablar, constataba sin risa la felicidad de sus bromas ingeniosas, registraba la rapidez y oportunidad de sus intervenciones en clase, seguía sus hazañas deportivas en los comentarios admirados o envidiosos de los demás, en las miradas arrobadas de las pocas mujeres de la escuela. Sentada en el banco, los ojos bajos sobre el libro de estudio o el cuaderno de tareas, había aprendido a reconocer esa voz grave, alegre, segura de sí, sonara cerca o lejos, esa voz polaca tan inteligente que nunca se escuchaba en el aula, en la escuela, sin producir algún efecto.

Iosel detestaba a Andrei. "Por envidia", pensaba Dina. La rapidez del polaco en matemáticas era mayor que la de su amigo, poco acostumbrado a tener competencia. Un día, Iosel le contó a Dina algo deprimente: en un recreo, Andrei había perorado contra los judíos ante un grupo de muchachos que lo escuchaban como en misa.

—¿Cómo contra los judíos? ¿Qué dijo? —preguntó ella, buscando ansiosamente algún argumento para demostrar a Iosel que se trataba de un malentendido.

Andrei, informó el otro implacable, había discurseado sobre la gran patria polaca, la pobre patria oprimida que merecía polacos en su tierra, sanos católicos polacos, heroicos y comprometidos, no intrusos aviesos, calculadores, asesinos de Cristo y chupasangres que desde hacía siglos vivían aprovechándose de un pueblo trabajador, piadoso...

Era viernes. Después de la tristeza que le duró todo el *shabat*, Dina resolvió que, pese a cualquier apariencia, el verdadero lugar de Andrei era la masa, la informe masa de polacos ignorantes y soeces de donde, confundida por las brillantes luces que rodeaban al personaje, su imaginación había accedido a sacarlo. El lunes asistió a la escuela resuelta a sentir por él la indiferencia que hasta entonces sólo había disimulado. Ahí, exactamente ahí puede comenzar esta historia: ahí empezó su mala suerte.

En la clase de literatura, el profesor Piacecski anunció que dos de las redacciones que le habían entregado en la semana anterior estaban muy sobre el nivel de las demás y valía la pena leerlas. Dina recordaba bien el trabajo: una descripción bajo la consigna "la imagen más triste que vieron mis ojos". Ella había descripto los pimpollos cerrados y marchitos que la tía Jaique le había regalado en primavera. Para su sorpresa total escuchó que el maestro decía, mirándola y sonriendo:

—Voy a leer los dos trabajos. Primero las damas. La señorita Hamer escribió una descripción titulada "Morir de espaldas".

Cuando terminó, Dina no podía levantar la vista del banco. No sabía si gritar de alegría o llorar de vergüenza y, en todo caso, no podía ni quería hacer ninguna de las dos cosas (salvo llorar, tal vez, pero a escondidas). Unos dedos le tocaron con insistencia el hombro, se dio vuelta y vio el rostro emocionado de Janka:

—¡Felicitaciones! ¡Es hermoso!

Dina agradeció, sintiendo fuego en las mejillas; antes de darse vuelta se cruzó con la mirada exultante de Iosel. Pálido de asombro y orgullo, le sonreía con toda la cara. Ella sonrió a su vez, radiante e incómoda al mismo tiempo, y volvió rápidamente los ojos a la seguridad de su banco. Se moría por verle la cara a Andrei, pero no soportaba la certeza de que toda la clase la estaba observando.

Por fortuna para ella, no fue el centro de la situación durante mucho más tiempo.

—¡Ahora, el caballero! —dijo el señor Piacecski, no sin cierta ironía— La descripción se llama "Adiós al amigo", fue escrita por Andrei Kowal.

Aliviada, sin dejar de mirar hacia abajo, sin mover las manos que sostenían su cabeza, percibiendo de reojo sus largas trenzas bamboleantes que caían a los costados hasta tocar la madera gastada del pupitre, Dina respiró hondo y se concentró absolutamente en la lectura. Con voz clara y expresiva, el profesor leyó la descripción de una mirada mansa, húmeda, doliente y resignada, la mirada de despedida y amor del amigo que va a morir. Ella comprendió asombrada, después de un rato, que el texto hablaba de un perro, un perro entrañable con el que Andrei había crecido, un animal mudo que todo decía, todo sabía, y ahora sabía que él partía y el otro quedaba, que la vida juntos había sido justa y había sido buena, que su pequeña simpleza la justificaba con una plenitud y una legitimidad que alcanzaban pocas vidas humanas.

Entre su gente no había perros. Ningún judío de Kazrilev tenía un perro. "Debe valer la pena tener uno", pensó Dina. Con alarma vio que una lágrima había caído sobre el banco de madera. Conservó cuidadosamente su posición y con el mayor disimulo movió apenas una mano para secarla, después llevó los dedos muy aprisa a la mejilla. Cuando el señor Piacecski terminó de leer, el silencio en el aula era sobrecogedor. De pronto el curso estalló en aplausos y ella, conmovida, entregada, aplaudió también.

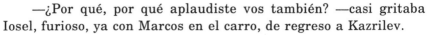

—¿Por qué, por qué aplaudiste vos también? —casi gritaba Iosel, furioso, ya con Marcos en el carro, de regreso a Kazrilev.

Dina no entendía tanto enojo.

—Era muy buena la redacción, Iosel, me emocionó y aplaudí. ¿Qué hay de malo?

—Ellos no te aplaudieron, a vos no te aplaudieron. Y tu redacción era muy buena, era mejor.

Dina se quedó callada, no se le había ni ocurrido que tuvieran que aplaudirla. Además...

—Era mejor la de él —afirmó sinceramente—. Prefiero que no me aplaudan, me da mucha vergüenza.

—No te aplaudieron por judía. ¿Sos tonta? ¿No entendés?

Completamente pálida, Dina miró el piso del carro. Serio, silencioso como siempre, Marcos le dio con las riendas al caballo para que apurara el paso y gritó con su voz de niño. El otoño había avanzado, eran pocas las hojas que quedaban en los árboles.

Terminaron el viaje en silencio absoluto. Dina no sabía qué pensar. Era cierto que nunca antes un docente había leído el trabajo de uno de ellos en voz alta, incluso si tenía calificación máxima, y que, en cambio, muchas veces habían felicitado públicamente a Janka, o a Andrei. Era cierto que el gesto del profesor Piacecski podía haber molestado mucho al curso. Pero que el trabajo de Andrei era maravilloso, de eso no había duda alguna. Y el de ella... ¿Tanto podía valer describir dos rosas marchitas del patio de tía Jaique? Iosel hilaba demasiado fino, pensaba demasiado. "Es un judío resentido", resolvió con pena y lo miró. La barba rala del muchacho todavía temblaba de indignación.

III

Era martes y era feriado. En la siesta fría de otoño Andrei descargaba fuertes golpes con su hacha sobre el tronco seco. Lo hacía con ganas, ayudado por una vaga rabia cuyo origen no podía determinar. Tal vez era la expresión burlona de una de sus hermanas cuando su madre lo mandó al bosque con la carretilla; esa yegua necesitaba una paliza urgente, pero era cierto que con dieciséis años, él ya no tenía edad para que su madre le diera órdenes. O tal vez fuera la continuación del desagrado que lo perseguía desde el día anterior en la escuela, cuando Kristof, el envidioso, le había dicho delante de todos, a la salida de clases: "¡Qué decadencia, Kowal! ¡Escribís tan mal que te gana una judía!" Andrei se había dado vuelta en silencio y lo había bajado de una piña limpia, precisa, aplicada a la mejilla izquierda. Pero aunque el gesto lo había reivindicado ante los ojos de todos, porque había sido desapasionado y eficiente, un frío y calculado castigo de quien está más allá de considerar siquiera una comparación semejante, la frase había retumbado esa noche en él, y seguía retumbando.

Porque a lo mejor, después de todo, algo de verdad había en la insolencia de su hermana Ania y en la envidia del mediocre de Kristof. Era real que su madre lo mandoneaba y era real que le había ganado una judía. Sin merecérselo tanto, por otra parte. Estaba bien lo que la judía había escrito, él tenía la inteligencia y el criterio para reconocerlo. El señor Piacecski era un gran profesor y no premiaba cualquier cosa. La descripción era rica en imágenes y vocabulario, sonaba musicalmente, algo notable para quien no hablaba el polaco como primera lengua. Pero el tema era un poco sonso. "O sea: femenino", resumió irónicamente Andrei, mientras a un golpe de su hacha rodaba un tronco corto, perfecto para quemar en la chimenea. Eso de los pimpollos cerrados era siempre lo mismo, metáforas del amor. "Judías o no, las mujeres no piensan en otra cosa", se dijo con desprecio. ¿Y eso había sido mejor que su trabajo sobre la muerte de Staszek? ¿Mejor que una historia de amistad, de lealtad? ¿Valían más un par de pimpollos marchitos del pobre patio de una judía que el entrañable afecto viril y eterno de un polaco con su mejor amigo?

Nadie había dicho que valieran más, salvo Kristof. El señor Piacecski sólo había dicho "las damas primero". Por otra parte, había sido un chiste; si casi nunca las damas hacían algo bien.

Pero daba igual: "Las damas primero". ¿Una dama, esa judía flaca mal vestida? ¿Cuánto habría pagado su padre para que la admitieran? ¿Y de dónde habría sacado el dinero, a quién habría estafado, como buen judío? Sin embargo, ella tenía un aire dulce, tímido, silencioso. "Piensa mucho y habla poco porque es calculadora, como todos ellos. O porque hablar le da miedo", se corrigió Andrei de pronto y se confundió. "No sé, tal vez no entienda bien todo esto", reconoció con un suspiro, y siguió hachando ramas.

21

De pronto escuchó movimientos en el bosque. Se inquietó: ¿estaría merodeando algún jabalí? ¿Un lobo, tal vez? Imposible, no era todavía invierno y el bosque tampoco era tan grande como para albergar lobos. Con cuidado, de todos modos, tomó el hacha y fue a investigar. Estaba cerca del río adonde iban a lavar ropa y cacharros las muchachas de Kazrilev. Los ruidos bien podían ser de ellas, más bien de una de ellas, porque dos mujeres juntas son un cotorreo infernal y en este caso no se escuchaba voz alguna.

Más adelante el bosque hacía una hondonada. ¿Estaría ahí? Andrei no supo por qué avanzó con tanto sigilo, mirando dónde pisaba cada vez para evitar que hojas o ramitas crujieran, usando los troncos para ocultarse. "Por si es un jabalí", se justificó, pero no era cierto: no había animales peligrosos en ese bosque pequeño y tan cercano a la aldea. Andrei supo que si había alguno, se llamaría mujer, y le gustó la idea de espiarlo sin ser visto.

Él ya conocía a las mujeres, o por lo menos estaba convencido de eso. Había visitado unas cuantas veces a una prostituta de Markuszew, una hembra de gruesos brazos pecosos y pechos como de manteca. A Andrei le daba rabia que lo excitara tanto solamente mirar cómo avanzaba de espaldas hacia la cama, mientras se sacaba la bata con un solo movimiento. Un poco porque le parecía casi indigno que ese ser tan burdo y elemental produjera en su cuerpo sensaciones tan violentas, y otro poco porque ella costaba lo suyo y su padre no le daba de buen grado más que cuarenta centavos de *zlotys* por semana, Andrei dejó de visitarla.

Y de eso se dio cuenta en el centro del vientre, exactamente, de cuánto tiempo hacía que no la visitaba, cuando escondido tras un tronco, asomado a la hondonada, descubrió a una muchacha recostada en la tierra fría boca abajo, escribiendo en un cuaderno. La pollera se había arremolinado más arriba de las rodillas y la posición del cuerpo le marcaba un trasero redondo y elevado. No era caderona pero tampoco dejaba de tener esa curva tan sugestiva que se les hace a las mujeres bajo la cintura. Tenía las piernas flexionadas hacia arriba, completamente visibles de la rodilla para abajo. Las medias negras de lana marcaban sus pantorrillas delgadas. "Patitas de cigüeña", pensó Andrei y tuvo ganas de arrancarles las medias y morderlas, porque se movían nerviosas, alternadamente se extendían y tocaban el suelo con sus gastadas, previsibles botas de cuero. Eran pies pequeños, inquietos, delicados; subían y bajaban mientras, apoyada la mejilla en la mano izquierda, su dueña escribía.

Escribía raro, de derecha a izquierda. "Judía", pensó Andrei y entonces la reconoció asombrado. ¡Pero si era la de los pimpollos marchitos! ¿Qué hacía ahí, sola, haciéndose la rara? ¿Qué hacía ahí a merced de los hombres, haciendo sus jeroglíficos, escondida en el bosque a la hora de la siesta?

En ese momento Dina se incorporó sobresaltada y descubrió a Andrei asomado detrás del tronco.

—¡Hola! —saludó él, confundido, agitado, como si hubiera sido descubierto en una escena íntima y pecaminosa.

Dina no podía creer lo que estaba ocurriendo. ¿Era Andrei Kowal, precisamente él, ahí, de repente? "Me obsesiona, me volví loca y lo veo en todas partes", pensó con miedo, porque estaba escribiendo, en ese instante, sobre su redacción. Se quedó callada, atónita, mirándolo como a una aparición, incapaz de percibir la turbación del muchacho, incapaz siquiera de imaginar que Andrei Kowal podía sentirse alguna vez turbado. Él intuyó oscuramente esto, aprovechó para reponerse. Dejó el hacha en el piso y salió de atrás del tronco con aplomo.

—¿Qué hacés acá sola? —preguntó con una sonrisa.

Dina logró señalar una palangana llena de ropa seca.

—Vine a lavar —murmuró.

—Pero no lavaste... —dijo él, provocativo, y se sentó en el piso junto a ella.

—Ahora iba a hacerlo.

La chica empezó a incorporarse, pero él la tomó del brazo con suavidad y firmeza al mismo tiempo. Ella se estremeció por el contacto y quedó quieta, incapaz de soltarse.

—Esperá un poco —murmuró Andrei sonriendo, tratando de recordar su nombre de pila, que sin duda alguna vez habría escuchado—. Nunca hablamos, aunque nos vemos casi todos los días. Yo soy Andrei —dijo astutamente, y le tendió la mano.

—Dina —casi susurró ella asombrada, sintiendo una rara felicidad.

—¡Dina! —Andrei estaba alegre por haberle descubierto el nombre. Ella entonces sonrió francamente.

Mirando sus ojos celestes, almendrados, que enfrentaban con limpieza los suyos, él sintió un pinchazo de remordimiento.

"Está contenta de haberme encontrado", entendió. Había frescura y completa ausencia de cálculo en ese rostro que de pronto había perdido toda prevención y hasta timidez. "Sincero como esa redacción de los pimpollos", se escuchó pensar y se alarmó. "Bah, yo le gusto, claro. Como a todas, exactamente como a todas." Tenían algo demasiado fácil las mujeres. "Papá debe tener razón cuando dice que sólo los imbéciles pagan. ¿Para qué, si puedo hacerlo gratis?" Ese pensamiento le proporcionó satisfacción y trató de no mirar más la carita radiante y delgada de la chica, que ahora parecía estar por animarse a hablar.

—Tu redacción sobre Staszek —dijo por fin Dina, casi susurrando— es hermosa. Hermosa. Triste, profunda.

Andrei calló muy asombrado. Ella había pronunciado el nombre del perro con un respeto casi religioso.

—Gracias —contestó por fin, y pensó que cada palabra de esa muchacha sonaba con una convicción diferente, más verdadera que cualquiera de los numerosos elogios que acostumbraba a recibir.

Aunque los judíos son mentirosos, hábiles mentirosos. ¿No se estaba dejando burlar por esa mujercita? "Encima es flaca", pensó rabioso, y recordó las patitas negras bamboleantes, insolentes.

—Bueno, tengo que lavar —dijo Dina con las mejillas muy rojas. Y empezó otra vez a incorporarse.

Pero Andrei volvió a tomarla del brazo, sólo que esta vez con fuerza, impulsado por algo ingobernable. Y sin pensar la atrajo hacia sí y la besó.

Aturdida, Dina se dejó abrir la boca y descubrió que una tibieza potente, arrasadora, le nublaba la mente. "Muy lindo", llegó a pensar. Pero no duró mucho esa maravilla. De pronto fue empujada a la tierra, la boca seguía invadida, ocupada, pero la fuerza del choque contra el suelo no había sido agradable. Andrei estaba subido sobre ella, la sofocaba y además trataba con violencia de levantarle la pollera. ¿Qué pasaba? ¿Cómo había cambiado tanto en tan pocos segundos? Asustada, logró desasir la boca mientras manoteaba las manos de Andrei, buscando frenarlas.

—¡No! ¡Por favor! ¡No!

Estaba todavía asombrada, traspasada por sensaciones contradictorias, completamente nuevas. Siguió rogando pero Andrei no le hizo caso. En cambio, le juntó las dos manos y las sujetó con fuerza sobre su cabeza. Ya había logrado subirle (o romperle) la pollera y la enagua.

—¡No, por favor, Andrei, por favor, no!

Dina había gritado. Entonces pensó que alguien podía escucharla y la sola idea de ser descubierta debajo de él la horrorizó. Ojalá nadie hubiera ido a lavar ese día a la hora de la siesta. Ojalá nadie escuchara nada, rogaba en medio de su pesadilla, mientras Andrei se movía fuera de sí sobre ella, le mordía los hombros, le buscaba torpemente la bombacha. Desesperada, ella rogaba en voz baja, intentaba en vano retirar las caderas. Y de pronto sintió un dolor tremendo. Aulló. Alarmado, él le tapó la boca, Dina aprovechó para intentar ahora con más éxito salir de abajo y él tuvo que soltarle la cara y las manos para sujetarla. Un instante después la tenía otra vez bajo control. Comprobó que no gritaba más e hizo un segundo intento de penetrarla; ella prefirió morderse los labios con toda la fuerza. Sin embargo, no pudo evitar un nuevo grito y lo ahogó como pudo. Porque aunque trataba de cerrar las piernas, Andrei empujó con violencia dos, tres veces más hasta que, enloquecida de dolor, sintió que algo se le partía adentro.

Casi al instante el otro resopló y se quedó quieto. Después la dejó por fin, se acomodó a su lado con movimientos pesados.

Ella lloraba desconsoladamente. Andrei miró con terror su cuerpito delgado, la sangre que manchaba las medias negras, los muslos, la boca. "Lo de los labios se lo hizo ella", pensó. Y tuvo miedo de que se fuera en sangre.

—¡Fue tu culpa! —le gritó de pronto— ¡Vos te dejaste besar! ¡Fue todo culpa tuya! —repitió mientras se incorporaba y casi saltaba hasta el árbol de donde había salido.

Recogió el hacha y empezó a correr por el bosque, perseguido por ese llanto que era cada vez más fuerte, más desconsolado.

Sin embargo, ella no lloró mucho más tirada en el bosque. Aunque pareciera imposible, lo peor todavía no le había ocurrido. Poco después, demasiado poco después, unos pasos apresurados, alarmados, entraron precipitadamente al claro y una voz conocida se abalanzó sobre ella.

—¿Qué pasó, Dina? ¿Qué te hizo? ¿Qué te hizo el hijo de Kowal, Dina, mi amor, mi pajarito? ¿Qué pasó?

Era su tía Jaique que la había escuchado llorar cuando llegaba al río; su tía, que había visto a Andrei salir del bosque a la carrera, con el hacha en la mano.

IV

Así fue como llegó la desgracia a la vida de Dina. Llegó para quedarse. Todo cambió de repente. No supo qué responder a las preguntas desesperadas de tía Jaique, de su madre, de su padre; ni al llanto, los reproches, las bofetadas, las acusaciones que casi en seguida le cayeron encima, incluso antes de que la versión de Andrei circulara por todo el gimnasio, por pueblos vecinos y por la propia aldea. Y después, cuando los reproches, bofetadas y acusaciones se multiplicaron, todavía más violentos, sólo pudo llorar todavía más y farfullar confusamente una defensa en que ella misma no creía.

Dina callaba mientras su madre pasaba de sollozar con la cara cubierta a tomarse la cabeza entre las manos y mirar al cielo, y de eso a zamarrearla y abofetearla, para después volver a cubrirse la cara y sollozar; callaba mientras su hermanito la miraba azorado, enojado, con la certeza de que ella era culpable, completamente culpable aunque él no pudiera explicar de qué; callaba mientras su padre le expresaba con un silencio brutal su reproche, su dolor y su sorpresa, y ese silencio le ardía más que los cachetazos maternos.

Escenas así se repitieron durante varios días. Por supuesto, su madre acusó a su padre de ser responsable directo de la situación y repitió triunfal y amarga cada uno de los argumentos de la vieja pelea en la que alguna vez había sido derrotada. "Yo lo dije", "yo sabía", "yo lo avisé", "¿y ahora qué vamos a hacer?", "¿y ahora quién va a cargar con vos?", "¿y ahora quién lava la vergüenza en esta casa?" ¿Cómo podía Dina defenderse? La confusión la enmudecía. Sentía oscuramente algo que no podía articular y le decía con fuerza que la culpa no había sido suya, que su familia cometía una injusticia tremenda. Pero era una fuerza sin fuerzas, porque Dina no encontraba ningún argumento, ninguna palabra coherente para justificarlo. En cambio, sí encontraba argumentos abrumadores en contra de sí misma y con ellos se torturaba, con ellos se vencía.

¿Por qué no era verdad que todo había sido culpa suya? ¿No era verdad que, como había proclamado Andrei, ella lo había besado? No estaba en el bosque "buscándose problemas", "provocando con las piernas al aire"; sabía que eso había dicho él y era mentira, podía jurarlo aunque su madre le pegara mil veces y le volara todos los dientes, aunque la zamarreara y la tirara al suelo hasta matarla. Ella no había ido al bosque a buscar nada, había ido a escribir, como hacía siempre... Pero a escribir sobre él. La mandaron a lavar la ropa de los suyos y ella no lavó, se puso a escribir, primera desobediencia; pero además no escribió cualquier cosa, sino un comentario sobre la descripción de la muerte del perro, sobre la redacción de Andrei. ¿Quién la mandaba a interesarse en ese polaco infame, el hijo de un ricacho opresor de su gente, como diría Iosel, esa basura repugnante que finalmente ella había sufrido en carne infinitamente propia? Sí, tal vez Andrei Kowal no mentía, tal vez sí estaba en el bosque sola buscándose problemas; Kowal era un monstruo, pero no un mentiroso. Por cierto ella no buscaba el problema que encontró, no esa tragedia, pero buscaba algo, Dios y ella lo sabían. Y acá estaba el resultado. Mil veces, además, la mame había dicho que una mujer no se acostaba boca abajo y levantaba las piernas, que no había que detenerse en el río cuando se iba a lavar, que con sus ideas iba a terminar...

Y había algo todavía peor, algo que sólo Dina sabía y se repetía implacable en las largas noches de dolor, algo que era sin lugar a dudas lo más terrible, lo que invalidaba cualquier atenuante, daba la razón a cada reproche, cada insulto, cada maldad que el *stehtl* entero le atribuía. Ella había deseado a ese polaco, había deseado que ese monstruo la conociera, la admirara, sí, y hasta que la quisiera. No se lo había dicho ni a ella misma, pero lo había deseado. Traicionando a toda su gente, traicionándose, hipócrita y falsa, como decía Iosel que eran los burgueses con su moralina pacata, había soñado con su admiración desde la primera vez que lo había visto. Dios sabía lo que hacía, Dios castigaba en regla.

Desde ese momento hasta que abandonó la aldea para siempre, en los respetables brazos de su esposo, cinco meses después, Dina sólo salió de su casa para cumplir escasas tareas domésticas imprescindibles que le ordenó su madre. Nunca se le permitió ir sola. Ahora, cuando iba a lavar ropa al río, la acompañaba tía Jaique.

Jaique amaba a su sobrina y había llorado por la catástrofe. Dina no sentía reproche en su silencio sino, al contrario, una extraña solidaridad, una negativa a sumarse al juicio colectivo. Su tía no verbalizaba ante nadie esa negativa; era instintiva, carecía de discurso, de argumentos e incluso de consuelo concreto que ofrecer a la muchacha, pero ella recibía el afecto. "No le da vergüenza salir conmigo", pensaba agradecida cuando, caminando por la aldea, rumbo al río, Jaique la tomaba del brazo tibiamente, como si así la pudiera proteger de las miradas de desprecio que le dirigían.

No pudo, sin embargo, protegerla de la que más le dolió, de la de Iosel. Nadie hubiera podido. Ocurrió cuatro días después de la tragedia, por la tarde. Ellas iban cargando la palangana repleta de ropa y el muchacho las vio, avanzó y encaró a su antigua amiga con esa resolución vibrante que Dina le conocía.

Aunque la tía trató de seguir caminando, la chica se detuvo y lo miró con fijeza. Vio los ojos de él endurecidos de rabia y supo que lo que había pasado lo había herido de un modo definitivo, no iba a perdonarla.

—Iosel, no fue como creés —empezó con desesperación, en un susurro.

—¿Cómo fue? —preguntó el muchacho con voz contenida. El tono era cínico, despectivo; la mandíbula le temblaba.

¿Cómo fue? ¿Cómo había sido? Dina sabía que tenía algo que explicar en su defensa, pero no sabía qué.

—Yo... yo estaba escribiendo mi Diario... Yo no pensé que... Yo no fui a... ¡Yo no quería...! ¡Yo le dije que no! ¡Te juro, Iosel, yo no quería...! ¡Yo le dije que no...!

Un llanto de impotencia no la dejó hablar más. La tía Jaique le pasó la mano por el hombro y quiso sacarla de ahí, llevarla rápido al río. Pero ella no se movía, esperaba, y Iosel ardía de cólera, una cólera que Dina conocía muy bien: aquella cólera justa, joven, implacable, que muchas veces le había admirado.

—¡Dijo que le hablaste, que le sonreíste, que le dijiste tu nombre, que le elogiaste esa basura que escribió! ¿Eso es mentira?

Dina lloraba.

—¡Claro que no es mentira! ¡Si lo aplaudiste en mis narices! ¡Aplaudiste a un sucio polaco antisemita, a tu verdugo!

—¡Eso es verdad! ¡Es verdad! ¡Pero yo...!

—¿Y que lo besaste? ¿Que te dejaste abrazar? ¿Eso también es mentira? ¿Es mentira que querías? ¿Es mentira?

—¡Basta, Iosel! ¡Basta! —gritó tía Jaique.

Tiró del brazo de ella, que seguía inmóvil, fascinada, presa en el cepo del odio.

—Perdón... —susurró, entre hipeos.

—No tenés perdón. Yo creí que eras otra cosa. Yo creí que tenías cerebro y tenías dignidad. Sos como todos, tu estupidez es absoluta. No tenés perdón —repitió Iosel, escupió en el suelo y siguió su camino sin darse vuelta.

V

Cuando lo conoció, la madre respiró con fuerza el aire tibio, luminoso de la primavera y supo que era cierto: Dios había respondido a sus ruegos, aunque hubieran sido ruegos sin esperanza. No pudo evitar juntar las manos, mirar el cielo y sonreír agradecida. El forastero era un hombre elegante y apuesto, tal como Ribke, la casamentera, había asegurado. Sabía lo que había pasado con su Dina, Ribke se lo había contado. ¿Para qué ocultarlo, si tarde o temprano alguna víbora de Kazrilev se lo iba a informar? Y, sin embargo, él había dicho que igual la aceptaba como esposa. Como le explicó a Schmiel, sentado junto al samovar en la humilde cocina de la casa, Buenos Aires quedaba muy lejos y nadie tenía por qué enterarse del pasado. Para Dina esto significaba una gran oportunidad, podía borrar la mancha y empezar de nuevo.

—¿Y para usted? ¿En qué se beneficia usted? —preguntó Schmiel arrugando mucho las cejas.

A Jane ese tono no le gustó ni un poquito. No era cuestión de hacer sentir mal al señor Grosfeld con sospechas, ofender a alguien que les hacía el honor de interrumpir su estadía en Lodsz para visitar una casa pobre, alguien que aceptaba sin objeciones la pequeña dote que Schmiel podía ofrecer, que estaba sentado frente a ellos mostrando su cara, dando explicaciones, solamente porque así se le había pedido.

Pero Hersch Grosfeld no pareció molestarse por la desconfianza de su futuro suegro.

—Señor Hamer, yo soy un hombre práctico —dijo sonriendo—. Busco una buena judía trabajadora que pueda manejar mi casa y criar a mis hijos. Buenos Aires es una gran ciudad, con costumbres diferentes. No es fácil encontrar chicas bien preparadas para el matrimonio en una ciudad grande. Y en el caso de su hija, precisamente por lo que ella vivió, sé que va a valorar lo que voy a darle, y me lo va a retribuir como merezco. Porque va a ser muy difícil que encuentre a otro que pueda y esté dispuesto a dar lo que yo estoy ofreciendo.

Hersch Grosfeld era un hombre corpulento, elegante, un extranjero de un gran país; estaba afeitado: sólo un bigote fino y cuidado le subrayaba los labios. Por el aspecto, no sería un judío tan devoto como Ribke había dicho, pensó Jane. Sin embargo, ella había escuchado que las costumbres en esas ciudades eran diferentes; eso no tenía por qué significar que los judíos no cumplieran la ley. Acá estaba este hombre, preocupado por tener una buena muchacha judía, sin los pajaritos que tenían las chicas en la cabeza cuando vivían en esos lugares.

Además, ¿acaso había tanto para elegir? Schmiel seguía escrutando al pretendiente con desconfianza y Jane ya estaba desesperada: si le ahuyentaba el candidato, que Dios la perdonara, ella lo mataba. Otra vez no le iba a permitir arruinar las cosas. Un judío rico que iba a dar a su hija una vida buena y a lavarles a ellos la vergüenza de tenerla guardada en la casa año tras año, mientras la pobrecita perdía su juventud, que iba a librarlos del peso de mantenerla para siempre: ¿no era eso un completo milagro? Que se iba lejos, era cierto. ¿Pero por qué no podrían ir después ellos para allá, si su hija y su marido los ayudaban?

No habían faltado los malpensados de siempre, los envidiosos de Kazrilev que le habían ido con sospechas sobre el caballero. Su Schmiel también las había tenido, por eso había exigido que el pretendiente fuera al *stehtl* a pedir la mano de Dina, si tanto interés sentía. Pero acá estaba, ahí lo tenía. ¿Hasta cuándo las sospechas? ¿Qué quería, meterse en el barco con él? A ella tampoco le había parecido mal querer ver la cara del hombre que se iba a llevar a su única hija. ¿Cómo no pensar en lo peor cuando se habla de Buenos Aires? ¿Pero eso era justo, acaso? No sólo pecado y mala vida había en Buenos Aires. Dos sobrinos de Motl, el carpintero, habían ido allá y trabajaban como ayudantes en una sastrería. Escribían siempre a Motl: no se pasaba hambre, eso ya era muchísimo, y encima se ganaba bien; y se podía vivir, se podía ir sin temor a la sinagoga, festejar Iom Kippur sin miedo a que hubiera un pogrom, las escuelas recibían a todos sin pedir dinero a cambio, los judíos eran libres hasta de ir a la universidad. ¡También eso era Buenos Aires! Y los sobrinos escribían que había judíos que estaban en el interior del país trabajando la tierra. ¡Los judíos podían tener tierra!

¿O su Dina no hubiera podido ir a Buenos Aires a casarse con alguno de esos sobrinos de Motl, o con un colono? Claro que ya no, ahora los sobrinos de Motl sabrían, por Motl, lo que había pasado. ¡Qué vergüenza! Buenos Aires era grande, ojalá nunca Dina se encontrara con ellos. Pero Dios había escuchado sus ruegos y enviaba a Hersch Grosfeld. ¿Y acaso este Hersch Grosfeld, pese al bigotito europeo, no era mucho mejor? ¿Acaso su Dina se iba a Buenos Aires para vivir con un ayudante de sastre, un cosedor de botones? ¡No! ¡Se iba con un fabricante de corbatas! ¡Con un empresario! ¡Se iba a lo grande! Jane había visto la corbatería, la foto del local inmenso sobre la calle, el cartel con el nombre que, como le había explicado Ribka, decía "Corbatería Grosfeld. Elegancia en corbatas".

Que hablaran de envidia en ese pueblo maldito, que se comieran los codos y apretaran los dientes: su Dina iba a casarse como la mejor. Su Dina, su única hija, la luz de sus ojos, iba a cerrar cada boca que la había insultado.

VI

Mirando los ojos claros del desconocido, Dina sintió frío. No era un hombre feo y estaba vestido de un modo que ella nunca había visto pero le traía un recuerdo: un gran señor había pasado en automóvil su carro, en Lodsz, una de las dos veces que fue allí con su padre; deslumbrada, ella sólo alcanzó a verle el sombrero y un bigotito extraño, finito, recortado, como éste que ahora estaba viendo. De Lodsz, precisamente, venía este forastero; había interrumpido su visita a esa ciudad exclusivamente para darse a conocer ante sus padres y, ya que estaba, la conocía a ella.

"Una excepción, Jane; él es tan amable y caballero que está dispuesto a hacer una excepción y venir hasta acá", subrayó Ribke aquella tarde en que Dina escuchó desde la habitación de arriba cómo su madre y la casamentera, en la cocina, seguían confabulándose para sacársela de encima. El señor Grosfeld había venido a Polonia por múltiples razones, explicaba Ribke, una de las cuales, no la única —"ni siquiera la más importante, no le hagamos las cosas difíciles porque se arrepiente y busca en otra aldea"—, era conseguir una esposa judía. Pero las actividades de Hersch Grosfeld estaban en Lodsz, no iba a estar viajando de aldeúcha miserable en aldeúcha miserable para buscar novia. Allí Hersch tenía que resolver cosas relativas a su negocio que Ribke no explicaba con mucha claridad porque, pensó irónicamente Dina, no las entendía. "Es que el único negocio que esta bruta conoce es conseguir esposas y entregarlas a cambio de una gallina, una cabra si el negocio es realmente grande, y hay que ver." Sin embargo, esta vez la paga debía ser otra cosa, porque la voz de Ribke sonaba excitada y ansiosa como nunca y a Dina le constaba que no era porque le tuviera cariño y quisiera arreglarle un buen destino. La lengua de Ribke había sido una de las peores cuando la tragedia, la vieja había aprovechado para demostrar lo que pasaba cuando no se actuaba en el momento justo y se despreciaban sus servicios.

No era la primera conversación sobre el tema que Dina escuchaba. Días antes había visto a Ribke acercarse hasta su casa y supo que su futuro iba a decidirse. Aquella primera vez, la casamentera le contó a Jane que había recibido una carta de una prima segunda, de Lodsz. Había llegado a la ciudad un rico fabricante de corbatas. No tenía tiempo de ir recorriendo aldeas para elegir esposa, le había pedido a ella que lo ayudara. Su prima había pensado de inmediato en Ribke y había prometido ocuparse.

Como Dina esperaba, la madre no le habló a ella del tema. A la tarde siguiente hubo más noticias. En otra reunión en la cocina, Jane informó a una Ribke escandalizada e indignada que Schmiel desconfiaba de las intenciones del caballero y no iba a permitir que su hija viajara a Buenos Aires si el rabino de Kazrilev no la casaba primero. Además, él quería conocer al señor en cuestión, no le alcanzaba la foto del negocio (la casamentera se la había dado a Jane para que se la mostrara). Si ese Grosfeld estaba tan interesado en Dina, que interrumpiera su viaje y fuera a hablar con él, que diera la cara. Y si se quería casar, que se casara allá mismo.

La paga debía ser realmente muy alta, porque Ribke abandonó todo otro asunto para ocuparse de éste. Cuando terminó de protestar y lamentarse porque Schmiel, Dios lo perdonara, no reconocía las grandes oportunidades cuando llamaban a la puerta, aceptó a regañadientes viajar personalmente a Lodsz llevando una de las dos fotos de Dina que existían. La primera era de cuando tenía cinco años, con su hermanito Marcos, entonces bebé. No era la foto que le podía interesar al forastero, opinó Ribke. De modo que eligió la otra, un retrato de la familia completa, encargado al mismo fotógrafo de Markuszew. Dina tenía once años, Marcos tenía siete, ella estaba muy seria con su vestido de *shabat*, sus ojos celestes inmensamente abiertos, su carita redonda, parada junto a su madre y los tres de pie al lado de su papá, a quien el fotógrafo había sentado en un sillón de terciopelo, algo que nunca habían tenido en su casa. Ribke tomó la foto, se preparó un baúl con algunas de sus pocas pertenencias y aceptó el ofrecimiento de Jane, que mandó a Marcos a llevarla en el carro hasta la estación de Markuszew. Allí tomó el tren hacia Lodsz para regresar una semana después y dar, con eufóricos aspavientos y muchas advertencias, la Gran Noticia: Hersch Grosfeld estaba dispuesto a hacer una excepción, iría en persona a visitar al padre de Dina para darle garantías sobre el futuro de su hija.

Y ahí estaba ahora, finalmente, el tal Hersch Grosfeld, mirando atentamente a Dina con sus ojos de un marrón claro, inexpresivos, no demasiado grandes, mientras ella sentía frío en la espalda. Ahora su madre por fin podría librarse de ella. ¿Y su padre? Su padre quería lo mismo, estaba demasiado decepcionado, Dina podía leer en las pocas miradas, las pocas palabras que él le dirigía, hasta dónde ella no había cumplido con sus sueños. Pues bien, ahora no tendría que mirarla más, podría olvidarla. Ahí estaba el hombre que se la iba a llevar, el que la sacaba del infierno Kazrilev para transportarla... ¿al cielo? No. No era cielo lo que prometía ese hombre. Esos ojos no hablaban de cielo. Él tenía mucho de lo que su madre había soñado y nada, absolutamente nada de lo que ella quería. No era feo, desde luego; apenas un extraño. Sus ojos se posaban en Dina sin la menor emoción. El hombre la miraba igual que había mirado su tate a la cabra que había comprado en la feria de Markuszew. En vez de calcular si daba buena leche, pensó Dina, estaría calculando cómo cocinaba y lo rápido que era capaz de limpiar.

"Tiene dinero. Tus hijos no se te van a morir como los de tía Jaique", pensó Dina, y trató de ser realista. "Más no podés pedir." Y aunque pudiera, ¿de dónde sacaba la fuerza? Se sentía vacía, seca, marchitada. Estaban en plena primavera y ella era, finalmente, como esos malditos pimpollos muertos sin abrir.

CAPÍTULO 2
EL CAMINO A BUENOS AIRES

"Se desembarcaron los 'fardos' (...) Los 'fardos' son
las mujeres. Así las llama la gente del ambiente.
Hay 'fardos' de diecisiete a veinte kilogramos, es
decir, mujeres de diecisiete a veinte años.
Esos 'fardos' no tienen el *peso*. Necesitan
documentos falsos. Se embarcan clandestinamente.
La gente del medio tiene cómplices en todos los
barcos. Cuando no están entre el personal de
mozos, lo están en la oficialidad. (...) Cuando hay
inspección, los cómplices las ocultan en una
caldera apagada, en un ventilador, en el túnel de
las máquinas. Esos 'fardos' son frágiles.
No ven el día en todo el viaje."

Albert Londres, *El camino a Buenos Aires.*
(La trata de blancas)

I

Desde que Dina recibió el saludo cortés y distante de Hersch
Grosfeld en la cocina de su casa de Kazrilev hasta que subió con su
flamante marido al buque *Adolf Leonhardt*, en el puerto de Hamburgo,
transcurrieron apenas cinco semanas. Desde el comienzo del viaje
hasta la llegada a Buenos Aires, tres semanas más. En ese tiempo
extraño, suspendido, mientras el buque navegaba en aguas de nadie,
cada vez más lejos de todo lo conocido, cada vez más cerca de lo que la
esperaba, Dina se preguntó muchas veces cómo había hecho el señor
Grosfeld para conseguir en treinta y cinco días toda la documentación

35

exigida para emigrar a la Argentina, y encima para obtenerla con un dato falso: sus dieciséis años recién cumplidos se transformaban en veintidós, ahora había nacido el mismo día, pero seis años antes. Así rezaban su pasaporte polaco, nunca antes tramitado, un permiso de desembarco visado por el consulado argentino en Varsovia y tres certificados expedidos por el gobierno de Polonia —uno donde se afirmaba que ella no tenía antecedentes penales, otro que decía que no había ejercido la mendicidad y un tercero que garantizaba que no tenía enfermedades físicas o mentales—. Y todo esto apareció sin haberse movido ella de Kazrilev, sin haber pasado por algún examen médico, habiéndose tan sólo limitado a mirar de frente a un fotógrafo que, pagado por Hersch Grosfeld, se trasladó de Markuszew hasta su casa con todo el equipo para tomar su retrato.

Schmiel Hamer no dejó de manifestar su asombro ante la eficiencia del fabricante de corbatas para los trámites burocráticos y preguntó por el notable error en el año de nacimiento. Tuvo el coraje de hacerlo un rato antes de la boda, cuando enfrentó el rostro limpio y afeitado de Grosfeld por segunda vez en su vida. El novio sonrió con suficiencia y explicó condescendiente, casi comprensivo frente al asombro de gente tan vulgar, tan poco habituada a tratar con poderosos, que su condición de empresario rico y exitoso le proporcionaba influencias sobre algunos funcionarios argentinos y polacos; ésta no era sino una prueba más de la buena suerte que tenía su hija al desposarlo. En cuanto a la edad, se trataba simplemente del modo de abreviar el trámite del matrimonio civil argentino que harían su hija y él en cuanto llegaran a Buenos Aires. Si la muchacha era menor, se precisaban más papeles, autorizaciones paternas legalizadas y complicados tramiteríos que imponía el gobierno. Era una mentira inocente para facilitar las cosas, así lo entendieron sus amigos polacos del ministerio de relaciones exteriores; y si ellos no habían hecho problemas, ¿por qué los hacía el padre, el mismísimo beneficiado? ¿En qué perjudicaba a Dina esta pequeña alteración? ¿Acaso iba a vivir seis años menos porque su pasaporte dijera que había nacido seis años antes? Jane se apresuró a asentir y agradecer al novio los favores que hacía y codeó inquieta a su marido para que no siguiera preguntando impertinencias. Schmiel prefirió pensar que Grosfeld tenía razón, que él era desagradecido, que su antipatía por ese hombre no tenía motivos justificados. Había llegado demasiado lejos como para cambiar de decisión.

¿Y Dina? Dina no quería pensar; todas sus fuerzas estaban dirigidas a aceptar su destino. No quería pensar y no pensó hasta que estuvo en el camarote del barco, cuando ya todo era inevitable y podía darse ese lujo. Pero en Kazrilev, mientras permitía que le pusieran el vestido blanco con velo que su madre había cosido, mientras caminaba hasta la sinagoga rodeada de la misma gente que la había cubierto de infamia, puso toda su voluntad en enmudecer su cabeza. ¿No era su cabeza culpable de lo que había ocurrido? ¿No era su tendencia a pensar demasiado, a reflexionar más allá de lo aceptable, la que la había hecho fijarse en un *goi*, un *goi* malvado, la que la había llevado a escribir y escribir en un bosque, hasta encontrar su castigo? ¿No era su maldita manía de pensar lo que la había convencido de que existía la posibilidad de intentar otra forma de vida? Estaba resuelta a aprender de su tremendo error.

Durante la ceremonia hizo lo que se esperaba de ella, mirando el piso de madera del templo con la misma obstinación con la que antes había mirado el banco de su clase. No pudo evitar estremecerse en el momento en que el zapato de cuero reluciente de su marido aplastó con un pisotón siniestro la copa de cristal, sellando la ceremonia. Y después todo fue vertiginoso: el baúl de madera con el escaso equipaje, las lágrimas de su madre y de su tía Jaique, las de ella, que hasta ese momento habían caído casi automáticamente pero que de pronto salieron en catarata, con un arrebato imprevisible, mientras abrazaba a su tate, mientras sentía sacudirse contra ella a su hermanito. No habló, no dijo nada (no porque no tuviera algo para decir sino porque, como siempre desde la tragedia, no sabía qué era y sabía también que era inútil). Pero muchas veces después, ya en Buenos Aires, trataría de recordar qué le habían dicho ellos y lloraría de rabia porque no podría recuperar ni una palabra. El líquido caliente de las mejillas de los otros en su mejilla empapada, las sacudidas de su hermanito aferrado a su cuerpo, como reclamando, la espalda vencida del tate, su infinito abatimiento. Y ninguna palabra. De su mame, ¿qué recordaría? El llanto, las caricias recibidas sin embargo a medias, Dina todavía envenenada por el resentimiento. ¿Le habría dicho su madre, como le diría en las pocas, imbéciles cartas que después recibiría y dejaría sin respuesta, que insistiera, que intercediera ante su marido para que los llevara a todos a Buenos Aires? ¿Le habría dicho, esperanzada, algo como "vas a ver que al final vamos a estar allá todos juntos"? Era probable. Era probable que en su infinita estupidez su pobre, tontísima mame hubiera albergado desde el comienzo el plan de que detrás de la hija, al amparo del bueno, poderoso marido empresario, todos iban a emigrar; era probable que el dolor tremendo de la despedida y su larguísima secuela tuvieran desde el origen semejante marca; lo era porque mientras recibía los abrazos, el llanto y las palabras irrecordables de su madre, Dina presintió su propio desprecio, un desprecio que se le hizo evidente durante esos veinte días de navegación a Buenos Aires. Es que en esos días, finalmente, con miedo, con horror, con alivio, Dina entendió.

II

Hersch Grosfeld casi no le había dirigido la palabra durante el largo viaje en tren hasta Hamburgo, y casi no se la dirigió cuando por fin abordaron el *Adolf Leonhardt*, un barco inmenso que se cargaba de miles de europeos pobres como ella, hombres, niños o mujeres que, a diferencia de ella, viajarían en las bodegas. Durante los tres días que transcurrieron entre la boda y el puerto, su marido habló lo indispensable: le indicó que se preparara para descender del tren, que se pusiera el sombrero o que lo siguiera por la pasarela de embarque. Para inmenso alivio de Dina, no la tocó en la noche que pasaron en viaje ni en la que durmieron en un hotelito de Hamburgo, en un cuarto con dos camas.

Observándolo de reojo, ella descubrió que el hombre al que acababa de unirse en matrimonio estaba tenso. Detrás de la serenidad y aparente seguridad de sus movimientos, del ensimismamiento, de la lectura obstinada de un libro en un idioma indescifrable que supuso era español, adivinó una preocupación. Y así debe de haber sido, porque cuando estuvieron por fin en el camarote, el barco ya alejado del puerto, entonces él pareció relajarse. Dejó el libro que estaba leyendo, acostado por primera vez en la cucheta de abajo, miró a la muchacha sentada, silenciosa, junto al pequeño escritorio frente a las camas, y la llamó por su nombre. Su voz era fría, suave y segura, la nombraba con una autoridad extraña. Esperó con paciencia que ella se sentara a su lado y llevó la mano a sus trenzas enroscadas en la cabeza, las destrabó, empezó a deshacerlas con meticuloso cuidado hasta que todo el cabello de Dina, largo y copioso, cayó a los costados de la cara. Entonces retrocedió un poco, como para observarla mejor, y asintió con un gesto casi imperceptible. Después empezó a desvestirla.

No fue peor que lo de Andrei, pero fue feo. Ella no hizo nada para resistirse y aunque esperó que el dolor fuera terrible descubrió que no, era bastante más tolerable. Trató de relajarse y esperó que todo terminara, sin saber que, en realidad, lo peor ocurriría luego. Porque unos minutos después de que él se bajó de su cuerpo y quedó quieto a su lado, lo escuchó.

—Levantate así como estás y parate junto al escritorio.

Hablaba con esa suavidad que Dina empezaba a temer más que un grito. Ella se incorporó y cumplió la orden, cubriéndose como podía, abrumada por la vergüenza.

—Sacá las manos.

Grosfeld la observó atentamente, de arriba abajo. Dina sólo podía mirar el suelo. Como judía de Kazrilev creía haber experimentado la humillación; y sin embargo, ahora veía, estaba equivocada. Esto era peor, algo nunca antes conocido, peor que lo que había ocurrido un rato antes, peor incluso que Andrei Kowal. Porque ahora la mirada de Grosfeld se paseaba tranquila por ella como la caminata segura del conquistador por el territorio vencido, donde no quedan siquiera atisbos de la guerra en que los resistentes fueron masacrados, donde no hay amenaza alguna, urgencia alguna, un paseo por una tierra que ya no tiene voz, donde nada puede hablar porque no permanece nada humano con vida.

Y una vez más Grosfeld rompió el silencio, y todo fue aún más atroz.

—Date vuelta.

No. La tierra no estaba muerta. Una voz gritó no. La vergüenza se había vuelto desesperación. Inesperadamente, una mitad de su cuerpo todavía protegida resistía el avance, no se iba a entregar así nomás. Dina se descubrió negando y negando con la cabeza, después rogó, suplicó llorando como si se le fuera la vida. El hombre podría haberle dicho que era absurdo hacer tanto lío por algo tan tonto,

que su intención era solamente mirar, que no le iba a hacer nada.
Podría, y no le hubiera mentido, pero no la tranquilizó ni la consoló
ni la convenció. Simplemente repitió:

—Date vuelta.

Y como ella lloró más fuerte, se incorporó sin prisa, la agarró
del brazo y se lo apretó con unas manos que eran como pinzas de
hierro, hasta hacerla gritar.

—Date vuelta —repitió entonces con su voz tranquila, sin sol-
tarla.

Y ella se dio vuelta.

Hersch Grosfeld se tomó su tiempo para observarla, mucho
más tiempo que el que había empleado cuando la tuvo de frente.
Parada mirando la pared, como una niña en penitencia, Dina se
sacudía y se tragaba los mocos.

—Vestite —escuchó por fin.

Mientras se ponía la enagua vio las marcas: dos moretones
grandes, horriblemente oscuros debajo del hombro. Le dolía el brazo
cuando lo movía.

III

Hersch Grosfeld no volvió a agredirla físicamente. Algunas noches, no todas, la llamaba a su lado y después aceptaba que partiera
en silencio hacia su cama. De día la dejaba sola en el camarote con
mucha frecuencia. Para Dina, la primera semana fue de mareos,
náuseas y vómitos por el movimiento del barco. Casi no probó bocado
y no pudo levantarse de la cama. Él, en cambio, no parecía tener
nada. Dina se convenció de que ni el cuerpo ni el alma de ese hombre
podían conmoverse, incluso si se desataba en el mar una tempestad.

Cuando se sintió mejor, él tomó la costumbre de encerrarla al
dejarla de regreso en la cabina, después del desayuno; la buscaba a
la hora del almuerzo y la cena para volver a llevarla al comedor.
Afuera del camarote la tomaba siempre del brazo y la había instrui-
do para que no hablara con nadie. En el comedor había algunos
matrimonios que viajaban, como ellos, en segunda, e intentaban
hacer vida social, pero Grosfeld los expulsaba con su cuidadosa,
correcta antipatía.

En esas largas horas de inmovilidad, encerrada en la cabina, Dina sentía cómo flotaba sobre el océano inmenso, hasta hacía muy poco jamás visto, cómo se alejaba todo el tiempo de los suyos, de Kazrilev, de su Polonia natal, hostil e injusta con ella y con su gente pero su tierra al fin, el lugar donde había crecido; mientras tanto, el barco la llevaba cada vez más lejos y ella intuía que se trataba de un viaje sin retorno.

Fue en esos días cuando supo hasta qué límite se podía estar sola. Igual que con la humillación, había creído que ya lo sabía; ahora descubría azorada su error. La certeza de no ser comprendida, de no ser aceptada, la había torturado suavemente mucho tiempo y salvajemente después (después de su deshonra). Pero al lado de esta radical soledad, aquella certeza era una bendición perdida. Porque la antigua certeza de estar sola venía, paradójicamente, con palabras que acompañaban, incluso con un amigo, Iosel, con los lejanos y admirados bolcheviques, las nuevas ideas vibrando a la distancia desde las grandes ciudades, triunfal en Rusia, frases apenas conocidas, casi inaccesibles pero existentes, a cuyo encuentro alguna vez iría. Incluso después de la tragedia del bosque hubo una vaga compañía: no sólo estaban la culpa, el saber que había cometido un crimen, con eso coexistía la intuición de que había algo más, aunque no pudiera pronunciarlo, algo que susurraba que tal vez no era la criminal sino la víctima. En cambio, ahora no había nada, absolutamente nada. Sola y lejos, prisionera rodeada por el mar, no había alma, idea que la acompañara.

Lo que sí había, para su fortuna, eran preguntas. Preguntas concretas, detalladas, sin vuelo, que contenían sin embargo el secreto de su extraña situación actual y debían responderse: ¿Cómo había hecho Hersch Grosfeld para conseguir en semanas los papeles para emigrar a la Argentina? ¿Cómo había hecho para cambiarle la edad tan fácilmente? ¿Por qué se la había cambiado? ¿Qué hacía Hersch Grosfeld tanto tiempo fuera del camarote, dado que no parecía haber entablado relación con ningún pasajero?

Dina y el mar, Dina rodeada por la nada, cuerpo con dueño, encerrado en una pequeña cabina de madera. Pero ese cuerpo tenía pensamiento y se entregó a él. Lo hizo con la resolución desesperada de quien acepta saltar a un abismo porque no hay otro lugar adonde ir, porque el camino se termina al borde del vacío y quedarse quieta es morir; o como quien se arroja ansiosa a una hoguera donde arde la verdad y ahí se queda, prefiere vivir ardiendo en ella a perecer de a poco afuera, aterida por el frío.

Dina ató cabos, repasó escenas, observó, miró dentro de sí. Demasiado agotada para derrochar la angustia, esperó para estar segura.

Lo estuvo una noche en que su marido, tal vez cansado de que a ella se le notara tanto la tristeza y de que cumpliera con muy poco entusiasmo su obligación matrimonial, le dijo que debería agradecer el privilegio que tenía.

—Deberías agradecer, Dina, el privilegio que tenés.

Lo dijo antes de que ella volviera a su cama. Sin brusquedad, como siempre, esta vez incluso con cortesía: hasta mantenía un brazo sobre un hombro de ella, intentando quizás mostrar algún afecto.

—Te casaste conmigo en tu aldea, les cerraste la boca a todos; viajás en segunda clase y no hacinada en la bodega, como van otras.

¿Otras? ¿Cuáles eran las *otras*? ¿Eran todas las otras mujeres del barco, o eran algunas nada más, algunas que él conocía? Hersch Grosfeld retomó el tópico que retornaría en sus sermones futuros, el tópico de la gratitud: no sólo la había desposado aunque los padres de Dina no habían dado dote, sino que había entregado dinero generosamente a su familia, ignorando la tradición. ¿O acaso ella creía que porque sus padres no le habían pedido dinero habían dejado de aceptarlo? ¿O acaso creía que ella había tenido dote? ¿Podían llamarse dote los poquísimos, irrisorios cuatro *zlotys* que él había aceptado de su padre para no discutir, antes de devolverlos, notablemente multiplicados, en forma de regalo que hace un yerno próspero a la pobre familia de su esposa? ¿Podía llamarse dote ese mantel absurdo que su madre había desplegado sobre la mesa como si fuera no se sabe qué?

Dina apretó los dientes y contuvo el llanto, el odio, la culpa, el amor. Ese hombre se estaba refiriendo al mantel que su mame había bordado años atrás, ilusionada porque creía que llegaba el momento de casarla; había trabajado muchas, largas horas, robando tiempo a las pesadas tareas cotidianas, tarareando las canciones con que la dormía cuando era niña, secando a veces una lágrima, sonriendo, mostrándole cada paso, cada idea de diseño, mientras su hija la miraba fríamente o le soltaba un elogio, más por pena que por gratitud. Cuando habló del mantel, Grosfeld tal vez sintió que el cuerpo de su esposa se endurecía y se alejaba breve, bruscamente de su lado, porque le sacó la mano del hombro antes de seguir.

—Por vos pagué a tus padres buen dinero, muy necesario en tu casa. ¿Y me importó acaso tu pasado? ¿Me importó tu mala fama? No. Te saqué con honra de esa aldea miserable para llevarte a una vida en la que, si sos obediente y cumplís con tu deber, no vas a volver a saber qué es tener hambre.

Gratitud, entonces, no tristeza: ésa era la orden. Y obediencia. La obediencia de esposa que le había jurado a Dios, la que exigía la Torá.

—Cuando lleguemos a Buenos Aires te voy a indicar exactamente cómo vas a tener que comportarte. No te preocupes, todo va a ir bien mientras me obedezcas.

Fue unos minutos después, ya por suerte sola entre las sábanas frías y suaves de su cama cucheta, cuando Dina comprendió con toda claridad para qué la había comprado Hersch Grosfeld, para qué la llevaban a Buenos Aires, la conocida ciudad de perdición. Después de tantas fantasías, rumores, temerosos susurros escuchados o repetidos de niña, hasta apenas meses atrás, la amenaza se había transformado en realidad. Como toda la judería europea, conocía ese aterrador, excitante, oscuro relato terrorífico del que ahora era ni más ni menos que la protagonista. Lo escuchó primero de sus amigas y algo más grande, después de su primera regla, de boca de su propia madre: un judío malvado llegaba y engañaba a una chica buena, le decía que iba a casarse con ella pero la llevaba a perderse en Buenos Aires. ¿Qué era perderse? Poco había aclarado la mame sobre el tema; habían sido el tiempo, otros susurros de amigas, los ojos de su tía Jaique que confirmaban con un silencioso asentimiento sus preguntas tímidas, los que habían terminado de precisar el sentido de ese verbo.

Pero antes, sus pensamientos de niña, a ciegas, habían construido una escena: perderse era estar sola en esa ciudad horrible, inmensa, lejana y mala, que por alguna ironía demoníaca se llamaba "Buenos Aires", sola sin poder volver y sin saber adónde ir, rodeada de calles laberínticas y peligrosas, entre hombres desconocidos, horribles, entre amenazas, sola y maldecida por Dios (porque mucho escuchaba decir, ya de niña, que Dios maldice a las perdidas).

Y ahora que había crecido y que sabía exactamente, tenía que reconocer que sus pensamientos infantiles no estaban tan errados. Iba a Buenos Aires a perderse, a estar sola sin poder volver, rodeada de hombres (y si algo ya sabía era que los hombres eran malos), rodeada de amenazas y maldecida por Dios.

La revelación no la hizo llorar; la sumergió en el asombro. Intentó imaginar con precisión cómo sería la vida que la aguardaba y cómo podía hacer para sobrellevarla lo mejor posible. No pudo, entonces resolvió no malgastar energías para concebir algo que pronto quedaría muy claro, y se sumergió en una calma fría, un extraño alivio. Porque lo otro que descubrió con claridad, junto con la razón por la que Hersch Grosfeld la llevaba a Buenos Aires, fue que ella había sabido desde el comienzo quién era ese hombre y qué quería, y que lo habían sabido también sus padres, igual que ella, como lo saben los imbéciles: sin palabras, sin escucharse, resueltos a tranquilizarse porque él había aceptado casarse en la sinagoga de Kazrilev, a tener los ojos cerrados mientras saltaban al abismo. Pero ella era superior, ella saltaba y, sin embargo, los tenía abiertos.

De pronto sintió que encontraba un consuelo, que su mano tanteante en la oscuridad, en la piedra húmeda de la prisión, tocaba algo bello, tibio, conocido. No era la mano de ninguna persona, era apenas un resto vivo de su breve, tan reciente y ya perdida adolescencia: un resto de la pasión con que hablaba con Iosel, con que escribía su Diario; tenía palabras, y las palabras decían así: "Ellos no quisieron saber, yo sí. Yo sé a qué voy, yo entiendo, ahora yo tengo los ojos abiertos".

IV

Finalmente el barco cruzó el océano que parecía interminable y se acercó a Río de Janeiro. Dina vio aparecer la ciudad desde el ojo de buey, envuelta en bruma; un estremecimiento le recorrió el cuerpo. Ahí estaba el otro lado. ¿Eso era Buenos Aires? Su imaginación horadaba la niebla para dibujar las callecitas infantiles en donde iba a perderse. Trató de borrar esa imagen absurda y de pensar cómo iba a ser hacer aquel trabajo. Muchos hombres como Grosfeld subiéndose arriba de ella, uno después del otro. Por lo menos, esperaba poder bañarse más seguido que en Kazrilev. Una vez había escuchado a Motl, el carpintero, decir que un sobrino contaba, en una carta, que en Buenos Aires el agua salía de canillas de bronce cada vez que se la precisaba. Entonces podría bañarse a cada rato. Era un trabajo feo pero con el tiempo iba a lograr acostumbrarse, además Hersch Grosfeld había dicho que iba a dejar de ser pobre. Después de todo, tampoco era lindo lavar ropa, raspar ollas en el río y barrer el piso de tierra apisonada. Era lindo cocinar y ordeñar la cabra, apretar las ubres y sentir la humedad tibia de la leche en las manos. Lo otro, sin embargo, tenía que hacerlo igual. Así como tendría que hacer igual eso de dejar que un hombre tras otro se subiera sobre ella antes de poder bañarse, de cocinar, de escribir tal vez su Diario. Eso es, escribiría su vida, eso le daría fuerzas para aguantar el trabajo. Ahí estaba Buenos Aires, el lugar adonde llegaba lúcida, preparada, heroica, a la altura de las circunstancias.

En esos pensamientos estaba cuando entró Grosfeld al camarote y avisó que habían llegado a Río de Janeiro. Dina sintió una mezcla de alivio y decepción.

—Pero esto es América, ¿no?

—Sí. Ya cruzamos el Atlántico. Pero es otro país, Brasil.

Brasil. Ahí no iba a perderse. Todavía faltaba. De todos modos, sintió curiosidad por mirar la nueva tierra, después de todo eso ya era el otro lado. Pero su marido se adelantó a anunciarle que no le estaba permitido bajar. Parecía tener terror a extraviarla, a que le hablaran extraños, que la miraran incluso. ¿Por qué? Si era miedo a que huyera, el miedo era infundado. ¿Para ir adónde? ¿Para hacer qué? ¿Dónde iba a tener cama y comida?

Días después de abandonar Río de Janeiro, el barco atracó en otro puerto de mañana temprano. Una vez más Dina creyó que llegaban y Grosfeld la sacó de su engaño: estaban en Montevideo, dijo antes de salir, y él tenía cosas que hacer. Con la cara pegada al ojo de buey, sola, ella estuvo mirando mucho rato a los hombres del puerto que se movían de un lado a otro, manipulaban sogas, cadenas, herramientas con sus manos callosas, cargaban cajones, empujaban carretillas, manejaban guinches. Cada uno de esos hombres podría pagar para subirse desnudo sobre ella y entrarle adentro. Se los veía sucios, groseros, extraños. La rebeldía le subió del fondo del estómago: no quería, no quería eso. Entró en pánico. Se apartó del ojo de buey para no seguir mirando, se tiró en su cama a llorar, sacudiéndose con violencia, escuchando su propio ruido que resonaba en la cabina. Lloró hasta perder las fuerzas, hasta estar vacía, entonces se sintió mejor. Después cayó en un sueño pesado del que la despertó el hambre unas cuantas horas más tarde.

Debía ser el mediodía y Hersch Grosfeld no venía a buscarla para almorzar. Sintió el movimiento del barco a través de la puerta cerrada, imaginó a cada uno de los pasajeros que seguían viaje yendo al comedor. Pero ellos eran gente normal, ellos podían entrar y salir de su camarote para alimentarse. ¿Dónde estaba ese hombre que no venía a buscarla? Pasaron horas sin noticias, ella tenía el estómago vacío pero sobre todo tenía la afrenta de sentirlo vacío. A la noche, cuando Grosfeld regresó, la cara de Dina estaba hinchada de llorar, pero además estaba furiosa. ¿Al infinito horror de saber lo que le esperaba tenía que sumar el hambre? La conocía, la había experimentado algunas veces, y no por una tarde. Porque si bien era cierto que en su familia eran solamente dos los hijos para alimentar, al herrero Schmiel a veces le escaseaba el trabajo y los víveres disminuían. Ella sabía de comidas tristes, silenciosas, que dejaban con ganas de más, cuando la madre racionaba las papas que quedaban en el depósito para que alcanzaran toda la semana. Había sufrido el hambre menos a menudo que otros chicos de la aldea, era cierto. Pero no viajaba a Buenos Aires para volver a sufrirla.

En esos largos días y noches de silencio y encierro, había sellado unilateralmente un pacto tácito con Hersch Grosfeld: iba a hacer en Buenos Aires lo que él quisiera pero le tomaba la palabra: nunca más hambre, nunca más Kazrilev. Y ahora el pacto peligraba, no tanto por el pánico de esa mañana como por el hambre de la tarde, que le producía demasiado odio como para pensar algo más.

Cuando su carcelero volvió al camarote ella hervía de indignación. Vio cómo el otro se sacaba el sombrero, se sentaba en la silla del escritorio, se ponía cerca de la luz y tomaba un libro. Entonces no pudo aguantar. La voz le salió sola, rencorosa, ronca, violenta:

—Usted dijo que no iba a pasar hambre a su lado. ¡Y yo no almorcé!

Así como se escuchó, se horrorizó. Esperó asustada que el hombre se aproximara para apretarle el brazo hasta dejarlo morado, o para hacerle algo peor, pero no estaba arrepentida. Y para su asombro, Hersch Grosfeld respondió simplemente, con su voz tranquila:

—Tenés razón, Dina. Estuve trabajando todo el día y no me pude ocupar.

La llevó al comedor y le ofreció, además, parte de su propia ración. Él comió poco. Estaba tenso. Tenía la misma tensión controlada que Dina le había conocido en Hamburgo y ya no se le fue hasta que desembarcaron en Buenos Aires.

V

Los últimos dos días fueron intolerables. Grosfeld estaba irritado, parecía molestarle su presencia aunque ella intentara ser imperceptible. Ya se avistaba muy cercana la costa de Buenos Aires cuando él desapareció otra vez por varias horas. A esa altura Dina estaba segura de que en el *Adolf Leonhardt* había otras cosas que su esposo debía controlar.

Cuando el barco empezaba las maniobras de atraque Grosfeld volvió a la cabina. Sacó de su baúl un vestido, un sombrero de mujer y unos zapatos con taco y le indicó que se los pusiera. Dina nunca hubiera imaginado que ese hombre llevaba en su equipaje algo así, y para ella. Eran sin duda las ropas más elegantes y caras que había usado en toda su vida, aunque tiempo después entendería que eso no las volvía gran cosa.

En el espejo del camarote se vio tan bella que la colmó la alegría. Y junto con la alegría, el remordimiento. Y junto con el remordimiento, la esperanza de haberse equivocado, de que Grosfeld fuera un marido común, seco, desagradable, incluso temible, pero común, un marido parco y honrado que le hacía, con su mejor voluntad, su primer regalo de casada. Dina lo observó de reojo, por el espejo. Se había sentado en la silla del escritorito y tenía en sus ojos

47

claros una mirada perdida. Con esa mirada, por una vez, sus ojos no eran fríos. De pronto se llevó la mano a la barbilla. Era una mano grande, con pecas, dedos largos, venas marcadas, una hermosa mano de hombre, reconoció Dina. Y reconoció que lo embellecía ese aire ausente y preocupado, y hasta tuvo el impulso de decirle que contara con ella, aunque no estuviera bien segura de para qué. Entonces, vestida como jamás había estado, se puso frente a él, tímida, radiante, esperando algún gesto, tal vez un elogio. Pero Grosfeld la observó y le dijo de mal humor que tenía que arreglarse el cabello con más prolijidad porque iban a venir unos funcionarios a inspeccionar. Ella tragó las lágrimas por orgullo y sólo las dejó salir sin ruido frente al espejo, de espaldas a él, que de todos modos no la miraba, mientras rehacía sus trenzas enroscadas en las sienes. Después se sentó en su cucheta con rencor, a esperar en silencio. "Cómo podés ser tan estúpida", se repetía. La angustia le atravesaba la garganta.

Un rato más tarde dos funcionarios argentinos golpearon la puerta del camarote. Uno era evidentemente médico, vestía guardapolvo blanco y llevaba colgado un estetoscopio. El otro usaba un guardapolvo marrón y gafas redondas. Controlaron sus papeles e interrogaron rápidamente a Grosfeld en castellano. Fue evidente que parte del interrogatorio incluía a Dina como tema, porque los tres la miraban y la señalaban con gestos.

Grosfeld respondió las preguntas con corrección y tranquilidad; sostenía en su mano, arriba de toda la documentación, el certificado de matrimonio que el rabino le había entregado en Kazrilev. De pronto el médico se volvió hacia la muchacha y la miró. Era una mirada profesional, simplemente buscaba signos de enfermedades graves y contagiosas: con inocencia, medía la salud de la nueva fuerza de trabajo que descendía a su tierra. Dina se estremeció: ésa era su oportunidad de escapar. Podía decir, aunque fuera en ídish, que quería hablar a solas con ellos, señalar a Grosfeld, pedir con gestos que él se fuera y después tratar de explicarles que iba a prostituirla. Podía gritar desesperada cuando Hersch Grosfeld hablara en castellano para tapar su voz con una mentira, inventando cualquier cosa: ella era nerviosa, se estaba peleando con él, estaba muy emocionada y alterada por la llegada o... Sí, podía gritar desesperada igual, en su idioma, mirando a los ojos a esos hombres inquisitivos. Ésa era su oportunidad, lo entendía repasando la tensión anterior de su marido, el modo en que blandía la *ketubah* del rabino junto con los demás papeles.

Pero no dijo nada. Dejó que el médico le mirara la garganta y le hiciera un fondo de ojo mientras se preguntaba cómo haría Grosfeld con las otras mujeres que traía. ¿O no traía otras mujeres? Porque las autoridades tal vez sospecharan de chicas que no estaban casadas con nadie. Si desde muy niña, en esa pobre y pequeña aldea polaca, Dina había sabido que Buenos Aires era una de las ciudades adonde con más frecuencia se llevaba a las mujeres para perderlas, ¿cómo no lo iban a saber esos dos funcionarios importantes, cosmopolitas, afeitados, ricos, tan pulcros, tan bien alimentados?

Sin embargo, no parecían sospechar de ellos dos. El certificado de matrimonio, aunque escrito en hebreo, el traje de él, sus palabras seguras, la ropa de ella, todo servía para convencerlos. El empresario volvía casado con una compatriota, ¿qué tenía de extraño?

Pero ella podía arruinarle el triunfo: ahí estaba el brazo del médico, a su alcance para apretar, implorando ayuda; ahí estaban los funcionarios, ahí estaba su propia voz para decir en su idioma a qué la traía ese hombre a Buenos Aires. Prostituta. La palabra daba una vergüenza infinita, la conocida, maldita vergüenza; daba más vergüenza la palabra que la cosa en sí. ¿Pero no era hora de terminar con eso? Ella era Dina y se había atrevido a pensar y a saber. Tal vez hubiera llegado el momento de distribuir: ¿tenía que cargar sola con la vergüenza? Su madre, su padre, Ribke, la casamentera, Hersch Grosfeld, el mal judío: ¿no tenía para todos ellos, también, un buen pedazo de vergüenza? Repartida pesaba menos. Dina entendió que, si lo decidía, era capaz de decir lo que hiciera falta, de apretar ese brazo, de repetir "prostituta", *kurve kurve kurve kurve* todas las veces que se precisara, precipitarse sobre esos hombres aunque su marido quisiera evitarlo y gritar hasta conseguir que la entendieran, que la ayudaran. Iba a morir de vergüenza, pero después.

¿Es que acaso podían entenderla? ¿Le creerían a ella, estando él ahí, con su bigote fino, su saco cruzado? Y si lo hacían, ¿podían ayudarla? Ni siquiera sabía cómo decirles lo que había que creerle, tampoco entendería lo que le contestaran. Venía de una aldea miserable, Grosfeld no. Grosfeld volvía a su gran ciudad, donde hacía negocios y dinero. Era mucho más parecido a ellos de lo que ella podría ser nunca. Ella era mujer, él era su marido ante Dios. Pero, además, suponiendo que por milagro divino, por intuición, por bondad, esos dos hombres la entendieran, ¿qué harían entonces? ¿La arrebatarían a su esposo? ¿Y qué sería de ella? Estaban ahí para autorizar su desembarco en Buenos Aires. ¿Iban a autorizarlo si sabían la verdad? ¿Qué hacían las autoridades de inmigración con las prostitutas? ¿Las metían presas? "Las repatrian cuando las descubren en los barcos", la frase llegó del fondo de su memoria, la había escuchado alguna vez en algún relato tenebroso, cuando no imaginaba ni remotamente su propio destino.

"Las repatrian cuando las descubren." ¿Volver? ¿Volver a Kazrilev? Dina se encogió bruscamente para atrás, llevando los brazos al pecho. Todos la miraron. Se había sacudido como si hubiera visto una serpiente.

Los funcionarios esperaron, asombrados. Grosfeld estaba por decir algo y ya estaba por tomarla de la cintura cuando ella se le adelantó. Murmuró en ídish unas palabras de disculpas: "Me puse nerviosa, no sé por qué", explicó con una sonrisa recatada. Y aferró el brazo de su esposo, apretándose mimosa contra él.

Ése fue el primero de sus gestos laborales. Ella pensó que perderse no era un trabajo lindo, pero tal vez no era tan difícil.

VI

Y se terminó el viaje. Dina abandonó el *Adolf Leonhardt* caminando correctamente del brazo de su esposo, mirando con curiosidad hacia todos lados mientras sentía en la cara el aire fresco y luminoso del mediodía. Se dejó conducir hasta un auto. Adentro aguardaban dos mujeres. Una quedó en el asiento de atrás. La otra, elegantísima, descendió para saludarlos. Tendría cerca de treinta años. Hablaba en ídish. Observó atentamente a Dina. Ella ya conocía esa mirada; bajó los ojos.

—Afuera la vergüenza, querida —dijo la otra alegremente, y le tendió la mano—. Me llamo Brania. Yo te voy a cuidar.

—A Brania vas a hacerle caso en todo, como si fuera yo —dijo Grosfeld.

La hizo subir atrás y se acomodó con la mujer adelante.

Dina sonrió tímidamente a su compañera de asiento, después se quedó muy quieta, expectante en la butaca. Nunca había estado dentro de un auto. Cuando arrancó dio un respingo y tomó sin darse cuenta el brazo de su vecina; sintió al mismo tiempo que le tomaban la mano. Miró sorprendida la carita redonda y pecosa de su compañera: estaba tan asustada como ella. También era la primera vez en un automóvil, pensó Dina, mientras las dos se sonreían ahora francamente, sin soltarse. Adivinó que tenían más parecidos: la chica recién bajaba del *Adolf Leonhardt* pero estaba más triste que ella, parecía aterrada.

—¿Sara viene con nosotros? —preguntó la muchacha de pronto. La voz era ronca o le salía ronca, demasiado suave.

—Rosa, ¿por qué te preocupás por Sara? ¡Dejala tranquila a Sara! La recibió su tía en el puerto —contestó Grosfeld.

De modo que esta Rosa y la tal Sara eran el otro cargamento que Grosfeld había traído en el barco. ¿Sería el único? "En todo caso, yo viajé en camarote", se escuchó pensar Dina y se sintió mala. Era mala, seguramente. Por algo estaba en Buenos Aires. Pero Rosa no lo sabía y no le soltaba la mano. Su fría manito húmeda seguía ahí. "La mía también está fría", se dijo Dina. Volvió a mirar el rostro temeroso y compungido de su compañera y sintió pena. Aunque la situación era igualmente incierta para las dos, se sentía más preparada que Rosa para afrontar las circunstancias. Y además era la esposa del jefe.

Intentó tranquilizar a su compañera con la mirada. No sabía por qué preguntaba con tanta ansiedad por Sara, pero presentía que lo mejor era hacer caso a Grosfeld, aunque diera miedo. Sin embargo, Rosa no pareció recibir el mensaje, continuó con su expresión atormentada y empezó a morderse los dedos de la mano libre. Dina se puso a mirar por la ventanilla. Pese a todo, estaba en Buenos Aires.

De modo que así era esa ciudad inmensa. El auto se sacudía sobre el empedrado y ella se sintió incluso capaz de disfrutar: había sol, había señores que caminaban de prisa con sobretodos elegantes, había muchachos con gorra que pasaban en bicicleta, carros tirados por caballos que más bien parecían las carrozas de los cuentos de hadas, automóviles como ese en el que iba, como los que había visto en Markuszew cuando acompañaba a su papá a la feria y no soñaba siquiera con ocuparlos. Una mujer hermosa cruzaba la calle con un sombrero con flores, deslumbrante. Un muchacho de cara fresca y rubicunda, con un saco de lana a cuadros y una bufanda, vendía diarios en la ochava, anunciaba algo, su voz cantaba, su brazo mostraba alegremente el diario en alto. No había nieve, no había gente doblegada bajo el peso de abrigos, no había silencio ni —pensó Dina— tristeza. No, por lo menos, la tristeza de su Kazrilev. Los vendedores ambulantes no eran personas humilladas, no se quedaban parados mirando el piso, pateándolo para que los pies no se congelaran, tiritando envueltos en lanas viejas; no arrastraban carros con sus piernas porque sus animales habían enfermado o muerto. Los vendedores, le pareció mientras miraba a un muchacho que corría para treparse nuevamente a un carro repleto de verduras, estaban como de fiesta. Y las mujeres, tan hermosas, también. ¿Serían *kurves*? Y los hombres que irían a sus trabajos, y esos dos judíos casi como los de su aldea, con negra barba, tales y kipá, que de pronto descubrió caminando juntos, conversando animados por la vereda. Así era la ciudad: notable, infinita, imprevisible en ese mediodía que ahí se llamaba de invierno ("hoy hace frío", había dicho la tal Brania; ¿eso era frío?). Inmensa, lujosa, peligrosa. Dina se volvió hacia Rosa, también ella miraba por su ventanilla. ¿Sentiría lo mismo? No se animó a hablarle pero le apretó la mano, la otra se dio vuelta y la miró: estaba llorando. "Yo ya lloré mucho, no vale la pena que llores", hubiera querido decirle Dina. Le sonrió y le acarició la mano con sus dedos, dedos que no estaban, sin embargo, tibios, dedos tan helados como los de su compañera, aunque no hacía frío. Nerviosa, prefirió darse vuelta otra vez para mirar. Ciudad magnífica. Y por debajo de tanto lujo bullía el pecado. Aguzó la mirada, a ver si lo descubría. Todos se movían con seguridad y soltura, sabían adónde ir y no parecía disgustarles lo que sabían. ¿Tendrían vidas secretas? ¿Se sufriría mucho con una vida secreta? ¿Cómo sería existir entre tantas casas, tantas calles, tanta gente? ¿No tan malo como le parecía a Rosa? Cada persona ahí sería invisible. Ahí cualquiera tendría una segunda oportunidad. Ahí su historia terrible no hubiera ocurrido. No habría bosque ni río para ir a lavar a la hora de la siesta, ni chismosos ávidos de sangre para vengar su tremendo error; habría caras desconocidas, indiferentes, todas las que estaba mirando y que no se ocupaban de mirarla a ella.

Ah, Buenos Aires: sin tierra ni nieve ni barro ni vergüenza ni pogroms, ni depósitos vacíos de papas que se racionaban para pasar el verano. Piedras en la calle, baldosas en la vereda, carros repletos de alimentos, bolsillos repletos de monedas. Todo piedra y cemento y paredes tan sólidas y abrigadas para los que viven adentro, ajenas para ella. Todo moderno, tan moderno. Todo extraño, frío, amenazante. Un lugar para perderse.

Pero aunque era incapaz de soltar su mano húmeda de la otra, la ciudad era hermosa, tan hermosa como aterradora, aunque odiaba y temía a Hersch Grosfeld, aunque estaba ahí para hacer algo horrible, no pudo evitar la alegría de la velocidad del auto, de su ropa nueva, del desfile, de ese mundo que bullía por la ventanilla. Y de estar lejos, muy lejos. Todo el océano en el medio. El océano entre ellos y Dina. Lejos para siempre.

CAPÍTULO 3
GAJES DE UN OFICIO

"En estas 'casitas' la sala de recepción es el patio.
Un patio alumbrado solamente con una lamparilla.
Este patio, por comparación, no despierta en sí
más que un recuerdo: el corredor secreto para los
fumadores de haschich, en El Cairo.
No se pronuncia una palabra ni se hace un gesto.
Los hombres en vez de estar sentados, están de
pie, con la espalda contra la pared. Humildes,
pacientes, resignados, como un grupo de pobres
que esperan en invierno a la puerta de un
establecimiento de beneficencia.
(...) La guardiana no está allí más que para tocar
un silbato en caso de trifulca, y acudirá el
vigilante, el vigilante a quien el polaco da dos
pesos diarios. ¡Lo cual hace que la mujer trabaje
una vez para el vigilante!
(...) Todos esperan en el mayor recogimiento.
No se mira al vecino. Los ojos están fijos en las
baldosas y no se levantan más que cuando
aparece la sacerdotisa. Entonces todas las
miradas se dirigen a ella, y vuelven a posarse en
las baldosas cuando cierra nuevamente la puerta.
En ciertas épocas la cierra de setenta a setenta y
cinco veces por día.
Esto es cierto."
Albert Londres, *El camino a Buenos Aires. (La
trata de blancas)*

I

La casa estaba en la calle Loria, número 1052, junto a muchas otras parecidas, en una cuadra llena de árboles del barrio de Boedo. Dina y Rosa la observaron paradas en la vereda, recién bajadas del automóvil, mareadas todavía. A Dina la construcción le pareció señorial. Era de una sola planta, con ventana a la vereda; los postigos de madera estaban completamente cerrados. A diferencia de otras casas, la balaustrada de mármol de la ventana no tenía macetas; tenía sí, igual que los postigos, polvo acumulado que nadie quitaba jamás. La puerta de calle, alta, angosta, de madera, se veía en cambio limpia y lustrada. "Llegamos", dijo Brania, y la abrió con su llave.

El zaguán pintado de amarillo y la puerta cancel con su cortinita del mismo color lucían por la limpieza. Pasaron al hall, con aspecto de una sala de espera. Las chicas permanecieron mudas, mirando dos sillones dobles y cuatro butacas arrimados a las paredes. Dina se estremeció y observó a Rosa: estaba pálida.

Hersch Grosfeld entraba los equipajes; Dina lo recordó de pronto como la primera vez, hablando para sus padres con seriedad y aplomo mientras describía el hogar al que la llevaría. Volvió a sentir la misma repugnancia por su bigotito, su porte prolijo, su voz tranquila. Y sin embargo esa casa era mucho mejor que cualquier vivienda que Schmiel y Jane Hamer hubieran tenido o pudieran tener alguna vez: sólidas y gruesas paredes de ladrillo, pisos de mármol en el zaguán y el hall, lustrados tablones de madera en las habitaciones. Todo recién pintado.

—Vengan, chicas, les muestro —dijo jovialmente Brania.

Grosfeld acompañó la recorrida sin decir palabra. Había un cuarto que daba a la calle, se comunicaba con la sala por una alta puerta de madera y vidrio con cortinas color sangre, decoradas con dibujos de dragones chinos. La habitación estaba empapelada también de rojo brillante, las molduras pintadas de dorado hacían juego con los dragones. Había una cama matrimonial con un alto espaldar de hierro enmarcado por un barrote torneado en cada extremo. Junto a la cama matrimonial estaba la puerta de gruesa y maciza madera que daba al cuarto contiguo.

—Ésta es la habitación para Dina —dijo Brania.

"Entonces no voy a dormir con mi marido", pensó ella con alivio. Pero su mirada se quedó atrapada en la cama y entendió mejor: esa amplitud siniestra, lujosa, amenazante, no era para dormir. No observó el resto del mobiliario (una mesita de luz de diseño tosco, que no hacía juego con nada, una mesa no muy grande contra el balcón-ventana, los vidrios cubiertos de bayeta roja y detrás de la bayeta, seguramente, esos postigos que ella había visto cerrados y polvorientos desde la calle, una silla de respaldo alto, tapizada con un gobelino algo deshilachado).

El cuarto que seguía y se comunicaba con el suyo estaba, anunció Brania, destinado a Rosa. Tenía el mismo empapelado pero en azul Francia, iguales molduras doradas, muebles parecidos. Se entraba además por el hall, por una idéntica puerta de madera y vidrio con cortinas que hacían juego con las paredes. A diferencia de la otra habitación no tenía ventana, sí se comunicaba con el cuarto siguiente, que daba al patio y marcaba el comienzo del territorio de Brania.

Brania disfrutaba de dos cuartos al patio, los presentó orgullosamente como "su *suite*" para su uso exclusivo. Dina ya estaba maravillada por el lujo de las piezas anteriores pero éstas le parecieron el colmo de la suntuosidad: la primera exhibía una alfombra multicolor de pura lana, de diseño oriental, y pequeños sillones rococó tapizados en terciopelo rosa; la segunda, una cama matrimonial de roble con un gran espaldar tallado, vestida con cubrecama de seda también rosada y almohadones de la misma tela, de hermosos volados. Frente a la cama había un tocador con espejo y un silloncito tapizado que hacía juego con el cubrecama.

Esa gente era rica, en eso Grosfeld no había mentido. Ella salía de su casa de techo de paja, de su cama tosca, de abrigarse con un edredón que ella misma había cosido y rellenado con plumas bajo la dirección de su madre. Su hermanito Marcos, su madre, su padre, nunca conocerían esa vida. Su hermanito no merecía quedarse afuera, era mejor no pensar en él porque dolía demasiado. En cuanto a sus padres... la habían echado, ¿o no? Un sentimiento de revancha iba avanzando sobre Dina. Vida de lujo había prometido Grosfeld y en eso parecía que cumplía. ¿Viviría allí con ellas? Dina no lo pensaba preguntar, presentía que por lo menos de eso iba a salvarse.

En el patio había algunas sillas de hierro, evidentemente para que esperaran los clientes, y —por lo menos ese día— mucho sol, geranios a granel, exuberantes, florecidos pese al invierno. Brania los mostró complacida: "Yo los cuido", informó. Después las llevó a la cocina, ubicada al fondo. Era demasiado pequeña, pensó Dina, pero tenía novedades notables: un artefacto de hierro con planchas gruesas arriba y lugar debajo para poner la leña, había visto una cocina parecida en la casa judía más rica de Kazrilev, la de Leibe, el carnicero; la mujer y la hija de Leibe se pavoneaban con ella. Su madre las envidiaba y las maldecía muchas veces mientras se agachaba a cocinar en el fogón. Si viera ahora a su hija ahí, ¿le echaría una maldición?

Había demasiadas cosas, el asombro no alcanzaba. La maravillaron la pileta por donde salía agua limpia cada vez que se abría una canilla, y se escapaba por un caño sin mojar nada; una gran caja de madera que se llamaba *heladera* y servía para que las cosas se mantuvieran frías adentro, gracias a una barra de hielo. "Heladera." La palabra fue dicha en castellano. Dina la anotó mentalmente, dispuesta a recordarla. El baño tenía novedades extraordinarias, el sobrino de Motl no había mentido: por las canillas de bronce de la hermosa bañera de hierro esmaltado en blanco salía no sólo agua fría sino además agua caliente, bañarse iba a ser delicioso; el lavatorio tenía más canillas, el inodoro se limpiaba solo cuando se tiraba de una cadena, el aparato de hierro empotrado en la pared se cargaba con leña, como la cocina, calentaba el agua y se llamaba *calefón* (otra palabra en castellano). Maravillas del progreso, todo con azulejos y esmalte blancos, inmaculados, relucientes. Y había luz eléctrica en todos lados, que se encendía con teclas desde la pared.

Sí, definitivamente, por lo menos en esto Hersch Grosfeld había dicho la verdad. Dina recordó las amenazas en la cabina del barco: si hacía lo que se esperaba de ella, todo saldría bien. Y ella, que iba a hacerlo, empezaba a sentir que su nueva, lujosa vida podía ser excitante. Trató de sonreír a Rosa, de transmitirle esa sensación, pero Rosa parecía no entender lo que miraba, no consolarse.

La recorrida por la casa se completó con la visita a una pequeña habitación que estaba arriba de la escalera, al final del patio. No tenía un solo mueble, ni ventana, ni salamandra, ni lamparita eléctrica; parecía inhóspita y fría, las maravillas del progreso no habían

57

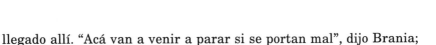

llegado allí. "Acá van a venir a parar si se portan mal", dijo Brania; por el tono de su voz no se entendía si bromeaba o hablaba en serio, aunque a ninguna de las dos chicas se les ocurrió reír.

II

La frase de Brania le había dado miedo. Ella no iba a portarse mal. Dina sabía que en muy poco tiempo iban a decirle claramente qué querían que hiciera y esperaba con cierta ansiedad ese momento. Saber preverlo la hacía sentir superior. Su marido sería, seguramente, quien se lo informaría. ¿Pero con qué palabras? ¿Se atrevería a hablar con claridad? Dina sentía un odio pertinaz contra Hersch Grosfeld, un odio que había nacido en el mismo instante en que lo vio pero que contradictoriamente crecía como resentimiento frente a su indiferencia, a sus fríos ojos de un marrón muy claro, a la falta absoluta de interés con que la había poseído e incluso maltratado en todos los días del viaje. La admiración por esa casa o la fascinación por el trayecto en automóvil hubieran podido despertarle alguna elemental gratitud, pero eso no había ocurrido. Odiaba a Grosfeld incluso aunque estuviera dejando de odiar la idea de perderse. Y ahora se preparaba para que ese hombre le dijera la verdad. "¿Me hablará de mis deberes de esposa?", pensaba, paladeando una ironía sorda. Porque mientras él estuviera buscando las palabras con vergüenza y rodeos, ella sabría ya todo y no bajaría los ojos. Se prometió no llorar, no mostrar miedo, simplemente fingir que tardaba en entender, hacerle el momento realmente difícil. Se prometió disfrutar de verlo confundido, de hacerlo sentir un imbécil. Y, sin embargo, como siempre con él, se equivocó.

—Ahora quiero hablar con cada una de ustedes —dijo Hersch Grosfeld cuando terminó la recorrida—. Rosa, esperame en tu cuarto. Dina, vení conmigo.

La hizo sentar en la cama, se acomodó en la silla y dijo sin ningún rodeo, serenamente:

—Vos y Rosa van a trabajar para mí como prostitutas acá, en esta casa. Cada una en su habitación.

Fue como si nunca lo hubiera sabido y se estremeció. Para que el terror no se le notara tanto dejó caer la barbilla, mientras pensaba con rabia que era un gesto de resignación, de asentimiento. Así lo entendió evidentemente Grosfeld, que dejó que el silencio subrayara la inevitabilidad del destino. Por la calle se escucharon los cascos de un caballo contra el empedrado, unos niños que gritaban brevemente.

—Esta casa es mi burdel —siguió Hersch Grosfeld—, para eso fue pintada y arreglada, y empezará a trabajar en una semana. Te voy a decir cómo son las reglas: yo mando, vos hacés lo que yo digo. Bien simple, ¿no? Después de mí, manda Brania, que vive acá y va a pasar la mayor parte del tiempo con ustedes. Ella les cobra a los clientes y les da a ustedes su parte. Vos deberías darme todo a mí porque soy tu marido, pero no vamos a vivir en la misma casa y te permito que guardes la mitad, como hacen las demás chicas. Espero que valores mi generosidad y te portes bien, porque cuando se me ocurre cambio de idea, soy tu marido, no lo olvides. El turno con cada hombre es de quince minutos y está absolutamente prohibido permanecer más de ese tiempo con ninguno. Si el cliente quiere más, tiene que pagar, pero no puede pasar de dos turnos en ningún caso. Los clientes pagan dos pesos cada turno; un peso de ahí es para vos. Un peso argentino, ¿oís? Un peso fuerte. ¿Sabés lo que es eso? ¿Sabés cuántos días se come en tu *stehtl* miserable con eso? Si trabajás mucho y bien, podés hacer trescientos clientes por semana. ¡Trescientos pesos!, ¿entendés? Depende de vos. Son trescientos pesos, mucho más de lo que acá gana una vendedora de tienda por trabajar un mes. No sé qué vas a hacer con tanta plata. Vas a tener mil doscientos pesos mensuales más o menos. Si querés hacer alguna compra, Brania puede ayudarte. Es una fortuna, pero cuidadito: Rosa y vos tienen que pagarme por el alquiler y la comida, y comprarse la ropa y lo que precisen para trabajar. Brania les va a dar instrucciones sobre el desempeño en la casa, las tareas domésticas quedan a cargo de ustedes. Yo voy a venir a inspeccionar todo el tiempo, a ver cómo se portan y cómo hacen andar el negocio. Si anda bien y estoy contento, ustedes van a estar contentas. Si no, me voy a enojar, y te aseguro que no les conviene que me enoje.

Dina guardó silencio, pero no para mostrarse fría y superior, como había planeado.

—Bajo ningún concepto se puede salir a la calle —siguió Grosfeld—, a menos que salgas con Brania. Y además, ¿adónde vas a ir? Acá nadie quiere a las putas, la policía las agarra en seguida si las ve sueltas, y la policía es amiga nuestra, te trae derechito acá de vuelta. Tus documentos los tengo yo y si yo no te defiendo, te agarran y te despachan de vuelta para Polonia. Tampoco podés abrir esa ventana. Esa ventana no se abre. Los postigos están cerrados con candado. En esta casa todo tiene llave y la única que usa las llaves es Brania. Te digo las reglas con claridad, espero no tener que repetirlas. También está prohibido negarse a atender un cliente, no quiero problemas con ellos, ellos pagan y su derecho es hacer lo que quieren en su turno. ¿Está claro?

Grosfeld esperó. Dina seguía mirando el piso.

—¿Está claro? —repitió en voz baja.

—Sí —murmuró ella con dificultad.

—Bien, trabajá bien y con cuidado. Ya viste que tengo influencias. No sólo tengo amigos en el gobierno polaco, tengo muchos amigos acá. Amigos poderosos. Tenés que saber que yo no estoy solo, me respalda una gran institución, la Mutual, la *Varsovia*. Aprendete ese nombre: la *Varsovia*. Y no es ilegal, que te quede bien claro. Que te entre en la cabeza: en la Argentina los prostíbulos son legales, la *Varsovia* también es legal. *Varsovia*, escuchá bien. Te lo digo completito en castellano: "Sociedad de Socorros Mutuos *Varsovia*". Ésa es nuestra institución, vos ahora también sos parte de ella; alegrate, Dina, porque la Mutual te protege. Tenés que estar agradecida de que yo te haya encontrado. La *Varsovia* es poderosa, muy poderosa. Vos acabás de llegar a este país y tenés que saber que pocas instituciones son acá tan poderosas como nuestra Mutual. Tenemos políticos, tenemos policía, tenemos jueces, muchos trabajan para nosotros. No hay cómo vencernos. *No hay cómo.* ¿Entendés?

Ella asintió con la cabeza baja. Lo único que quería era que se callara y se fuera de esa pieza. Como si la escuchara, Hersch Grosfeld se levantó. Entonces la vocecita de Dina susurró:

—Señor...

—¿Sí...?

—No sé... No sé si voy a saber... Quiero decir... No sé bien cómo es... ¿Qué digo...?

—¿Qué decís a quién? ¿A quién tenés que decir algo?

—A los... clientes.

—¿Qué vas a decir a los clientes vos? Los clientes hablan castellano, vos hablás ídish. ¿Qué les tenés que hablar? No les decís nada. Hacer, ése es tu trabajo, no hablar. Brania conoce muy bien el oficio y te va a explicar todo lo que necesitás. Es fácil... Por cierto, quiero más entusiasmo que el que te conocí en el barco. Si querés hacer trescientos clientes por semana, vas a tener que poner más entusiasmo. Y eso es lo que te conviene, por tu ganancia y porque así sí yo voy a estar contento.

Un tablón del piso tenía una quemadura negra, negrísima. Alguien habría dejado alguna vez ahí un cigarrillo encendido. Dina seguía observándola empecinada, aprendiendo su contorno de memoria, cuando él caminó hasta la puerta que comunicaba con la pieza de Rosa.

III

Las paredes eran gruesas y no escuchó la conversación, sí un llanto ahogado y luego un grito que la estremeció. Después del grito el llanto fue más fuerte. Vio que su marido salía arrastrando a Rosa y llamaba a Brania, vio que llevaban a la chica al patio, supuso que la subían por la escalerita a la piecita de los castigos. Después Hersch Grosfeld tomó su abrigo, ya se iba. Se paró frente a Brania, exactamente delante de la puerta abierta de la habitación de Dina.

—Hasta que Rosa no diga que va a obedecer, no sale de ahí y no come. Y si mañana no cambió de idea, la dejás adentro desnuda para que sienta bien el frío —le dijo en voz alta.

Brania asintió y de pronto Hersch Grosfeld la tomó en brazos y la besó suavemente en los labios.

—Hasta mañana —dijo, y le sonrió.

Nunca, en todo el tiempo que había pasado con él, Dina lo había visto sonreír. Se quedó azorada, herida, decepcionada, furiosa, sentada frente a la mesa de cara a la ventana cerrada y oscura, pensando en la traición de Grosfeld, en su compañera presa en la piecita, sintiendo las lágrimas que se le iban secando en la cara.

Ella no era la mujer del jefe; la otra, con su ropa a la moda, su sombrero con flores, su cama de seda rosada, su desenvoltura y su voz cantarina, la otra era la mujer del jefe, a la otra el jefe la había elegido. Ella era demasiado fea, demasiado pobre, demasiado pueblerina, tonta, sucia como para que alguien la mirara, ni siquiera ese hombre que le repugnaba, que la había humillado, que tenía ojos crueles. Y si no trabajaba, no comería, y la llevarían a ese cuarto de arriba a que muriera de frío. Y había que ver si iba a poder trabajar, había que ver si alguien iba a querer pagar por ella. Pero tal vez, sí, tal vez los hombres, igual que Andrei, con tal de descargar su instinto brutal, incluso aceptaran hacerlo en ella. Los hombres... eran monstruos los hombres. Grosfeld se había casado con Dina como parte de una farsa, el pago de una compra. ¿Se podía burlar así la ley de Dios? Iosel también se burlaba de la ley de Dios, se reía del rabino, de las prohibiciones, de la barba. ¿Esto era un castigo porque Iosel y ella se habían reído alguna vez juntos de la ley de Dios? Y la habían casado con velo, bajo la jupá, y su novio había quebrado el vaso con el pie, y sus padres le habían dado esos ahorros miserables con los que no se compraba ni un mueble de esa casa, y su madre le había dado ese mantel ridículo bordado por sus dedos tibios, los dedos con los que la acariciaba cuando era niña, con los que la abofeteó cuando fue mujer. Y todo era una farsa. Ahora resultaba que su marido era novio de Brania y le sonreía como nunca jamás había sonreído. Seguro que la quería, la quería de verdad, y por eso no la mandaba a trabajar con clientes. Cómo le sonreía. Y todo eso, castigar a Rosa, besar a Brania, ¿lo habría hecho frente a ella a propósito? Dina tenía que entender cómo eran las cosas de ahora en adelante. Hersch Grosfeld mostraba las reglas y esperaba no tener que repetirlas.

—¿Te ayudo a deshacer tu baúl, querida? —la voz de Brania desde la puerta la sobresaltó.

—No, gracias —dijo Dina. Temblaba.

—Por favor, dejame ayudarte —insistió la otra y entró, levantó el baúl, lo puso sobre la cama.

Eran pocas las cosas que tenía Dina. Algunos libros en polaco y en ídish, su chal tejido, la ropa de abrigo, el vestido y la mantilla del *shabat*, un viejo camisón de franela.

—Nada de esto te va a servir de mucho, querida —comentó Brania siempre alegre, siempre activa, doblando y guardando, revoloteando como una abeja por el cuarto—. Esta misma tarde vamos a ir de compras. Mirá que en una semana empezás a trabajar.

—No tengo plata para comprar.

—Eso no importa, no te preocupes. Hersch te adelanta el dinero, después se lo devolvés. Hersch es generoso con sus chicas.

—Pero yo no necesito nada, si no voy a salir a la calle.

Brania sonrió.

—¡Ay, mi *féiguele*, qué niña eres! —dijo, y estiró la mano para acariciarle la cabeza.

Dina se corrió con brusquedad. Ofendida, la mujer cambió de tono.

—Vas a necesitar cosas, muchacha, te lo aseguro. Para recibir clientes no podés estar vestida con esto, como una pordiosera del *stehtl*.

Dina sintió el puñetazo en la garganta, se quedó callada. Brania terminó de acomodar las cosas en el ropero, cerró el baúl y lo levantó de la cama.

—No lo lleve —imploró Dina—. Puedo usarlo para guardar cosas.

—Está prohibido tener baúles y valijas en la pieza. También está prohibido usar candados. La única que tiene llaves acá soy yo.

Brania se retiró cargando el baúl de madera; su padre lo había lustrado para el viaje y le había hecho un herraje especial. Dina cerró la puerta para seguir llorando. Lo hacía en la silla, no toleraba la idea de tirarse en esa cama. Pero no estuvo sola mucho tiempo.

—Vení, ayudame a preparar el almuerzo; así de paso aprendés —dijo Brania asomándose.

Se levantó con esfuerzo y acompañó a la mujer hasta la cocina; pasaron junto a la escalera que llevaba a la prisión de Rosa. Dina se estremeció, la imaginó golpeada: ¿la habría golpeado? Hubiera querido que la puerta se abriera, que Rosa estuviera ahí, a su lado, hubiera querido conversar con ella y poder escapar de Brania, de la bella, increíble, admirable Brania, que ya estaba abriendo esa heladera, prendiendo esa cocina, hablando y hablando. A pesar de sí misma se interesó por lo que explicaba.

—Hay algunas cocinas que se alimentan a gas, no hay que ponerles leña —seguía Brania—. Son carísimas. Igual, son muy peligrosas, a mí me dan miedo, aunque digan que se cocina más rápido y dan mucho menos trabajo.

—¿Alimentadas a gas?

—Sí, gas de coque. Viene por cañerías desde el gasómetro, que no está lejos, y llega al barrio. A la Argentina los avances de la ciencia llegan en seguida. ¿Dónde te creés que estás, vos? ¿En Polonia? Esto es civilizado, querida, tenés que estar contenta de tu suerte, no como esa tonta de Rosa, y de trabajar para Hersch. No hay que llorar. Hersch es un hombre extraordinario.

Dina no contestó, tenía los ojos fijos en la olla que se calentaba velozmente sobre la chapa de hierro. Brania la había llenado de agua en la pileta, ahí mismo, sin tener que ir a buscar agua a ningún lado. La cocina y esas canillas eran magia. Estaba observando la magia, ayudando a Brania a cocinar para ellas solas, mientras Rosa... ¿La habría golpeado? Sintió de pronto rabia contra Rosa. Era tonta, se buscaba sola los problemas. Esa convicción aumentó mientras preparaban el *kashe* con un caldo de carne que Brania ya tenía hecho y había sacado de la heladera, y hacían una sopa deliciosa con repollo. Brania puso sobre la chapa caliente una plancha pesada de hierro.

—Aquí arriba vamos a cocinar carne a la argentina. Se llama churrasco, es deliciosa —informó alegremente.

Sonreía con calidez mientras sacaba dos enormes pedazos de carne muy gruesa, casi sin grasa. A Dina se le hizo agua la boca. *Churrasco*.

—Brania, ¿Rosa no va a comer con nosotras?

—Rosa se está portando mal. Acá la que no trabaja no come, y ella parece que no está dispuesta a trabajar. ¿Se cree que va a vivir de arriba? Hersch puso dinero, pagó los pasajes de todas, preparó esta casa para que ustedes estén como reinas. Hay que devolvérselo. ¿O no es justo?

—Yo la convenzo, déjeme a mí. Invitémosla a la mesa y yo la convenzo. O déjeme hablar con ella a solas, me va a escuchar.

Pero no hubo caso. Comieron en silencio en la pequeña mesa de la cocina. Era una comida exquisita, increíblemente abundante. Dina atravesaba a toda velocidad los más diversos estados de ánimo. Mientras comía disfrutó inmensamente. La ausencia de su compañera le daba rabia casi siempre pero también pena y culpa. Cuando terminó, Rosa le pareció una heroína que su madre respetaría, y el recuerdo de Hersch Grosfeld besando a Brania volvió a enterrarse en su garganta como un puñal.

Brania le indicó que lavara los platos y las ollas y se fue a dormir la siesta. Dina se ocupó con ganas de la tarea, le parecía maravilloso no estar arrodillada en el río. El agua caliente era todo un descubrimiento, agradabilísima a las manos, y además se llevaba en seguida la grasa, junto con ese jabón tan blanco. "El progreso es blanco", pensó y recordó el guardapolvo inmaculado del médico que había subido a bordo.

Cuando terminó no se fue a su cuarto, se quedó en el patio al pie de la escalerita, mirando la puerta cerrada de arriba y las puertas cerradas de la *suite* de Brania. Quería subir, quería hablar con Rosa. ¿Pero si la castigaban por eso? Si Brania dormía, no tenía por qué enterarse. Se descubrió arriba de un escalón, lo había subido de puro deseo, sin darse cuenta. Muerta de miedo siguió, despacito, en puntas de pie, vigilando la puerta de Brania. Después de todo la mujer no se lo había prohibido, podía explicar la verdad: quería convencer a Rosa de que no se resistiera más, de que no sufriera así...

—¡Rosa! —llamó con voz muy queda, la boca junto al marco de la puertita.

Miró las puertas de la *suite*, con sus vidrios y sus barras de madera. Las pesadas cortinitas (rosas, por supuesto) estaban inmóviles.

Nadie contestaba en la piecita. Volvió a golpear, algo más fuerte.

—¡Rosa! ¡Soy Dina!

Entonces sintió del otro lado una voz susurrante.

—¿Dina?

—Rosa, no seas tonta, deciles que obedecés. Te van a dejar morir de hambre. Comimos cosas tan ricas...

El llanto llegó del otro lado.

—Rosa, no podés contra ellos, ellos son muy poderosos. Deciles que aceptás, haceme caso, deciles eso y la vas a pasar bien.

Le respondió una catarata de palabras susurrantes y gemidos difíciles de entender. Dina dijo, casi levantando la voz:

—No te van a dar de comer y te van a dejar acá a la noche para que pases frío.

Le pareció descubrir un movimiento en la cortina rosa del cuarto de dormir de Brania. Bajó la escalera aterrada y corrió a acostarse a su cama, esperando lo peor. Pero nadie fue a retarla, no se escuchaban ruidos en la casa. Trató de descansar. Era difícil dormir.

Recién una hora después Brania entró a su cuarto. Si la había descubierto hablando con Rosa, no parecía enojada en absoluto. Se había cambiado el vestido, llevaba un traje de terciopelo color borravino y zapatos y sombrero haciendo juego. "Con la plata que gane me voy a comprar un traje como ése", pensó Dina justo en el momento en que Brania le decía:

—Vestite con la ropa que tenías cuando bajaste del barco. Nos vamos de compras.

IV

Un coche de alquiler tirado por caballos vino a buscarlas y las llevó a una calle céntrica, repleta de gente y de negocios. Dina lamentó no ir en automóvil. Igual, no podía creer dónde estaba. Tomándola siempre del brazo como una madre cuidadosa, Brania la metió en un negocio inmenso de varios pisos, un palacio alfombrado, luminoso, con vidrieras repletas de cosas hermosas; tenía un olor exquisito y caminaba por allí gente vestida con magnificencia, incluidas señoritas muy elegantes que atendían a los clientes con uniformes que más parecían ropa de día de fiesta. Dentro del edificio había una jaula de puertas de hierro que se plegaban sobre sí mismas; circulaba por un corredor vertical y se sostenía en el aire por un cable muy grueso que lo subía y lo bajaba, movido por energía eléctrica. Dina tuvo ganas pero también miedo de subir, preguntó a Brania si no podían ir por la escalera. La otra rió con su risa cantarina, la empujó a la jaula y dijo algo, muy sonriente, al señor que manejaba. Dina lamentó que el viaje hubiera sido tan corto. Arrastrada por la jefa, caminó sobre una alfombra tan mullida que se le antojó un tapizado de capullos de rosa, moviéndose entre ropa de todo tipo hasta llegar a un sector en donde se veían maravillosos, audaces vestidos y largas túnicas abiertas adelante, todo de gasa y tul y expuesto en bellas muñecas gigantes con cuerpos esculturales de mujer. Parecía ropa para las reinas. Allí se encaminaron; Brania dijo que tenían que comprar dos prendas distintas de cada tipo. Eran muy transparentes, ¿se usarían con enaguas? No eran vestidos, explicó Brania, eran batas y camisones, se usaban para la cama.

—¿Esa ropa, para dormir?

—No exactamente —respondió Brania con picardía. Dina se puso colorada.

La madama manipulaba las telas como si fueran de una prenda cualquiera, hacía preguntas a la vendedora con una desenvoltura asombrosa; pero Dina traspiraba, no podía dejar de mirar con maravillado horror la transparente, etérea belleza.

—Esta tela se te va a abrir con el tercer lavado. Busquemos algo mejor —decidió de pronto Brania y la arrastró hasta otro maniquí, incluso más hermoso. Tan experta, tan segura frente a ropa como ésa. ¿Ella podría alguna vez animarse a hablar así?

Brania eligió para su pupila dos batas de seda, una de un lila intenso y otra negra, ambas bordadas con arabescos dorados, y tres camisones de gasa muy fina, transparentes y escotados. Le ordenó que se los probara.

El probador era una lujosa habitación de princesa, sólo que pequeña y sin cama, cerrada con hermosos paneles de madera rematados con molduras y una cortina fastuosa, de terciopelo; tenía un espejo biselado con marco tallado y ahí se reflejaba todo el cuerpo. Dina nunca se había mirado en un espejo tan inmenso. La impresión de ver todo su cuerpo ahí, casi desnudo dentro de uno de los camisones, fue inmensa. Se quedó inmóvil, mirándose con fijeza. De modo que así era ella y ésa sería su ropa: un vestido bello, escotado e indecente, que transparentaba sus pechos pequeños y la pronunciada curva de su cintura. Se encontró flaca, demasiado flaca y blanca. Pensó en Rosa. Rosa era más gorda que ella y tenía pechos grandes, pero no se estaba mirando en un espejo así, estaba encerrada, tirada en el piso en una pieza oscura. ¿No exageraba con tanto llanto y resistencia? Si había que hacerlo, ¿no era mejor estar probándose esas prendas que crearse problemas? Dina sonrió al espejo y sus ojos celestes sonrieron también, de pronto se sintió linda.

Para su espanto, Brania se metió sin pedir permiso en la cabina y se quedó observándola con esa mirada horrible, la misma de Hersch Grosfeld. Después empezó a opinar mientras le hacía sacarse un camisón y probarse el otro. Y eso fue bueno, porque aunque le daba vergüenza, Dina podía escucharla hablar y hablar y se distraía un poco de la desnudez completa que le devolvía el espejo y no podía dejar de mirar. Brania se explayaba doctamente sobre los colores que mejor sentaban a una piel pálida. Así supo que tener ojos celestes combinados con pelo castaño era algo valioso, que a su piel blanca le sentaban bien los colores fuertes y especialmente el turquesa (como el de uno de los camisones de gasa que había elegido Brania), que con esa piel le convenía resaltar los labios y los pezones con un lápiz labial, amarronado para los pezones (esto hizo ruborizar a Dina), rojo muy oscuro para la boca.

Esa ropa era hermosa, muy hermosa, y de una inmoralidad tan grande... Dina navegaba en contradicciones. La vergüenza la agobiaba y al mismo tiempo la enamoraba la sensación de haberse transformado en hada o en princesa. Brania la observaba con esa ropa como si calculara cuántos clientes iba a lograr por semana, pero también parecía que pensaba "Dina es hermosa". Y el miedo que ella había tenido de no poder trabajar porque nadie quisiera pagar por ella se esfumaba. Su madre nunca le había dicho que era linda después de que creció. Todo elogio se acabó cuando el cuerpo se le hizo otra cosa. Si su madre la viera vestida así la golpearía y le quemaría los camisones en el fogón de la cocina. Ahora la miraba otra mujer: era más joven que su mame pero era mayor que Dina, y sabía tanto, había vivido tanto, y mandaba, había dicho Hersch Grosfeld. Brania mandaba. Era la mujer que iba a entregarla a muchos hombres por dinero. ¿Y por qué iba a hacerlo? Porque la encontraba bella.

Dina no podía sacarse los ojos de encima, entera, inmensamente entera en el espejo. Éste era todavía más grande que el que tenía en su nuevo cuarto. Se preguntó cómo permitían que se fabricara ropa semejante. "Es lógico, estoy en la ciudad del pecado", se contestó. Y Rosa era tonta. Definitivamente tonta. Rosa era tonta y Dina era mala. Dios la repudiaba.

Salió de la cabina con los ojos bajos, eludiendo la mirada de la vendedora. Después vino lo peor: Brania la llevó a una sección de ropa rara y eligió tres corpiños de encaje, tres pares de medias de seda negras y dos portaligas de encaje también. Insistió en que se probara el corpiño y otra vez entró con ella en el probador. Quería, dijo, mostrarle cómo debía hacer para que su busto luciera.

Se lo mostró. Con las dos manos le abrochó el corpiño y se lo acomodó en el cuerpo. El contacto de esas manos diestras y frías la llenó de violencia pero tuvo que reconocer en seguida que Brania sabía lo que hacía: acomodado así, el corpiño le juntaba los pechos y armaba una línea profunda e insinuante en el nacimiento del busto. Era incómodo pero quedaba muy bien. "Hasta que te acostumbres", murmuró Brania muy cerca de su hombro. El aire caliente de sus labios era grato, le hizo cosquillas en el cuello; Dina se estremeció. Había visto una vez en Markuszew a una mujer muy rica, seguramente una noble polaca que tenía propiedades cerca de la zona, bajando de un carruaje con un vestido fastuoso. Por el escote se veía la línea del busto así, exactamente igual que ahora se veía en ella.

Finalmente terminaron las compras y salieron de ese lugar encantado a la calle hormigueante de la ciudad feliz. Tomaron otro coche de alquiler cargadas con hermosas bolsas de cartón. Ella quiso saber cómo se pronunciaban las inscripciones que tenían, Brania le dio la información de mala gana.

—¡Ah, no quieras aprender este idioma, es dificilísimo! —advirtió.

—Pero si voy a vivir acá, lo voy a precisar.

—¿Para qué, si me tenés a mí, mi *táibele*? ¡Yo voy a ser tu intérprete!

Cuando llegaron, aprovechando que Brania estaba de excelente humor, Dina preguntó otra vez por Rosa.

—Por ahí ya cambió de opinión —le dijo—. ¿Por qué no habla con ella?

—Primero vamos a guardar todas estas preciosuras y a cenar —dijo Brania alegremente.

—Por favor, hable con ella antes de la cena.

Brania la miró y sonrió.

—Mi *táibele*, tenés buenos sentimientos. No creas que a mí me gusta tratar mal a una chica, es que las chicas son tan ingratas a veces que no encontramos otro modo de hacerlas entrar en razón.

—Por favor...

—¡Está bien, está bien! Te estás portando muy bien y voy a darte el gusto. Pensaba ir a la noche tarde, a ver si ya estaba blandita, pero probar no cuesta nada —dijo ella y fue a buscar las llaves.

Con la palabra "blandita" Dina volvió a estremecerse de terror. Y Rosa debía de estar blandita, porque Brania bajó muy pronto la escalerita con ella, llevándola del hombro. La muchacha tenía la cara hinchada sobre todo por el llanto, aunque Dina supo después que Grosfeld la había abofeteado con fuerza. Brania la ayudó a lavársela en el baño. Dina se apresuró a encender la cocina. Sacó de la heladera de hielo la sopa murmurando "heladera" varias veces, la puso en una olla a calentar. El progreso era algo magnífico. Rosa iba a ver lo que era una buena comida, no se iba a arrepentir.

V

El día que siguió fue para instrucción de las jóvenes. Brania las sentó en el hall de entrada y les empezó a hablar. Esta casa empezaba a funcionar con ellas, contó, inauguraban un prostíbulo nuevo. Antes ella trabajaba para Hersch en una casa de la calle 25 de Mayo, pero él la había hecho su mujer y no había querido que trabajara más. La información molestó profundamente a Dina. Ella se había casado, el rabino había firmado un papel, había habido un acuerdo. ¿Eso no importaba en absoluto? No. Brania no parecía afectada por eso. ¿Lo sabría? Seguramente no convenía mencionárselo: Brania mandaba, era mejor no enojarla.

—Yo soy la regenta —estaba diciendo Brania—. La regenta es un poco la mamá, otro poco la amiga, y también la jefa de las pupilas; hay que obedecerla y respetarla. Yo soy la que cuida que todo funcione, vigila la sala de espera, hace pasar a los clientes y atiende las consultas y soluciona cualquier problema, de ellos o de ustedes. ¿De acuerdo? Y yo digo cómo y cuánto se trabaja. Y las cuido.

Sabía y contó muchas cosas del oficio. Hablaba con frases extrañas, ellas entendían poco pero no se atrevían a preguntar. Rosa todavía no hablaba, estaba seria; Dina trataba de prestar máxima atención. Sacó en limpio que había que ser amable y mimosa para que los clientes regresaran y hacer así más dinero, que había que mostrar que les gustaba mucho lo que los clientes les hacían, diciéndolo en voz alta.

—Lo dicen con la voz como entrecortada, y hacen los ruidos que hay que hacer.

—¿Ruidos? —preguntó Dina.

—Ruiditos, sí, ¡como cuando nos gusta, chicas! Ese momento final, orgasmo se llama... ¿entienden?

El silencio fue total, Brania se enredó con las explicaciones.

—¿No vieron cómo es? ¿No saben?

Si Rosa entendía, no lo aclaró. Dina, más valiente, negó con la cabeza.

—Jadeos, gemidos, cada vez más rápido y al final... qué sé yo... ¡Como un perro! —probó Brania, y, dudosa del valor pedagógico de su comparación, quiso mostrarlo con un ejemplo. Pero Dina no pudo evitar una carcajada y hasta Rosa se sonrió, entonces se puso un poco colorada y pasó al tema siguiente: los clientes.

Los había de varios tipos, peroró. Una de las categorías fue particularmente interesante para Dina porque trajo una palabra en castellano: "Chiflado", y ella se había propuesto aprender el idioma de la ciudad del pecado.

—Hay *chiflados* —decía Brania—. *Mishigues*. Casi ninguno es peligroso, y si alguno lo es, no se preocupen, ustedes gritan y yo entro a la pieza, estén como estén. En cuanto el negocio empiece a rendir, el policía de la esquina va a recibir plata para venir y sacar a la calle a cualquiera que moleste.

—¿Qué hacen los chif-lados? —pronunció Dina con dificultad.

—Cosas raras. Las miran y les hablan pero no fornican, les cuentan sus problemas, quieren que hagan cosas: escucharlos, mirarlos... Piden cosas... asquerosas... ya van a ver. Si son muy asquerosas y las quieren hacer, eso cuesta otra plata, me avisan. Alguno puede pegar pero son los menos, no se asusten, y si pasa eso, gritan. Hay una frase para chiflados que les produzcan desconfianza, una frase en castellano que la tienen que aprender, porque aquí queremos llenarnos de clientes pero no de problemas: *No vuelvas más porque si no, te hago echar.* Si el chiflado es tranquilo, adelante, mientras pague que haga lo que quiera. Pero si les da desconfianza por algo, la dicen: *No vuelvas más porque si no, te hago echar.* Quiere decir que le prohíben volver y que si vuelve, lo echa la policía. No vamos a aguantar cualquier cosa porque clientes sobran. No se preocupen por no saber castellano, no precisan aprender más que algunas frases y yo se las enseño todas. A ver, repitan por turno conmigo: *No vuelvas más porque si no, te hago echar.*

Obedientes, las dos chicas repitieron hasta memorizar. Y después aprendieron otras igualmente útiles aunque menos agresivas: elogios para que los clientes retornaran y cosas por el estilo. Brania trató hasta de hacerles practicar el jadeo pero fue un desastre y terminaron revolcándose de risa las tres, incluso Rosa, a quien la increíble sopa (tres porciones en platos hondos que casi rebalsaban) de la noche del día anterior y el jugoso churrasco de cena, sin contar el suculento desayuno, habían preparado para colaborar más que las horas de encierro.

De la larga charla, a Dina le preocupó, sin embargo, lo del jadeo: había que jadear como un perro y en Kazrilev los judíos no solían tener perros. Una vez había visto a un campesino polaco pegándole a uno. "Gemidos", había dicho Brania. Mientras no doliera, ella creía poder imitar eso o lograr cualquier otra cosa que se precisara. Brania insistía en que había que hacer lo que los clientes pidieran, y explicó cosas incomprensibles, hubo una que hizo vacilar la fe que Dina se tenía, le dio mucho, mucho asco. Hubiera querido preguntar si había comprendido bien, pero no se animó. Brania habló además de lavar al cliente y lavarse mucho una después de cada hombre con agua con permanganato, en una palangana que iba a estar siempre en la pieza, con la jofaina que había que mantener llena; también habló de lubricarse con vaselina antes, otra cosa asquerosa, y de algo que nombró en castellano: preservativo. Se levantó y vino con uno, lo mostró a las dos chicas. Ante el silencio tremendo de ambas, explicó cómo se usaba y para qué servía. Dijo que algunos clientes lo iban a traer y se lo iban a poner, y que eso era bueno, pero si no se lo ponían, mala suerte.

Después les mencionó un polvito blanco que se aspiraba por la nariz, servía para cuando estuvieran muy cansadas porque quitaba el sueño y daba buenas fuerzas para hacer más clientes y por lo tanto más dinero. Se llamaba en castellano cocó o cocaína. Fue a buscar, les mostró cómo se extendía una línea delgada sobre la mesa y se aspiraba con un tubito, les hizo probar. Era muy agradable, enseguida Dina se sintió bien, no le angustiaron las cosas asquerosas que Brania había dicho que pedían los clientes, le pareció que ella podía hacerlas con eficacia. Cada palabra de la regenta se le antojaba más clara, más exacta y por lo tanto más asimilable, su capacidad para el trabajo se le hizo evidente. Miró a Brania con admiración y encontró un objetivo para su vida, un objetivo luminoso: quería llegar a ser regenta. Quería y era capaz de lograrlo. Iba a ser la mejor prostituta, iba a aprender a trabajar como la mejor y un día iba a tener una suite como Brania, a caminar con desenvuelta soltura por un palacio de bellezas como el que el día anterior había recorrido. Regenta de la Mutual, ésa sería su carrera.

Brania les regaló un poco de cocó, ya que les había gustado tanto, y les explicó que si querían más le dijeran, después, cuando fueran teniendo su dinero, la podrían comprar, ella se las traería. Se vendía en algunas farmacias y también en algunos lugares céntricos de Buenos Aires, pero la Mutual la conseguía con mejor precio.

—¿Va a venir Sara acá? —dijo Rosa de pronto, cambiando bruscamente de tema. Hacía tanto que no hablaba que las otras dos se sobresaltaron y la miraron. Tenía los ojos brillantes, las pupilas latían engrandecidas y negrísimas en sus ojos color miel, sonreía con entusiasmo, diríase con esperanza.

—No lo creo —dijo Brania rápido, con voz tensa.

Si hasta ese momento había ido creciendo un clima festivo, la respuesta lo clausuró. Hubo un silencio pesado que Dina no entendía.

—Pero ella me dijo que venía a trabajar como yo.

—Hubo cambios. Sara está viajando otra vez de regreso.

Rosa y Dina palidecieron. Habían entendido.

—Sí —dijo Brania—, pobrecita... Pobrecita... La repatriaron... Ya ven, ustedes tienen suerte... están acá.

Esa tarde la regenta llevó a Rosa a hacer compras, Dina creyó que iba a acompañarlas y se alegró de volver a entrar en ese palacio de las maravillas. Para su asombro, Brania no se lo permitió. Le llevó al cuarto una lata de bizcochos y un samovar encendido.

—Voy a tener que encerrarte acá. No puedo llevarte, *féiguele*, es un lugar muy grande y podrías perderte. Y si te quedás sola en la casa no podés andar por todos lados. Perdoname pero recién llegás, no puedo correr riesgos, es orden de Hersch Grosfeld. No vamos a tardar mucho, no te preocupes.

Cerró con llave la puerta que daba a la pieza de Rosa. Antes de cerrar la otra puerta le abrió la banderola.

—Para que entre aire —explicó—. Hay que cuidarse de tener carbón encendido en una pieza cerrada. No te preocupes, dejé un poquito abierta la ventana de la sala.

Dina se quedó llorando despacito. Trató de dormir y no pensar, pero esa cocó o cocaína le mantenía los ojos abiertos como dos platos.

VI

En los días que siguieron la regenta continuó preparando a sus pupilas. A Rosa le hizo cortar espectacularmente el cabello lacio hasta dejarle una sofisticada melena que estaba —dijo— a la última moda. En cambio, insistió en que Dina conservara sus rulos largos y le indicó que tratara de atender a sus clientes con el pelo suelto, como nunca lo había usado antes. Una Rosa carnosa, insinuante, exuberante, y una Dina delgada, niña imbuida de un maquillaje que la pervertía, permitían al burdel, decía ella, presentar una oferta excelente y variada. Un día vino Hersch Grosfeld y ella hizo vestir y maquillar a las chicas, haciéndolas desfilar frente a él, abriéndose la bata con un gesto recién aprendido; él se limitó a asentir con la cabeza, satisfecho. A Dina la acongojó la cortedad del gesto pero Brania pareció eufórica por él. Y así, entre consejos, exámenes y aprontes, llegó el momento de la inauguración.

El primer cliente de Dina entró a su habitación un lunes a las dos de la tarde. Protectora y eficiente, la regenta se había encargado primero de señalárselo en la sala de espera del hall (corriendo imperceptiblemente la cortina interna de la puerta de la pieza) y de supervisar con rapidez el vestuario de la debutante, su cabello cepillado, brillante y largo sobre la espalda, el perfume y el maquillaje. Le deseó buena suerte y salió por el otro cuarto. Dina se miró en el espejo con nerviosismo, se vio pequeña, hermosa, desamparada, respiró hondo, abrió la puerta de vidrio y madera y encontró al hombre que Brania le había señalado parado contra la pared en la misma posición: un señor maduro, no muy alto, no muy gordo, de hombros macizos, pelo gris y enrulado, que alzó en seguida la cabeza y la miró.

Ella hizo el gesto que le habían enseñado para que entrara, con la sonrisa que le habían recomendado. Después cerró la puerta. Cuando se dio vuelta lo vio sentado en la cama sacándose la ropa. La acomodaba prolijamente en la silla, cuidando que nada se arrugara. Brania le había dicho qué hacer: tenía que sacarse la bata entreabierta de seda, quedarse con el corpiño, el portaligas y las medias, y acercarse al cliente con actitud "de gata mimosa", exactamente así. Pero Dina se sentía incapaz de imitar a una gata, así que se quedó mirándolo sin poder controlar el temblor que le venía del estómago y la obligaba a apretar los dientes. Ahí estaba ella, parada frente al abismo, mirando hacia abajo fascinada; sentía menos horror que el que había creído, o mejor, sentía todo ese horror pero le adivinaba algo delicioso.

Mientras tanto, el hombre se quedó con una camiseta musculosa que resaltaba su panza redonda y su gran pecho velludo, un calzoncillo muy blanco, increíblemente limpio, del que salían piernas también peludas, retaconas, las medias oscuras de grueso algodón en los pies. Levantó la vista para buscarla, la vio de pie junto a la puerta y la llamó. Su voz era agradable, tranquila, transmitía simpatía. Como Dina no se movía, él dijo algo y se rió, se incorporó y la tomó con suavidad del brazo. Ella se dejó atraer, el susto se le iba pasando, el hombre le seguía diciendo cosas que parecían simpáticas y ella sonrió; el hombre dijo algo y rió, Dina rió con él. "Qué suerte, no parece malo", pensó, y se abandonó. Era demasiado peludo pero tenía olor del jabón del baño. Ahí, en Buenos Aires, todos se bañaban mucho. Además se puso un preservativo como el que Brania había mostrado y eso, había dicho la regenta, era buena cosa. Era pesado, más pesado que Hersch Grosfeld, sin embargo no la asfixió cuando se le subió encima. Además, en vez de moverse sobre ella sin tocarla, como Grosfeld, la acariciaba y la besaba en el cuello, hacía cosquillas pero no molestaba. Más tranquila, se acordó de las instrucciones de Brania y del perro del campesino polaco. El hombre se detuvo de pronto y la miró alarmado y le preguntó algo con un tono de susto tal que Dina se apresuró a callar. Le faltaba aprender, todavía.

VII

Y así fue como Dina se perdió. Después de ese cliente vinieron otro y otro y otro más. No todos como él, lamentablemente, pero aunque esa cosquilla que había entrevisto la primera vez se transformó muy rápidamente en decepción, el oficio no era tan grave ni tan difícil ni tan terrible como parecía de lejos. Tampoco tan excitante, por cierto. Más que "perderse", pensó Dina con tristeza una madrugada, extenuada, mientras escuchaba los pasos aislados de alguna persona feliz que podía caminar libre por la vereda, su trabajo se trataba de "encontrarse": con hombres, con rutinas. Encontrarse siempre en la misma pieza, siempre en la misma cama, siempre en la misma maravillosa ciudad que aunque la rodeaba no le estaba permitida; encontrarse siempre con el mismo ardor en la vagina, con el mismo dolor en la cara interna de los muslos, encontrarse con la cocaína que ayudaba a seguir cuando habían pasado más de veinticinco clientes y el cuerpo no daba más.

Aunque de la cocaína había que cuidarse. No se lo dijo Brania, se lo dijo el hombre grande, no muy gordo, no muy alto, que había sido su primer cliente. Se llamaba José y regresó pese a los aullidos de perro. Era ya tarde, Dina no tenía más fuerzas y le pidió por gestos que esperara, antes de ponerse a preparar una raya de polvo blanco en la mesa. El hombre le tomó la mano con firmeza, hizo que no con la cabeza y ella lo miró asombrada. No estaba enojado, había algo de padre en la preocupación de sus ojos, la muchacha entendió que le quería explicar el motivo de su acción. Siguió un diálogo de gestos, el hombre repetía palabras mientras señalaba el polvo, se tocaba él, tocaba su nariz, hacía gestos negativos y hasta pareció decir que si tomaba esa cosa muchas veces, podía morirse. *"Hace muy mal"*, repetía en castellano. Dina creyó entender la frase y aprovechó para repetirla. No aspiró delante de él, lo hizo cuando se fue, pero la escena siguió trabajando en su cabeza. Mientras cenaban le preguntó a Brania si la cocaína hacía daño.

—Bueno..., sí... —dijo ella de mala gana— Es como el vino, tomado de más es malo. No hables tanto con los clientes, *féiguele*. Y que no se metan en lo que no les importa.

Con el correr de los días a Dina le resultó bastante claro hasta dónde podía confiar en la dulzura solícita de la regenta. La insistencia maternal con que afirmaba que ellas no precisaban hablar castellano porque siempre iban a tener a su Brania protegiéndolas y traduciendo, la preocupación por que se lavaran bien con permanganato, la habilidad con que las instruía para que sutilmente empujaran a los clientes a ponerse preservativo o la voluntad que ponía para alimentarlas bien le empezaron a parecer diabólicas. Brania se había fastidiado de verdad cuando su pupila descubrió que la cocaína tenía más consecuencias que el bienestar que proporcionaba y Dina estaba cada vez más segura de que su solicitud era la de una bruja que engorda a los niños enjaulados que se quiere comer. Pero en ese viaje de perdición por Buenos Aires Dina no pensaba naufragar; había encarado la prostitución, pese a todos sus miedos y pese al agotamiento de jornadas y hombres interminables, como la única oportunidad que hasta ahora le había ofrecido la vida; tenía un objetivo reciente, pero muy claro: llegar a ser poderosa y rica como Brania (y acompañada de un hombre mejor que Hersch Grosfeld, sin duda, aunque ahora no tenía tiempo de pensar cómo se las arreglaría para encontrarlo). Se prometió defenderse sola de esa cocaína sin embargo tan útil, muy pocas veces acudía a ella. Entrenó así una resistencia física y mental para el trabajo de la que nunca se había creído capaz. La cocaína fue solamente el último recurso. Trató de decirle a Rosa que hiciera lo mismo pero no encontró en ella ninguna disposición. Rosa tomaba mucho más que ella y se encogía de hombros ante las advertencias. No se la veía con grandes objetivos en el burdel, eso a Dina la entristecía porque aunque la conocía poco le tenía afecto, pero aprendió a entenderla y aceptarla cuando escuchó su historia.

Después de todo, la historia de Dina era la de una chica que no sabe vivir sin meterse en problemas; la de Rosa, en cambio, era la de alguien que nunca quiso tenerlos y la vida se los impuso implacable, herida por herida.

Rosa parecía haber olvidado su miedo inicial. Dejó de preguntar por Sara, de llorar de repente a cada rato, fue aceptando su destino. En los primeros días, antes de que el prostíbulo empezara a funcionar, Dina y ella habían charlado en susurros, acostadas en la misma cama ancha a la hora de la siesta. Fue contándose sus historias como terminaron de hacerse amigas.

Rosa había nacido en un pueblito muy pequeño de la Galizia donde vivían pocos judíos. Su familia era más pobre que la de Dina; su padre, carpintero, tenía cinco hijos: ella era la mayor de tres hermanas y había dos hermanos más grandes. De los cinco niños quedaron vivos tres; de los padres, ninguno.

Las dos nenas murieron con cuatro y cinco años en una epidemia de viruela. Años más tarde, en una noche de *Rosh-Hashana*, hubo un pogrom. Los polacos atacaron las casas de los judíos, incendiaron su casa con la familia adentro. El techo de paja ardiente caía mientras su mame y su tate sacaban afuera a los tres hermanos; la madre quedó con gravísimas quemaduras en las piernas que se infectaron, murió un año después; el padre nunca pudo recuperarse. Además de su mujer, había perdido buena parte de sus instrumentos de trabajo; la depresión no lo dejaba salir adelante, se volvió mal carpintero, los clientes que tenía dejaron de darle trabajo. Hablaba todo el tiempo de morirse y por fin falleció.

A Rosa y sus hermanos los recogió un tío que vivía en una aldea vecina, también era pobre pero se las arreglaba mejor. Sus hermanos no fueron mal recibidos: eran jóvenes fuertes, habían aprendido el oficio de carpintería de su padre y —al revés que él— estaban decididos a no dejarse vencer por la adversidad. Pero Rosa era mujer y ya estaban sus primas y su tía para las tareas domésticas de la casa. "A vos hay que casarte cuanto antes", le repetía su tío, y Rosa sufría escuchándolo porque era el modo en que le recordaba que ella era una carga económica. Por eso se alegró sobremanera cuando sus hermanos y su tío acordaron con Hersch Grosfeld la boda por poder.

Hersch Grosfeld había aparecido por la aldea con un papel de compromiso escrito en hebreo, firmado por un tal León Muller, y una foto del novio. Muller, dijo, era un amigo suyo, rico propietario de un restorán. Buscaba novia y además pagaba; su tío y sus hermanos aceptaron de inmediato. El casamiento se hizo por poder, como permite la ley judía: sin rabino y con dos testigos varones que firmaron la *ketubah*. Con ese documento que certificaba su unión ante Dios y un montón de ilusiones, la muchacha se despidió de los suyos y subió al barco. Grosfeld se había encargado de toda la documentación y había resuelto las cosas a velocidades increíbles, pero, a diferencia de Dina, Rosa no se había asombrado por eso. Arreglar su futuro era cosa de los varones, ellos sabían lo que hacían y ella estaba muy contenta. Hoy se daba cuenta de que su familia la había entregado sin preguntarse nada, como si no hubieran oído nunca hablar de lo que pasaba en Buenos Aires.

Viajó en tercera clase, en el pabellón de mujeres de la bodega. Sabía que Grosfeld iba en segunda con su esposa y al principio se sintió agradecida porque él aparecía a menudo para ver cómo estaba. En el barco conoció a Sara. Dos semanas después, cuando supo la verdad, se dio cuenta de que Sara la había buscado especialmente, no era azar que ocupara la cama de arriba de su cucheta; también supo que Sara conocía muy bien a Hersch Grosfeld, pero entonces ya eran amigas, muy amigas, aunque hiciera tan poco tiempo.

Era amiga hasta ahora, que la había perdido. Rosa estaba sola y tenía miedo en el barco, Sara había sido dulce con ella. Cuando Rosa se descompuso (peor que Dina, le duró muchos más días) la cuidó y una tarde lloró con ella escuchando su historia. Lloró de verdad, la abrazó y estuvieron así un rato largo, compartiendo las lágrimas; y después fueron al comedor del brazo, les costaba soltarse.

Rosa tenía dieciocho años, aunque su pasaporte decía, como el de Dina, veintiuno, Sara ya andaba por los veinticuatro y era muy desenvuelta. No sólo por su edad: ella no venía de un *stehtl*. Había nacido en Varsovia, había estado casada y sabía lo que era trabajar por dinero desde jovencita. Se movía de otro modo, tenía una prestancia que a Rosa la apabullaba y fascinaba. Le contó su historia una tarde de sol, siete días antes de llegar a Río de Janeiro, mientras tomaban aire sentadas en la cubierta. No era menos trágica, apenas era muy distinta. Un punto tenían en común, sin embargo: el pogrom; y un único pensamiento habían compartido las dos antes de conocerse, con un único pensamiento habían subido ambas a ese barco: en Buenos Aires los pogroms no existían.

Sara venía de un barrio marginal de Varsovia, sistemáticamente asolado por pogroms. Trabajaba en un taller céntrico, propiedad de un judío rico, como costurera. Allí conoció a Duved, ayudante de sastre muy hábil y trabajador, y se casó con él muy enamorada. No era mucha la familia directa que le quedaba: un padre enfermo, que falleció un año más tarde, y dos hermanos que no vivían en Varsovia. Sara conocía a muchas chicas que habían sido comprometidas con novios desde niñas por sus padres y no podían elegir, se sintió afortunada por su casamiento. Pero la felicidad duró poco, por un pogrom.

Ocurrió dos años después de la boda. Aunque a Rosa le parecía raro que algo así pudiera controlarse y decidirse, Sara le explicó que hasta entonces no habían tenido hijos porque confiaban en mejorar su posición económica primero, pero el dueño del taller acababa de dar a Duved una responsabilidad mayor y había prometido pagarle a fin de mes un sueldo diferente. La decisión de buscar un hijo estaba tomada y fue en esos mismos días cuando ocurrió la desgracia. Su marido formaba parte de un pequeño grupo de autodefensa que meses atrás él mismo había contribuido a organizar en el barrio. Los ataques de las bandas de polacos antisemitas eran sistemáticos aunque esporádicos, ocurrían una o dos veces por año y, como era usual, durante festividades religiosas hebreas. Pero el pogrom en el que desapareció Duved ocurrió pocos meses después, un día cualquiera, y esto no era usual; cuando empezó, Duved salió a la calle a reunirse con sus compañeros. Llevaba un garrote y una navaja. No volvió nunca más.

Sara lo buscó desesperada. Acudió a la policía polaca, que se le rió en la cara. Vaya a saber en qué andaría su marido, le dijeron, ¿pretendía que ellos se pusieran a buscar a un judío? En los hospitales tampoco le informaron demasiado: había habido heridos, sí, esa noche, y probablemente algunos habían muerto sin estar identificados. Los cuerpos anónimos se llevaban a la morgue y después se enterraban en una fosa común. Para averiguar si alguno de ellos era su marido, tendría que ir a la policía a denunciar la desaparición, entonces podría empezar el trámite que le permitiera desenterrar restos. Y había que ver si cuando lo terminara iba a ser posible semejante cosa. Regresó a la policía, pero la policía se negaba a recibir la denuncia. Si su marido la había dejado, no era asunto de ellos. En el barrio su gente tampoco la ayudaba, no tenía mucho para informar sobre el destino de Duved. Los compañeros del grupo de autodefensa estaban desolados. En la oscuridad de las calles y con la confusión de la pelea no podían determinar en qué momento lo habían perdido. Eran diez muchachos jóvenes, mal vistos por la mayoría del barrio, que responsabilizaba al grupo por ese último pogrom, afirmaba que los polacos se habían enterado de que los judíos se estaban armando para defenderse y habían regresado a darles una lección. Y tal vez fuera cierto, porque habían pasado apenas dos meses del último, lo cual era inédito. Que esa vez los agresores hubieran escapado antes de poder robar masivamente y sólo hubieran destrozado varias puertas y algunas ventanas no alcanzaba para que la mayoría de los vecinos reconocieran las ventajas de ofrecer resistencia.

Si alguna polémica al respecto estaba instalada en el barrio, la desaparición de Duved volcó decididamente la balanza hacia la posición más conservadora. "¿Vieron lo que pasa?", parecían sugerir los vecinos, mirando a Sara en silencio, con menos lástima que resentimiento. Una vez ella se peleó con uno que andaba diciendo que Duved había encontrado lo que se había buscado, se lo cruzó por la calle y lo increpó. Él le gritó que su esposo ponía en peligro a todos, era un *vilde jaie*, un animal salvaje inadaptado. Ella le deseó que se fuera adentro de la tierra. Después, pensando que su marido tal vez estaba ahí, en una fosa común y sin haber sido purificado para encontrarse con Dios, se largó a llorar desesperada y salió corriendo.

Estaba segura de que Duved había muerto. Esa noche una mujer del barrio golpeó la puerta de su casa y le contó que la noche del pogrom, mientras el resto de su familia rezaba en una pieza, había oído a Duved gritando "me matan". Se animó a salir de la pieza y asomarse a la ventana, corriendo la cortina con mucha precaución. No pudo ver casi nada, demasiada confusión y sombras; escuchó sí un gemido prolongado y el ruido como de un cuerpo arrastrado. "Se lo llevaron", dijo, "busque otra vez en los hospitales, puede estar ahí herido, o puede haber perdido la memoria".

Sara volvió a deambular por pabellones de altos techos donde hombres de piel amarilla la miraban con ojos vacíos. Los médicos y funcionarios terminaron echándola de mal modo. Volvió a encarar a la policía, que una vez más la empujó a la calle. Hasta que se cansó. Tenía que enfrentar la horrible nueva vida. Había perdido a su hombre y estaba completamente sola: sus padres muertos, sus hermanos lejos de Varsovia y sin recursos para ayudarla.

Se concentró en sobrevivir. No era sencillo. Fue a ver al dueño de la tienda en cuyo taller había trabajado; el hombre no quiso volver a tomarla. Su marido, le dijo, era un sastre muy hábil pero Dios lo había castigado por soberbio. De mil amores la tomaría, pero el puesto de Duved había sido ocupado y no podía pagar más empleados. Sara se fue de ahí conteniendo las lágrimas.

Se transformó en una paria. En su barrio la señalaban con el dedo, no encontraba trabajo. No murió de hambre porque los muchachos de la autodefensa hicieron colectas, uno incluso le propuso que se casara con él cuando pasara el duelo que la religión estipulaba. Era un buen hombre, entendió Sara conmovida, lo movía el deseo de proteger a la mujer que su compañero había amado. Ésa parecía la solución y la aceptó, pero si las viudas o separadas podían volver a casarse, ella no era ninguna de las dos cosas. Un nuevo y desesperado deambular por oficinas de Varsovia la convenció de que la ley polaca nunca le iba a dar un certificado de defunción de Duved. Una conversación en la sinagoga la convenció de que la ley judía tampoco iba a protegerla: si no era viuda, no se podía casar, le había dicho el rabino. ¿Cómo podían arriesgarse a que su marido volviera y no encontrara lo suyo? ¿Pretendía ser bígama?

Para solucionar su problema, el rabino la recomendó como mucama en una rica familia judía. Era un trabajo insoportable, la patrona era cruel, los malos tratos se multiplicaban y el sueldo era miserable. Una vez, Sara se encontró en su única noche de franco paseando por la calle Krochmalna y dando vueltas con timidez alrededor de la plaza hasta que se animó y se acercó a una *kurve* que la miraba con desconfianza: era una mujer regordeta, se llamaba Zelde, usaba zapatos rojos, pintura en la cara y una pañoleta de flores en la cabeza.

Zelde la escuchó con el ceño fruncido, pero era una persona solidaria. Le presentó a su rufián, la ayudó a alquilar una habitación bajo la vereda de la calle Krochmalna, casi idéntica a la que ella ocupaba, y le enseñó los trucos del oficio. Con lo que sacaba, Sara podía alimentarse, vestirse y pagar el alquiler del sótano húmedo con ventana, desde donde se veían los pies de los hombres que buscaban mujeres. Sacaba bastante más dinero que cuando era mucama y no la trataban peor; incluso, a veces, la trataban mejor.

No volvió más a su barrio. Una vez descubrió en la plaza Krochmalna al amigo de Duved que había querido casarse con ella. Él se quedó mirándola, muy pálido. Ella le sonrió con tristeza y lo invitó a ir con ella a su cuarto sin pagar, pero el muchacho la fulminó con los ojos y le dio la espalda. Esa noche Sara lloró mucho y no pudo atender clientes.

Tenía para comer pero la vida era muy triste. En uno de sus insomnios Sara decidió hacer algo para mejorarla. En Buenos Aires vivía una tía suya llamada Ruscha. Hacía más de diez años que no sabía de ella, su madre era mucho menor (había varios hermanos entre ella y Ruscha), la había conocido poco y casi no habían mantenido contacto. Sara tenía la vaga idea de que a Ruscha le había ido bien en la ciudad sudamericana. Escribió a una antigua dirección, con pocas esperanzas, y tuvo la agradable sorpresa de recibir respuesta. La tía no vivía más ahí pero los que ocupaban la casa la conocían y le habían hecho llegar la carta. Tía Ruscha contaba que era rica, vivía en una casa hermosa y grande, estaba casada con un hombre de negocios muy exitoso. Lamentaba muchísimo que Sara hubiera enviudado y no estuviera en buena posición (Sara no había contado otra cosa), la invitaba a emigrar a Buenos Aires. Como hermana de su madre, podía hacerla llamar. Allí tendría trabajo y dinero, podría vivir en paz.

Sara lloró de alegría. Escribió a su tía llena de gratitud. Era la oportunidad de su vida: empezar de nuevo sin tener que explicar a nadie por qué su marido no estaba a su lado, conseguir un trabajo digno. Todavía era joven, podía hasta enamorarse de nuevo. No tenía por qué contar a nadie cuál había sido su oficio. Varias semanas después le llegó una carta con un documento en el que Ruscha declaraba su intención de recibirla en Buenos Aires, Sara lo presentó en el consulado argentino y empezó los trámites para el viaje.

Pero la decepción llegó pronto. No podía ocultar su estado civil; ante el gobierno polaco ella estaba oficialmente casada y los funcionarios de la embajada argentina miraban con desconfianza que quisiera emigrar sola. Cuando contó de la desaparición de su marido fue peor, temieron que fuera mujer de un subversivo comunista. Si no tenía arreglado su estado civil en Polonia, dijeron, no iba a ser admitida en la Argentina.

Desesperada, Sara le escribió a su tía. Todos sus planes se derrumbaban nuevamente. Entonces recibió una carta asombrosa: viajaba para allá un buen amigo de sus tíos, el señor Hersch Grosfeld. Llegaba en abril e iba a solucionar rápidamente todos sus problemas. No tenía que angustiarse ni preocuparse, todo iba a salir bien. En la carta figuraban un barco y una fecha de embarque: el *Adolf Leonhardt*, que partía de Hamburgo el 7 de mayo. Sara no entendía cómo iba a hacer ese amigo para resolver su situación, y mucho menos en tan poco tiempo; sugirió a su tía que no enviara el pasaje hasta no estar segura de que tenía los papeles. Pero antes de que su carta pudiera llegar a Buenos Aires ella ya había recibido el pasaje a su nombre.

A poco de empezar el mes de abril hubo un cliente diferente en uno de los sótanos de la calle Krochmalna. Usaba un bigote finito y ropa extremadamente lujosa. Sólo después de haberse vestido dijo que venía de parte de su tía. Sara habló con él y terminó de entender que la nueva vida que iba a emprender era mucho menos nueva de lo que había soñado.

Salvo que Grosfeld había sido su cliente, todo esto le había contado Sara a Rosa con su voz cálida, algo ronca. Lo otro lo supo Rosa en seguida, cuando ya estuvo al tanto de su propio destino. Esta vez, su amiga la escuchó demasiado conmovida como para juzgarla, asombrada de sentirse tan cerca de una mujer a la que antes hubiera despreciado. No sabía qué decir. No quería hacer sentir mal a Sara, las frases compasivas que le nacían le parecían ofensivas. Apenas dijo, trivialmente:

—¡Qué casualidad que las dos conozcamos al señor Grosfeld!

Lo dijo y se estremeció. Sara la miró. Hubo un silencio largo; Rosa preguntó débilmente:

—Yo me casé con un amigo suyo... Será un buen hombre, ¿no?

El silencio de Sara fue ahora brutal. El barco hizo un pequeño balanceo y Rosa tuvo una arcada.

Un ratito más tarde un marinero de mal humor había limpiado la cubierta; las muchachas ya no estaban ahí. Rosa lloraba acostada en una de las tantas cuchetas del pabellón. Sentada a su lado, Sara le acariciaba la cabeza.

VIII

La rutina de trabajo y obligaciones extendió su manto contenedor y la casa de la calle Loria empezó a funcionar con un orden que, si bien no se parecía en nada a la felicidad, tampoco podía considerarse una pesadilla. Todas las madrugadas, Dina y Rosa entregaban la mitad de las "latas" que los clientes les entregaban, fichas de níquel que la regenta había vendido a los hombres. Con las latas que les quedaban las chicas pagaban su parte del alquiler de la casa, compraban a los proveedores de la *Varsovia* todo lo que precisaban para ellas y aumentaban sus ahorros, para las tres cosas les alcanzaba. Tranquilizaba saber lo que se debía hacer; alegraba observar en el cajón de la mesa de luz el frasco donde se acumulaban cada vez más latas, que la regenta aceptaba cambiar cada tanto, al menos en parte, por efectivo, aunque nunca se privaba de hacer algún comentario del tipo "no sé para qué querés dinero argentino si tenés el dinero de nuestra mutual"; reconfortaban los tazones de café con leche en el desayuno, los almuerzos y las cenas en la cocina, las sopas calientes de tapioca —todo un descubrimiento de esa nueva tierra, junto con los churrascos.

Un lunes de descanso prepararon un *guefilte fish* como tres amigas y se mataron de risa de un cliente muy joven, flaco y tímido que había atendido Rosa. El muchacho tenía temblores en todo el cuerpo y de entrada le había metido un dedo en el ojo tratando de acariciarle la cara. Confundido y avergonzado, usó el resto del turno para hablarle con desesperación. Contenta de descansar, ella fingía que lo entendía y ensayaba una comprensiva cara de circunstancias. Fue la primera de las anécdotas divertidas que se acostumbraron a festejar, tal vez para olvidar las otras, las terribles. Y fue el primer festejo en el salón de la *suite* de Brania, que fue abierto con solemne generosidad para las chicas, después de que, a poco menos de un mes de haberse inaugurado el burdel, Hersch Grosfeld llegó un mediodía y convocó a las pupilas a presentarse en el prohibido reino de la madama. Allí les anunció, sentado junto a la regenta, que el burdel había llegado a los quinientos clientes en la última semana. Aunque seguía siendo helado e inexpresivo, se notaba que estaba intentando transmitirles su satisfacción. Dina lo miró con odio, como siempre; no le perdonaba la humillación del casamiento simulado; sin embargo, no pudo evitar un cierto orgullo: estaba trabajando con eficiencia, aunque no fuera tanta como la de Rosa: de los quinientos clientes, le correspondían doscientos cuarenta y seis. Rosa había hecho ocho más, pero a Hersch Grosfeld no parecía importarle.

—La meta son seiscientos por semana —dijo—. Estamos cerca. Recuerden que todo depende de ustedes, de la diligencia y la falta de pereza, de la habilidad para hacer que el cliente se sienta bien, que traiga a un amigo, que vuelva más seguido. Nosotros podemos ayudarlas, aconsejarlas y protegerlas, pero el éxito de este negocio depende de ustedes. Empezamos bien.

Esa noche, mientras festejaban en el salón de la *suite*, la regenta preguntó qué pensaban hacer con la pequeña fortuna que ya habían acumulado.

—Descontada la deuda por la ropa y los gastos de vivienda y comida, les da para comprarse, por ejemplo, unos aros de oro. Conozco a un joyero que hizo cosas preciosas para otras chicas de la *Varsovia*. Si quieren, vamos a verlo.

Rosa pareció interesada pero Dina no quería joyas. Antes necesitaba otra cosa.

—Brania, ¿cómo puedo hacer para enviar dinero a mis padres?

La correspondencia que entraba y salía de la casa de Loria pasaba toda por la censura de la regenta, que despachaba las cartas de las pupilas. Enviar dinero, explicó, era un trámite complicado pero posible, ella iba a acompañarla al correo.

—Rosa, ¿vos también querés mandar plata?

—Ni un centavo —contestó Rosa. Dina la miró: tenía las mandíbulas apretadas.

—Con el dinero propio cada cual hace lo que quiere —dijo la madama alegremente—. La Mutual respeta sus decisiones.

La Mutual. La *Varsovia*, palabras que aparecían muy seguido en boca de Grosfeld y Brania. Como siempre que se mencionaban, hubo un silencio temeroso, un silencio en el que ese gigante abstracto, desconocido y sin embargo tan tangible ocupó todo el salón. En él cada una entrevió a su modo la infinitud de la fuerza que rodeaba cada paso, cada gesto de Hersch Grosfeld; la fuerza que las había transportado desde el fin del mundo hasta la casa con agua corriente de la calle Loria, que sostenía los muros sólidos, las horas iguales de cada día igual en el encierro; la que condenaba al sudor de diez u once horas de trabajo diario, un cuerpo detrás del otro, la carne sobada y harta, las vaginas ardidas que se mojaban con agua con permanganato en la palangana de la pieza y se untaban con vaselina; la que proveía el dinero por el que esas dos mujeres, hasta hace tan poco parte de los miserables de la tierra, ahora hablaban de comprar pendientes de oro; la que exigía los pagos, la que fijaba las reglas, la que garantizaba contra médicos y policía, la que no sólo pedía, también daba, como un padre.

Porque en esas tres semanas inaugurales en las que Dina perdió bastante de su inicial entusiasmo por el oficio (aunque defendió internamente, con uñas y dientes, su proyecto de ascender a madama) hubo instantes en que la Mutual mereció, como quería Hersch Grosfeld, gratitud. Por ejemplo, cuando Brania llevó a Dina y a Rosa a inscribirse en el registro de prostitutas del Dispensario de Salubridad de la municipalidad y tramitar su libreta sanitaria. Las estaban esperando, las atendieron rápido. Y aunque fue horrible que las hicieran desnudar para revisarlas dolorosamente en una camilla, con las piernas abiertas y los pies enganchados en espuelas de hierro, por lo menos las trataron con una gelidez neutra, limpia, que según les contó Brania debían agradecer. Es que la madama se había encargado de explicarles cómo solía ser el trámite para las desdichadas que no tenían organización que las protegiera: las esperas, los interrogatorios que avergonzaban, las expresiones despectivas, las colas, los abusos de poder que los médicos ejercitaban de puro aburridos, o deportistas, o rabiosos, abusos como declarar enferma a una chica porque no les gustaba el tono con que les contestaba las preguntas o exigirle servicios gratuitos para firmarle la libreta.

Evidentemente ése era un trabajo que requería protección, y nada como la *Varsovia* para eso. Los burdeles que no protegían la *Varsovia* o los franceses tenían que cumplir exigencias tediosas, complicadas, para que la policía y la municipalidad los aceptaran. Los protegidos se manejaban con mucha más libertad. Como Brania se ocupaba de subrayar cada vez que podía, Hersch Grosfeld era el sacerdote mediador con la Mutual y conjuraba los numerosos peligros del oficio para el bien de las pupilas.

Bendecida por él, Brania también servía para proteger. Había quedado demostrado con Rosa, quien, menos afortunada que Dina, había recibido clientes complicados en esas semanas. El peor fue uno que la abofeteó de pronto varias veces mientras la poseía, hasta sacarle sangre de la boca. Siguiendo las instrucciones de la regenta Rosa gritó con todos sus pulmones; la madama entró sin miramientos con su llave, por la puerta que conectaba con la *suite*, y echó al hombre del burdel. Después asistió a su chica, la tranquilizó, la consoló y le dio un turno de descanso. Le hubiera dado más tiempo, pero la sala de espera estaba llena. Esa noche vino Hersch Grosfeld, las chicas se enteraron de que estaba dispuesto a contratar en un futuro cercano al policía de la esquina, para que garantizara la seguridad del burdel en horarios de trabajo.

—Si el negocio llega a rendir lo que espero, lo hacemos —dijo Grosfeld—. De modo, chicas, que ya saben: depende de ustedes.

"Depende de ustedes" y "deberían estar agradecidas" eran dos de las más usuales frases del hombre que dos o tres veces por semana llegaba a la casa de la calle Loria y dormía con Brania en la suntuosa *suite* rosada. A veces se iban a pasear juntos y las dejaban solas, ya no las encerraban en sus cuartos aunque desde la puerta cancel hacia afuera, todo quedara con llave, y tampoco las encerraban cuando Brania salía a comprar comestibles con alguna de las dos.

Cada vez que Dina veía a Grosfeld enlazar a la regenta por la cintura y sonreírle suavemente la envenenaba el rencor. Odiaba esas noches porque el trabajo se le hacía más pesado, la decepción la hundía. Aun en los primeros momentos en que con desesperación había comprendido su destino, ella se había imaginado algunas cosas: era la esposa de un monstruo al que no tenía más remedio que obedecer; era, al revés de Rosa, la que había viajado en camarote, la que había bajado del barco con ropa elegante; era también la hermosa mujer envuelta en tules transparentes que se reflejaba en el espejo biselado del palacio donde todo lo hermoso se podía comprar. Y resultaba que lo de esposa había sido una fantochada, una burla contra sus padres y contra ella, y las galas maravillosas que lucía eran la ropa de un trabajo agotador que al final del día la dejaba dolorida, con la vulva hinchada, el cuerpo sucio de saliva ajena, el cuello con moretones. En ese momento final, cuando Brania cerraba con llave las puertas detrás del último cliente, Dina tardaba en ir a rendir las latas. Se quedaba unos minutos acostada, sintiéndose miserable.

La depresión le duraba unos momentos nada más. Brania esperaba. Tanto que hacer anestesiaba, obligaba a pensar poco y renunciar así a un arma que Dina venía usando empecinadamente desde su infancia. También eran bienvenidos los afectos. Rosa aparecía en su pieza, o ella en la de Rosa, y la compañía endulzaba los momentos de descanso. Se bañaban por turno y comían en la cocina con la madama, que era considerada con ellas y les preparaba la cena. Y aunque era tarde y estaban agotadas, ese rato de las tres, ya avanzada la noche, volvía tolerable saber que todo empezaría nuevamente en la mañana y al mismo tiempo reforzaba ese nuevo comenzar, como si subrayara que la vida ya no sería posible de ningún otro modo.

Además, Dina pronto descubrió que había modos de volver las cosas un poco más fáciles. En la primera semana de trabajo regresó el señor peludo con quien se había iniciado. Ella se alegró de verlo porque era mucho más agradable que casi todos los que lo habían sucedido. Ahora supo hacerlo sentir bien, ya se había animado a pedir aclaraciones a Brania sobre los gemidos del perro y aprovechaba mejor sus consejos. El hombre era cariñoso, cuidadoso; ella, agradecida, puso entusiasmo en su tarea para que regresara. Así fue entendiendo que podía hacer una sutil política de selección de clientes sin chocar con la regenta. Pronto tuvo dentro de su clientela un sector estable. Cuando estaba con hombres que le resultaban demasiado repugnantes o se comportaban con mucha brusquedad, cerraba muy fuerte los ojos y se concentraba en cosas prácticas. Se decía que eran nada más que quince minutos, brevísimos quince minutos, y que si ella no hacía las cosas demasiado bien, aunque no tan mal como para darles lugar a que se quejaran con la madama, tal vez no volvería a soportarlos. También pensaba que, agradable o desagradable, el hombre pagaba igual y se transformaba al final del día, como todos, en latas. Repasaba su fortuna y sus destinos posibles: le convenía comprar joyas porque era lo más parecido a acumular dinero de ese país que la *Varsovia* permitía, pronto sería una mujer muy rica y seguramente llegaría a ser libre como Brania, a tener ella las llaves de las puertas y a pasear por la hermosa ciudad cuanto quisiera.

Fue una de esas veces, mientras fingía su orgasmo para ayudar a un hombre maloliente a que por fin tuviera el suyo, cuando confirmó que era capaz de garantizar su proyecto de regenta y de evitar que la cocaína la atrapara. Y así siguió, cuidando y regando esa plantita que crecía en secreto: su meta, su objetivo. Hasta que un día conoció a Vittorio y todo cambió violentamente, para siempre.

CAPÍTULO 4
EL REMATE

"De todo lo narrado, lo más repugnante eran los
llamados remates de blancas. (...) Se dijo que
gran parte de ellos se efectuaron en el Café
'Parissien', de Avenida Alvear y Billinghurst,
propiedad de destacados directivos. (...) Al
descorrerse la cortina mostrábase a la vista de la
concurrencia —con la presencia de invitados
especiales: jueces o políticos— un número de
mujeres desnudas."

Gerardo Bra, *La organización negra. La increíble
historia de la Zwi Migdal*

"¡Franchutas!
¡Polacas!
Las franchutas forman la aristocracia:
cinco pesos.
Las polacas constituyen el primer estado:
dos pesos."
Albert Londres, *El camino a Buenos Aires. (La
trata de blancas)*

I

Hacía frío en esa mañana de junio, por la avenida Córdoba.
Hersch Grosfeld levantó el cuello de su sobretodo de paño inglés
cuando, al salir del café donde acababa de reunirse con Felipe
Schon, directivo de la Sociedad de Socorros Mutuos *Varsovia*, lo
golpeó el aire helado y húmedo de la calle. Tuvo un gesto de contra-

riedad, no le gustaba el invierno. Era cierto que de niño había conocido inviernos mucho peores en Polonia, pero Polonia estaba lejos, sólo había regresado dos veranos, hacía ya casi treinta años que no tenía que soportar ese clima. Ni ese clima, ni tantas otras cosas.

No podía evitar fastidiarse con el frío: era como si Buenos Aires lo traicionara cuando lo hacía tiritar. Y Buenos Aires no lo había traicionado... hasta ahora, porque Hersch Grosfeld pensaba que eso no se podía afirmar definitivamente nunca, de nadie ni de nada. La ciudad venía tratándolo bien, por lo menos mucho mejor que a tantos otros judíos que hoy le negaban el saludo por la calle, envidiosos e hipócritas; muertos de hambre, la mayoría, o creídos no se sabía de qué cosa porque en vez de vivir comiendo papas y durmiendo sobre trapos sarnosos se bañaban con agua caliente y comían churrascos argentinos. En pocos años él había llegado a bastante más que eso, pero no rompiéndose el lomo y humillándose frente a patrones, sino haciendo trabajar a Brania, usando toda su inteligencia para levantar un negocio infinitamente mejor que los tallercitos patéticos donde los otros fabricaban ropa o los comercios donde atendían, encorvados detrás de los mostradores, rascándose la barba, murmurando sus oraciones, deteniéndose para leer por centésima vez un libro que les explicaba que todo lo que habían sufrido y todo lo que, siempre y para siempre, deberían estar preparados para sufrir se debía a que Dios los había elegido.

Él no había nacido para ser un fracasado. Él sabía ganar dinero y ahora, con el nuevo burdel, iba a ganar mucho más. Y así como había visto entrar a burdeles de la Sociedad a varios de los mismos judíos que le daban vuelta la cara, o que habían aprobado con su silencio cómplice que a él lo echaran a empujones de una obra de teatro ídish, gritándole "rufián impuro", así como había visto a algunos de ésos, a escondidas, pagar para usar a Brania, ahora volvería a verlos, pero esta vez entrando a un burdel que era de su absoluta propiedad, donde no tenía una mujer trabajando sino dos, más la portera propia, con control total de las ganancias: *su* burdel. Así los volvería a ver entrar a esos judíos hipócritas: taciturnos, serios, contrariados, obligados a pagar ahí donde él, más varón que ellos, sabía cómo hacer para cobrar, necesitados de entregarle directamente a él, a Hersch Grosfeld, el dinero con el que Hersch Grosfeld podría comprarse, si se le antojara, un teatro entero para hacer las obras en ídish que quisiera, una compañía de actores íntegra, derechos de la obra, funciones únicas para él solo.

Esa gente podía quedarse con sus mentiras, con sus estúpidos sacrificios y su obediencia, con las sinagogas donde se humillaban, sus teatros y sus cementerios adonde no dejaban entrar ni siquiera cuando muertos a los hombres del oficio de Hersch. (¿Pero a qué venía ese fanatismo moralista? ¿Ahora eran los dueños de Dios, che? ¿Cuándo los tanos o los franchutes les habían negado a sus macrós un lugar en una iglesia? ¿Qué cementerio *goi* se negaba a enterrarlos?) Mientras tanto, los hombres de *ese* oficio triunfaban en las propias narices de los judíos infelices, intoxicados de "honestidad", que disfrazaban la cobardía y la envidia de reconvenciones morales. Mientras tanto, los hombres de *ese* oficio habían sabido construir sus propios espacios, su propio cementerio, hasta su propia sinagoga, para que el que creía (no Grosfeld) le rezara a Dios como el mejor.

Pero Grosfeld no quería volver a rumiar su rabia, ya había rabiado mucho por lo de Sara en esos días y por fin las cosas se encaminaban. La conversación con Schon había sido buena, el acuerdo era un hecho, aunque no fuera el mejor posible. Era cierto lo que le había dicho Schon: si bien había perdido a Sara, tenía dos jóvenes sanas y bastante lindas, mercadería fresca que empezaba a rendir muy satisfactoriamente. La casa de la calle Loria estaba arrancando con éxito.

Lo de Sara no fue su culpa, él lo sabía. No porque se lo hubiera repetido Brania varias veces, no precisaba de la opinión de Brania para darse cuenta. Y, sin embargo, qué bien le hacía que ella se lo dijera. Hersch nunca iba a admitir cuánto efecto tenían sobre él sus opiniones. No había dormido en la noche en que bajó del barco, revolviéndose de rabia contra esa estúpida de Ruscha, pero al día siguiente había ido a Loria y había hablado con Brania, y Brania le había mostrado que él actuó con precisión y eficacia durante todo el viaje (un viaje en el que a lo mejor la extrañó, pero eso casi no se lo confesaba ni a él mismo), y parecía mentira que algo tan simple, algo que él ya sabía, le hubiera cambiado el humor al escucharlo pronunciado por ella, le hubiera hecho olvidar por bastante rato la rabia que no lo había dejado dormir la noche anterior, y le hubiera dado ganas, pese a su cansancio, de gozar de Brania, que se había pasado todos esos meses del viaje esperándolo, trabajando para él. Cierto es que él la dejó vigilada, cierto es que si en nadie se puede confiar, menos aún se puede confiar en una *kurve*, pero tenía que reconocer que por lo menos hasta ahora *esa kurve* no había hecho nunca, vigilada o no, algo para traicionarlo, en un oficio y un mundo en el que las traiciones estaban a la orden del día.

¿Se podía confiar en la Mutual? La Mutual les daba cementerio, sinagoga para rezar y también para casar mujeres y hacerlas trabajar por obediencia; le había financiado el viaje y el nuevo burdel. ¿Pero se podía confiar en la *Varsovia*? ¿No hacía todo por su propio interés? Es que su interés tenía coincidencias importantes con el de Hersch Grosfeld. Mientras la Mutual representara, para decirlo de un modo científico marxista, los intereses de trabajadores como él, él podía confiar. Y la Sociedad de Socorros Mutuos *Varsovia* no podía representar ningún otro interés porque no tenía en sus filas ningún socio que no fuera uno de ellos. Es cierto que los intereses de una clase chocan a veces con los de un individuo concreto de ella. Hersch Grosfeld lo sabía porque la historia le interesaba y había leído *La lucha de clases en Francia* y *El dieciocho brumario*; sabía que defender a toda una clase, incluyendo al individuo particular, puede llevar a tomar alguna medida que no contemple exactamente los intereses ocasionales de ese individuo. Así se explicaba Hersch Grosfeld la resolución que había tomado la *Varsovia* como árbitro en el conflicto que había entre él, por una parte, y Ruscha y Jaím Muller, por la otra. No era exactamente justa con él, aunque tampoco injusta, y sobre todo defendía objetivos superiores que eran buenos para el futuro. Por eso, aunque Hersch seguía creyendo que Ruscha tenía toda la responsabilidad de la pérdida de Sara, y por ende él no debía ni un centavo a los Muller, aunque seguía pensando que eran ellos, a la inversa, quienes le debían la segunda parte del pago por haberla traído sana y salva hasta Buenos Aires, igual se allanaría a la solución salomónica que Schon le había comunicado en nombre de la Mutual.

El servicio de arbitraje de conflictos era una gran cosa, impedía que en el gremio imperara la ley de la selva que predominaba entre los *goim*, que las cosas se solucionaran a tiros, cual salvajes; ayudaba al crecimiento de todos en paz y prosperidad, como se decía en la Argentina.

"Lo que nos ha vuelto tan fuertes", le acababa de decir Felipe Schon, "es que sabemos juntarnos en vez de competir". Lo dijo con orgullo y convicción. Y Hersch Grosfeld, aunque no le tenía simpatía, lo miró con reconocimiento, aceptó el cigarro que Schon le ofreció abriendo su hermosa cigarrera de oro, lo prendió y fumó aparatosamente mientras observaba a su colega, se observaba, se alejaba con ojos imaginarios para visualizar la escena como en el cine: dos hombres ya no jóvenes, en absoluto viejos, fuertes, sanos, elegantes, triunfadores, disfrutando un buen café en esa ciudad moderna y pujante, centro del nuevo mundo, fumando el mejor tabaco, resolviendo negocios como los resuelve la gente civilizada, conversando con tranquilidad y claridad mientras por la avenida Córdoba pasaban vehículos y gente en esa mañana fría de trabajo.

"Lo que nos ha vuelto fuertes..." Eran fuertes; a dos cuadras de ahí, nada más, estaba la mansión, el palacio, la maravilla que se había construido con el aporte de todos: la sede de la Sociedad de Socorros Mutuos *Varsovia* mostraba su poder, infinitamente más hermosa y rica que cualquier otra mutual que los judíos hubieran tenido jamás en ese gran país. Las escalinatas y los pisos de mármol, las columnas, el salón de actos, el hermoso templo (mucho más hermoso que cualquiera de las sinagogas de las que el resto de la colectividad se había creído con derecho a echarlos), los muebles de caoba, las arañas de cristal, todo mostraba que eran fuertes. Felipe Schon tenía razón.

Hasta esa mañana Schon no le había caído muy bien. Lo había cruzado varias veces en la Mutual antes del viaje, cuando estaba haciendo las gestiones para que la Sociedad le diera el préstamo para la remonta, y había tenido que escuchar la prédica paternal y despectiva con que lo alentaba a viajar y a regresar con mercadería, las pesadas anécdotas paternales, el recuerdo aleccionador: que alguna vez Schon, así como lo veía, había tenido una o dos mujeres solamente, y ahora tenía ni más ni menos que dieciocho, todas trabajando en su prostíbulo de Zárate, donde no regían las disposiciones que ahora había en Buenos Aires y podían trabajar más de dos chicas por burdel. Schon sabía que Grosfeld había tenido sólo dos putas, y por muy poco tiempo, porque un año después una se había tenido que internar en el sifilicomio; sabía que Brania trabajaba bien pero la otra nunca había rendido demasiado, que la había comprado muy usada, por poco dinero, en un remate, y tenía la cara de un mono, no era más que *a stik fleish mit oign*, un pedazo de carne con ojos, fofa, chata, sin la menor gracia ni voluntad. Todo eso sabía Felipe Schon, conocía muy bien sus dificultades cada una de las veces que lo cruzó en la Mutual, y se hizo el simpático, el solidario, le sonrió y lo palmeó, mientras con cada sonrisa, con cada palmada, a Hersch le parecía escucharlo reír, decirle "pobre diablo" mientras mostraba esos dientes amarillos tan fáciles de romper de un puñetazo.

Tal vez fuera un pobre diablo comparado con ese magnate, pero no comparado con la mayor parte de los que habían venido de Polonia con él, y no lo iba a ser incluso comparado con Schon por mucho tiempo más. Porque ahora, con este burdel suyo, no iba a parar hasta crecer; juntar capital para invertir, alquilar otra casa, aprovechar los remates para adquirir carne buena, fresca. Y cuando Schon abrió su cigarrera y le dio un cigarro, Grosfeld sintió que el otro sabía que eso iba a ser así, que lo aceptaba como un hecho lógico, le daba la bienvenida.

Por eso renunció a protestar por la resolución del conflicto que planteó la Mutual. Ni le convenía ni era posible. A la *Varsovia* se la escucha, él tenía que devolver el préstamo que le habían dado para el viaje de remonta. Era un préstamo con condiciones muy ventajosas, pero esa misma ventaja lo ataba a la organización, por no hablar de lo que les pasaba a los *caftens* que, estúpidamente, intentaban cortar lazos después de haber crecido gracias al apoyo de la *Varsovia*. No, Grosfeld no era tonto. Estaba resuelto a hacer lo que le dijeran. La culpa no había sido suya, pero iba a cumplir con buena voluntad.

Igual era injusto: él a Sara la trajo en perfectas condiciones hasta el puerto de Buenos Aires, tal como pactó cuando recibió la primera mitad del dinero. Si Ruscha arruinó el desembarco fue porque, como dice el refrán, cuando un tonto tira una piedra al agua, ni diez inteligentes la pueden sacar. *A nar vaizt men nischt kain halbe arbet,* dice el otro refrán: a un tonto no se le muestra un trabajo sin terminar. Y ése, precisamente, había sido el problema. Cuánta sabiduría tenían estos dichos. Ruscha, otra que *a nar*, había visto el impecable trabajo de Hersch sin terminar. Vio el barco atracando en el puerto, y ahí empezó el lío. ¿Cómo se le ocurrió ir sola a esperar

95

el barco? Él había dado la instrucción clara a los Muller: esta vez no se desembarcaba en Montevideo, no había necesidad. Ruscha, Jaím y su hijo León debían esperar juntos con todos los papeles para recibir a su sobrina y a Rosa. Ruscha y Jaím, aunque fuera, no Ruscha sola. Los papeles no mentían; ¿qué podía salir mal? ¿No era acaso Sara hija de la hermana de Ruscha? ¿No era Rosa la reciente nuera, casada por poder en Polonia con su hijo mayor? Ruscha y Jaím tenían que estar ahí con todos los argumentos preparados, eso había dicho Hersch, y si es posible con su hijo: "Un matrimonio grande inspira respeto cuando busca a una jovencita, si León no puede ir, no importa, pero por lo menos vayan los dos". Pero una mujer sola, ¡y vestida con el lujo ridículo con el que fue Ruscha! ¡Y con la cara pintada! Con esa cara de *kurve* vieja, de *alte majesheife*, vieja bruja... ¿Cómo no iba a sospechar la funcionaria de la Asociación Judía para la Protección de Niñas y Mujeres? Todos los papeles en orden, todo bien planeado, la carga en el puerto en perfectas condiciones... ¿Qué culpa tenía él si la otra era una tonta? Brania tenía razón. ¡Brania, más joven y hermosa, había sabido no generar sospechas en el puerto! ¡Brania, más *kurve* que ninguna, porque, a diferencia de Ruscha, ni siquiera era todavía la portera del burdel, más bien había trabajado hasta el día anterior atendiendo clientes en la casa de 25 de Mayo que tenía su amigo Menajem! Y sin embargo había sabido comportarse y vestirse como una señora.

Por suerte él había tenido reflejos. Así como atracó el barco salió a mirar si había moros en la costa y la vio a Ruscha entre el gentío, emperifollada como puta vieja, rodeada de dos mujeres y un hombre que parecían estar pidiéndole explicaciones. Supo de inmediato que eran de la Asociación Judía para la Protección de Niñas y Mujeres, ¿qué otra cosa podían ser? Si no actuaba pronto, iba a perder todo. Sara era difícil de salvar, la tía era quien la había mandado llamar y tenía los papeles que lo demostraban; si lo interrogaban, no tendría nada que decir, salvo que él a Sara la conocía, y eso pondría en sospecha automática a Dina y a Rosa. ¿Viajar y viajar para volver con las manos vacías? No podía permitirlo. La *ketubah* que probaba el matrimonio por poder de Rosa estaba en sus manos, aunque no era pariente del novio, su propio nombre figuraba en el poder que lo autorizaba a realizar el matrimonio en Polonia. En Buenos Aires había quedado claro: León ponía el nombre, pero Rosa era para él.

Grosfeld le había pagado por eso. Cierto era que el nombre de Grosfeld como apoderado en la *ketubah* no iba a convencer mucho a los de la Asociación, conocían el método. Lo mejor era en realidad esconder a Rosa de los funcionarios, ya que de ella no sabían nada, para que no la relacionaran con Sara.

Ahí como vio a Ruscha en dificultades, entonces, se fue para la bodega del barco y agarró del brazo a Rosa sin dar demasiadas explicaciones a la otra, que estaba a su lado y se puso pálida como una muerta. Y sí, entendió bien (era rápida Sara): estaban por mandarla de vuelta para Polonia sin dejarle ni pisar tierra. Y la mandaron. Pensar que algunas se resisten a trabajar acá, ¿no ven lo que les conviene? ¿Qué tienen en la cabeza? Cuando llegara, ¿volvería a ejercer Sara en el cuartucho roñoso de Varsovia? Y bueno, no se puede ayudar a todo el mundo. Más vale pájaro en mano que cien volando, mejor perder media tropilla que la tropilla entera, dirían aquí en Argentina donde hay tanto campo; no eran todavía refranes en ídish pero mientras otros se tomaban el trabajo de traducirlos, él los ponía en práctica. Y muy bien. Porque en menos de lo que se dice uno de los refranes llevó a Rosa a ver al oficial de a bordo que había contactado gracias al funcionario del ministerio polaco, y mientras todos corrían de acá para allá en las maniobras de atraque y desembarco, él arregló un precio para que el oficial la escondiera de las inspecciones y la bajara cuando se pudiera. No era la primera vez que el hombre hacía una cosa así, o por lo menos eso le dijo, seguramente para alegar experiencia y justificar la fortuna que pidió a cambio. Aunque Grosfeld le dio las señas del auto y de Brania por si la costa se despejaba rapidito, sabía que a veces había que esperar hasta la noche o la mañana temprano que todo estuviera bien tranquilo, y estaba preparado para regresar luego. Sin embargo, tuvo suerte. Cuando llegó al auto la chica ya estaba, Brania le contó que apareció caminando del brazo del tipo. Hizo bien su trabajo, el alemán, aunque por un precio nada razonable (como le había explicado Grosfeld a Felipe Schon, para que viera que además de disgustos y pérdida de parte de la carga, por culpa de Ruscha había tenido que desembolsar más plata). El oficial había explotado al máximo la situación de urgencia, ¿y qué podía hacer él?

El caso es que Hersch salvó a Rosa y a la otra tonta de Dina (que después de todo no se portó mal cuando vinieron los de Inmigración); desembarcó con Dina del brazo, una esposa con un esposo, nadie sospechó nada. Y ahí terminó la remonta: media tropilla es mejor que nada. No, media no, dos tercios, porque él había embarcado tres y volvió con dos. O con todas, que ya lo dijo Brania: "No te lamentes tanto, Sara no era para tu negocio". Brania hablaba con ese tono cariñoso que en general lo irritaba pero después de meses de no verla era pasable escuchar. Además dijo *tu* negocio", siempre ubicada, con las cosas bien claras sobre quién era el patrón. "Sara es un favor que le hiciste a otros, Hersch." "Un negocio que hice con otros", la corrigió él mentalmente.

Ruscha y Jaím le habían pedido que ayudara a la sobrina a llegar a Buenos Aires. Necesitaban alguien que garantizara el embarque, en las cartas que escribía la muchacha se la sentía muy perdida, demasiado desesperada, en esa situación se hacen las cosas mal, se mete la pata. Sara no metió la pata, los que la metieron fueron ellos, qué ironía. Él arregló un justo dinero por su trabajo, es que tenía que viajar de más, correrse a Varsovia para verla.

Fue un viaje molesto en el que se aguantó a un judío comunista y charlatán que empezó gustándole porque hablaba mal de los paisanos de la aldea donde había crecido, y porque había leído *La lucha de clases en Francia* y *El dieciocho brumario*, y terminó hartándolo porque se puso a presionarlo para que diera dinero para la acción política. Grosfeld no era hombre de hablar mucho y el otro lo hacía hasta por los codos. Escuchó al bolchevique, mudo, hasta que el tipo, cansado de hablar, le preguntó algo. Hersch Grosfeld había estado esperando el momento con secreto placer: por toda respuesta abrió un diario y se puso a leer en la cara del judío, que no volvió a dirigirle la palabra hasta que bajó del tren. Uf, que resultó pesado. Si hubiera sabido que le iba a tocar semejante compañero en el compartimiento, hubiera pedido más dinero por hacerlo. No estaba mal, de ninguna manera, el que había pactado para traer a Sara. Pero ahora faltaba la mitad, y Jaím argumentaba no sólo que no iba a pagarle sino que Hersch Grosfeld le debía a él el dinero que ya había recibido, porque él había pagado para tener a Sara y Sara había sido enviada de vuelta a Polonia. O decía: "Te doy la otra mitad, pero me das a Rosa, mi nuera". ¡A Rosa! ¡Qué caradura insaciable y sucio! ¿Qué tenía que ver Rosa? ¡Todo estaba arreglado ya con Rosa! León puso el nombre y Hersch le pagó cuando lo puso. ¿Cuántas veces va a cobrarse un trabajo? Y además, ¿cuál es el gran trabajo de poner un nombre y un apellido? ¿Quién viajó? ¿Quién buscó? ¿Quién arregló los papeles? ¿Quién tiene que pagar el préstamo a la *Varsovia*?

Y como decía Brania, el error no había sido suyo ni había ocurrido en el viaje sino en tierra firme. Si se quedaron sin la yegua no fue porque él no la supo arriar. Otro refrán campero que acababa de inventar, tendría que existir en la Argentina. En ídish quedaría...

Un bocinazo lo sobresaltó. Grosfeld se detuvo en seco, parado sobre los adoquines a pasos del cordón de la vereda. Un automóvil pasó como ráfaga. *Goi* asesino. Parecía a propósito. ¿Se le notaría tanto que era judío? ¿O sería judío el automovilista, y conocería su oficio? Por las dudas, Hersch escupió en el suelo: "Que crezcas como una cebollita: con la cabeza en la tierra, los pies en el hospital y las manos en el templo", murmuró en ídish. Cada vez había más automóviles en Buenos Aires, ya no se podía caminar tranquilo bajo el sol.

Qué pena. Porque para terminar de solucionar las cosas, la mañana ahora se había puesto más cálida. El mediodía se acercaba, la temperatura debía estar arriba de los diez grados. De modo que, como había arreglado con Schon, él tendría que asistir al próximo remate en el café *Parissien* y comprar una mujer para Jaím. La Mutual lo respaldaba frente a Rosa pero exigía que él eligiera una mujer en estado equivalente al de Sara, para Jaím, y pusiera en la compra la suma que había recibido por viajar, Jaím pondría la que le debía a él y la diferencia la pagaría la *Varsovia*. Repartida por la mitad, tanto él como Jaím deberían devolvérsela a la Mutual, sólo que Jaím tendría que hacerlo en efectivo, en una sola cuota, él podría firmar seis pagarés que empezaría a levantar, junto con las cuotas por el préstamo de la remonta, en casi seis meses, cuando su prostíbulo nuevo se lo permitiera. No era un mal arreglo, podría haber sido mejor, pero qué se le iba a hacer.

II

El café *Parissien* estaba cerrado al público; sus altas puertas de madera y cristales biselados no se abrían esa noche, pesadas cortinas negras colgadas en el interior impedían mirar desde la vereda. Los que sabían llamaban a una discreta puerta lateral. Dos caballeros pomposos ingresaron por allí justo antes de Hersch Grosfeld. Debían ser, pensó él, funcionarios del gobierno o legisladores. Se parecían a algún otro que ya había entrado y a alguno que todavía llegaría: seguramente juez o senador, médico, abogado, estanciero o hijo de estancieros, radical personalista o antipersonalista, conservador, o incluso diputado socialista, que tampoco ésos eran trigo limpio; casi todos de apellido argentino y saco cruzado de dos botones, largo sobretodo de elegante gris oscuro, corbata de seda de sobriedad londinense, sombrero de impecable confección, cabeza bien peinada, a veces entrecana. Eran muy fáciles de distinguir de la gente del gremio, porque el lujo del gremio denunciaba una ansiedad que, pensaba Hersch, tal vez sólo se abandona luego de muchas generaciones de fortuna.

El café tenía distinción: mesas de mármol, paredes revestidas en madera, un escenario al fondo con un telón de terciopelo. El oro brillaba en los gemelos, en las cigarreras, en los broches de las corbatas, los relojes, los anteojos, los anillos de casados. Había dos tipos de oro: uno, el que prevalecía, era reluciente, nuevito, se notaba de más. Ése, pensó Hersch Grosfeld con amargura, era para ellos, los de la *Varsovia*. Había otro más apagado, de un brillo sutil, nadie precisaba tomarse el trabajo de lustrarlo. Apenas destellaba aquí y allá en esos pocos señores argentinos que honraban el remate con su presencia. Grosfeld odiaba a esos hombres mientras leía a Marx, pero ahora que los miraba ahí sentados, pitando sus cigarros y sus pipas, atusando sus bigotes, tan dignos y seguros de sí como él jamás estaría, entendía que había algo que no se compraba con dinero y se preguntaba dolorosamente por qué había nacido tan lejos de ellos. Sus colegas sin embargo no parecían preguntarse lo mismo. Conversaban animados, no los afectaba ni la envidia por los *goim* ni su desprecio, los utilizaban y se dejaban utilizar: acuerdos convenientes, buenos negocios. Y así debía ser. Hersch lo reconocía pero no podía lograr ese cinismo. Observó con desolación el salón, que cada vez se iba poblando más. Se sentía muy solo, un poco estúpido, o completamente superior. Suspiró.

Era un hombre silencioso. Casi en silencio había hecho saber a Brania que, si lo amaba, tenía que trabajar para él. Casi sin palabras le había impuesto después la mujer que había comprado, y también así, parco y taciturno, le había informado que debería instalarse en el burdel de Menajem mientras él partía de remonta. *Redn iz zilber, shvaign iz gold*, decía el refrán, y aunque se refería a esto de que callar es conveniente, parecía hecho para describir la curiosa convivencia que podía presenciarse en el salón del remate: hablar es plata, callar es oro; de un lado, el dorado parlanchín de su gente, que se desgañitaba para nada; del otro, pepitas esporádicas pero intensas del gran oro: callar reflexivo, miradas severas.

Incómodo, Hersch toleraba ahora compartir la mesa con algunos colegas de la Sociedad; se había sentado ahí porque lo habían llamado en ídish con sus vozarrones y temía que, si se instalaba solo, se pusieran a gritar todavía más su nombre y todos se dieran vuelta para mirarlo. Ya era bastante que Jaím estuviera en otra punta del salón y que lo hubiera ignorado frente a todos.

Le daba vergüenza que hablaran a los gritos en ídish. En el lugar había gente que hablaba castellano, ¿no podían ser más discretos? También le daba vergüenza que lo vieran en ese remate. Era muy probable que su conflicto con Jaím estuviera en boca de la mayor parte y su presencia fuera interpretada como una derrota. De eso debían estar conversando en la mesa de Muller, debían estar burlándose de él. Sin embargo, la Sociedad no había fallado en su contra. Muller también tendría que pagar sin protestar lo que él comprara.

Desgraciadamente su amigo Menajem no iba a venir. Amigo, amigo, tampoco era. Amigos son los huevos y se golpean, dice el refrán. No existen los amigos hasta que se pruebe lo contrario. Y hacen falta años, muchos, toda una vida para probarlo, y hay que ver. Menajem le caía bien, eso era todo. Había sido amable con él, le había cobrado poco por tener a Brania trabajando en su burdel mucho tiempo y la había vigilado sin traicionarlo cuando él viajó. Hubiera sido un conveniente compañero para el remate: extrovertido, humorista, tan simpático, sabía manejarse en situaciones sociales y se hubiera encargado de contestar por Hersch preguntas indiscretas sobre el conflicto con Jaím, desviando cualquier malignidad con un buen chiste, algo que Grosfeld no tenía la menor idea de cómo se hacía.

Pero Menajem le había avisado que esa noche no pensaba ir y Grosfeld no estaba para pedirle favores, se empieza recibiendo favores y después se termina endeudado. Tendría que aguantarse la mesa de colegas, ojalá el remate comenzara pronto y la charla no durara mucho. Grosfeld no tenía ganas de fumar (en realidad, mucho no le gustaba) pero sacó un puro mientras los otros se interrumpían entre ellos, conversando hasta por los codos en voz demasiado alta. No hablaban de Jaím y él, pero eso era solamente porque él estaba ahí; hablaban del precio desorbitado en que se había vendido una virgen de quince años, recién llegada de Polonia, en el remate anterior. ¿Acaso querían insinuar que él tenía que comprarle a Muller una virgen? No pensaba comprar ninguna mujer que le mejorara a Sara, ya se lo había advertido a Felipe Schon esa mañana. "Usted decide", le dijo Schon claramente; "mientras sea una mujer que sirva y tenga más o menos la misma edad, nosotros lo avalamos". Después de todo, ¿tanto era Sara? Sara no era gran cosa. Estaba por cumplir los treinta, tenía el culo bastante caído y ya le faltaban tres dientes en la boca. Sin contar con que venía muy usada, y aunque él bastante entendía y la había hecho examinar, habría que ver qué hubieran dicho los médicos si la revisaban un mes más tarde. En ese sentido, Jaím salía ganando: la *Varsovia* no remataba mercadería enferma. Si Sara hubiera venido infectada, Jaím no hubiera podido ni siquiera venderla y no hubiera tenido a quién reclamar por el perjuicio.

En eso pensaba Hersch cuando le llamó la atención un caballero que entró al salón y se sentó solo a la mesa que estaba al lado de su silla. Se había movido con una velocidad poco habitual en esos hombres tan pomposos. Parecía antes que nada un hombre práctico. Era corpulento, alto, no obeso, de cabello entrecano. Prendió un cigarrillo con un gesto preciso, casi violento, y pitó profundamente. "Debe ser juez", se dijo Grosfeld sin saber por qué (después sabría que había acertado). El hombre parecía crispado, es que era difícil sentirse cómodo en semejante ambiente. La mirada de Grosfeld se detuvo en otro hombre, parado contra la pared, cerca de ellos. No lo había visto antes. Tampoco pertenecía al ambiente pero no era cajetilla. No tenía treinta años, usaba ropa fea, era alto, flaco, tenía el pelo mal cortado y le caía lacio sobre la frente. Así como registró al caballero que parecía juez, su rostro dibujó con desparpajo una sonrisa irónica, una falta de respeto en alguien que era, evidentemente, un pobre diablo. Hersch no pudo menos que sonreír, divertido. Hasta un instante se había sentido

102

de parte del cajetilla, pero ahora la irreverencia del hombre con caspa sobre el saco (demasiado lustroso) también le gustaba. La sonrisa del impertinente duró apenas un instante, se puso serio de inmediato y adquirió una expresión extraña, intensa, habría que decir curiosa, porque paseó sus ojos por la mesa que ocupaba Hersch y después arremetió con el escenario, las paredes, el cielo raso del bar. ¿Qué le interesaba tanto? Grosfeld se inquietó: ¿habría fallado algo con la policía? Era raro, la Sociedad no iba a permitir que el remate se realizara si no tenía garantías; nunca había pasado nada hasta entonces, al contrario, siempre habían contado con la protección necesaria. Además éste no parecía policía. ¿Quién era semejante sapo de otro pozo? ¿De dónde había sacado el dato del remate? No tuvo tiempo de seguir pensando. En ese momento se levantó el telón y Noé Traumann apareció en el escenario, pidiendo silencio.

III

"¡Pero si tenemos al mismísimo juez Leandro Tolosa aquí sentado! Qué notable: un recalcitrante chupacirios hipócrita asistiendo a un remate de mujeres. ¡Tolosa, de la Liga Patriótica! Nuestra derecha católica, nuestros aguerridos hombres de bien... ¿Viene para comprarse una polaca? ¿O simplemente para masturbarse mirando cómo se la compran otros? ¿Y para qué creerá que vengo yo?", se preguntó inquieto el Loco. Pero él era periodista, era distinto. "Además hay que ver si me reconoce. Me vio una sola vez, y entre muchos periodistas, pero sobre todo yo no soy una firma distinguida de *La Nación*. Debería palidecer de vergüenza al verme, y no palidece. ¿O me reconoce pero está seguro de que no voy a publicar nada? No, no creo que sepa quién soy, un tipo como yo para él no existe. ¿Y no es cierto, acaso, que no voy a publicar nada? A estos canallas les va bien por eso, porque siempre saben de qué tienen realmente que preocuparse y no pierden el tiempo."

"La virtuosa aristocracia argentina frecuenta los salones más distinguidos. Habría que publicarlo sin falta en la sección de Sociales del diario *La Nación*: *El distinguido y probo juez doctor Leandro Tolosa asistió al remate de un típico producto de nuestra urbe cos-*

mopolita. La subasta se realizó en el galano café Parissien, *situado en el corazón del elegante Barrio Norte.*"

El Loco se estaba divirtiendo enormemente. Agradecido, dedicó al juez su más cándida sonrisa pero el caballero miraba para otro lado. "¡Qué grosero! ¿Dónde están los buenos modales de nuestra clase dominante?"

Conocía al juez Tolosa porque había cubierto el caso de la sirvientita soltera que había asesinado a su hijo apenas nacido. A la infeliz la había preñado por la fuerza el hijo del patrón y esta basura la condenó a prisión perpetua. En *Crítica* él propuso defender a la chica pero Botana dijo que matar a un bebé era demasiado, a los lectores no les iba a gustar. Igual atacaron al violador, incluso Silveiro Manco escribió un cuento melodramático donde se reconstruía la seducción canalla. Sin embargo no hubo caso, pobrecita. Tolosa dictaminó que el seductor había actuado presionado por la lubricidad de la sirvienta. La muchacha ahora se estaba pudriendo en la cárcel y el hijo del patrón seguía tan respetable y libre como siempre, avasallando mujeres pobres; desdichada sirvientita, más le hubiera valido suicidarse que dejarse agarrar por un hijo de puta, para que después la juzgara este otro hijo de puta que ahora estaba por comprarse una... "Una como la madre que lo parió... Aunque qué culpa tiene la pobre mujer de la bosta que le salió por la vagina. ¿Y éste me habrá reconocido?" No. Era imposible que Tolosa se acordara de él, un simple notero de *Crítica*, diario que además probablemente no se rebajaría a leer. A continuación, el Loco empezó a reprocharse su convicción de ser el centro del mundo. Acumulaba mentalmente ironías sobre sí mismo en cuidadoso lenguaje, cuando el telón se corrió en el escenario y Noé Traumann, socio fundador, *alma mater* de la Sociedad de Socorros Mutuos *Varsovia*, que ya llevaba más de veinte años de existencia, avanzó sonriente por el escenario.

Traumann empezó a hablar en su jerigonza infernal judía, y aunque el Loco no entendía nada percibía con exactitud la desenvoltura, la solvencia, la simpatía y la seriedad del líder, el peso de su prestigio en el respetuoso público de cafiolos. Estaba impecable, exquisitamente vestido, como de costumbre. "¡Éste sí que la hizo bien! ¡Cómo se está divirtiendo!" Porque si algo le parecía al Loco Godofredo era que Traumann se divertía mucho en la vida.

Terminado el breve discurso incomprensible, siempre sonriendo,

Traumann habló en un castellano deformado por el acento, traduciendo con seguridad por lo menos algo de lo que acababa de decir para los distinguidísimos caballeros invitados que esa noche los acompañaban (y para él, el Loco, a quien no nombró pero que sabía debía sentirse honrado de ser el *otro* invitado en esa ocasión). Anunció entonces el comienzo del remate, explicó brevemente las reglas de funcionamiento y presentó al martillero, un hebreo taciturno y amarillento que se acomodó en el estrado y empuñó el martillito con grandes manos que de lejos parecían huesudas. El Loco se imaginó esas garras ávidas contando cuidadosamente los billetes obtenidos y sintió un vahído de repugnancia, pero el verdadero estremecimiento vino después, cuando a una indicación del martillero aparecieron las mujeres y se colocaron en hilera detrás del estrado del rematador, bajo focos de potente luz eléctrica. Estaban desnudas bajo las batas de sutiles telas transparentes: rojo escarlata con flores azul de metileno, incandescentes rombos naranjas que se superponían a otros como en un cuadro cubista. Los colores contrastaban con las miradas vacías y la indolencia de los cuerpos. ¿Estarían drogadas?

El Loco se dijo que de las doce mujeres de la hilera sólo dos eran realmente jóvenes y parecían vivas. "Deben ser nuevas en el oficio, pobrecitas." Había llegado a ese lugar con las manos húmedas, entusiasmado por la oscura aventura, sintiendo la adrenalina que corría por sus venas, pero ahora una tristeza pesada lo empezó a invadir y respiró hondo, sintió que se asfixiaba, tuvo ganas de irse. Le pasaba a veces en los prostíbulos y entonces se iba sin esperar su turno. Pero esto era diferente, esto no era ir a un prostíbulo sino asistir a una horrorosa realidad que existía en el corazón de la ciudad de Buenos Aires —un hermoso bar de Barrio Norte—, con la más absoluta impunidad. "¿Y cuál es, Loco, si podemos saber, la diferencia? ¿El prostíbulo es una realidad menos horrorosa porque es legal y porque vas vos?" Era hora de terminar con escrúpulos absurdos, él era ahí apenas un testigo, un periodista profesional. Le había requerido mucho esfuerzo cumplir su sueño de trabajar en periodismo y se debía al oficio, eso era lo que había ido a hacer, y lo estaba haciendo.

Sin embargo, no era lo mismo estar ahí que llegar al prostíbulo como el náufrago que nada hasta un madero podrido para no hundirse tan pronto. Incluso si Botana no iba a publicar ni una línea de todo eso en *Crítica* (no parecía interesado en hacerlo, la verdad, y además ésa era la condición con la que Traumann lo había invitado), asistir, mirar, entender, conocer era importante, significaba estar preparado alguna vez para poder hacer algo. Un humilde notero de un diario no puede ir contra el sistema, pero nunca se sabe cuándo en el sistema se abre una brecha y entonces...

El rematador hacía avanzar en ese momento a una de las mujeres de la fila.

—Nombre de guerra, Marianne. Tiene veintitrés años —el Loco Godofredo pensó que mentía— y tres de pupila en el establecimiento de Salomón Zytnitsky. Buena salud, bien alimentada, como podrán apreciar pronto —risotadas en el público—; trabaja sin protestar, resiste muchas horas. A ver la bata, Marianne.

La mujer se desnudó. Tenía pechos grandes, caídos, un vientre carnoso y pálido, las piernas eran gruesos tubos muy blancos que rematabán de pronto en los pies, le habían desaparecido los tobillos. Y sin embargo la carne era joven ("La carne, ella no", pensó el Loco). Miraba a los hombres con mirada vacuna; a una indicación del rematador se dio vuelta para mostrar un culo descomunalmente ancho y redondo, que produjo en el público alguna exclamación festiva.

Inesperadamente el Loco se estremeció de deseo; asqueado de sí mismo, pálido, se apoyó contra la pared. "Debería haberme sentado", se dijo. Pero sentarse era estar entre ellos. Se quedó parado.

A invitación del martillero, algunos hombres subieron a examinar a la mujer o a su libreta sanitaria. Le hacían abrir la boca para mirar la dentadura, le pedían que mostrara la entrepierna y se agachaban a observar, seguramente buscaban chancros o ampollas sifilíticas. "Nuestras mujeres están todas sanas", advertía el rematador, y ella se dejaba manipular blandamente, bajando sus ojos grandes y claros (verdes, supuso el Loco), tal vez lo único que quedaba de la belleza de pocos años atrás.

Con alivio, comprobó que la tristeza del espectáculo había hecho que su erección cediera. "¿Cómo podés...? ¿Sos como ellos?" Pero ellos no estaban pálidos, probablemente tampoco excitados. No había deseo en el modo en que examinaban a la gorda y tampoco en las risotadas que se escucharon cuando ella se puso de espaldas. Ellos estaban haciendo negocios. En cierto modo eran hombres admirables: extraían plusvalía ahí donde él, donde tantos sucumbían. En

106

su inescrupulosidad eran mejores, lucraban con miserables como él. "En realidad, los peores son los otros, los señores oligarcas que están acá para comprar", pensó el Loco y se sintió mejor. "Compran para usar y pasado mañana domingo irán a misa tranquilamente con sus señoras esposas y sus insoportables infantes, toda la familia de punta en blanco. O condenarán a prisión perpetua a la misma asesina que el hijo de ellos o ellos mismos preñaron a la fuerza. Pero vos, Loco, no viniste acá a comprar una mujer. Viniste a observar de cerca la miseria humana. ¿No es lo que querés? ¿No escribís sobre ella, vos?"

"Y además usted es notero de policiales, déjese de joder. ¿Qué periodista de policiales dice no a una posibilidad semejante?", la voz del jefe le retumbó en los oídos. Botana se metía en todo, hasta en la cabeza de sus empleados. ¿Pero para qué servía estar ahí y no poder escribirlo en el diario? "Se va y mira todo", había ordenado Botana. "Lo mira y chitón, ni una línea. Eso le pidieron y es lo razonable. Es para su formación, Loco, para que sepa la ciudad que patea. Mire bien quiénes van, a ver si son sólo polacos los que va a encontrar." No entendió el Loco qué quería decir el jefe. En el remate de los polacos no iba a encontrar *caftens* franceses, en general el negocio estaba repartido. Ahora sí entendía: los cafiolos franceses, los napolitanos, los polacos, tendían a organizarse por separado. Pero los que compraban rameras no eran solamente cafiolos, y el mercado era más amplio, incluía hasta grandes señores, quienes, como el Loco sabía, preferían las francesas. Ahí estaba, como había visto, el doctor Leandro Tolosa, de la Liga Patriótica. Y había algunos más de ese estilo, podía observarlos en el salón. Si así era en un remate de polacas, ¿en un remate de francesas estaría lleno de cajetillas? Los rufianes franceses eran más poderosos incluso que los hebreos porque tenían una red internacional, a la inversa, la Mutual de estos judíos parecía más bien casera. Los *caftens* polacos estaban aislados por el rechazo general, incluso por el de su propia colectividad. En cambio, sobre el fiolo francés corrían relatos de su hombría y del heroísmo con que se jugaba la vida. Los burgueses, haciendo gala de su doble moral, no tenían inconveniente en reconocerlo si no estaban sus esposas cerca. Ellos consumían los manjares exquisitos que los otros les traían, manjares que costaban tres veces o más que una polaca.

Por eso el Loco se asombraba de ver algunos "caballeros" en ese salón, empezando por el canalla de Tolosa. Parece que a la hora de comprar para uso personal, también estaban los interesados en polacas. "¿Se habrán puesto miserables y quieren ahorrar dinero?" Hubiera sido bueno preguntárselo a Noé Traumann, si no se ofendía.

Cuando Traumann, después de tres prolongadas conversaciones en la confitería *Las Violetas*, donde filosofó horas sobre su oficio y hablaron de política, lo invitó a asistir a un remate de mujeres, el Loco sintió orgullo profesional. No cualquier periodista era capaz de obtener semejante oportunidad. Traumann puso como condición que no publicara una palabra, pero eso de todos modos hubiera ocurrido. *Crítica* no iba a meterse en semejante lío sin un plan organizado. Botana elegía con mucho cuidado los escándalos que desataba.

De modo que el Loco acudió al café *Parissien* sabiendo que iba a ser leal a su fuente. Sentía una extraña fascinación por ese Noé Traumann, el cafishio anarquista. Aunque los había, no todos los cafishios eran anarquistas, le había advertido Noé. Y mucho menos ateos. "Al contrario, en nuestro caso la religión sirvió para juntarnos. No siempre la religión es el opio de los pueblos, mi amigo", le dijo una de esas tardes, y lanzó una carcajada demasiado fuerte que hizo que algunos distinguidos habitués de la confitería movieran con fastidio las cabezas. "La mona vestida de seda, mona queda", había pensado el Loco. "Entre ropa, cigarrera y reloj debe llevar cerca de setecientos pesos encima, pero se ríe como un verdulero."

Escuchaba a Traumann con asombro, admiración y asco, esa mezcla lo invadía cada vez que veía al judío ambicioso y estrafalario que por momentos hablaba como un bolchevique, por momentos era el más sensible de los amantes de la música y por momentos un formidable cínico que explicaba que las mujeres tienen la psicología de los animales domésticos. "Igual que ellos, precisan de un amo; si no, no sobreviven", decía.

—Curioso amo éste, que en vez de alimentar a su perro lo manda a conseguir comida —le objetó el Loco.

Y Noé Traumann le contestó, impertérrito:

—Su esposa lo manda a conseguir comida y sin usted, no sobrevive. ¿Nunca pensó que las esposas son inútiles como perros falderos y las rameras, valiosas como perros cazadores?

Debería haberle dado una piña pero se rió. Es que... tenía razón. "¿Ya estoy pensando como él?", se preguntó el Loco alarmado mientras continuaba el remate en el *Parissien*. "Pero él es un canalla... Un canalla que hace pensar..."

"Amo o esclavo, eso es lo que ellas proponen. No es mi culpa", había resumido Noé. El Loco era esclavo, tal vez porque era demasiado bueno... "Zoncito", le decía su mujer al principio y ahora, directamente: "Estúpido". ¿Acaso podía culparse solamente a Traumann por el oficio que había elegido?

El Loco miró en el escenario a las mujeres de ojos muertos, a las otras dos muchachas tan jóvenes y vivas, dulces como escolares, que en poco tiempo iban a estar sucias y muertas también. De pronto algo se horrorizó, se rebeló, se impuso desde el fondo de sus tripas. "Ah, no", se dijo, "la vida puede ser otra cosa. La vida es puerca porque la volvemos puerca. ¡Tan bella podría ser!" Sintió que los ojos se le llenaban de lágrimas. Ahí, a metros de él, estaba sentado Noé Traumann, pomposamente instalado en una mesa de adelante, contemplando el espectáculo tan satisfecho de sí mismo; el Loco se imaginó acercándose a él con un hacha, como Raskolnikov, quebrando ese cuello, viendo rodar esa cabeza canosa, y se preguntó si esas dos muchachas hermosas correrían entonces a besarle las manos, si él las haría levantar, las cubriría con su abrigo, les besaría castamente las frentes, las sacaría de allí en silencio.

"¿Vendrían? ¿Me darían las gracias? ¿O me maldecirían por haberles arruinado la posibilidad de ganar por mes diez veces más de lo que ganan las modistillas y las sirvientas?"

El Loco era, por un lado, un esposo triste y malcasado ("¿pero alguien está realmente bien casado?"); por el otro, un frecuentador de prostíbulos. Se había casado, maldito fuera el día, con una mujer que ahora se negaba a entregarse pero antes había usado gustosamente su sexo como moneda de cambio desde el primer momento en que lo conoció. Primero, se lo negó para llevarlo a la iglesia; después, cuando ya era el bonafide atrapado para siempre, se lo dio como premio cada vez que él cumplió con su deber de paganini y se lo quitó como castigo las múltiples veces en que le fue mal en negocios y trabajos, o cuando lo descubrió escribiendo y leyó cosas que, según ella, eran la inmoral imaginería de un envidioso resentido o de un degenerado. Y ahora que él tenía trabajo y cumplía, un trabajo que disfrutaba, estaba tan rabiosa de envidia (porque en el fondo era ella la envidiosa resentida) que encontraba nuevos pretextos para no entregarse. No le perdonaba que pese a todas sus profecías catastróficas estuviera cerca de llegar adonde siempre había querido. Y hasta había proclamado Irene, con desfachatez increíble, que cualquier elección para ella hubiera sido más divertida y mejor que ser la esposa de un infeliz como él. "Yo, si no me hubiera casado con vos, hubiera tenido un amante", le dijo.

Casado con esa bruja falluta que se las había dado de modosita virgen hasta el altar, pese a su previo y experto movimiento de muñecas y al "desnudate, zoncito" que le largó la noche de bodas, porque él la miraba paralizado por la timidez, ¿qué le quedaba al Loco sino frecuentar prostíbulos? Era frecuentador asiduo, no por su propia culpa. Y ahora estaba ahí, en el café *Parissien*, asistiendo a esta vergüenza, soportando un horroroso e inesperado comienzo de erección ("fugaz, fugaz, Loco, tranquilizate, fue apenas..."), y sentía una náusea suave y persistente.

El remate había empezado. El martillero señalaba a los interesados y repetía sus ofertas. La pelafustana en venta había vuelto a envolverse en la bata y observaba serenamente a cada comprador, a veces acompañaba con la cabeza el movimiento de ofertas. Parecía, pensó el Loco Godofredo, que su cuello de muñeca de goma se moviera por un mecanismo de suspensión hidráulica. No sentía piedad por ese pedazo de carne blanda y húmeda que se vendía pasivamente al mejor postor. Miró al público: participaba en la subasta con la misma abulia que la subastada; los aristócratas callaban, los cafishios ofertaban con desgano. Evidentemente esperaban a las dos jovencitas. El hombre que estaba en la mesa más próxima a la del juez Tolosa hizo de pronto un gesto casi imperceptible.

—Siete mil... El señor Grosfeld ofrece siete mil —dijo inmediatamente el rematador.

"¿Cómo hizo para ver eso?", se preguntó el Loco. "Es racial: ojos de águila."

—¿Alguien ofrece más? ¿Alguien más?... Caballeros, Marianne, nombre de guerra. Veintitrés años y cuatro de trabajo. Excelente salud, buen rendimiento... Marianne por siete mil pesos a la una,

Marianne por siete mil pesos a las dos, Marianne por siete mil pesos a las tres. ¡Vendido! ¡Vendida al señor Grosfeld por siete mil pesos!

Algunos de entre el público lo miraron. El tal Gofner (¿Se llamaba así? Estos hebreos tenían apellidos endemoniados, aunque el suyo... ¡Mirá quién habla, Godofredo!, se dijo el Loco, burlándose de sí mismo) se levantó, tropezó torpemente contra una silla y se aproximó a la mesa de pago, colocada cerca del escenario, extrayendo su billetera de un bolsillo interior del saco. Estaba por llegar cuando lo interceptó otro cafiolo y empezó a recriminarle algo en su jerigonza. El otro le contestó con violencia y tal vez el asunto hubiera pasado a mayores si no se metían en el medio Noé Traumann y otro individuo, probablemente también directivo de la *Varsovia*, porque los dos contrincantes no se atrevieron a discutirles. El episodio terminó en seguida y, lamentablemente para el Loco, sin mayor acción. Ese Gofner avanzó hasta la mesa de pago y luego regresó para sentarse en el lugar en donde estaba con aire triunfal.

Mientras caminaba hacia su asiento, pudo observarlo. Sus miradas se cruzaron y una extraña corriente los juntó. Eran muy oscuros esos ojos, pensó el Loco, y no porque fueran castaños o negros, al contrario, parecían del marrón bien clarito de ciertas avellanas. El Loco sabía mirar gente. Se dijo: "Es tormento lo que hay en esa mirada aparentemente fría, intencionalmente inexpresiva, detrás del bigote prolijo, del buen traje, de los hombros anchos y el abdomen un tanto prominente. Es un hombre profundamente triste, sufre una aguda melancolía, se aburre, sobre todo se aburre. Hay otros como él acá pero él no lo sabe y cree que está solo. Y aunque lo supiera, no le serviría para nada".

Ese hombre, no podía dejar de pensar el Loco, entendía algo muy profundo y muy repugnante de la vida, de la vida puerca. Además había comprado a la gorda. "Debe de darle asco como a mí, pero la compró porque sabe que sirve. Algo tiene esa mujer que excita los instintos más bajos de los pobres diablos que van a pagar a esos establecimientos. Es un hombre de negocios, sabe su oficio. La compró y ni siquiera fue de los que subió al escenario a examinarla. No lo precisa. Tiene ojo, es un experto. Un experto triste y escéptico, un hombre que un día, con una cuenta de trescientos mil pesos en el banco, se va a pegar un tiro en la sien y dejará todo ese dinero a nadie, dinero inútil, vacío, símbolo del mundo triste en que vivimos."

111

Ese Gofner o como fuere ya no lo miraba. "Me lo podría dejar a mí. Yo lo usaría para la revolución... Después de todo, *alguien* tiene que poner el dinero para hacer la revolución." Gofner se había sentado dándole la espalda y observaba el remate, que continuaba. La mujer que se estaba por rematar ahora se hacía llamar Eva, era más joven que la anterior pero tenía un rictus de depravación que al Loco le dio miedo. "Qué será capaz de hacerle a un hombre", pensó. Por fortuna, el pene estaba casi escondido, como si quisiera entrar a los testículos. De pronto los oídos le zumbaron, el sudor le chorreó por la camisa y tuvo que volver a apoyarse contra la pared. Había entendido: prefería la condición bovina de la gorda, eso era todo; quería tocar, se moría por tocar esa inmensa masa de carne manipulable, era un canalla. Sólo recordarla indolente, mirando al público, lo despertó nuevamente. Volvió a observar a Gofner de espaldas. "Yo quiero conocer a ese rufián melancólico. Lo *tengo* que conocer. Es un hombre notable. ¿No soy un periodista? ¿No soy un escritor? Además, qué tanto, uno de estos días en que Irene me esgonfie con sus negativas me voy a su prostíbulo, al prostíbulo de ese hombre y la espero a ella hasta que me atienda."

Conocer al rufián, ¿pero cómo? Un impulso lo movió. Si lo pensaba no lo hacía, era muy suyo eso de encontrarse en plena acción, ya sin poder dar marcha atrás. Sus dedos estaban tocando suavemente el hombro del rufián, sus ojos enfrentaban ahora su mirada fría.

—¿Desea usted...? —preguntó el otro dándose vuelta. Su castellano era vibrante, exagerado.

—Quisiera la dirección de su local, caballero —dijo el Loco con desenvoltura. Algo en el "caballero" sonó irónico. Se arrepintió, pero ya era tarde.

Gofner lo miró con cara de muy pocos amigos.

—¿Usted quién es? ¿Qué vino a hacer acá?

—Vea, soy periodista pero no se asuste, no estoy acá para publicar nada. Es que me invitó el señor Noé Traumann... Conversamos varias veces, él me conoce...

—¿Y qué quiere de mí?

—Nada especial. Es que... quería... la dirección de su... establecimiento. Para visitarlo.

Lentamente, dudando todavía, Grosfeld extrajo una tarjeta de su saco.

—¿Puede darme una a mí también? —dijo una voz detrás de ambos.

El Loco se dio vuelta sobresaltado. El juez Tolosa extendía su mano. Un hermoso rubí brillaba en su anular.

CAPÍTULO 5
CIERTOS CLIENTES SIEMPRE TIENEN RAZÓN

"Era un sábado a las dos de la madrugada. Recuerdo que estaba triste y entré a un prostíbulo. La sala llena de gente que esperaba turno. De pronto la puerta del dormitorio se abrió apareciendo la mujer... imagínese usted... una carita redonda de chica de dieciséis años, ojos celestes y una sonrisa de colegiala. (...) Ella miró en redor... ya era tarde; un negro espantoso, con labios de cartón, se levantó, y entonces ella, que nos había envuelto a todos en una promesa, retrocedió triste hacia el dormitorio, bajo la dura mirada de la regenta. (...) antes de que nadie ocupara el sitio del negro, dejé mi silla y fui a la otra. Esperaba con el corazón dando grandes golpes, y cuando ella apareció en el umbral yo me levanté. (...) 'No, yo no he entrado para acostarme con vos (...) Mirá, entré porque me dabas lástima. (...) Sí, me dabas lástima. Yo ya sé que ganarás dos o tres mil pesos mensuales... y que hay familias que se darían por felices con tener lo que vos tirás en zapatos... ya lo sé... pero me diste lástima, una lástima enorme, viendo todo lo lindo que ultrajás en vos.' Ella me miraba en silencio, pero yo no tenía olor a vino. 'Entonces pensé... se me ocurrió en seguida que entró el negro, dejarte un recuerdo lindo... y el más lindo recuerdo que se me ocurrió dejarte fue éste... entrar y no tocarte... y vos después te acordarás siempre de ese gesto.' "

Roberto Arlt, *Los siete locos*

114

I

Con alivio, Dina descubrió al negro Ceferino sentado en la sala de espera. A las dos de la mañana, después de ocho horas de trabajo y con la regenta que exigía continuar, era lo mejor que le podía pasar a una pupila.

Ceferino era uno de los clientes que ella se había esforzado por conservar. Cuando lo vio por primera vez tembló: en Polonia no había negros. Le parecían horribles esas caras, los labios inmensos, las narices aplastadas la aterrorizaban. Sin embargo el hombre resultó asombrosamente suave. Su piel sería negra pero de negro terciopelo; el cabello, que de lejos había imaginado duro como alambre, era sedoso, rulitos de puro algodón.

Cuando Ceferino entró por primera vez a su habitación sonrió como disculpándose por lo que iba a hacerle, sus dientes blancos brillaron en el cuarto demasiado oscuro. No la dejó desnudarse, se demoró acariciando la gasa de su camisón y se lo sacó con delicada habilidad mientras murmuraba algo que Dina entendió como un elogio a su ropa. Asombrada, entregada a una tibieza que nunca había imaginado, contestó en castellano "muchas gracias", contenta de pronunciar las palabras (porque aunque a Brania no le gustaba mucho que escuchara radio, ella insistía, le servía para aprender de a poco castellano). La piel era increíblemente tibia, además de suave, y algo tendría su miembro porque el cuerpo de Dina se estremeció con agrado cuando ingresó. Por primera vez en su vida, el tiempo que él estuvo adentro le pareció demasiado breve y lamentó que se terminara. Mientras lo miraba vestirse pensó que era verdad, entonces, lo que Brania decía: había hombres con quienes era lindo estar en la cama. Ella había pensado que la regenta las engañaba para que trabajaran con alguna esperanza.

La segunda vez que la visitó Ceferino, usó su escaso castellano para preguntarle el nombre, decir el suyo y proponerle que se quedara dos turnos seguidos. El negro volvió a mostrar sus grandes, hermosos dientes y contestó algo, pero como ella frunció el ceño sin entender, se sacó afuera los bolsillos agujereados del tosco pantalón y se los mostró, moviendo la cabeza con una sonrisa. Un ratito después Dina lo abrazaba resignada, lamentando que ya se hubiera terminado todo: sentía urgencia por seguir.

Hasta ahora Ceferino la había visitado siempre bien temprano por la tarde. El *shabat*, único descanso de la pupila, había terminado a las seis del sábado. Ya eran las dos de la mañana del domingo y, a juzgar por los clientes que se acumulaban en la sala y en el patio, la perspectiva era trabajar por lo menos hasta las cuatro y media. El cuerpo estaba demasiado harto y ni siquiera le gustó esa piel negra tan lisa, la más lisa que había conocido; pero hasta en semejante situación ese hombre fue sabio: hizo lo suyo con precisión y brevedad, sin exasperarla con las caricias que en otro horario ella agradecía. La muchacha correspondió la gentileza con su mejor actuación, antes de que se fuera le pasó los brazos alrededor del cuello y lo besó en los labios. "Volvé", dijo en castellano. "Más temprano", agregó. Él le sonrió y salió dejando los dos pesos sobre la mesa.

Mientras se lavaba en cuclillas sobre la palangana, a Dina le pareció que en el cuarto resplandecía todavía el rostro redondo y lustroso, la sonrisa inmensa, el blanco almendrado con sus profundas pupilas oscuras. Era una alegría fugaz que persistía en el aire viciado y sudoroso, pero desapareció en cuanto avanzó hacia la puerta para hacer pasar al próximo.

Entró un hombre pálido, flaco, de aspecto extraño. Lacios mechones de pelo desordenado le caían sobre la frente. La impresionó cómo la miraba a los ojos, se preguntó si no convenía salir y avisar a la regenta. Intuyó que no, no era un tipo peligroso.

Se llamaba El Loco, le dijo. Ella hizo ademán de desvestirse pero él la tomó del brazo, entonces supo que era del "ejército de los salvadores".

Lo del "ejército de los salvadores" había nacido de una conversación con Brania, cuando ella le contó su primer caso. "Ah, de los que te quieren salvar", sentenció la sabia regenta. Había bastantes, porque le tocaron dos más, sin contar a éste, en el casi mes que llevaba trabajando. El primero, igual que El Loco, no la había tocado. Eso era bueno, siempre se agradecían quince minutos de descanso, aunque hubiera que escuchar declaraciones solemnes que casi no entendía pero por algún motivo la irritaban. El primero no la había tocado pero el segundo sí, se había servido y después le había predicado, y cuando se sirvió lo hizo con brusquedad, como si odiara sus ganas y la odiara sobre todo a ella. Parecía tan enojado que Dina se preguntaba por qué habría entrado al prostíbulo. Tal vez alguien

116

lo obligaba, tal vez en ese país, tan lleno de burdeles, había alguna ley extraña que forzaba a los hombres a asistir, y por eso había siempre tanta, tanta clientela.

Esos dos salvadores fueron tan rápidos que les sobraron como diez minutos para largar sus peroratas. Ya se lo había explicado Brania: eran del tipo que aprovechaba hasta el último segundo. A Dina, que se había ido de Kazrilev para no volver a tolerar ni lástima ni reproche, la sacaban de quicio. Pero pagaban y tenían derecho, decía Brania con razón. "Son latas como todos, *féiguele*. Latas latosas." "Latas latosas" fue dicho en castellano. Ni Rosa ni Dina necesitaron traducción para reírse.

El Loco también era una lata latosa, pensaba ahora Dina, mirándolo: sentado en la cama, hablaba y hablaba, observándola intensamente. Parecía un enamorado. Se preguntó si le convenía que volviera. No la había tocado, eso era todavía mejor que Ceferino, pero en la pasión con que peroraba, en la fiebre de sus ojos, percibió lascivia. *Hoy* no la había usado, era cierto, y para cuando se le hubiera secado la saliva el turno habría terminado. Sin embargo, iba a regresar.

—No vengas más porque si no, te hago echar —dijo secamente en castellano.

Él tuvo un instante de asombro; después inexplicablemente le sonrió con ternura, como si hubiera recibido el mejor de los elogios. "Está loco", pensó la muchacha, dejándose besar en la frente. Las cosas no estaban saliendo bien.

El Loco se fue. No tenía que lavarse esta vez. Ya había abierto la puerta nuevamente. Entre la sala y el patio esperaban todavía más de diez hombres. Con un rápido vistazo supo que cinco, por lo menos, eran para ella. Se notaba por el modo en que levantaban la vista cuando aparecía. En un rato iban a ser las tres de la mañana. Por ahí lograba dormitar mientras los atendía, sin que se dieran cuenta.

II

—¡Chicas, tengo que contarles algo muy bueno! —se había alborozado Brania días atrás— A lo mejor tenemos una visita importante. Un caballero poderoso... ¡Un juez!

Haría unas tres semanas que el burdel había empezado a funcionar. Estaban comiendo en la cocina. Rosa rompía con la mano las galletas que echaba en la sopa de cebada perlada; estaba deliciosa, Dina ya iba por el segundo plato. Demasiado ocupadas en recuperar fuerzas, las pupilas no hicieron mayores comentarios. Brania insistió.

—Es verdaderamente importante, chicas, ¿no entienden? ¡Un hombre de alcurnia, de dinero y apellido, que quiere venir a conocerlas! ¡Un político, chicas, un juez! Se cruzó con el señor Hersch y le pidió la dirección, ¿se dan cuenta? Clientes así prestigian el local, imagínense si empezamos a recibir clientela de su clase en vez de los mugrientos que vinieron hasta ahora.

—Qué bueno —dijo cortésmente Rosa con la boca llena.

—¿Va a pagar más? —preguntó Dina.

—La casa tiene una tarifa fija, *féiguele*, nosotras no vamos a cobrarle más porque sería como echarlo, ¿verdad? Él debe de ir a lugares más caros, estar con chicas... más caras. Pero si quiere venir acá... Claro que si trae más clientela es otra cosa, si empieza a venir mucha gente fina sí podemos subir las tarifas de a poquito, sin echarlos.

Las francesas eran más caras. Dina y Rosa lo sabían. Era lógico, ¿cómo una judía iba a costar cinco pesos? Ya era un milagro que costara dos.

—Pero no importa cuánto pague, chicas, les deseo a cada una que sea la afortunada que lo va a atender. Estos caballeros, si se entusiasman, no dan latas solamente, traen regalos: joyas, ropa, cosas divinas, van a ver. Hay que ver si viene, claro, por ahí pidió la tarjeta por pedirla, nada más. Pero si viene... ¡Ay, si viene...!

Brania se tomó las dos manos con fervor. Rosa sorbía ruidosamente la sopa.

Cortadas por el *shabat*, las semanas eran espantosamente iguales. Dina no podría recordar después cuál fue el día exacto en que el doctor Leandro Tolosa apareció en el prostíbulo, habrá sido diez días después del anuncio de Brania. Reconstruyendo con esfuerzo, concluiría que tuvo que haber sido entre martes y jueves hacia finales de la tarde, porque no era domingo, y ella lo recordaba parado en la fría penumbra del patio (oscurecía temprano) mientras las observaba atentamente: Rosa y ella quietas, expectantes, sonrientes, sin mirarse, súbitamente hostiles una con la otra, colocadas —por indicación de Brania— bajo la luz del farol.

Sí lograría precisar que el doctor llegó a su vida después del Loco y un par de meses antes de Vittorio. Y se diría muchas veces que si había varios comienzos para su historia, éste era sin duda otro posible, distinto del suelo rugoso y helado del bosque donde había llorado aplastada, muriendo de dolor. Distinto, no mejor, algo iba a empezar ahora, en ese invierno en el Río de la Plata.

Brania recibió al doctor Tolosa deshaciéndose en amabilidades, después corrió a ofrecerle un *champagne* francés sacado de la exclusiva heladera de su *suite*. Él lo rechazó con un simple, seco "no", que dejó a la regenta pasmada y casi muda. Dina supo todo esto por relatos de Rosa, que estuvo presente pues ya había terminado con su cliente anterior y debía esperar, dada la importancia de la visita, que su compañera hiciera lo propio.

Para que el caballero pudiera elegir con tranquilidad y a su gusto, la madama pasó por encima la lista de espera sin que ninguno de los zaparrastrosos que aguardaban mirando el suelo se atreviera a protestar. Entró a la habitación de Rosa en cuanto quedó libre y le ordenó retocarse el perfume, el maquillaje y el peinado, cambiarse la bata en uso por una recién lavada y esperar a Dina. Después las instaló una junto a la otra bajo la luz del farol del patio vacío (hacía frío, los clientes se agolpaban en el hall). Las chicas tiritaban pero a Brania le parecía que el caballero querría discreción.

—Doctor, acá tiene usted a mis dos florcitas, ansiosas por atenderlo. ¡Elija la que más le guste! ¡O las dos, si quiere!

El juez del crimen las contempló fija, severamente. Era alto y bastante corpulento. Dina registró su seriedad, sus estriados y profundos ojos grises, la prolijidad del cabello entrecano, la elegancia, el porte altivo de sus hombros erguidos. En ese instante, con su destino suspendido, lo admiró, lo admiró y deseó fervientemente ser la afortunada. Junto con la admiración, tuvo miedo; temió lo que ese hombre estaba pensando de ella. Y cuando Tolosa por fin la señaló con la cabeza, fue feliz. Rosa hacía algunas latas más por semana, Dina lucía esos ojos celestes y ese rostro que Brania siempre elogiaba, pero Rosa tenía caderas más redondas y pechos mucho más grandes, y también decía Brania, como de costumbre sabia: "Los clientes quieren tener de qué agarrarse".

El doctor debía tener en su vida mucho de qué agarrarse —después de todo era poderoso—, porque la eligió a ella. Asombrada, orgullosa, sintió el dulce sabor del triunfo. Atravesó la salita ignorando a los que esperaban y pensó que regalaría a su buena amiga Rosa alguna de las joyas que el caballero le comprara. ¿Por qué no? Ya tenía dinero como para adquirir un collar ella sola. Abrió la puerta de su habitación, hizo pasar al juez con una sonrisa prudentemente tímida. Estaba contenta, pero algo en la severidad de don Leandro le decía que debía actuar con cuidado.

No hubo prudencia que alcanzara. Mientras gritaba llamando a la regenta entendió que Brania no iba a aparecer; la seguridad que, a dos pesos por día, garantizaba al burdel el vigilante de la esquina no incluía un juez de la Nación. Dina lo descubrió mientras la mejilla se le iba hinchando, moviéndose como podía en cuatro patas al compás que le marcaba el hombre con las manos que tironeaban brutalmente su cabello. Fue así, llorando de dolor, cuando entendió que nada de eso era accidente, horror o mala suerte, sino estricta justicia. El viaje que había hecho no unía Kazrilev con Buenos Aires, como ella había creído, y su destino no se agotaba en lo que tan orgullosamente había entrevisto (¿hacía dos meses?, ¡hacía dos siglos!), encerrada con llave, en su camarote de esposa falsa. En aquel destino equivocado cabía el perpetuo ir y venir de la palangana a la puerta en que se multiplicaban sus horas pero no la sangre que ahora estaba manchando las sábanas. El viaje que había hecho iba más allá, no juntaba Kazrilev con Buenos Aires sino el duro suelo del bosque donde la habían violado con esta cama donde reinaba el hombre que administraba justicia. Había llegado por fin a la tierra prometida: el infierno. Lo que se merecía.

III

Cuando el doctor Tolosa se retiró no dejó sólo las latas por dos pesos en la mesa de luz, agregó un auténtico billete de cinco. Dina miró el billete quieta, boca abajo, el ceño fruncido mientras esperaba que se fuera la dolorosa contracción de los músculos del ano. Nunca había visto un billete de cinco pesos. Sabía que, si lo pedía lo suficiente, la regenta le cambiaría parte de sus latas por dinero;

una vez incluso lo había hecho, pero entonces había recibido mucho más que cinco pesos: un billete nuevecito, reluciente, que escondió maravillada detrás de un zócalo flojo de su cuarto. Ahora que miraba este otro billete desconocido le parecía que todo, en esa pieza, también se dejaba ver por primera vez. Lo que se veía no era hermoso pero sí nuevo; quitaba las ganas de llorar.

Más serena, se incorporó con dificultad y caminó despacio hasta la palangana. Mientras se lavaba, se abrió tímidamente la puerta que daba a la sala y entró Brania, sinceramente afligida.

—Mi pobrecita *féiguele*, ¡quién hubiera dicho que ibas a tener mala suerte! Un hombre tan fino... Dina, perdoname, vos entendés. Con un caballero así no se puede intervenir...

La ayudó a incorporarse.

—Dejame que te mire, mi pobrecita, a ver si estás en condiciones de seguir... ¡Qué hombre malvado! A ver... Un poco hinchada, esta mejilla; te voy a traer hielo, aunque sea te lo ponés cinco minutos. Pero no tenés tan mal aspecto, dentro de todo...

El agua de la palangana era rosada. Brania repitió "qué bruto" mientras la ayudaba a cambiar las sábanas; después la hizo acostar. Entonces vio el billete en la mesita.

—¡Bueno, Dina! —dijo con sorpresa. Pareció confundida, pero después se encogió de hombros y sonrió— ¿Viste que no todo es tan malo?

La pupila movió lentamente la cabeza. Asentía.

—¿Puedo descansar un poco?

—Claro, mi niña. Te has ganado duramente esta plata. Vamos mitad y mitad, como siempre, ¿eh? Que sea efectivo no cambia las leyes. Aprovechá mientras voy al baño, descargo la palangana y vuelvo con el hielo. Recién cuando vuelvo hacés pasar al otro. Tenés tres esperando.

—La próxima, si viene ese bruto otra vez, te tengo el hielo listo, así ganamos tiempo —murmuró Brania a su regreso—. Pensá que si gastamos el tiempo de otro turno, lo que sufriste no te rinde ni un centavo.

IV

¿Iba a haber próxima vez? Dina se puso a rezar para mantener al hombre lejos: "Señor, que no vuelva el ángel de la justicia". Durante muchas noches y mañanas esas palabras absurdas le vinieron a la mente. No rezaba con convicción, ya no la tenía en Kazrilev, mucho menos allí. Y sin embargo...

El ángel de la justicia volvió a la semana siguiente. Adusto bajo su sombrero, sobrio, envuelto en su magnífico sobretodo que Brania dijo que era inglés. Pasó, por supuesto, sin esperar, en cuanto ella estuvo libre. Los gritos llegaron al patio, dos hombres se fueron de la casa espantados.

Desde su mesa de vigilancia, estratégicamente instalada junto a la puerta que comunicaba la sala con el patio, Brania observó y resolvió actuar. Cuando el doctor salió se acercó discretamente y lo llevó al saloncito de su *suite* a conversar unos minutos. Desde luego que para el establecimiento era un gran honor tener una visita tan distinguida, Dina estaba muy contenta de contar con su preferencia y siempre ansiosa por servirlo. A la casa le quedaba claro que él era un cliente exigente, con hábitos especiales. Eso no era ningún problema, para eso estaban ellas allí, para satisfacerlo en todo lo que pudieran. Lo que sí sería bueno, si para él no era molesto, claro, era ver cómo evitar el bullicio que esta muchacha hacía. Era una buena chica pero demasiado gritona. Con todo respeto, Brania se atrevía a hacer una sugerencia; sugerencia, nada más, que quedara claro, por favor, que no era en absoluto una obligación...

Como si estuviera ansioso por probar el nuevo método, el doctor Tolosa regresó solamente tres días más tarde. A Dina todavía no se le habían borrado las marcas. La mordaza negra que le entregó Brania estaba perfectamente sufilada y ribeteada. La regenta la había confeccionado con sus propias manos en grueso y brillante satén manufacturado en Inglaterra. A semejante cliente no se le podía dar cualquier cosa.

—Llamá a la regenta para que te desate —dijo el juez al retirarse, mientras dejaba por tercera vez cinco pesos.

Fue la única frase de despedida que le dirigió, puntualmente, en todas las visitas. La pronunciaba sin entonación. Tal vez era una broma que hacía a su prostituta amordazada y amarrada, tal vez el juez era un hombre con sentido del humor. Lo cierto es que así como Dina se le hizo costumbre, también se le hizo costumbre dejarla atada y amordazada, aunque no siempre en la misma posición. El doctor Tolosa demostró una notable creatividad para descubrir posturas, lugares, barrotes y demás elementos útiles para enlazar sogas, así como una extraordinaria pericia para hacer doler mucho sin producir daños verdaderamente graves. Cada entrada de Brania a la habitación, una vez que él se había ido, venía acompañada por una exclamación de sorpresa curiosa a la que de inmediato seguía una sarta de maldiciones en ídish contra éste y todos los *goim* jueces argentinos, además de buena parte de sus parientes. Dina aguardaba sin pronunciar palabra, se dejaba conducir a la palangana, aceptaba la ayuda para agacharse allí, para tender la sábana, para colocarse ropa nueva. Antes de hacer pasar al cliente siguiente, guardaba el billete de cinco pesos que compartiría esa noche con su jefa, quedándose con el valor de dos pesos con cincuenta en efectivo, o sea dos clientes y medio que no pagaran en latas.

A veces, otros hombres le preguntaban por las marcas y los moretones. Como la regenta le había aconsejado, pronunciaba "me caí" en un español ronco que disimulaba muy mal la vergüenza. Para su desgracia, el juez parecía entusiasmado con ella. Empezó a visitarla un promedio de dos veces por semana y a desembolsar diez pesos, exigiendo tenerla media hora. A Brania le preocupaba que quisiera más tiempo, sería un cliente conveniente pero tampoco podían detener el prostíbulo para él. Sin embargo, el doctor Tolosa parecía saber lo que podía pedir y lo que no. Había exigido, por ejemplo, algo de lo más razonable: dos argollas en lugares que él había elegido en la pared (usando taladro y tornillos, Hersch Grosfeld las instaló personalmente) y que la muchacha tuviera siempre en el cuarto los cordones y la mordaza de seda, de modo de no tener que transportarlos.

No siempre estaba furioso, a veces era lento y sistemático para infligir dolor, y a veces casi ni lo infligía. La desnudaba (Dina había aprendido a no desatar su ira sacándose ella misma la bata), la ponía en la cama y la ataba con cuidado a los barrotes, apretando mucho las cuerdas y ordenándole que no emitiera ruido alguno. Observaba entonces el rostro, el miedo de Dina con una atención intensa antes de amordazarla. Jamás la besaba en la boca. Ella

123

trataba de que no hubiera más que obediencia en sus ojos; cualquier gesto, lo sabía, podía convocar al Ángel. Era horrendo aunque era bello, cruel, profundamente malvado y sin embargo... Sin embargo, a veces la acariciaba con suavidad después de golpearla, le refrescaba los golpes con agua de la palangana (entonces Dina sentía una horrible gratitud) o no la golpeaba, simplemente la montaba inmovilizada, con una pericia (había que reconocer) no demasiado diferente de la de Ceferino, y le hacía sentir la misma ansiedad por que siguiera. Una vez fue tanto el tiempo en que esos ojos grises profundos estuvieron mirando las pupilas celestes en la delgada carita, que ella creyó ver allí algo más que desprecio y voluntad implacable de justicia. "¿Me quiere?", se preguntó. Y sintió horror, porque en su pregunta latía algo parecido a la esperanza.

Esperanza. Dina estaba esperando el regalo. Brania lo había dicho: "Estos hombres hacen hermosos regalos: collares de piedras preciosas, pieles". Pero él no, no el doctor Tolosa. El doctor Tolosa compraba sus latas y agregaba cinco pesos por quince minutos. Nadie se los pedía pero él era justo: tomaba más que otros y pagaba por eso, no daba ni un centavo de regalo. Cuando el Ángel Oscuro partía, ella se preguntaba si para su bien nunca más regresaría, si para su bien regresaría con el regalo, si para su mal regresaría, y como siempre: con las manos vacías.

Cuando lo descubría en la sala empezaba a temblar, aunque lanzaba una mirada fugaz a sus manos enguantadas. Después, decepcionada, pasaba del odio a la gratitud porque esa vez no la había atado tan fuerte, o al terror porque ese día él comunicaba que iba a pegarle con el cinturón del lado de la hebilla, o al reconocimiento porque iba a hacerlo solamente en los glúteos, lo que (informaba él en un murmurado castellano que cada vez le parecía más claro) no iba a lastimarla seriamente. El doctor Tolosa ahora hablaba, insultaba menos que las primeras veces, explicaba cosas. Su voz era agradable, radiofónica (Dina escuchaba bastante la radio), su tono, contenido, la punta emergente de una montaña de hielo inmensa bajo el mar. Con esa voz que ella no dejaba de escuchar después, cuando él se iba, decía todo menos un saludo al llegar y al despedirse. Y, sin embargo, a veces, esa voz bella y fría dejaba escapar entonaciones extrañas, quiebres donde algo cálido subía y la alcanzaba. O algo doloroso. Ese hombre sufría. Tenía un secreto, una infelicidad profunda debajo de tanta ira. Ella registraba cada vez mejor esos intersticios que había aprendido a intuir, a esperar, y reaparecían después en su memoria, cuando estaba trabajando o cuando estaba sola, cuando la asfixiaba la desesperación de saber que no había salida, que el Ángel iba a volver, que estaba condenada a sufrirlo y a esperarlo. En ese momento recordaba, por ejemplo, que Tolosa se había inclinado sobre ella y había dicho "Dina", y la voz se le había vuelto ronca de repente, con un aire suave que se filtraba en el sonido. Algo parecido a un alivio llegaba con ese recuerdo, y con él aparecían los ojos grises del juez, la pena, la preocupación tal vez por ella, que Dina había creído leer allí en ese instante, un segundo antes de que el juez le cruzara la cara con una bofetada.

Junto con el regalo, Dina se puso a esperar esos instantes. Después, si no estaba sola, tenía que hacer un esfuerzo descomunal para concentrarse en su trabajo, que le resultaba cada vez más monótono, más tedioso, había perdido incluso el gusto con Ceferino. Y si estaba sola prefería quedarse sola, hablaba mucho menos con Rosa, le pedía suavemente descansar si ella venía a visitarla temprano a la mañana. Volvió a apretar las piernas y frotarlas una con otra, cruzadas, muy juntas, contraídas, restregándose en sí misma como cuando era más chica. Lo hacía hasta que sentía eso que no sabía qué era pero la dejaba tranquila y después pensaba que era un monstruo y se estaba volviendo loca, que esa locura no venía de ahora, estaba desde siempre, era la enfermedad verdadera que siempre había tenido. ¡Le resultaba tan obvio! Su madre había predicho lo correcto, pero nunca se imaginó hasta dónde llegaba perderse en Buenos Aires. Perderse era encontrarse. En una noche de insomnio y desesperación, se incorporó, prendió la luz, se miró en el espejo. En su cara pálida, los ojos celestes de loca, de puta, estaban desmesuradamente abiertos. Los estaba mirando fijo su Ángel y, por él, ella sabía por fin quién era.

V

Después de frecuentar a Dina durante dos meses un promedio de dos veces a la semana, el doctor Tolosa tuvo que irse, convocado por engorrosos y urgentes problemas en su estancia cercana a Tornquist. Parco, expeditivo, apenas después de cerrar la puerta del cuarto donde Dina quedaba amarrada e inmediatamente antes de dar media vuelta y partir, comunicó a Brania su próxima ausencia.

—Ignoro cuánto tiempo estaré lejos. Pero a mi retorno quiero a Dina esperándome, como siempre.

—¡Por supuesto, doctor!, ¡la palomita no se mueve de acá! —contestó Brania, y ensayó el comienzo de un discurso meloso: sin el doctor, ni la casa ni Dina serían las mismas, ojalá volviera pronto, la chica lo extrañaría mucho, ella era tan... Pero el juez se dio media vuelta y partió, dejándola con la palabra en la boca, y Brania esperó a que desapareciera para escupir ruidosamente el suelo.

La noticia le daba infinito alivio. De ser lo mejor que le podía pasar al burdel, el doctor Tolosa se había vuelto, pensaba ella, una oscura amenaza. Era un pez gordo, tenía mucha influencia y podía meterlos en líos si alguna vez no estaban en condiciones de satisfacer sus exigencias. Así había tratado de decirle a Grosfeld varias veces, pero él no la tomaba en serio.

—¿Por qué se va a disgustar? ¿Ustedes van a hacer que se disguste acaso? —preguntó una de las noches en que, acostados en la suite de Brania, discutían el tema.

Ese "ustedes" siempre era agresivo. Incluía a la regenta y las chicas en un grupo dañino, peligroso, que ocultamente conspiraba contra él.

—Claro que no, Hersch. Pero no es un cliente fácil... No es un cliente fácil... Encima paga lo que se le antoja y como se le antoja. Decí que la pobre chica se merece la plata, la verdad, con lo que le hace... A otro que no fuera él yo ya lo hubiera echado, no lo hubiera dejado entrar más acá. Y vos estarías de acuerdo. O le hubiera pedido que comprara latas por diez pesos el turno, para que pagara o se fuera. Y vos me felicitarías. ¿Oh no? No, Hersch, no es un cliente fácil.

—Mujer exagerada —Grosfeld estaba fastidiado.

—Vos porque no estás acá, venís y todo está prolijo y dispuesto. Vos no ves cómo esa chica se está arruinando, llora todas las mañanas, Hersch, va a perder clientes porque está como ida, ya no sabe ocuparse y retenerlos.

—Encerrala una noche en la pieza de arriba y no le des de comer, vas a ver cómo vuelve a funcionar.

Brania meneó la cabeza. Los hombres eran verdaderamente tontos.

—Mirá —explicó con paciencia—, eso no la va a arreglar, la va a empeorar. Esa chica hace lo posible por atenderlo bien, se las aguanta como puede, rinde bien. ¿Y vos querés que yo también la castigue? Demostró que es buena en el oficio, tiene una clientela nutrida. Un poco menor que la de Rosa, pero nutrida.

—¿No dijiste que perdió clientes?

—Sí, pero uno solamente, que venía siempre a verla. Un día pasó después de Tolosa y se debe de haber asustado, porque no apareció más por acá.

—¡Uno solo! Exagerás todo, mujer. No es lo mejor que un cliente se asuste, pero hay modos de evitarlo. Dejale un turno de descanso para que se recupere. ¿No se maquilla los moretones? Y si el doctor Tolosa tiene influencias porque es juez, la Mutual es amiga de los jueces. Que un hombre como Tolosa, un caballero criollo, ponga sus pies en esta casa significa mucho para nosotros. ¿Tiene hábitos molestos? Los respetaremos.

—Significará mucho, pero la casa no vive de los peces gordos, vive de los otros, de los pobres.

Grosfeld no contestó. "Hay una novedad, una posibilidad de salir de donde se está, y las mujeres se asustan. Son irremediablemente conservadoras, son las agentes del orden burgués, incluso las putas. La casa vive de los zaparrastrosos, dice ésta. ¿Y qué hay? ¿Tiene que seguir viviendo de ellos toda la vida?"

—Y el tipo exige, te digo... —siguió Brania, creyendo que el silencio significaba algún acuerdo— ¿Qué pasa si un día no podemos cumplir? Es una bestia, Hersch, un día la va a matar.

—No la va a matar, mujer, ¡por favor...! ¿Le rompió algún hueso acaso? Cómo te gusta exagerar. Y además hay muchas otras chicas en Polonia, y con mejores tetas; pero no muchos otros clientes como Tolosa.

Brania se mordió los labios, súbitamente irritada.

—*A gutn potz* —murmuró apenas. Pero Hersch la escuchó:

—¿Qué me decís? —rugió amenazante, y levantó el puño cerrado.

Muy pálida, mirando de soslayo el puño suspendido tan cerca de su mejilla, la mujer intentó sonreír desde la almohada.

—¿Ahora me pongo contenta porque estás bien dotado y te enojás conmigo, amorcito? —dijo— No quise decir nada malo, en serio...

La voz enronquecida por el miedo le bastó a Grosfeld para darse por vengado. Con un gruñido bajó el puño. Pero estaba preocupado por su propia conducta: jamás una de sus putas se había atrevido a una cosa así sin llevarse puesta una paliza, ¿qué le pasaba? Lo había llamado "buen pito", y aunque él no estaba mal de tamaño, eso en ídish era decirle tarado. Brania no era diferente de todas, aunque ahora hubiera ascendido a regenta y resultara, había que reconocerlo, eficiente en el cargo. Pero era una perra, siempre lo había sido, ¿qué otra cosa podía ser? Grosfeld se dejó manosear por las manos todavía temblorosas, tibias, mientras pensaba que dar alas a una mujer era lo peor que se podía hacer en este mundo. Y sin embargo Brania sabía manosear, sabía hacerlo volar alto. Mal que le pesara, incluso con estas estupideces conservadoras, ella era la única mujer con la que siempre tenía ganas.

VI

A comienzos de septiembre el doctor Leandro Tolosa desapareció del burdel. Brania y Rosa —una en silencio, la otra a viva voz— celebraron la partida. En cuanto a Dina, compartió a medias el alivio. También se preguntaba si no habría hecho algo para que él la dejara y, sobre todo, si eso que había hecho y no podía precisar había estado bien o mal. Sabía por Brania que el juez había avisado que se iba pero que volvería, y que quería a Dina lista en su puesto. No parecía entonces que le tuviera asco o estuviera disgustado. Pero tal vez sí, ¿por qué tenía que decirle a Brania todo lo que pensaba? ¿Y si era mentira? ¿Volvería? ¿Querría descansar de ella? ¿Le traería finalmente un regalo? Regalos a las amantes después de los viajes: un clásico, según relatos que había escuchado. Después de todo ella era algo así, era algo más para el doctor Tolosa que una pupila en un burdel, era por lo menos su favorita. No era fácil ser favorita de un hombre como ése, alguna recompensa se merecía. ¿Quería sacar de arriba, con sus cinco miserables pesos, todo lo que ella se dejaba hacer? ¿Y por qué le hacía eso? ¿Cuánto sabía de ella?

Mientras tanto, descansar era un respiro, no estar pendiente del ritmo de sus visitas y de maquillarse moretones que no se iban, no tener terror de encontrarlo cada vez que abría la puerta, no quedarse pensando en él cada madrugada antes de dormirse... Los días pasaban, su cuerpo recuperaba una cierta paz, un bienestar que no era gran cosa pero ahora le parecía inmenso. Era bueno atender cuarenta hombres por día que no pegaban, aunque al mismo tiempo diera pena contar las latas esos días, latas sin billete... "Que no vuelva. Ojalá no vuelva", se decía fervientemente más veces que las que lamentaba la disminución del ingreso, más que las que se preguntaba si él se habría ido por su culpa, porque el asco que le tenía habría llegado a ser intolerable. La última vez, al final, en vez de decirle como siempre que llamara a la regenta para que la desatara, él la había mirado como si quisiera entrar dentro de sus ojos y ella había tenido vergüenza y los había cerrado. Pero probablemente el juez había alcanzado a *ver*. Con él no había mucho modo de esconderse. ¿Sería por eso que se había ido? No, no quería que volviera. ¿Cómo podía querer una cosa semejante? Sin él trabajaba mejor, aunque ganara menos (lo que no significaba de ningún modo que no ganara bien). Era cansador, pero Ceferino volvía a gustarle de a poco, los clientes suaves eran bienvenidos, y de a poco la sensación de que era injusto aguantar lo que había aguantado se fue imponiendo, hasta empezar casi a parecerle evidente.

Por ese tiempo regresó el Loco, ese salvador flaco de flequillo mal cortado al que ella había amenazado con hacer echar si asomaba de nuevo sus narices. No le habría creído, o el tiempo (más de dos meses) que había transcurrido lo habría persuadido de que no iba a ser para tanto, porque apareció en la sala de espera, la buscó con la mirada y, en efecto, ella no vio por qué no atenderlo. El Loco entró mirando el piso con timidez pero esta vez no habló, la poseyó sin preámbulos, con los ojos cerrados y bastante torpeza aunque con suavidad, una palabra ahora poblada de virtudes. Después, claro, empezó con sus discursos salvacionistas, pero hasta eso fastidiaba menos a Dina. De modo que cuando apareció apenas dos días más tarde, ni siquiera tuvo que fingir la sonrisa cordial. Con un poco de suerte, pensó, ese Loco se convertiría en uno más de sus buenos clientes.

Un poco porque los salvadores no eran tan mala cosa después de haber sufrido a Tolosa, otro poco porque su castellano iba progresando al compás de la radio y de la ayuda de Ceferino, pese a la mala voluntad de Brania de enseñarle, Dina prestó atención esa vez a lo que el Loco decía. El hombre parecía hablar no solamente de la pena que le daban ella y su mala vida, incluía en su dolorosa queja a Buenos Aires, las injusticias de Buenos Aires; hablaba evidentemente de la desesperación de estar perdida en Buenos Aires. Decía cosas que ella sospechaba interesantes. Se concentró. El Loco hablaba de las *tsures*, las penas que arrastraban tantos habitantes de esa ciudad; le echaba la culpa al capitalismo y a la injusticia social, era —decidió Dina— alguien que compartía las nuevas ideas. ¡Las nuevas ideas! ¿Vivirían también en esa lejana Buenos Aires? ¡Hacía tanto tiempo que ella no recordaba siquiera que existían! Las de Iosel, las que había abrazado cuando era todavía una niña como Iosel, con Iosel...

De pronto la nostalgia le cayó encima como una piedra. Se acordó de su tierra, donde había viajado en carro a la escuela, enviada por su papá, recorriendo campos florecidos en la primavera, nevados en el invierno, se acordó de las largas conversaciones con su amigo en el carro, de los inmensos sueños compartidos, la amistad perdida, las ideas perdidas, el frío, el frío terrible pero promisorio que ahora extrañaba, el abrigo de lana gruesa que no lo detenía y la excitación por el mundo que iba a llegar, el mundo sin frío para nadie.

El Loco debió ver algo en su rostro porque se calló asombrado, se incorporó. Estaba desnudo, le quedaban todavía cinco minutos.

—Eso usted dice —logró pronunciar Dina en español—, usted dice eso... Mi amigo Iosel, amigo mío lo decía... en Polonia. Lo decíamos yo y él... Yo era...

"Yo era libre", quería decir pero no sabía cómo. Y señaló los postigos cerrados de la ventana, el candado, la pieza entera de aire viciado, paredes rojas. Y rompió a llorar. Un llanto fuerte, descontrolado. El Loco la abrazó de inmediato, ella se apretó muy fuerte contra él para no hacer ruido. Si Brania aparecía no le iba a gustar nada verla así con un cliente. Trató de parar pero no podía. Eran lágrimas acumuladas quién sabía desde hacía cuánto, lágrimas que ignoraba que estaban y ahora que salían era imposible detener. Lloró y lloró ahogando el ruido, mojando con su agua y sus mocos el cuerpo ya traspirado, paciente, del desconocido, se sacudió violentamente un rato largo hasta que le pareció que estaba vacía y se quedó quieta, exhausta. Entonces él la separó con ternura, echó agua fresca en la palangana, se la alcanzó y miró cómo ella se lavaba la cara sin decir nada, suspiraba, pedía perdón con su acento extranjero y una sonrisita tímida, bajos sus ojos celestes de colegiala.

Bruscamente la colegiala se volvió puta: miró el reloj y se alarmó.

—Cuatro minutos tarde.

En el mismo momento sonaron los golpes en la puerta.

El Loco se vistió a toda velocidad. Segundos después se iba, dejando un peso más en la mesita:

—Te van a cobrar multa, escondé el pesito, que es para compensar.

—Volvé —alcanzó a decir Dina.

Él ya estaba de espaldas, saliendo, pero la escuchó.

CAPÍTULO 6
VITTORIO

"¡Que nuestras mujeres no tengan
que ser prostitutas, que nuestros hombres no
tengan que ser policías!"

Una consigna de la Comuna de París

I

La vida se deshacía en la rutina, el tiempo no transcurría, nada parecía moverse. Los días se sucedieron igualmente atroces hasta que ya no fueron nada, simplemente un vaho gris, una atmósfera suave y maloliente en la que se podía respirar sin esperanza. Y de pronto ocurrió algo, y después algo más, y otra cosa. Como si el tiempo se hubiera electrizado, todo se empezó a mover. Dina pensó que fue aquel llanto que había parecido interminable, en brazos del Loco, lo que puso en marcha el destino. Era un pensamiento tan absurdo como cualquiera de los que venía teniendo, pero, a diferencia de los que le despertaba el Ángel de la Justicia, éste no la desesperaba. Lo cierto es que solamente al día siguiente, la noche del 15 de septiembre de 1927, ocurrió lo que puede considerarse el último comienzo de su historia.

Era un jueves de pocos clientes, lo cual tenía de mal humor a Brania pero no a las muchachas. Ya daban las 8 de la noche y en la sala esperaban cuatro hombres. Uno de ellos era muy joven. Nunca antes había estado en esa casa.

No sólo en *esa* casa: no había estado nunca en una casa *como ésa*.

132

Sentado en el hall, recién bañado, con impecable ropa dominguera, mirando con algún temor pero sin timidez cada detalle de la sala, Vittorio Comencini no bajaba los ojos, a diferencia de los otros que aguardaban. No se trataba de un gesto meditado, un desafío, la voluntad expresa de diferenciarse de ellos. Simplemente no sentía vergüenza ni creía que debiera sentirla. No él, en todo caso. Tampoco las dos chicas, las proletarias que ahí trabajaban. La explotadora madama era quien debía sentir vergüenza, el *caften* dueño del negocio y... Bianca, su novia, o mejor su ex novia, la estúpida farsante que acababa de dejar de ser su novia. Ésa debería sentir vergüenza.

Decirse que Bianca tenía apenas dieciséis años y no casi diecinueve, como él, no mejoraba las cosas. Esa mujer no era nada inocente: había tenido la habilidad de enroscarle la víbora, de bailar a su compás, de decir lo que él quería escuchar para venderse. Igual que las mujeres que trabajaban ahí, sólo que ellas se vendían de frente, sin mentirse ni mentir. Y eran explotadas.

"¡Es la hija de un compañero!", pensaba horrorizado, estupefacto. ¡Y encima un compañero que nunca se había casado con su compañera, la madre! "¿Usted se cree que mi mamá es feliz viviendo así con papá? ¿Cree que quiere lo mismo para mí?", le había gritado Bianca apenas la noche anterior, descontrolada, llorando, antes y después de repetir que lo amaba, que tuviera paciencia, que simplemente hablara con su padre y todo saldría bien.

¡Saldría bien!... ¿Cómo había podido fingir tanto? ¿Era pura falsedad aquella Bianca que lo había escuchado con las mejillas enrojecidas, los ojos brillantes, mientras él le explicaba borracho de entusiasmo por qué el amor sólo podía ser libre, por qué la única verdad era amarse y ningún estado, ningún régimen burgués, ningún dios inventado por los ricos para hipnotizar a los pueblos miserables tenían derecho a darles permiso? ¡Ésa no era Bianca! ¡No era la que después de escucharlo le había tomado las manos, había acercado su boca entreabierta con los ojos cerrados y le había susurrado "Béseme"!

"Mi primer beso", dijo luego, y él no le dijo que era uno de sus primeros, también. Y después... después la dicha, la magia, la alegría portentosa de haber encontrado por fin a la mujer que buscaba; los fugaces encuentros de interminables besos ansiosos, él que hablaba, ella que asentía, aceptaba, festejaba, lo volvía a besar. Con todo estaba de acuerdo, a nada decía que no mientras las manos avanzaban furtivas en el zaguán de las despedidas, en los breves paseos por el barrio, en los escondites detrás de cualquier lado. Fueron dos semanas de caricias y desesperación, de alegría desatada, amor primero y único, amor para siempre, amor del bueno. Luego, apenas el domingo anterior, fue el almuerzo con los camaradas del sindicato en casa del padre de Bianca: don Gennaro orgulloso, sentado a su lado, palmeando a Vittorio a cada rato, dejando ver sin decirlo que estaba contento del romance, sugiriendo que nada más podía querer él para su hija que Vittorio, un trabajador libertario... La madre, en cambio, callaba. Lo observaba en silencio, sonreía sin expresión. Pero se estaba hablando del sindicato, las mujeres no son de participar en esas charlas. ¿Por qué iba a pensar Vittorio que eso lo afectaba a él? Ese sábado por la tarde, en la sobremesa, registrar el silencio de la dueña de casa no había significado nada. ¡Era tan evidente la aprobación de don Gennaro, tan abarcadora y compacta! Después de todo, en la mesa no faltaba nada: casi un derroche de platos, panes amasados en casa, conservas y fiambres caseros, muchos preparados por la propia Bianca, como le hizo saber ella misma. Y la madre había cocinado los canelones más exquisitos que Vittorio había probado en mucho tiempo. Pero estaba callada, siempre callada, recibiendo en silencio los elogios con sonrisa trabada o simplemente suave, como la de Bianca cuando él le hablaba de amor libre y socialismo libertario.

Asombrado, Vittorio ahora repasaba la escena y empezaba a pensar, por primera vez en su vida, que lo que le pasa por adentro a una mujer es un misterio. "Soy un estúpido", se dijo con tristeza. Porque aquel sábado cuando, ahora entendía, sus ilusiones sobre Bianca ya estaban condenadas a la decepción, él en cambio se había sentido en la gloria. Se habló del llamado de la FORA a reunirse con otras organizaciones sindicalistas de América. Hubo burlas al Partido Socialista y las miserias patéticas de la política burguesa: la división de los socialistas, el apoyo de *Crítica*, donde Vittorio trabajaba como linotipista, a la fracción autodenominada "socialismo independiente", las internas escandalosas. Se discutieron actividades del sindicato y al final hubo especulaciones sobre las elecciones de comienzos del año siguiente, aunque pocos de los presentes tenían la ciudadanía argentina y podían votar. Don Gennaro, sí; Vittorio también. El padre de Bianca pensaba votar a Yrigoyen, no porque ignorara que el Peludo era, en definitiva, un político burgués, sino porque prefería que estuviera él a que estuvieran los conservadores. Los otros le reprochaban incoherencia. *"Ma voi oggi state e domani siete andati via!"*, les retrucaba Gennaro. Él iba a aguantarse a los conservadores cuando los criticones ya estuvieran de regreso en Italia, o probando suerte en los Estados Unidos. Vittorio no estaba de acuerdo con Gennaro, le parecía un razonamiento egoísta que relegaba los principios a un cálculo utilitario. Lo dijo, aunque respetuosamente: no iba a renunciar a expresar su punto de vista. El vino estaba delicioso, hormigueaba alegremente en su cabeza y lo convencía de que ninguna disidencia honesta podía separarlo del padre de su Bianca, de ese hombre querible y admirable. Él, explicó, no usaría el primer voto de su vida para elegir al menos malo, él votaría en blanco para mostrar su oposición a la acción política burguesa porque ésos eran los principios del anarquismo revolucionario.

No era sólo efecto del vino. Realmente el padre de su amada no pertenecía al extendido grupo de adultos que quieren que les digan a todo que sí. Reconoció que el razonamiento de Vittorio era correcto y elogió la pasión de sus convicciones. Sólo dijo que a veces la teoría tenía que escuchar a la práctica, y después le alcanzó el plato de berenjenas, insistiendo en que se sirviera más. "Ojalá fuera mi padre", pensó Vittorio conmovido. Su papá había muerto muy joven, en Italia, y él casi no lo recordaba.

Ya caída la tarde, cuando se iba, mientras se despedían solos en el zaguán oscuro, el muchacho escuchó en su oído la vocecita de Bianca: "¡Qué inteligente es usted, Vittorio querido!", lo elogiaba ella y apretaba, como recompensa, todo su cuerpo contra el suyo. "¡Cuánto sabe, cómo aprendo cuando lo escucho!" Entonces él la besó y le llevó la mano a su bragueta; ella no la sacó.

Un rato después Vittorio estaba solo, caminando por la vereda como por el paraíso, dando tumbos borrachos, transido de emoción; se prometió que su Bianca iba a estudiar, a leer libros de política, iba a intervenir como él en cualquier almuerzo, no lo observaría en silencio, arrobada. "Una pareja libertaria es una relación entre iguales", se dijo, pero el pensamiento teórico no alcanzaba para calmar el hormigueo que subía de su entrepierna. Sin darse cuenta, empezó a saltar por las baldosas como si fuera un chico.

Cuando volvió a verla le propuso la relación igualitaria y la educación libertaria. Bianca dijo que sí, emocionada: con él, ella iba a aprender todo. Para empezar su instrucción, Vittorio le habló de Alejandra Kollontay, la dirigente feminista de la Revolución Rusa.

—Dice Alejandra que hacer el amor es como tomar un vaso de agua —dijo—, de agua clara, de agua transparente y fresca que los jóvenes precisamos, agua sagrada.

—Usted es un poeta, Vittorio querido.

El lunes él tenía franco en el diario. Lo pensó toda la noche anterior, excitado, sin poder pegar un ojo. Al día siguiente, estaba decidido. Llegó a casa de la farsante a la hora del té y le hizo su propuesta (la más grande, la única posible) en susurros, en el pequeño comedor, mientras la mamá les preparaba café, ceñuda, en la cocina. Con las mejillas rojas, Bianca contestó en seguida que sí. ¡El plan entonces estaba acordado! Se escaparían juntos ese martes. Apenas la noche próxima serían libremente marido y mujer.

Don Gennaro siempre contaba que en su pueblo del norte, en las colinas de Le Marche, días antes de embarcar juntos hacia América había raptado a su mujer de la casa de sus padres. Ahora, pensaba Vittorio con orgullo, ellos dos iban a unirse de igual modo: digna hija del amor libertario, Bianca elegía la mejor de las paradojas, la tradición de la rebeldía. Su amada escuchaba en silencio el discurso apresurado. Él explicaba que tenía un poco de plata: en Italia sólo le quedaba un hermano mayor, no tenía padres a los que enviar dinero y venía ahorrando lentamente. Podía pagar una pieza de pensión para los dos durante algunos meses. Mientras tanto, Bianca podría inscribirse para terminar la secundaria en el turno vespertino, como había hecho él (Bianca había dejado la escuela, él sostenía que eso no era bueno. Incluso la educación reaccionaria obligaba a pensar, aunque más no fuera para llevar la contra). Y si no les alcanzaba, una compañera le había avisado que tomaban obreras en un taller de telas que estaba cerca del diario. Aunque si él podía sostenerla mientras estudiaba en el vespertino era mejor, así se concentraba en su meta. La iría a buscar todas las noches cuando saliera del diario, para que no caminara sola por la ciudad tan tarde. Iban a ser muy felices, después tendrían hijos que educarían en libertad y lucharían juntos por la revolución.

Pero al día siguiente, el gran día en que iban a volver realidad su unión libertaria, la verdadera base de la sociedad de libres productores asociados que soñaba el anarcosindicalismo, Vittorio conoció a la verdadera Bianca.

Llegó a la una de la mañana, como habían quedado, y se paró frente a la ventana de su habitación. Esperar hasta la una y diez fue una verdadera hazaña. Por fin, nervioso porque los postigos no se abrían, dio dos golpecitos suaves. Tuvo que insistir tres veces hasta tener respuesta; los postigos no se movieron de su eje, la mujer que pronto sería una desconocida apenas hizo aparecer una hendija que dejó suponer una parte de su cara. "Váyase ahora, Vittorio", habló la hendija, con una frialdad que él no imaginaba posible en esa dulce voz. "Usted está chiflado."

Tardó en entender lo que le decía. Se quedó parado, mirando. "Yo lo amo, pídale la mano a papá", repetía. "Pídasela, por favor, Vittorio, no me haga sufrir. No sea chiflado."

—Pero soñamos juntos con... —logró articular él.

Bianca calló.

—¿Y lo que dijimos? —insistió.

—*Usted* dijo, Vittorio, no yo. Yo no sé, soy muy chica... Pídale la mano a papá, por favor, pídale mi mano. Yo quiero casarme con usted.

Vittorio estaba desesperado.

—¡Don Gennaro raptó a su mamá, Bianca, ellos nunca se casaron...!

Cruzado por las varillas de madera, el fragmento visible de Bianca frunció el ceño, el susurro cauteloso se le quebró.

—Mi padre la raptó, sí, y mi madre vive suplicándole que la lleve a la iglesia. Vive llorando porque sigue en pecado. ¿Usted quiere eso para nosotros? ¿Quiere que nos vayamos al Infierno, nosotros y nuestros hijitos?

—¿Don Gennaro sabe que su mamá llora? —preguntó Vittorio estupefacto. Era una pregunta estúpida.

—¡Mi madre vive pidiéndole que se casen, le digo! ¡Vive llorando! —casi gritó Bianca.

—¿Y él qué dice? —insistió Vittorio, completamente aturdido. Se sentía cada vez más imbécil.

—¡Se burla! ¡Se burla! ¡Se burla de ella!

Ahora Bianca lloraba desencajada.

—¡Señor, no dejes que me escuchen, que nadie se levante! —imploró asustada. El esfuerzo para no gritar le hacía brotar una vocecita chillona. Vittorio la adivinó ridícula, su belleza deshecha por una angustia que a él le parecía cada vez más despreciable, roja, crispada porque ni siquiera se animaba a gritar, a despertar a sus padres e insultarlos por lo que eran, por la hipocresía, la resignación, el resentimiento oculto... "Qué mujer cobarde", pensó. Iba a darse vuelta sin palabras cuando escuchó otra vez la voz, enronquecida:

—Se burla, Vittorio, se burla de nosotras. Se burla siempre. La escucha llorar y se ríe. Se ríe porque los domingos vamos a la iglesia, porque nos arrodillamos junto a mi cama antes de acostarnos. Nos desprecia. Cuando tomé la comunión él no quiso ir a la iglesia, se lo pedí yo, me tiré a sus pies y le pedí que fuera, pero no quiso. Igual yo rezo siempre para que Dios lo salve, porque yo sé que mi *pappo* es bueno aunque no sea bueno con la *mamma*... Como usted, usted también es bueno. Y ahora no parece porque me quiere hacer perder mi alma, pero es bueno.

Parado en la vereda, Vittorio descubrió de pronto el frío que hacía esa noche. Hacía rato ya que estaba tiritando.

II

Y ahí estaba ahora, apenas al día siguiente, sentado en la sala de espera de un burdel, con los bolsillos llenos de dinero, dispuesto a perder de una buena vez su virginidad, ya no con una mujer que lo amara, por lo menos con una que no le mintiera. Se lo había hecho saber a la Bianca del postigo, y también le había dicho que no iba a verla nunca más, que no era la mujer para Vittorio Comencini, el linotipista anarquista que despreciaba la cobardía y la mentira más que cualquier otra cosa en este mundo. Se había enamorado de una mujer que no existía. Iría ya mismo a un burdel, le anunció para herirla, pero no solamente. Disfrutó con rencor del sobresalto de ella, del chistido para que no hablara tan fuerte; repitió: "Burdel, prostíbulo, quilombo. ¿Quiere que le explique mejor?" Y mientras ella decía "respéteme", mientras lloraba en el postigo, él dijo que le había perdido todo respeto y estaba harto de esperar a una que no existía. Iba a pagarle a una trabajadora.

—Usted es peor que una prostituta. Ellas reconocen que lo hacen a cambio de dinero, usted lo quiere hacer a cambio de matrimonio pero dice que va a hacerlo por amor. El negocio burgués más hipócrita es el matrimonio. ¡Consiga a otro que la compre!

Y como era implacable cuando sabía que la justicia estaba de su lado, no le importó dejarla deshecha (aunque nunca tan descontrolada y dolorida como para olvidarse de cuidar que sus padres no la escucharan) y se fue para siempre.

Al otro día, cuando terminó su turno en la imprenta de *Crítica*, volvió a la pensión, como había planeado, se dio un baño, se puso su ropa de domingo y guardó en un bolsillo cuarenta de los cien pesos que tenía ahorrados. Eran todos sus ahorros, pero no le importaba. Antes de salir de la pensión se miró en el espejo del vestíbulo: no estaba nada mal. Eligió el prostíbulo de Loria que tantas veces había visto desde afuera. Pasaba todos los días por la vereda cuando iba a tomar el tranvía, rumbo al trabajo, y miraba con curiosidad la ventana siempre clausurada y la entrada con la típica cortina amarilla. ¿Por qué estaban cerrados los postigos?, se preguntaba cada vez. "Pura hipocresía", resolvía con desprecio. "Si yo fuera intendente de esta ciudad, ordenaría que todas las ventanas de los burdeles estuvieran abiertas." Si existían los prostíbulos, no había por qué ocultarlos. Existían porque esta sociedad estaba enferma, porque criaba mujeres como Bianca, que empujaban a esas casas a hombres desesperados por amar con autenticidad, hombres que querían defender su derecho a la verdad, y también a otros cobardes, capaces de tolerar una familia donde se negaban sus más firmes convicciones, como don Gennaro. Ésos también iban al prostíbulo, aunque por otros motivos.

"¡Familia de farsantes!" Vittorio suspiró con fuerza y en la sala de espera lo miraron con reproche. En ese momento se abrió la puerta de la habitación de su izquierda y apareció una muchacha envuelta en una bata transparente, de un rosado furioso. Estaba demasiado pintada, tenía ojos muy negros y los pechos se le salían casi de las puntillas del escote. Cuando sonrió con sus labios carnosos, la mirada de Vittorio chocó con sus dientes muy grandes, le pareció que iban a morderlo. Se estremeció y miró con aprehensión cómo un hombre desaparecía con ella, tragado por la puerta. Estaba muy nervioso.

¿Se iba o se quedaba? ¿Buscaba otro burdel o renunciaba por ese día? Estaba a punto de levantarse cuando se abrió la otra puerta, la que estaba justo enfrente de su asiento. Apareció una muchachita delgada. La pintura roja no les quedaba bien a sus labios finos, era algo exterior, un disfraz mal colocado, como una niña que se pone ropa de adulta para jugar. Se había recogido parte de su pelo largo, castaño y enrulado en un rodete, el resto le caía suelto por la espalda. La chica miró a los que aguardaban con ojos celestes muy abiertos, y de pronto, en un gesto que lo conmovió profundamente, se tomó de los codos y se apretó los brazos contra el vientre, como si se abrazara a sí misma. Después, con una sonrisa triste y suave, hizo pasar al hombre que se había puesto de pie.

Vittorio quedó completamente trastornado. Ella era muy joven, ¿incluso menor que él? Era polaca, porque ahí trabajaban solamente polacas. Estaba sola, venía desde lejos como él. "Se abraza porque nadie la abraza. La abrazan todos, muchas veces por día, pero no la abraza nadie." Entonces lo resolvió: él la iba a abrazar.

Empezó a temblar. Iba a quedarse, lo supo, iba a hacerlo con ella. Sintió urgencia y desesperación por que se abriera de una vez la puerta, terror por que se abriera, deseo de que no se abriera nunca. Ahora estaba tan nervioso que no podía quedarse quieto. Vio que la madama lo observaba y tuvo miedo. Como hacía siempre que tenía miedo, se zambulló en la acción.

—Tengo mucho dinero, quiero varios turnos. Cinco —informó a la regenta.

Se había puesto súbitamente de pie, había caminado hasta ella. Su voz sonaba clara, altiva, demasiado fuerte en ese lugar donde nadie hablaba.

—Ahorre su dinero. El reglamento prohíbe más de dos. Cuatro pesos por media hora es lo máximo.

La regenta tenía un acento judío muy marcado, era raro escuchar el mismo acento de dos linotipistas socialistas del diario en boca de una explotadora.

—¿Y si quiero más?

—No con la misma mujer. Si quiere pagar más, espera turno con la otra.

Vittorio volvió a su asiento rabioso. Concentrarse en la rabia lo ayudaba a olvidarse del miedo. Las prohibiciones del patrón eran malignas y debían responder a fines malignos. Se puso a pensar hasta que los entendió: eso era una fábrica, un taller de producción de plusvalía; para que las mujeres produjeran la mayor cantidad de plusvalor tenían que atender a la mayor cantidad de hombres posibles. La prohibición garantizaba que el cliente más frecuente y seguro llenara la sala de espera, que ninguno tuviera que esperar mucho, que los hombres entraran y salieran al ritmo alucinante de una cadena de montaje, que las chicas no se encariñaran con ninguno, que su alienación fuera estrictamente preservada, que trabajaran sin crear problemas.

Vittorio clavó su mirada en la regenta, la cerda burguesa que vigilaba con ojos ávidos. Se la imaginó parada frente al pelotón de la justicia popular, cayendo ensangrentada; se imaginó a la muchacha pequeña de ojos celestes diciendo "fuego" con la voz vibrante. Y entonces, demasiado pronto, sin aviso, sin que hubiera podido prepararse, la puerta se abrió frente a él, nadie se puso de pie y entendió que era su turno. Se levantó con tal ímpetu que se le cayó la gorra, pero la alzó rápidamente, tragó saliva y se encaminó con pasos aplomados hasta la puerta donde lo estaban aguardando.

III

"Éste es distinto", entendió Dina en cuanto lo vio. Solamente el juez Tolosa entraba a ese cuarto con los ojos fijos en los ojos de ella (y ella los bajaba en seguida, para no enojarlo). Pero los ojos de Tolosa y los de este muchacho eran el extremo opuesto: aquéllos, impenetrables; éstos, transparentes, no había por qué evitarlos. Color miel (¿serían verdes contra la luz del cielo nublado? Salvo que alguna vez pudiera observarlo en el patio, nunca iba a tener cómo saberlo). Eran ojos que parecían querer conocer todo. De pronto brillaron de indignación.

—¿Por qué está tan cerrado? —casi gritó el cliente. Y sin esperar la respuesta, se precipitó a la ventana.

—¡No! —dijo Dina alarmada. Pero él ya estaba pidiéndole dos horquillas para el pelo.

Como ella no entendía, le tomó la cabeza y se las sacó del

141

cabello con delicadeza. Abrió una hasta hacer un ángulo recto y se puso a maniobrar con las dos en la cerradura del candado que clausuraba los postigos.

—¡No puede! ¡Es prohibido!

—¿Prohibido? —el muchacho se detuvo y la miró— ¿*Ma* por qué?

—Yo no sé —balbuceó Dina, y pensó que estaba hablando bastante castellano.

—La madama no se va a dar cuenta porque está en la sala —la tranquilizó el muchacho apoyándose con gestos para ser más claro—. Ahora abrimos, ventilamos, y después cerramos otra vez; yo le... te enseño cómo hacer... Cuando nadie la vea usted abre.

Ahora Dina no había entendido casi nada pero le gustaba mirarlo trabajar. Tenía manos rápidas; los dedos curtidos, manchados de negro, eran sumamente ágiles. Ya no estaba tan inquieta. Mientras no rompiera el candado, Brania no tenía por qué enterarse.

De pronto entró a la pieza la luz amarillenta de los faroles de gas, y con la luz, una ráfaga del aire frío de la noche de septiembre. Disfrutó del murmullo de las ramas de un árbol muy alto que tenía en su vereda. "¡Mi vereda tiene un árbol, por eso escuchaba pajaritos!", pensó. La había visto dos veces, en los tres meses que llevaba en esa casa.

El muchacho la observó con sonrisa triunfal.

—Gracias —dijo ella. Y se rió.

Era una risa antigua, muy antigua, y nueva, una que hacía mucho que no se escuchaba.

—Después, cuando cerramos, usted hace así —dijo él, y se puso a enseñarle.

Estuvieron unos minutos probando. Dina era habilidosa pero aprender no era tan fácil.

—Escondé las horquillas. La próxima vez te sigo enseñando —sugirió Vittorio, y señaló el armario.

Dina no se asombró por la recomendación, ya había pensado sola que tenía que esconderlas; la asombró sí otra cosa: él hablaba de un futuro, de una próxima vez, es decir que estaba dispuesto a regalarle la posibilidad de abrir y cerrar esa ventana. Qué bueno. ¿Habría algún hombre realmente bueno y él sería ése? De pronto recordó: era su cliente. Estaba pasando el turno. ¿Qué necesitaba que ella hiciera? Iba a servirlo con todas sus ganas, se lo merecía.

Súbitamente perturbado, él se dio vuelta otra vez para abrir un poco los postigos, mucho menos que antes. Después la miró muy serio. Se veía nervioso.

A Dina le alegró darse cuenta de que podía retribuirle algo. Lo tomó dulcemente de las mejillas y le sonrió, le ofreció su boca.

El aplomo de ella tranquilizó a Vittorio. Recordó que se había prometido abrazarla como nadie la abrazaba y lo cumplió. Se besaron. Cada vez más maravillada, ella lo llevó a la cama, lo desvistió, lo recostó boca arriba, se sacó su bata.

—¿Cómo te llamás? —preguntó para hacerlo sentir más confiado.

Se llamaba Vittorio.

—Vittorio —murmuró recostándose desnuda sobre él. Sintió la otra piel hirviendo, el cuerpo fibroso, suave. Era joven como ella, podían ser hermanos. Otro de sus pensamientos absurdos. Pero más absurdo era que su cliente no dejara de mirarla, de sonreírle, de besarla.

Vittorio la puso debajo y entró por fin, Dina no se asombró tanto por sentir placer, porque eso algunas veces le había pasado; lo inusual fue el fuego que le subió de pronto, sin aviso, desde el centro de su cuerpo, la sacudió con delicia y se fue. Sintió una felicidad extraordinaria. Ahora muchas cosas encontraban sentido: la inquietud cuando Ceferino salía, las ganas de que siguiera, o la inquietud cuando el que salía era el Ángel de... ¡No!, de ese otro no estaba dispuesta a acordarse.

De todos modos, ahora entendía. Era eso lo que Brania le había enseñado a fingir y era lo que ella se había producido sola, muchas veces.

Vittorio seguía adentro, el rostro escondido en su hombro. Dina quería decirle muchas cosas pero no tenía palabras. Lagrimeaba.

—¿Qué pasa? —se alarmó el muchacho.

Le tocó la cara con el dedo, no podía creerlo, preguntó otra vez. Ella no podía explicarlo en castellano, y creía que en ídish tampoco, pero sonreía para que entendiera que era felicidad, no tristeza.

—Terminó el turno —se acordó de repente, y lo empujó levemente hacia afuera.

—Tranquila. Pagué media hora —contestó Vittorio. Volvió a hundirse en su cuello y ella a tomarle la cabeza con las manos.

—Muy bien, muy bien... Qué bien... —dijo en castellano.

Por la ventana entreabierta entraba un aire frío y le acariciaba suavemente la nariz.

—Estoy tan contento —dijo él.

—Acá todo vive ahora —contestó Dina.

Trataba de decirle en castellano que su cuarto renacía con el aire.

IV

Era —le explicó a Rosa— como si no hubiese sido un cliente. Se había ido prometiendo que regresaría y ahora no quería otra cosa que volver a verlo.

Rosa la escuchó asombrada, excitada. ¿Podía pasarles a ellas, entonces, algo semejante?

—No le digas nada a Brania.

—Ni loca se lo digo.

Todo el día siguiente ella esperó que él llegara. Eso hizo el trabajo más difícil, cada vez que abría la puerta sufría una decepción terrible, atender a los clientes le llevaba un esfuerzo muy grande, y la depresión de siempre, al final de la larga jornada de trabajo, esta vez fue espantosa. Consumió cocaína, no tuvo otro remedio. Su método de tomar lo menos posible le había funcionado y si para algo habían servido las visitas del juez, había sido para que casi dejara de tomarla. Una vez había probado aspirar antes de verlo, a ver si el dolor se hacía más tolerable, pero el doctor Tolosa creyó que la fijeza de su mirada era por desafío y todo fue peor. Desde entonces hasta ese día de ansiosa espera de Vittorio, Dina no había tomado.

La cocaína le sirvió además para confundir a Brania, y evitar que percibiera el motivo de su ansia. Rosa se había quedado muy ilusionada por ella y Dina temía que la regenta notara su entusiasmo y sospechara algo. Habló con Rosa, se lo explicó. Su instinto le decía que lo que le había pasado era lo peor que al burdel le podía ocurrir. Si Brania simplemente barruntaba algo, todo podía terminarse de inmediato.

Finalmente pasaron las diez horas de esperar en vano ver a Vittorio en la sala. Dina se lavó la cara, aspiró un poco más de

144

cocaína y se sentó a cenar con las chicas, con el mejor ánimo que encontró.

—¿Vino? —le susurró Rosa cuando quedaron solas.

Ella negó con la cabeza.

—Va a volver, vas a ver.

—¿Vos creés?

Vittorio lo había prometido, pero eso fue cuando se iba. Después, en la calle, en el mundo de afuera, ¿cómo saber si no había cambiado de idea? ¿Por qué iba a volver a ver a una mujer como ella un hombre tan hermoso y libre? ¿Por qué iba a querer tocar su carne manoseada y sucia, alguien como él?

Esta vez la cocaína no le sacaba los pensamientos tristes; al contrario, le daba frialdad para pensarlos con lucidez. Ella estaba orgullosa de su lucidez, ella nunca había vivido de falsas esperanzas. Vittorio *tenía* que cruzarse con mujeres de su mundo, frescas y jóvenes, sin deshonra ni historias que arrastrar, nacidas en esa ciudad luminosa que algunas pocas veces había visto desde la ventana de un coche. Si no volvía, Dina no iba a enojarse. No tenía derecho. Lo que había pasado, decidió, ya era demasiado hermoso como para pedir más. Hasta ese momento la vida no le había hecho regalos; por fin había recibido uno.

Esa noche no durmió. Ya la noche anterior la había pasado en vela, y sin cocaína. Volvió a estar con los ojos abiertos, estremeciéndose al recordar. Y de pronto se levantó a buscar las horquillas y empezó a maniobrar suavemente con la cerradura del candado cerrada, repasando las explicaciones de él que había entendido a medias, probando cada vez más concentrada hasta que sintió, con la respiración contenida, que adentro empujaba algo y el candado se abría con un suave chistido.

Entonces entró al cuarto esa maravilla que él le había regalado: la calle nocturna, su aire fresco. De pie, envuelta en el chal de lana que ella misma se había tejido en Kazrilev, Dina vio brillar la luna en el cielo, descubrió la luz tenue en los adoquines, en la vereda, y de pronto se dio cuenta de que bastaba pasar esa reja de hierro que le llegaba a la cintura para saltar a la vereda, a la libertad.

—Soy libre —murmuró—. Soy libre y ellos no lo saben.

Brania dormía atrás, en su suite, esa noche con Hersch Grosfeld. Rosa dormía en la pieza de al lado y nada le impedía correr a despertarla, invitarla a partir. Tenía plata guardada en el zócalo. Plata y una joya que valía mucho. Las dos tenían plata. Muchas latas además pero bueno, habría que dejarlas. Hablaba castellano cada vez mejor. Temblando, el estómago apretado, respirando con decisión y terror el frío negro, Dina se lo preguntó:

—¿Y si me voy?

Supo que no y supo por qué: aunque tal vez no ocurriera nunca, existía la posibilidad de que Vittorio regresara a esa pieza.

Entonces entendió que esa ventana que él había abierto no iba a cerrarse nunca. Ni la del prostíbulo, ni la de su corazón. Había un horizonte, con Vittorio o con su recuerdo. Dina quería cuidarlo.

Sigilosamente, cerró los postigos con candado. Estaba cerrando un cofre, adentro quedaba a salvo su mejor tesoro.

CAPÍTULO 7
EL AMOR LOCO

"Se ha fundado una Sociedad de autores de libros
que se titula Sociedad Argentina de Escritores.
(...) La idea debe ser de Quiroga, hombre que
gasta una barba sefardí y cierta catadura de
falsificador de moneda que espanta. O del autor de
La levita negra, un rabino soturno y aficionado a
las tinieblas. (...) ¿Y el secretario editor [de la
SADE, Manuel Glusberg]? Ése no corta ni pincha,
con su preclara inteligencia racial tratará de sacar
todo el provecho posible del asunto."

Roberto Arlt, "Sociedad literaria, artículo de
museo", *El Mundo*, 11 de diciembre de 1928

I

"Volvé", le había dicho la prostituta con cara de colegiala después de llorar en su hombro como si quisiera sacarse el alma. Y él no había vuelto. Una semana había pasado. Todos los días la recordaba, todas las mañanas cuando despertaba junto a Irene, después de una noche de sentirla ahí, acurrucada rencorosamente lo más lejos posible en el colchón, como un insecto, un error, respirando ruidosamente, su tos, sus ruidos de tísica, su cuerpo lascivo.

No era la primera vez que se aferraba a una mujer para escapar de esa cama. Pero Dina..., Dina era prostituta, tenía nombre bíblico, había llorado. ¿La recordaba a ella, no a su cuerpo? Por lo menos eso quería: olvidar la carne joven y húmeda que le había sido ofrecida con sumisión profesional y recordar las lágrimas tibias en

147

su hombro, las almas entrelazadas. Porque eso habían sido ese atardecer, encerrados en la pieza sórdida del burdel: dos almas.

Y eso que él no había ido a encontrar un alma sino a fornicar con la gorda. La gorda destruida, casi vieja, que había visto en el remate. Había ido arrastrado por la rabia, empujado por lo peor de sí mismo, y se había encontrado un tesoro. Ir por mierda y encontrar rosas: a veces la vida se volvía linda, linda, y le tendía la mano, lo salvaba.

Dina había hablado de Polonia, de un amigo que decía cosas parecidas a las que él le había estado diciendo. ¿Cuáles, de todas las que había pronunciado? ¿Acaso le aconsejaba que no se prostituyera? ¿Habría ejercido Dina del otro lado del mar? ¿No era demasiado niña para eso? Aunque la niña conocía ya todos los trucos de puta, el Loco podía dar fe. Y, sin embargo, debajo de tanta suciedad había algo puro. Esa niña corrompida, aunque perteneciera a la ladina raza de Sión, tenía adentro una luz. Si no la cuidaba, iba a apagarse. Él podía ayudarla. Era apasionante. Excitante. Magnífico. No era la primera vez que lo conmovía una mujer que no fuera Irene (¿pero es que acaso alguna vez Irene lo había conmovido?), menos aún la primera vez que se acostaba con otra. Pero sí la única en que había tocado de ese modo un corazón miserable, un corazón condenado. Desde ese llanto, la emoción lo consumía. Y, sin embargo, no había regresado al prostíbulo de la calle Loria.

Para colmo, como si todo quisiera demostrarle que ayudar a esa mujer estaba en su destino, hacía poco había salvado a una suicida. ¿Era absurdo relacionarlo con Dina? La mujer resultó ser judía. Ésa era una coincidencia. Y había llamado a *Crítica* para avisar que iba a saltar por el balcón exactamente al día siguiente del llanto de su muchachita. Ya era una costumbre que algunos pre-suicidas avisaran su intención al diario pero era la primera vez que lo enviaban a él. Había muchos noteros de policiales en *Crítica* y además desde que había entrado a trabajar intentaba evitar esas tareas de enfermería social que Botana insistía en que cumplieran bajo las luces de los fotógrafos.

Lo hacían sentir ridículo. En los meses que llevaba en el diario había repartido juguetes a críos sucios chorreados de moco pero había logrado eludir pre-suicidas. Si a veces tenía que maniobrar para no matarse él, ¿qué farsa era ésa de mostrarse en salvatajes

148

espectaculares? En cambio esta vez dijo "voy yo". ¿Por qué? Porque guardaba en el hombro todavía el calor de las lágrimas de la tarde anterior y se le había ocurrido la absurda idea de que la desesperada podía ser Dina. Era absurdo, en efecto: el departamento quedaba en la calle Uruguay al 600, lejos de Loria, y el que atendió la llamada dijo que la voz femenina parecía madura. Pero él sintió una continuación, sintió un llamado.

Cuando llegaron con el fotógrafo, una decena de personas en la vereda estiraba sus cuellos hacia arriba, frente a una casa de departamentos. La situación era gravísima: la mujer se balanceaba trepada a la reja del balcón del último piso, sosteniéndose colgada con los brazos de un barrote que cruzaba en lo alto el alero del balcón. Usaba un vestido marrón oscuro y zapatos pesados, gastados, que desde abajo al Loco le parecieron de varón.

Alguien había llamado a la policía, se escuchaba acercarse la sirena. Había que apurarse, le indicó él a Carlos, el fotógrafo. La policía iba a quitarles protagonismo en la nota, pero sobre todo podía precipitar la decisión de la mujer. Si ella había telefoneado a *Crítica* era porque confiaba, esperaba algo de sus periodistas, no de policías.

La portera tenía una llave del departamento pero no se animaba a usarla. El Loco, en un arranque, gritó desde abajo: "Señora, somos los de *Crítica*, usted nos llamó. Vamos a subir. Podemos ayudarla". Escucharon los aplausos de la gente (el Loco sintió fuego en las mejillas) mientras se lanzaban a saltos por cuatro pisos de escaleras. Otra vez, repartiendo juguetes, el Loco había dicho a unos que aplaudían: "No jodan, por favor, somos payasitos de Botana ganándonos el pan". Pero hoy no se sentía vestido de payasito, hoy su traje era el de Rocambole, el heroico bandido Rocambole que además de robar a los ricos, salvaba viudas desesperadas.

Estaba desesperada pero no era viuda, lo supo después. La vio de espaldas cuando la portera los hizo entrar y se le hizo un nudo en la garganta. Se aferraba con los dos brazos al barrote como una última esperanza, se balanceaba apenas, sollozaba seguramente, de cara al vacío. Los zapatos eran de hombre, nomás, botines viejos. La posición le levantaba el ruedo del tapado descolorido y se le veían bastante las pantorrillas reventadas de várices como las de su madre.

La salvó. No fue difícil porque ella quería que él la salvara. La ayudó a bajar mientras Carlos se afanaba en fogonazos febriles y abajo la multitud aplaudía. La escuchó, la abrazó cuando lloraba, evitó que la policía se pusiera muy pesada y le prometió ayuda, soluciones. Botana le había dado rienda suelta para ciertas promesas, y Botana cumplía.

Él pensaba que no existían judíos pobres, o que si había, duraban pobres poco tiempo, pero había que reconocer que esa mujer lo era y lo iba a seguir siendo, aunque viviera en un departamento oscuro y pequeño y no en un conventillo. Supo que el marido se había esfumado más de una década atrás, la había dejado con un chico de entonces siete años y el conocido "hasta luego, me voy a comprar cigarrillos". Ella sobrevivió trabajando de vendedora en la tienda de un cuñado suyo, parada detrás de un mostrador casi diez horas por día. El cuñado y la hermana pusieron el dinero para que pudiera alquilar un departamento y así madre e hijo tuvieron techo. Excepción que confirmaba la regla, pensó el Loco: existía algún comerciante con corazón; que fuera judío volvía el caso un poco más notable apenas, ni siquiera esa raza podía agregar mezquindad a un oficio tan despreciable.

El hijo de la mujer ahora tenía veinte años y no trabajaba; no volvía a dormir la mayor parte de las veces, a menudo llegaba borracho. "Un atorrante como yo", pensó el Loco con tristeza. La madre había intentado matarse porque él le había robado. Debían tres meses de alquiler. Usando los fines de semana para coser y hacer arreglos ella había juntado la plata, era un abuso seguir pidiendo adelantos a su cuñado. Tenía toda junta la cifra exacta que adeudaban, guardada en un jarrón, siempre ponía ahí el dinero. Pero esa mañana, cuando fue a buscarla para ir a pagar, no encontró nada. Estaba segura de que su hijo se la había sacado, no era la primera vez. Ya había cambiado varias veces de escondite.

—Su hijo la quiere mucho, señora —dijo el Loco tomándole la mano—. La quiere y sufre por lo que hace, se lo aseguro. Es que su hijo no aguanta la vida y se aturde... La vida es horrible, usted lo sabe.

Carlos le dio una patada en la canilla. El Loco saltó en el sillón, reprimiendo un insulto. La mujer miró asombrada.

"Y entonces el Loco va y le dice a la suicida 'la vida es horrible, usted lo sabe'", repetían entre risas los compañeros de *Crítica* esa tarde.

—¿Pero qué quieren, che? —decía el Loco— ¿Que le mienta?

II

"*Crítica: Me voy a suicidar. Una humilde madre desesperada confía en que nuestro diario le salvará la vida.* Una vez más, *Crítica*, la voz del pueblo, tendió su mano al desamparado y ayudó a una pre-suicida. La mujer, en difícil situación económica, fue rescatada por nuestro redactor y recibirá nuestra ayuda."

Sentada en la cama, lista para dormir, Irene examinó la foto: su esposo ayudaba a una mujer grande y mal vestida a que bajara de la reja. A su lado, bastante menos amable en carne y hueso que en la página impresa, él le daba la espalda; se hacía el que leía un libro pero a ella no la engañaba.

—En vez de preocuparte tanto por los extraños podrías preocuparte por tu familia.

La voz de Irene lo estrelló contra la cama: estaba ahí, al lado de una odiosa extraña, esperando que la hija que tenía con ella y dormía en la habitación de al lado se despertara como todas las noches, en cualquier momento, llorando por algún motivo estúpido.

La nota había salido demasiado bien. ¿La leería Dina? A minutos apenas del salvataje había llegado el hijo. Suerte providencial para Botana: Carlos pudo fotografiar escenas de llanto y perdón que más parecían italianas que judías.

Con todo ese material, el diario empezaba ese mismo día una campaña: "Jaime necesita trabajar", se titulaba el recuadro donde se instaba a los lectores solidarios a que confiaran en el sincero arrepentimiento del vástago y le ofrecieran una oportunidad de redimirse. Naturalmente, idea de Botana. El Loco sabía que en menos de una semana el muchacho tendría trabajo. Cuánto duraría en él, eso ya había que verlo.

Botana estaba muy contento, y cuando estaba contento se ponía generoso. Además de exhibir el salvataje y festejar al Loco Godofredo con nombre y apellido, *Crítica* se vanagloriaba de haber entregado inmediatamente a la mujer la suma de dinero necesaria para pagar los tres meses de alquiler en deuda.

El director había dado al salvador un día de franco.

—Se lo merece, hombre, vaya y descanse.

El Loco no pensaba decírselo a Irene, no iba a perderse la oportunidad de estar fuera de su casa toda la jornada. ¿Iría a visitar a Dina?

—El hijo le come los ahorros a la madre y a vos te parece mal —siguió Irene—. Pero te gastaste el dinero de mi dote en estupideces y eso no te parece mal. Y ahora sos el salvador de los demás: quien da pan a perro ajeno no tiene pan para el propio.

La bruja reprochando, lo de siempre. ¿Dina leería *Crítica*?

La nena empezó a llorar.

—¡Mocosa del diablo! —murmuró Irene malhumorada, buscando las chinelas.

—Andá y callala, ¿querés? Acostate con ella. Apagá la luz cuando salgas y cerrá la puerta. Estoy cansado, mañana tengo que trabajar.

Cuando la puerta se cerró dejándolo deliciosamente solo, el Loco imaginó a Dina con el diario desplegado, la mirada fija en la foto en que la mujer se abrazaba a él y lloraba contra su hombro.

III

A la tarde siguiente vagó muchas horas por la ciudad, llevando el diario del día anterior bajo el brazo. Anduvo de café en café y al final se encontró con unos conocidos que jugaban al dominó y tomaban vino en taza en un bar de Inclan y Boedo. Lo llamaban "La Tacita" por esa costumbre, que había empezado los días de partido en la cancha de San Lorenzo para burlar el edicto que prohibía servir alcohol a diez cuadras a la redonda.

—Empezó como piolada y ahora se volvió naturaleza, Loco —dijo entusiasmado el Genovés, que miraba el partido de dominó parado detrás de la mesa—. Así pasan las cosas. ¡Qué bueno verte! ¿Cómo estás? Vení, sentémonos aparte, invitame a otra taza, dale.

El Genovés tenía los ojos brillantes, se veía que había empezado a tomar hacía rato. Se instaló en una mesa junto a una ventana, muy cerca de la puerta. El Loco se acercó con dos tazas llenas.

—Hacía tiempo que no aparecías por acá.

—Es que tengo mucho laburo. Hoy me dieron franco en el diario.

—Ah, el yugo... Vos creíste que el periodismo te salvaba de ser cagatintas de oficina pero yugar es yugar, hermano. ¿Cómo estás, che? ¿Cómo estás?

—Y... como se puede estar en la vida, Genovés...

—¿Sufrís, como siempre?

—¿Vos no? —retrucó el Loco, pasando por alto la ironía.

El Genovés se quedó callado. De repente señaló:

—¿Qué tenés ahí? ¿Te publicaron un cuento? ¡Sos un gran escritor vos!

Le gustaba mucho leer lo que el Loco escribía. Tal vez por eso, pensó el Loco, los dos se aguantaban. Aunque, en realidad, había algo en ese vago declarado y descarado, alcohólico consuetudinario que dormía periódicamente en comisarías: tal vez él lo aguantaba porque en el bar era un extraordinario jugador de dominó o un filósofo desopilante, o porque a veces cantaba un tango sin desafinar una nota, como si tuviera el alma partida.

—No, no esta vez. Es que salvé a una señora que se iba a matar. ¿No lo viste?

El Genovés hojeó el diario hasta que encontró la nota. Leyó en silencio, meneó la cabeza:

—Pobre mujer. Pero qué bien que la hizo, ¿no? Llamás, hacés la escenita, viene *Crítica* y te soluciona todo...

—Che, no seas turro. La vieja estaba subida a la baranda de verdad. Si nosotros no llegábamos...

—Sí, sí, ya lo sé. Y bueno, el que no arriesga no gana. Vos, ¿qué arriesgás?

El Loco lo miró. El otro tomó un trago y levantó la voz.

—Vos, que siempre decís que tenés una vida de mierda, ¿qué arriesgás? ¿Qué estarías dispuesto a hacer para no tenerla?

Era el momento de irse, pero en cambio contestó:

—No sé... No entiendo qué decís.

El Genovés resopló con cansancio. Se iba a poner cada vez más agresivo, ¿qué hacía él sentado ahí?

—A ver, salvaste a una vieja. ¿Le darías un empujoncito a tu señora, vos? Si tenés ganas, todos sabemos que tenés ganas. ¿En qué piso vivís? ¿Alcanza para que se mate? Porque si la dejás tullida, después tenés que aguantarte a una coja.

Completo silencio. El Loco lo miraba pálido. Desde la lengua hasta los pies, se le había paralizado todo el cuerpo.

—¿Ves? La vieja gana porque arriesga. Vos... Bueno, está bien. Asesino es demasiado para vos, decís. Chorro. Dale, acá entre los muchachos hay chorros y sabemos que vos también querés ser chorro. Dale, ¿por qué no afanás la caja fuerte de *Crítica* y te mandás a mudar con la guita? Seguro que hay caja fuerte en *Crítica*. ¿Sabés dónde está? ¿Sabés?... Parpadeá, hermano, que te arden los ojos. ¿Vas a mirarme como un idiota toda la tarde? La caja fuerte, dale que ya la pensaste. El día de pago debe estar llena de guita... No me vas a decir que no te la pensaste.

El Loco seguía mudo, el Genovés hizo un gesto de desprecio.

—Bueno, ya veo, ladrón tampoco. No vaya a ser que amenacen con echarte si no devolvés la guita, y tengas que ir a humillarte para pedírsela a algún pariente con más suerte. No, vos sos un pequeño burgués respetable, che. Qué ladrón. A ver, más fácil, la segunda parte del plan, la de mandarse a mudar: marido que se esfuma, un clásico. Como hizo el marido de la vieja. Te averiguás el horario del tren a Bahía Blanca. "Chau, querida, me voy a comprar cigarrillos" (cambiá la excusa, mejor, que ya parece un chiste) y te vas para el sur, te tomás el tren que sigue viaje después de Bahía. ¿No te la pasás hablando de las tierras salvajes de la Patagonia, vos? No, si yo cuando hablás, te escucho. Gratis no es, hermano. Escribir, sí. Contás cualquier locura y vos bien a salvo en la vida, chapoteando en mierda prolijita. Pero hablar sí que no es gratis. ¿Viste qué fácil? No hablás más. Te esfumás, te librás de todo y no mataste a nadie. ¿No querés? ¿No sos loco vos, Loco?

—Sí, tal vez... Sería interesante...

Había recuperado la voz y miraba el empedrado de Boedo. No era tierra patagónica y él no estaba en la ventanilla del tren.

—Genovés, me tengo que ir —dijo, pero no se levantó.

—"Tal vez", "interesante" —se burló el otro—. Quejarse es una cosa, arriesgarse es otra, ¿no? La vieja quería arriesgarse, y ganó. Subirse a una baranda debe ser lo único que le pasó en la vida. Vos

154

ni sabés lo que es subirse a la baranda. Ahora, eso sí, la salvaste. Cumpliste con lo que te ordenó el patrón.

—Te salvás de una piña porque estás borracho, Genovés.

—¡Te voy a decir por qué no matás a tu jermu —gritó envalentonado el Genovés—, por qué no afanás, por qué no te mandás a mudar al sur!

El dueño miró. Los que jugaban al dominó se levantaron.

—¡Porque *estás esperando*!

—¿Esperando? —repitió el Loco y se sintió un imbécil.

—Pará, Genovés, calmate —dijo uno del bar.

Y él, ¿por qué contestaba? ¿Por qué no se iba?

El borracho reemplazó el tono insultante por uno triunfal:

—¿Qué esperás? ¡Estás esperando la gloria, Loco! —largó una carcajada— ¡La Gloria, che! ¡Qué gil! ¡Por eso no te vas! ¡Estás esperando que lean tus libros, que se arrodillen a tus pies, que griten que sos el escritor más grande de la tierra! ¡Y para eso tenés que estar ahí adentro, no podés ser chorro ni asesino! ¡Y sos un gil! Corrés atrás de esta vida de mierda esperando que te regale la gloria, como un conejo atrás de una zanahoria. ¡Qué gil que sos, Loco! ¡Sos un gil!

Por fin le respondieron los pies, las piernas. Pero todavía escuchó en las espaldas la voz gangosa, quebrada por la envidia.

—Escribite otro cuento, cagatintas, vos que no sabés vivir.

IV

Hubiera sido mejor tener que trabajar. Perdió la noción del tiempo caminando, ahora por barrios donde estaba seguro de no encontrarse a nadie. A las once de la noche pasó por la redacción de *Crítica* diciéndose que quería ver a los muchachos, pero sabiendo que, en realidad, precisaba entrar al edificio, sentir el ruido de las rotativas, el olor de la tinta; tenía la urgencia de la infancia, cuando volvía a casa después de tanta calle, con hambre de un abrazo de su mamá. Los compañeros estaban saliendo ya, acompañó a Enrique González Tuñón a la fonda de la vuelta. Pidieron un plato de lentejas y dos vasos de vino. Entonces Enrique le dio la noticia y el guiso quedó ahí, humeando hasta enfriarse.

—Llegaron noticias de Sixto, de París. Güiraldes se va a morir, está muy enfermo. Tiene cáncer en la garganta.

—No es verdad —dijo el Loco.

—Sí, es verdad, Loco. Tiene cáncer.

—¡No es verdad! —insistió él.

Y lo siguió repitiendo, incrédulo, esperando que le dijeran que había escuchado mal, que eso era un sueño y se iba a despertar en seguida. Pero Enrique no lo dijo. Primero el Genovés, ahora esto. Enrique repetía pacientemente la noticia y él recordó el abrazo a don Ricardo, la despedida en su casa, los baúles armados, la sonrisa triste con que Adelina le festejaba las bromas (¿ya lo sabría? ¿Sería por eso que viajaba?, ¿para terminarse lejos?). Se escuchó a sí mismo. Había dicho: "Para cuando usted vuelva, don Ricardo, no le prometo que voy a poner siempre la be larga después de la eme pero sí que le voy a poner acento a París, y eso va a ser solamente en su homenaje".

Ese hombre se iba a morir. Tanto canalla vivo y él se iba a morir a los cuarenta y un años. Su propio padre, meses atrás, vaya y pase. Su padre había sido un hijo de puta. El mundo no era peor sin su padre; la vida de su mamá era mejor, incluso. ¿Cómo sería el mundo sin don Ricardo? Un páramo. Ay, el Genovés tenía razón. Si Irene... Irene... "Dejaría de escucharla toser", se oyó pensar. "Si la tuberculosis pudiera negociar con el cáncer, a cambio de don Ricardo yo podría ofrecerla a ella..." Si no le paraba la cabeza, se iba a volver loco de verdad.

Murmuró algunas frases para tranquilizar a Enrique —que protestaba desolado y se disculpaba no se sabía bien de qué—, dejó el dinero de la comida sobre la mesa y salió a la calle. Necesitaba aire, necesitaba caminar. Buenos Aires oscura, luminosa y oscura, prometía cubrirlo, abrigarle la tristeza.

Para poder atravesar el Pasaje Barolo, que tanto le gustaba, tomó la calle Uruguay hasta Avenida de Mayo. Pero el pasaje ya estaba cerrado. Decepcionado, siguió por San José. No era tan tarde, de alguna ventana de inquilinato venía el sonido de un bandoneón. Se detuvo, se apoyó contra el cerco de madera de una obra en construcción y dejó que la música lo rodeara. Se le cayeron lágrimas.

"Se va a morir y yo soy un cobarde." De pronto, la tristeza se transformó en angustia, una angustia que parecía capaz de quebrarle las piernas y tirarlo sobre la vereda. "La quiero matar, matar, la quiero matar. Me asfixio ahí adentro. Que se muera. Si no se muere pronto, quiero matarla yo."

Matar está prohibido. Es violar la ley de los hombres, elegir el final, la separación, el encierro. Encierro. Dina vivía encerrada. ¿Dina mató? Mató su pureza, mató algo muy hondo dentro de ella. ¿Lo mató, realmente?

¿Y él, a quién mató para vivir encerrado? Porque el Genovés decía la verdad, no se entendía qué cuidaba portándose bien. Si ya estaba encerrado aunque caminara por la calle, ¿qué era lo que tenía miedo de quebrar?

No era tan difícil: darle un beso a Irene en la mejilla, afectuoso incluso, después de todo no iba a verla más y era gratis dejarla algo más contenta, besar a su hija, salir, tomarse el tranvía hasta Constitución y... nunca más. No había matado, nadie lo perseguía. Dejar *Crítica*, dejar el periodismo, no tener mujer y hembra bebé que mantener, colgadas del cuello como una piedra. Si lo suyo era escribir, podía ser un escritor aventurero. ¿Por qué, si no, lo llamaban el Loco? Papel y lápiz no faltaban en ningún lado. Goma de pegar, tijera, eso se podía llevar siempre en un bolsillo. Y comer... Tenía mil modos de rebuscársela para comer todos los días.

¿Pero escribir era lo mismo que Ser Un Escritor? Desde que había aparecido su novela, el año anterior, sus amigos no dudaban: él Era Un Escritor. Y así lo consideraba hasta Botana. Redactor de policiales, pero Escritor. Sin el diario, sin Buenos Aires, sin don Ricardo (pero don Ricardo ya no iba a estar más) leyendo sus manuscritos, mandándolo a corregir, recomendándolos... ¿qué era él?

"Genovés, resentido hijo de puta, tenés razón."

Podría asesinar al Genovés. Sería fácil: traerle el vino del mostrador en la tacita, echarle un poco del veneno de ratas que Irene usaba en la casa (podría sacarle un poco sin que se diera cuenta, poner un poco en un frasquito), rajarse justo antes de que se descompusiera, tener el pasaje listo para Bahía Blanca... O también sería fácil poner un poco de ese veneno en la azucarera que usaba Irene cuando se cebaba su asqueroso mate dulce...

No. El Loco no quería separarse para siempre de todos, no iba a renunciar al lugar que tanto trabajo le había costado conseguir en la bohemia porteña, ni a *Crítica* y los aplausos de la gente en la vereda (¿Dina habría leído el diario de ese día?). Era una cárcel, pero una cárcel de oro. Y había peleado hasta contra Irene por entrar a ella. Lo otro... Lo otro era el desierto. El desierto no entra en la ciudad: una cosa, o la otra. Y él elegía.

Había llegado a Independencia. Qué manera de caminar. ¿Adónde estaba yendo? Se rió. "Qué preguntás, Godofredo. Qué te hacés el que no sabés."

Veinte minutos después divisó a lo lejos la silueta iluminada del gasómetro de avenida La Plata, una torre de cemento y hierro que se alzaba, promisoria, sobre los techos bajos de los chalets dormidos, pero tan insomne como los prostíbulos y bares de Corrientes y el Bajo, el verdadero corazón de Buenos Aires.

Eran casi las doce de la noche cuando entró al burdel. Estaba cansado de la larga caminata y sentía en la espalda el peso de la muerte. El lugar pareció extrañamente hospitalario con su luz amarillenta, su mezcla de olores (acaroína y alcanfor, sudor y cigarrillo), la sonrisa sinuosa de la regenta por una vez amigable. "Dina lo espera", soñó que le decía. Y se sentó.

V

Había varios hombres en la sala. Para Dina, había informado la regenta, dos antes que él.

—Quiero doble turno —había dicho el Loco.

Se sentó en un incómodo silloncito de madera y se concentró en las puntas de sus botines. Media hora de espera. Pero iba a valer la pena si la próxima vez que ella abría la puerta hacía, al descubrirlo, algún gesto, tenía alguna reacción que demostrara que en todos esos días lo había recordado.

El silencio reinaba, como siempre; pese a las guitarras y la voz que sonaban en la vitrola, al chirrido de la puerta que se abría cada tanto, al murmullo discreto de algún cliente que le hacía una pregunta a la madama. Los sonidos en la sala de espera de un burdel, pensó el Loco, se sumergen en silencio. Sonaba exacto, tendría que escribirlo. "Todos iguales, estos burdeles: la cortinita amarilla, el olor, la regenta capataz, el judío explotador tras los bastidores, esperando que termine el día para arrebatar su ganancia. Son todos

158

iguales pero éste es distinto porque aquí trabaja Dina, que lloró en mis brazos. ¿Habrá leído el diario ayer?"

El burdel, el pozo más oscuro de la ciudad, podía guardar una rosa. Dina se le antojó de pronto una rosa galvanizada, hermosísima, dorada por el cobre, muerta y viva al mismo tiempo; sus pétalos intactos pese al baño metálico, erguida en la oscuridad como una joya.

La imagen lo deslumbró. Que el Genovés cerrara su boca pestilente y resentida. Quien podía soñar con una rosa viva bajo su propia muerte no era un cobarde. Y sin embargo daba asco ahí sentado, esperando para descargar su suciedad sobre una flor.

Iba a estallarle la cabeza. Los pensamientos se encarnizaban unos con otros. Necesitaba callarlos. Ese padre capaz de comprender que nunca tuvo, ese amigo, don Ricardo, él hubiera sabido entender sin juzgarlo. Si estaba vivo ahora mismo y alguien le decía "El Loco se enteró de que usted se va a morir y fue a un burdel", él contestaría: "Y, seguro hay un motivo; el corazón del Loco lo sabe, aunque no lo sepa él".

"Impaciente, desenfrenado, potente", había afirmado don Ricardo cuando leyó *La vida puerca*. "Vea: ¡lo suyo es muy potente!" Era la primera vez que se lo decían. Él sospechaba algo así de sus escritos, pero no era fácil creérselo cuando amigos como Elías, hombres de izquierda como él, objetaban; cuando la esposa los consideraba inútiles y encima endemoniados...

—Siéntese, ¿me hace el favor? Siéntese y corrija esto con tranquilidad. Usted tiene un gran talento, tiene que aprender a pulir su escritura.

Así había hablado don Ricardo Güiraldes con el manuscrito de *La vida puerca* en sus manos. El rico aristócrata, el conservador, el gran escritor; así le había hablado a él, su secretario, hijo de inmigrantes pobres, escritor inédito, simpatizante del anarquismo y de los bolcheviques. Y lo había ayudado a corregir. Juntos, ocupando por iniciativa del jefe buena parte de los horarios del empleado, habían acabado no solamente con faltas de ortografía sino con fragmentos reiterativos, adjetivos que según don Ricardo sobraban y hasta con el título, que para don Ricardo era un poco obvio.

Y el Loco tachaba por no defraudar a quien creía en él. Don Ricardo opinaba que el Loco se enamoraba demasiado de sus personajes, el Loco sufría como un enamorado pero tachaba... Y ahora el libro estaba en la calle, se había publicado gracias a don Ricardo, por sus gestiones. Por don Ricardo... que se iba a morir.

¿Podría leerlo Dina? No era un libro para mujeres, desde luego. Era duro y difícil de entender, hablaba de la vida puerca. A las mujeres no les gusta pensar el mundo como es, les gusta que las engañen con historias de amor. Pero ésta era distinta, ésta sabía de la vida puerca y había llorado en sus brazos...

La puerta de Dina se abrió. Su carita pálida apareció y miró la sala. Parecía ansiosa. Una sonrisa de reconocimiento la iluminó. Por un instante el Loco tocó el cielo: sonreía por él. De inmediato la sombra de una sospecha lo precipitó a tierra. La sonrisa había sido demasiado suave. Escondía tal vez algo parecido a una decepción. ¿Esperaba encontrar a otro su colegiala emputecida?

VI

Creyó que lo primero que iba a hacer era mostrarle el diario, creyó que iba a hablar con ella antes que nada y decirle que era como una rosa prisionera, que su amigo y protector se iba a morir. Pero cuando ella lo hizo avanzar y esperó para cerrar la puerta, él la rozó mientras pasaba, sintió su perfume y se hundió en su cuello casi sin saludarla. El cuerpo lo arrastró. No se había dado cuenta de que estaba tan necesitado de alivio sexual.

Fue como si se sacudiera la muerte, tal vez por eso lo de después fue tan distinto. Siempre se sentía vacío, exprimido, profundamente triste, después; pero esa noche no fue así. Pasándole el brazo por los hombros, el Loco tuvo ganas de jugar a que Dina era su esposa durante el tiempo que quedaba, que era bastante. Le preguntó qué diario leía. Como ella no entendía, se incorporó, mostró su ejemplar de *Crítica*, repitió la pregunta.

—Diario —dijo ella, aprendiendo la palabra—. No leo diario; yo leo libros.

Se levantó para buscar en su cómoda uno de tapas de cuero muy gastadas. Se sentó a mirarlo con él, desnudos los dos en el borde de la cama. El título brillaba apenas, repujado contra el cuero, eran letras desconocidas de color dorado. Mostrando con su dedo cada una, ella le enseñó que se leía de derecha a izquierda y se rió cuando él trató de repetir.

—Ídish —aclaró—. Toivie —corrigió.

—Toivie... —repitió el Loco, divertido.

—"*der Miljiker*". Toivie es nombre, *miljiker*, vende leche. Toivie vende leche.

—¿Es una novela?

—Son cartas, Toivie escribe cartas. Toivie es pobre, vive allá... como vivo yo.

No hubo tiempo para mirar el diario donde el Loco salvaba a la judía. Dina se puso a contarle la historia de un hombre también judío y mucho más difícil de salvar. Él y sus hijas, él, su miseria, sus tontas esperanzas y sus hijas. Era una historia dolorosa que no parecía para mujeres, aunque también diferente de otras historias rusas que el Loco tanto disfrutaba. La miseria de Toivie y su familia era infinitamente más atroz que la que él había sufrido o conocido. ¡Y eran judíos! El Loco pensó que tenía que revisar algunas cosas que creía sobre esa raza, pensó que el mundo era muy grande y esa mujer venía de muy lejos. Interrumpía a Dina para preguntar, quería entender bien lo que contaba, pero Dina trataba de apurarse, no quedaba mucho tiempo y parecía precisar que su historia terminara. Afirmaba violentamente con la cabeza, se señalaba a sí misma. "Como yo", decía. "Pobres casi como yo." "¿Ahora también?", preguntaba el Loco. "¡Ahora no!", decía Dina, y reía. "Ahora tengo joyas yo."

En ese libro de Toivie había un judío que se agarraba de Dios como de una soga y un revolucionario joven que no creía en Dios. "Como yo", repitió Dina en un tono que al Loco le pareció desafiante; entonces la miró y la vio de pronto como nunca antes: tan naturalmente desnuda, sentada sobre la tela engomada de la sábana; la imaginó con un collar de rubíes como gotas de sangre colgando entre los senos y le tuvo miedo. "Ella sí es capaz de matar", se le ocurrió de pronto, estremecido.

En apenas un instante su mente había volado a territorios absurdos, pero Dina había seguido hablando, ahora de niños —¿los hijos de ese Toivie, tal vez? El Loco se lo había perdido— que morían por enfermedades de la miseria. Había que vestirse y salir y ella no callaba. Acumulaba palabras con esfuerzo. Hablaba de pogroms, injusticia, ignorancia y vida, tanto amor por la vida. Contaba cosas horribles en ese cuarto sórdido, mostrando los pechos, ese cuello desnudo para el que le habían regalado joyas... ¿O las había comprado con su propio dinero? La colegiala dulce, doliente, más hermosa que nunca. La judía rica. La prostituta. Su castellano lleno de errores. Cuando le faltaban palabras tomaba al Loco de los brazos, le imploraba fugazmente y después buscaba gestos, situaciones para explicar la palabra ausente hasta que él se la dijera.

El Loco miró el reloj y empezó a vestirse.

—Sos increíble, piba, pero no quiero que te golpeen la puerta cada vez que yo vengo.

—Mi... pueblito —insistió ella—. Mi pueblito como ése.

—Por eso estás acá.

Ella asintió. Los dedos del Loco quedaron paralizados en el ojal de la camisa. Dina estaba llorando.

—No puede ser —dijo abrazándola—. No puede ser que yo siempre te haga llorar.

La besó en los labios. Pensó en hermanos muertos de viruela, en un padre ordeñando su única vaca mientras recuerda a su hija que trabaja de puta en Buenos Aires. "¿La habrán vendido? ¿Cuánto les habrán pagado?" Buscó algo para decir y no encontró nada. Dina habló.

—Volvé.

Era la segunda vez que lo pedía. La miró. Ya no lloraba. Lo observaba muy seria, con sus celestes ojos infantiles.

—¿Se lo decís a todos? —preguntó él sonriendo, feliz por el pedido, feliz por cambiar de clima.

Pero ella no sonrió.

—Te lo digo a vos y... a otro más. Nada más.

Desconcertado, el Loco controló un enojo sordo que subió inesperadamente desde el estómago.

"Es una puta, ¿qué pretendés?", se decía inútilmente mientras se ataba los zapatos y escuchaba los golpes en la puerta.

Había pensado no hacerlo, pero tenía demasiadas ganas: antes de salir le dio el diario.

—Ahí escribo yo. Yo aparecí en una foto, vas a ver.

—Periodista —dijo ella sonriendo, mostrándole que había aprendido la palabra.

—Y escritor. Escribo historias como las de tu libro.

"Seguro que ese otro gil que querés que vuelva no escribe nada", pensó mientras salía.

En la sala de espera, un muchacho muy joven acababa de incorporarse vivamente. El Loco lo siguió con la mirada hasta que la puerta de Dina se cerró. Había avanzado ansioso hacia la pieza, sin detenerse a mirarlo a él, que acababa de salir. Qué fanfarrón. Y el Loco lo conocía. ¿De dónde lo conocía? Tan atento estaba intentando recordarlo que no vigiló los ojos de su colegiala mientras lo hacía pasar. Se maldijo por eso. Si ése era el gil, los ojos de ella se lo hubieran revelado. Encima, lo conocía. ¿De dónde, maldito sea?

VII

Caminó aturdido por Loria. ¿Le había pasado algo a Dina cuando le dijo que era escritor? Sí, le parecía que su expresión había cambiado. Lo ganó el orgullo, pero escuchó su voz murmurando "a vos y... a otro". Se estremeció al recordar cómo había estallado en ella sin palabras previas, sin saludo, cómo se había calmado en ella. Ese modo de... ¿Cuánto hacía que no sentía eso? Y después, la historia de judíos terriblemente pobres, niños que mueren de viruela, familias y familias expulsadas de sus casas, obligadas a dejar su tierra. Sobre los judíos expulsados, otra visión como un sueño: el cuerpo manoseado pero adolescente de su Dina, el collar bamboleándose entre sus pechos, ese hermoso cuerpo casi infantil, ensangrentado de rubíes, sucio, quemado por el cobre líquido, temblando contra su piel.

En las dos semanas que siguieron el Loco visitó a Dina varias veces, siempre en doble turno. Le llevó *Crítica* y la ayudó con las palabras que no conocía. Se indignó cuando supo que leer el diario no estaba bien visto en el burdel, aunque nadie lo prohibía. La regenta, contó Dina, compraba seguido el mismo diario pero se negaba a prestárselo a las chicas. "No le gusta que aprenda castellano. Quiere ser la única que sabe, la que traduce para nosotras."

El Loco resolvió educarla y no sólo reforzó su castellano todo lo que pudo sino que empezó a darle datos sobre la situación política: la primera vez que hablaron, Dina no sabía ni siquiera que el presidente de Argentina se llamaba Alvear, pero a la vez siguiente escuchó estupefacto un comentario despectivo sobre Yrigoyen y la división del partido socialista, "traidor y burgués".

—¿Quién te dijo eso?

—Vittorio.

—¿Quién es Vittorio?

—Es...

—Ese al que también le decís que vuelva, ¿no?

—Sí. Dice partido socialista traiciona la clase obrera, es burgués. ¿Qué pensás vos?

—No voy a usar el tiempo que pagué hablando de política.

La respuesta tajante cortó por esa vez toda conversación; pero en la visita siguiente, aunque el Loco se había propuesto no reincidir, se encontró hablando, husmeando, averiguando. Evidentemente, ese Vittorio era anarquista porque Dina nombró la FORA. ¡No sabía que Alvear era el presidente pero sabía lo que era la FORA! El Loco prefirió dejar el territorio político a su rival y optó por la literatura, confiando en que ahí sería imbatible. Entonces propuso que fueran leyendo su libro de a poco, entre los dos, ya que ella no iba a poder entenderlo sola. Dina se entusiasmó tanto con el proyecto que él olvidó sus celos y se inundó de gratitud.

El Loco tenía todo planeado: eran capítulos largos, pero cada uno empezaba y terminaba, poseía una unidad que lo acercaba al cuento. Calculaba que si él pagaba media hora, podían leer un capítulo en dos o tres encuentros, dejando libre incluso un cuarto de hora para las descargas del cuerpo. La verdad era que leer su obra a Dina era casi más importante que lo otro. No le importaba pagar para ser escuchado porque sabía que Dina pagaría por leerlo, si anduviera por librerías. Y él escribía para gente como ella, para los desdichados de la tierra, para los condenados a los bajos fondos.

Desde que empezó a leer supo que no se había equivocado: su puta colegiala seguía con la vista las palabras en el papel y escuchaba con infinita atención, emocionada. Interrumpía sólo para preguntar cuando no entendía o repetir en voz baja una palabra nueva. En la segunda sesión, el Loco estaba tan entusiasmado que usó toda la media hora en terminar el capítulo y escucharla opinar, preguntar. ¿Así había sido la vida del Loco? ¿Así se vivía en ese país? ¿Y los judíos? ¿Por qué no había inmigrantes judíos en su libro?

—En la Argentina los judíos podemos trabajar, podemos comer —suspiró—. Estudiar...

Dina no conocía la palabra biblioteca, el Loco se la explicó y ella se enojó porque el protagonista y unos amigos robaban una biblioteca.

—¿En biblioteca libros para todos?

—Sí. Para todos los que quieran ir y leer.

—¿Costa mucha plata?

—No se paga.

—¿Y roban eso? ¿Libros para todos no costan plata y ellos roban?

—Son pibes, Dina. Niños. Son rebeldes.

Pero Dina se opuso. Los rebeldes robaban a vendedores de libros, no a bibliotecas.

—Ya vas a ver lo que pasa después, en una librería.

—¿Librería? Panadería vende pan. ¿Librería vende libros?

—¡Mirá cómo aprendés castellano!

—Te tenés que ir ya. Y hoy no...

—No importa. Te pago igual para no traerte problemas. El tiempo no nos alcanza, che, con todo lo que hablamos. Con mi esposa no tenemos nada que decirnos, y en cambio acá...

Hacía mucho que el Loco no encontraba una mujer con la que tuviera tanto para hablar. A la vez siguiente le propuso que se vieran afuera, en algún horario en que ella descansara. Supo así que no le permitían salir a la calle ni recibir visitas de clientes fuera del horario de trabajo. El Loco se quedó pasmado.

De pronto lo entendió con claridad, la palabra llegó sola. Era una palabra terrible. La chica que tiraba en zapatos lo que familias enteras se darían por felices si tuvieran, era una esclava. Ni más. Ni menos.

De modo que Noé Traumann, el viejo cafiolo fundador de la *Varsovia* que lo había invitado al remate, era un reverendo hijo de puta, mil veces un cínico: ¿cómo se puede ser anarquista y tener esclavos? Y, sin embargo, en algún lugar lo entendía, o por lo menos podía acompañar, no compartir, su razonamiento. Noé pensaba que las mujeres son carne, no obreros. Los obreros vendían su fuerza de trabajo, no su cuerpo. "¿Y cuántas acaso tienen algo más para vender, en realidad?", se preguntó descarnadamente el Loco, pensando cómo se ofrecían las novias respetables a los gilitos que querían conseguir de maridos. Dina, seguramente, sí tenía algo más. Pero Dina era excepcional. Bastaba mirar a Irene, escuchar sus reproches, mirar a tantas... Había que aceptarlo. Traumann sería un hijo de puta pero algo de razón tenía.

Por ejemplo, Irene: ¿qué reprochaba, después de todo? Que él no hubiera sabido hacer dinero con la dote que entregó la familia cuando se casaron. "O sea, traduzcamos sin hipocresías: que yo no haya explotado con beneficios el capital que me gané al mismo tiempo en que me hice dueño de su cuerpo. A Traumann no le hubiera reprochado nada, no sólo porque le daría vuelta la cara de un bife sino porque él no es de los que pierden la plata cuando consiguen una mina. No es paganini como yo. ¿Es un hijo de puta o un astuto justiciero, Traumann? Y no lo digo sólo por su preclara inteligencia racial: él y todos los de este oficio —judíos o no— tienen algo que yo no tengo: habilidad para manejar a las minas, ay..." Nunca el Loco, por más seductor que supiera ser con las mujeres, lograría algo así. Era admirable. ¿Pero qué era admirable? ¿Explotar seres humanos? ¿Él estaba afirmando eso? Él no quería que su Dina fuera una esclava. "Sobre todo Dina, que es distinta. No se lo merece."

No se lo merecía. Y todas esas pobrecitas encerradas no se lo merecían tampoco. Sin embargo... ¡con qué orgullo le había hablado ella de sus joyas! ¿Entonces le gustaba el trabajo que hacía? Bien que suspiraba y gemía cuando él la penetraba... ¿Y ese Vittorio? Ya no nombraba a Vittorio, ahora que en vez de hablar de política, leían. Su Dina. Su alumnita. Su puta ricachona... Su esclava... No, basta, no era su esclava, él le pagaba. Y estaba enseñándole mucho. El Loco pasaba de la ternura al miedo, de la adoración a la excitación, de la excitación al rechazo. Hasta la última vez.

VIII

No imaginó que era la última vez cuando entró a la habitación de paredes rojas y molduras doradas. No imaginó que solamente siete días más tarde sentiría el sudor frío, el temblor en las manos, mientras se estrellaba contra la tozuda cantinela de la regenta, que repetía "Dina no trabaja más acá", y se negaba a dar explicaciones. Y aunque todo demostró después que lo que había pasado, eso horrible que había pasado entre el Loco y ella la última vez, nada tenía que ver con su definitiva ausencia del burdel, siempre se emperró en pensar que sí, que tenía que ver, que habían sido él y ese encuentro atroz los que habían desatado los acontecimientos.

La despedida fue la peor que pudo haber ocurrido, y encima no supo que era una despedida. Él entró ansioso por seguir con el segundo capítulo de su novela pero ella lo recibió radiante con un ejemplar de *Crítica* y una noticia donde había subrayado lo que le resultaba incomprensible.

—¡Por fin te compran el diario! —festejó el Loco.

—No. ¡Me lo trae Vittorio! ¡Estoy tan contenta!

Empezar el encuentro con el nombre de Vittorio resultó intolerable. La nota era sobre las estrellas de cine y Dina no había logrado descifrarla. Sabía vagamente que existía el cine pero nunca en su vida había ido: ¿cómo era? El Loco no quería explicárselo, estaba furioso. "¡Pago, no me la cojo y le traduzco lo que el otro le regala! ¿Soy un gil, yo?" Sin responder sus preguntas, la usó sin reparos y después, sabiendo que era completamente imposible, que sólo mencionarlo podía ser humillante, propuso una vez más que insistiera a la regenta para que fuera del horario de atención la dejaran ir al cine con él.

—¿Sabés? —dijo, fascinado con su maldad—, si te dejaran, yo te llevaría al mismo cine al que mi esposa me pide que la lleve. Te llevaría a ver las mismas películas, además. A Irene no la llevo. Te llevaría a vos y se lo contaría a ella, para humillarla. Qué pena que no te dejen salir, porque yo te pasearía del brazo y les diría a todos: "No es mi esposa, es una puta".

Dina lo escuchaba muy concentrada, parecía más asombrada que ofendida. El Loco se sintió un poco ridículo, pensó que tal vez no había entendido por falta de castellano y repitió:

—"Es una puta, no es mi esposa", ¿entendés?

—¿Cómo es el cine? —preguntó ella.

—Igual no te dejan ir, ¿para qué querés saber? Una esclava no va al cine y vos sos una esclava.

—¿Esclava?

El Loco suspiró. ¿Había que hablar su jerigonza para poder

lastimarla? Le explicó qué era ser esclavo mientras se vestía. Le dijo que los esclavos se vendían y compraban como cosas.

—¿Se vende cosa? No entiendo.

—Son personas. Gente. Personas que se venden y se compran. Negros, por ejemplo.

Tal vez Dina entendió. El Loco dijo que en la Argentina, en el siglo anterior, había habido esclavos negros. Dina contó que conocía un negro muy bueno, muy alto, muy gentil, que venía seguido. Casi fuera de sí, el Loco explicó que a los esclavos los azotaban cuando no obedecían. Dina no entendió "azotaban". El Loco se estaba ajustando el cinturón pero se lo sacó y lo levantó contra ella bruscamente, para mostrarle qué era. Entonces Dina dio un grito terrible y se acurrucó entre la cama y la pared, los ojos cerrados, esperando el golpe. Él se quedó paralizado, estupefacto y, de a poco, espantado: no había tenido intención alguna de pegarle, pero empezaba a entender que ella sí había recibido golpes y estaba lista para volver a recibirlos en cualquier momento.

Toda la alegría del mal se desvaneció. Quiso levantarla, pero ella lloraba convulsivamente y anticipó otro grito por las dudas, cuando lo sintió acercarse. La regenta abrió la puerta con brusquedad y largó una frase en ídish.

Dina se incorporó, miró al Loco, que seguía muy cerca de ella, con los brazos caídos, y hacía rato que había soltado el cinturón. Respiró hondo, respondió algo incomprensible que evidentemente tranquilizó un poco a la madama, quien dijo de mal modo, antes de desaparecer:

—A ver si usted se apura. Hay más clientes esperando y el turno se termina.

—Necesito que sepas que no quería pegarte —murmuró el Loco a punto de salir—. Trataba de explicarte una palabra, en serio, no quería pegarte... Perdoname, no te asustes...

Extendió la mano y se la puso con cuidado sobre la cabeza, pero ella se estremeció, no contestó, siguió temblando, abrazándose sola, la cara escondida en las rodillas, encogida en la cama. Él dejó la habitación.

IX

Se pasó los días siguientes insultándose a sí mismo, avergonzado, pensando con desesperación que ahora Dina no iba a querer recibirlo más. Fueron cuatro jornadas de desdicha, no podía casi concentrarse en el trabajo. "Me embrujó. Esa mujer me embrujó", se quejaba.

Pasaba de la desesperación porque había herido sin querer a su desamparada colegiala (¿pero realmente había sido sin querer?), a la rabia por el escándalo que había armado la puta (escándalo por nada); de la culpa y la pena cada vez que volvía a recordarla acurrucada (la carita arrugada con los ojos cerrados, el cuello encogido, la cabeza apretada contra la pared), al deseo enfurecido de pegarle, después de todo. ¿Y si lo hubiera hecho? Nunca. Nunca hubiera hecho algo así. Pero esa "víctima" que tanto lo conmovía podía bañarse en rubíes si quería, y él no tenía ni uno. Esa "víctima", en cambio, lo tenía a él, a Vittorio, al negro ese de mierda que, además, estaba seguro de que era el que una vez había visto (una bestia negra violando a su muchachita), a cualquiera que se le antojara tener, todos agarrados del pito, comiendo de su mano como pajaritos. Tantos hombres comiéndole de la mano que acabarían como él, vaciado, hecho un estúpido, sin poder trabajar, pajaritos con la sangre chupada. Pajarones. Pajeros. Giles. Irremediablemente giles.

Y sin embargo, pobrecita. Porque él no había querido hacerle daño (¿no?). Por lo menos no había querido pegarle, eso era cierto, sino mostrarle gestualmente qué quería decir azotar. Y ella se había quedado seguramente pensando que él era un monstruo igual que los otros, los explotadores. Seguro que era el cafiolo el que le pegaba a la esclava enjoyada. Esclava por más hombres que le bailaran alrededor, pobrecita, pobrecita judía tan pobre, tan sola, tan lejos, tan sucia... Su putita. Su mejor lectora. Los ojos brillantes, dolidos cuando él tuvo que explicar qué eran las várices, por qué tenía várices la madre lavandera de su libro.

Una rosa escondida entre la mierda creía que él, el único de todos que había sabido descubrir su aroma, era un monstruo.

El Loco se decidió. No habló con el jefe de su sección, habló directamente con el dueño del circo, con don Natalio Botana. Hubiera ido y le hubiera dicho: "Vea, Botana, estoy loco, loco como me dicen, pero loco de amor, ¿sabe? Amo a una hermosa puta judía encerrada en la calle Loria, que es como una rosa galvanizada. Haga algo, usted que es poderoso, haga algo para que yo pueda sacarla de ahí y ofrecerle mi alma, mi vida. No la toco más, se lo juro, si me deja sacarla de ahí le hago un altar y no la toco más. Usted, que me mandó a salvar a una vieja, mándeme a salvarla a ella".

Pero, en cambio, le dijo:

—Vea, Botana, tengo una causa noble y ruidosa para *Crítica. La voz del pueblo*. Me ofrezco a investigar y a trabajar fuera de horario si es preciso, en la campaña. ¿Usted sabe que las pupilas de los burdeles de la *Varsovia* no pueden salir a la calle y viven como esclavas? Denunciemos eso. Hagamos algo.

Estaban sentados en los sillones de cuero donde el patrón instalaba a sus interlocutores cuando se veía venir una conversación larga. Don Natalio dio una pitada a su puro, se recostó en el respaldo, tosió un poco:

—Ajá —empezó—. De modo, Loco, que usted se encontró con una hermosa puta encerrada en un burdel, se calentó, hasta se enamoró, y se cree que yo, que soy poderoso, puedo hacer algo para sacarla de ahí, y se cree que usted, porque está enamorado y escribe novelas, la va a respetar para siempre. Usted está completamente loco, Loco.

Hizo una pausa, seguramente para disfrutar del estupor y la mudez de su subalterno.

—¡Pero por favor! —siguió— ¿Usted quiere quedarse sin trabajo? Porque si *Crítica* se mete con la *Varsovia*, usted y todos se quedan sin trabajo, y yo aparezco en una zanja. No, perdón, *en* una zanja, no. Estos muchachos no son partidarios de la violencia como los franceses. *Al borde* de la zanja. Aparezco al borde de la zanja... pidiendo limosna.

"Vea, Loco, meterse con la *Varsovia* no es meterse con el negocio de un grupo de cafishios. Es meterse, escuche lo que le digo, con buena parte de los que mandan en la Argentina, por no hablar de los ingresos legales del municipio de Buenos Aires y de cada ciudad, los ilegales de la policía, de los médicos, del Poder Judicial, de los legisladores... ¿Quiere más? Estoy seguro de que el gobierno polaco también recibe sus dinerillos por dejar salir a las pibas, y qué decirle cuando las que llegan tienen catorce años y documentos donde dice dieciocho... No me mire así, que no exagero. ¿Usted se cree que estos polacos cafishios de acá están solos? ¡Los únicos que los dejaron solos son sus correligionarios judíos, que los echarían a patadas de la Argentina, si pudieran! ¡Pero los cafishios tienen el apoyo de nuestra gloriosa Nación Argentina! ¿O por qué se cree que acá todos los prostíbulos son legales? ¡Porque ése es el gran negocio del Concejo Deliberante, y sumémosle las coimas! Cómo tratan a las chicas los de la *Varsovia* es asunto de la *Varsovia*, nadie se va a meter. Mientras paguen sus impuestos y tengan la libreta sanitaria al día (negocio del médico, que también tiene que vivir)... Son una fuente muy importante de recaudación de la ciudad, para no hablar del dinero negro por coimas. ¿Usted sabe que los concejales se la pasan cambiando las normas que regulan los burdeles? ¿Para qué se le ocurre que lo hacen? Para recibir las coimas de todos los giles que pasan a estar fuera de reglamento, a cada rato.

—Don Natalio, no me diga que es legal tener a las mujeres encerradas y prohibirles salir a la calle. La Constitución dice que se puede transitar libremente por territorio argentino. Además los burdeles serán legales, pero los cafishios, no.

—Sí, claro. También está prohibido el adulterio, ja, ja. ¿Y usted sabía lo de los Reyes Magos? Disculpe si lo decepciono con la noticia: eran sus padres. Claro que la ley no dice que se puede tener mujeres encerradas. Es más: no se puede tener mujeres, directamente, ni libres ni encerradas. Se supone que las putas que trabajan en los burdeles son... independientes. Ja, ja. Yo le aseguro que el Concejo y la policía prefieren que haya *caftens* organizados que negocien y paguen coimas suculentas porque están "prohibidos", y que la cana y las normas de regulación estrictas y molestas se encarguen de que pocas chicas puedan arreglarse solas con su negocio, sin contar con que cuando alguna logra arreglarse, ahí le cae la policía y le hace la vida imposible. Y en cuanto a lo de estar encerradas... Por supuesto, las normas no prescribirían semejante inhumanidad, pero sí dicen que las putas no deben verse en la calle... Usted entiende, los ojos de las señoras no tienen por qué someterse a la humillación de mirarlas. Así que si aparecen por la calle, las acusan de estar trabajando, y ya. Y eso sí lo han legislado. Eso está escrito. En resumen, usted me perdonará, señor Loco, pero su campaña es una tontería. A mí me gusta que nuestras campañas hagan llorar a la gente, ¿sabe? La gente llora si la madre suicida se peleó con el hijo tarambana y él se arrepintió, y se reconciliaron, llora si hay nenes que nunca tuvieron juguetes, pero nadie va a llorar porque las putas no salgan a la calle. Su esposa, menos que nadie, Loco. Y tampoco van a llorar si se enteran de la guita que ganan...

—¿Entonces no se puede hacer nada?

—No. *Crítica* no puede hacer nada por las pupilas de la Argentina, que son tantas. Nada por las criollas, ni por las italianas, qué decir por las francesas, y por las de la *Varsovia*, mucho menos, porque la *Varsovia* es muy fuerte.

—¿Por qué es tan fuerte? ¿Por qué es más que otras?

—¿Otras? No hay otras. Los otros cafishios no se juntaron así. Bueno, los franchutes tienen una organización poderosa también, internacional, encima. Pero aunque usted no lo crea, dentro del país la *Varsovia* es tan efectiva como ellos, o más, porque... porque es *legal*.

—Es legal, sí, claro —asintió el Loco, recordando el orgullo de Noé Traumann por ser fundador de la Asociación de Socorros Mutuos *Varsovia*. Nunca lo había pensado así—. La *Varsovia* no es nada más que una Mutual.

—Exacto, jurídicamente igual a tantas mutuales que fundaron tantos honestos inmigrantes judíos, o italianos, o españoles, o alemanes como sus padres, ¿no? Igual que *Unione e Benevolenza*, no sé si me sigue.

—Sí...

—Vea, este país se está llenando de escuelas, hospitales, cementerios, todas nobles instituciones fundadas por colectividades. Bueno, ¿le contó su amigo Traumann cómo nació la *Varsovia*?

No. No se lo había contado. El Loco se sintió un idiota: había exhibido ante Botana su contacto con Traumann; era una prueba de su conocimiento de los bajos fondos, de su variada y poderosa agenda de periodista. Pero en verdad nunca había hablado con Noé de esas cosas, que después de todo eran las que verdaderamente debían interesar a un periodista. Usó sus escasos encuentros para conversar sobre anarquismo, escuchar discursos melancólicos del rufián sobre la pureza perdida, estudiarlo con la pasión de un escritor y admirarlo oscura, vergonzantemente. Y ahora resulta que su jefe poseía toda la información que él no tenía. ¿A cuántos cafishios conocería? ¿Cuántos de la *Varsovia*?

Una vez más lo ganó la admiración por Botana. En cuanto pasara la puerta, lo sabía, lo que lo iba a ganar iba a ser la bronca.

172

—Ay, ay, ay, qué poco que sabe usted. La *Varsovia*, mi amigo —condescendió el patrón a informar—, nació para poder tener un cementerio. Acá la colectividad judía odia a los cafishios más que a ninguna otra colectividad. Después de todo, para los católicos la prostitución es una cloaca necesaria, ¿leyó a Santo Tomás? Pero los judíos son implacables. A los cafishios los tienen fichados y los echan a patadas de todas partes, de sus sinagogas, de todos lados. Ni dónde caerse muertos tenían, se lo digo literalmente: no los dejaban ni enterrarse con ellos. Entonces éstos fundaron su Mutual, compraron un cementerio propio, pusieron una sinagoga para ellos, y se fueron dando cuenta de que tener una institución juntos les daba mucho poder, podían juntar ahí mucho dinero para el bien común. No sonría, no estoy jodiendo. El bien común de todos los cafishios, ¿qué tiene? ¿No defiende los principios solidarios, usted? Si se agremian los obreros, ¿no se agremian acaso los patrones? ¿Traumann no es anarquista, después de todo? Sindicatos cafishios, ¿sabe la plata que tienen?

—¿Usted conoce a Traumann?

—Uf, amigo mío, yo conozco a tanta gente...

—¿Pero se puede hacer una mutual de cafishios? Legalmente, quiero decir.

—Mi querido Loco —dijo Botana suspirando, y el Loco tuvo ganas de darle una trompada—, no es necesario escribir en ningún lugar de las actas de la Mutual "somos todos cafishios". Hay muchas mutuales italianas, hay muchas judías. La *Varsovia* tiene judíos de Varsovia, ¿qué tiene de raro? ¿Usted dice que son cafishios? ¡Pruébelo! Pero es que no hay nada que denunciar, ¿entiende? La maniobra es brillante: es una asociación legal sin fines de lucro, por el bien común. Se armó para tener un cementerio, una sinagoga, etcétera. ¡Y es rigurosa verdad! Pero resulta que sus miembros ganan fortunas y aportan generosamente a la Mutual, resulta que la Mutual maneja fortunas, resulta que por detrás puede negociar ella sola con el Concejo Deliberante y obtener cosas que ningún cafishio, solo o en grupo, podría obtener jamás. Y cuando alguien de la mafia molesta mucho, le mandan a la policía. Compran comisarios como usted le compra leche al lechero, ¿entiende? Y compran jueces, políticos, lo que quieran.

—Sí, los vi. En el remate vi jueces.

—Igual los jueces no van mucho a los remates. Prefieren a las francesitas.

—Pero estaba Leandro Tolosa.

—¿El de la Liga Patriótica?

—Ése.

—Ajá... Ya ve...

Golpearon la puerta en el despacho. Botana se levantó, abrió y cerró casi al instante.

—Estoy ocupado —dijo—. Termino de hablar con el amigo en minutos.

El Loco estaba muy triste. No encontraba nada para decir. Antes de sentarse otra vez frente a él, Botana le palmeó el hombro con simpatía.

—Loco, seamos inteligentes, digamos que su campaña quedará para un momento más oportuno, ¿sí? Tal vez llega, ojo, no crea que yo siempre soy cínico... Mientras tanto, me gustaría que se pusiera a seguir un tema. ¿Se acuerda de la chica asmática de Mataderos, la que cuidaba a los seis hermanos? Ahora escribió una que dice que es la prima, vive en la otra cuadra, tiene tuberculosis y cuida ocho hermanos, uno paralítico; le gana por paliza, je. El padre los dejó, era alcohólico, en fin, un argumento para su amigo Castelnuovo. Habría que ir a comprobar si todo es como ella dice, pero si es así armamos la campaña por el sillón de ruedas para el hermanito. ¿Por qué no se da una vuelta mañana, con un fotógrafo? Es en la calle Coronel Cárdenas, creo, pregúntele a Silveiro Manco, dígale que yo dije que usted se va a ocupar; él tiene los datos precisos. Y si quiere un consejo: no vea más a esa muchacha. Los amores imposibles solamente terminan bien en *La novela semanal*. No me diga que no la lee, seguro que se la saca a su mujer a escondidas, de la mesita de luz.

X

El Loco trató de seguir el consejo de Botana pero no aguantó. Cuando se cumplió exactamente una semana del aciago último encuentro, volvió al burdel. Iba a aclarar las cosas, iba a hablarle de sus celos, iba a hablarle de amor. ¿Que era ridículo? ¿Que no tenía nada que ofrecerle? No le importaba. Por lo menos que supiera que no era un monstruo, que lo mirara con esos ojos celestes infinitos y le dijera al menos perdón, "perdón porque pensé mal de vos. Sos un alma buena". O tal vez le decía que lo amaba... Era improbable, pero tal vez...

Al cerrar la puerta de cortinas amarillas tuvo una sensación extraña: algo parecía haber cambiado. Como siempre, la regenta vigilaba desde su mesa. Como siempre, había hombres esperando en la sala de espera. Pero el modo en que la madama lo miró no fue el de siempre. "¿Le habrá dicho que le pegué, la farsante?", pensó el Loco.

—Vengo a visitar a Dina. Media hora.

—Imposible, señor.

—Vea, yo no sé qué le dijo ella pero...

—¿Qué me dijo? ¿Qué tenía que decirme?

—Nada, precisamente... No pasó nada, fue un malentendido.

—Dina no pertenece más a esta casa.

El Loco se quedó mudo. Inmóvil.

—Rosa lo va a atender con gusto, no se preocupe.

—¡No quiero a otra, quiero a Dina! —dijo el Loco. ¿Estaba levantando la voz?

—¡Pero le digo que no está más, caballero! ¡No atiende más acá!

—¿Dónde atiende?

Sudaba.

—No me está permitido dar esa información.

—¿Qué hicieron con Dina? ¡Me va a decir qué le hicieron a Dina!

Definitivamente, estaba gritando. La clientela se estaba asustando. La regenta lo miró con inquietud.

—Caballero, le pido que no haga escándalos en esta casa —dijo con voz contenida.

—¿Pero usted está hablando en serio? ¡Éste es un roñoso burdel de putas de dos pesos y usted me va a decir qué hicieron con Dina!

—Caballero, por fa...

—¿Usted sabe que yo escribo en *Crítica*? ¿Quiere salir en el diario? ¿Le llamo a un fotógrafo?

Dos hombres de la sala de espera salieron apresuradamente, empujándose en la puerta para pasar primero. Otro estaba tomando su abrigo. Desesperada, la regenta empezó:

—Caballero, yo no pue... Venga conmigo, por favor —dijo de

pronto decidida. Y agregó con una voz alta y tranquilizadora—: No se ponga así, todo se va a arreglar. No pasó nada, señores, el caballero es un antiguo cliente nuestro, nos vamos a poner de acuerdo porque hay apenas un malentendido.

Pasaron al patio y de ahí a un departamento demasiado rosado, amueblado con espantoso, carísimo mal gusto.

—¿Gusta un cognac? —la mujer había cambiado el tono; ahora era zalamera.

—Desembuche, que me estoy cansando.

—Voy a ser franca con usted, pero si dice que yo le dije esto, voy a decir que es mentira, que por mí no se enteró... Dina se fue.

—¿Cómo se fue?

—Se fue. No está más.

—Ya me dijo cien veces que no está más. ¿La trasladaron?

—No. Se...

—¿Se...?

—¡Se escapó, señor! ¡Se escapó, la desagradecida! ¡Se fugó! ¡No sabía ni lo que era el jabón de baño cuando llegó! ¿Entiende? ¡Era una muerta de hambre que ni siquiera podía creer que se comiera tres veces por día en esta casa! ¡No tenía ni un vestido que no fuera un trapo viejo y... se escapó! ¡Nos traicionó!

—¿Cómo escapó?

—Se fue por la ventana. Abrió el candado y se fue. No sé si tenía un cómplice. Será un tipo, seguramente. Irse sola para qué, si acá está bien. Yo pensé que podía ser usted, le aseguro. Estaba entre usted y...

—Y uno que se llama Vittorio.

—¿Vittorio? Ah, seguro que es el italiano que venía siempre. ¡Usted conoce a ese Vittorio! ¿Lo conoce? ¿Sabe quién es? Cualquier dato que tenga va a sernos útil.

De pronto el Loco se estremeció. ¡Sabía quién era! Ahora lo recordaba: era de *Crítica*, ni más ni menos, de su propio trabajo. Vittorio era el linotipista que leía a Bakunin; una vez habían hablado, muchos meses atrás, cuando él entró a trabajar al diario. La mujer lo miraba con esperanza, con ansiedad. *¿Sabe quién es Vittorio? Cualquier dato que tenga va a sernos útil...* Sernos... a *nosotros*. La *Varsovia*. La puta de mierda se había fugado y la *Varsovia* quería darle su merecido. ¿Y él iba a ayudar?

—¿Lo conoce?

—¿Yo?... ¡No, para nada! Lo que pasa es que Dina lo mencionó una vez, en fin, eso de mencionar a un cliente no es muy común. Y me acordé, ahora, cuando usted dijo que probablemente había un cómplice... Pensé en ese nombre...

—Ah, ella le habló de él. ¿Y qué le dijo?

—Me dijo que era bueno, que era uno de sus clientes buenos, aunque no tanto como yo... Cómo mienten ustedes...

—Si no le gustamos, no venga. Y aproveche que esta vez le dije la verdad, no se queje. Tengo que volver a la sala. No hay más que decir. Se escapó, a lo mejor con él, ya que usted y no él está acá preguntando por ella. A lo mejor se volvió loca y se fue sola... En fin, nos traicionó a todos. Pero yo no se lo conté, ¿está claro? Usted por mí no sabe nada. Sea agradecido.

—¿Por qué tanto secreto?

—Volvamos, por favor. ¿Quiere ver a Rosa? Rosa es más pulposa, le va a gustar más...

Lo único que el Loco quería era mandarse a mudar. Caminó hasta perder noción de cuadras y direcciones. Atravesó un descampado sin saber lo que hacía. De pronto se encontró en un cementerio: Flores. ¿Cómo había llegado hasta ahí? Se sentó junto a una tumba, no podía dejar de pensar. Todo se había vuelto clarísimo.

¡Y él había preguntado por qué tanto secreto! ¡Y se lo había preguntado a ese pedazo de mierda en cuerpo de mujer! La respuesta era obvia: nadie debía escaparse nunca de la *Varsovia*. Nunca. Nadie. ¿Cómo lo iba a reconocer la organización? ¿Cómo iba a admitir semejante derrota? Sintió un extraño orgullo: ¡Dina, su Dina se les había escapado! ¡Qué valiente, su Dina!

"No se preocupe, la vamos a encontrar", le había murmurado la regenta al oído antes de despedirlo. *La vamos a encontrar*. El Loco tuvo un escalofrío: la vida de Dina corría peligro.

La luz estaba cayendo. El mármol de la tumba sobre la que estaba sentado se había vuelto helado. "En qué problemas te metiste, mi putita." Ella tenía coraje. ¿Y el tipo con el que estaba? Ese chiquilín era un mequetrefe. "Si es un mequetrefe, más vale que se quede conmigo", pensó. Entonces se le apareció la cara desorbitada y alcohólica del Genovés: *Vos, que siempre decís que tenés una vida*

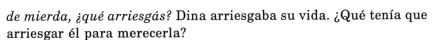

de mierda, ¿qué arriesgás? Dina arriesgaba su vida. ¿Qué tenía que arriesgar él para merecerla?

—Genovés —murmuró—, llegó la hora de la aventura. Vas a ver que soy capaz de hacer algo mejor que imaginarme libros.

CAPÍTULO 8
ACCIÓN DIRECTA

"Los prostíbulos son a la ciudad lo que
la cloaca es al palacio.
Eliminad la cloaca en un palacio y éste se
transformará en un canal infecto."

Santo Tomás de Aquino, *Summa theologica*

I

Vittorio había prometido volver después de aquel primer encuentro y cumplió. Volvió dos días más tarde. Dina lo descubrió al asomarse desde la puerta al patio, cuando ya se había convencido de que no tenía derecho a esperarlo. Vio que buscaba cruzarse con sus ojos mientras ella hacía pasar a otro cliente. Había mucha gente ese día, lo hizo esperar bastante mientras atendía nerviosa, con miedo (cada vez que abría la puerta) de que él se hubiera hartado y se hubiera ido.

Cuando finalmente le llegó el turno, el muchacho casi corrió hasta su pieza. De pronto Dina tuvo vergüenza: ¿tanto ímpetu para volver a verla? ¿*A ella*? Vittorio avisó que tenían media hora, le tomó las manos, la sentó en la cama y se puso a mirarla de un modo que otra vez le dio vergüenza. No era para mirar, era para tocar. ¿Qué quería encontrarle ese hombre? Para eliminar la turbación se sacó bruscamente la bata y, medio desnuda, le empezó a desabrochar la camisa. Por suerte él se dejó hacer con gusto y terminó con tanta tontería. Y aunque todo fue bastante veloz, otra vez Dina tuvo un orgasmo de verdad. Y otra vez sintió la misma emoción mientras él descansaba, en silencio.

—¿Cuántos años tenés? —preguntó Vittorio de repente.

—Decisete.

Le habían dicho que dijera dieciocho, pero a él no tenía ganas de mentirle.

—Yo cumplo diecinueve pronto, a fin de octubre. ¿Sos polaca?

La tenía abrazada, acurrucada en su pecho.

—Sí.

—Yo soy italiano.

Otra vez Dina estaba molesta, prefería no hablar. Lo que estaba pasando no le gustaba aunque le gustara: primero había llorado hasta el agotamiento en brazos de un cliente, después (¿cuánto después?, ¿una semana?, ¿diez días?) había llegado este hombre y ella tuvo semejante arrebato y se quedó esperando que volviera como esperaría una novia, qué ridículo; ahora lo recibía de nuevo y él hacía cosas incomprensibles, la usaba y, sin embargo, le daba... ¿Qué le daba?

"*Es chiflado*", pensó en castellano; "Brania siempre dice de los *chiflados*".

—Nací en el Piemonte —seguía Vittorio como si nada—. Vine hace tres años a Buenos Aires, cuando murió mi mamá. Mi papá murió cuando yo era chico. Un hermano mayor se quedó allá.

—...

—¿Vos?

—Yo... soy polaca.

El silencio duró unos segundos. Él se ensombreció. No dejó de abrazarla pero sus brazos se aflojaron, perdieron convicción. Dina lo miró. "Es transparente", pensó enternecida; "no puede disimular ni el menor sentimiento". De pronto se alarmó: los hermosos ojos color miel se habían apagado, las comisuras de los labios estaban apenas curvadas hacia abajo, la boca se le apretaba casi como la de un niño en el comienzo de un puchero. Lo último que quería era ofender a ese hombre que tanta paz traía a su cuerpo y había hecho entrar en su habitación aire limpio de la noche. Se incorporó un poco, le buscó los ojos, sonrió. Dijo, en su castellano vacilante:

—Perdón. Soy callada porque yo no quiere hablar... Yo pongo triste... Lloro.

A Vittorio se le encendió la cara con la misma velocidad con que se le había ensombrecido. Sonrió con dulzura, le besó los labios. Ella siguió el beso, lo buscó otra vez. Si pagaba dos turnos, no era cuestión de que los desaprovechara.

Se le veía la juventud a ese muchacho: no cualquier cliente repetía dos veces en media hora. Pero ella... ella siempre había sido joven y nunca tuvo ese entusiasmo. ¿Qué le pasaba? Seguía siendo joven porque otra vez se perdió en un orgasmo casi en seguida y otra vez se sintió en el paraíso cuando él la tomó en brazos y se despidió diciendo "vuelvo mañana".

—¿Mañana? —Dina resplandecía.

—No siempre voy a tener dinero para gastar tan seguido; pero sí, mañana.

Y ella se escuchó:

—A vos yo atiendo gratis. Regenta no deja. Es pena.

Regresó, efectivamente, al día siguiente. Aunque al principio Dina volvió a tener una sensación incómoda, una especie de ganas siniestras de reírse, no fue lo único que le pasó. También se dejó mirar más tranquila, dejó que él le tocara el pelo, que jugara con sus rulos, y casi disfrutó de esperar, ansiosa pero quieta, que empezara a besarla.

Sin duda, era el mejor cliente que había tenido. Por si fuera poco, desde la segunda vez usó espontáneamente un preservativo. El juez Tolosa lo había usado desde la primera vez, pero salvo en eso, no se parecían en nada.

Ella creía que estaba sana, o por lo menos eso decía el médico que le firmaba periódicamente la libreta. Se lavaba escrupulosamente con la solución de permanganato después de cada hombre, y en su hábil política para armarse una clientela estable había sabido quedarse con una buena proporción que usaba condón, ya por iniciativa propia, ya porque ella lo sugería con mucho tacto. Pero su clientela estable no era la única y no todos los otros se lo ponían. En noches en que la cocaína la mantenía con los ojos abiertos temía estar infectada o embarazada, y los razonamientos que enhebraba una y otra vez a toda velocidad alcanzaban para repetirse que tal vez tenía menos posibilidades que otras pupilas de estar enferma o embarazarse, pero no más que eso. Si tener un hijo era lo último que deseaba, lo peor era la enfermedad: el final terrible de su proyecto de ser regenta, la derrota definitiva. Dina sabía que muchas chicas de la *Varsovia* terminaban enfermas, una que había trabajado para

181

Hersch Grosfeld estaba internada en el sifilicomio y Brania la visitaba cada tanto.

Pero no estaba infectada, le parecía, confiaba, rogaba. En todo caso, no iba a ser por este muchacho italiano que iba a enfermarse, y tampoco iba a ser ella quien lo infectara a él, tan noble y transparente pese a ser hombre. Un hombre perfecto, el único, el mejor cliente, que además tenía sexo con ella como si fuera un esposo y que ahora, teniéndola a su lado saciada, inundada de felicidad, volvía a intentar conversar, la abrazaba como el día anterior y le empezaba a decir algo incomprensible.

—Yo no entiende.

—Dije —repitió él despacio— que yo respeto a todos los trabajadores. Que yo no te juzgo.

—¿Juzgo?

—Que no pienso mal de vos. Vos sos una trabajadora. Trabajadora, ¿entendés?

—De trabajo.

—Sí, sos una persona de trabajo. Como un obrero, un carpintero, un estibador.

Dina se rió. Conocía la palabra.

—Estibador. Ceferino.

—¿Ceferino?

—Un cliente. Muy bueno, Ceferino, estibador. Es negro.

—¿Mejor que yo?

La miraba con ansiedad.

—¡No! ¡No y no! —lo tranquilizó Dina sinceramente— Ninguno mejor que vos.

Se subió sobre él, lo miró a los ojos.

—Perdoname. Es que... yo respeto mucho tu trabajo pero... me tengo que acostumbrar... Claro, soy un cliente.

—Un cliente muy muy muy bueno. ¡Mejor de todos clientes!

—¿Tenés otro que venga muy seguido?

—¿Otro bueno? Sí hay, pero no son vos. Para mí sos mejor.

—Pero soy un cliente, y es así, tengo que aceptarlo. Porque si vos sos una trabajadora, yo te debo respeto. Tus explotadores son cerdos burgueses, vos sos una víctima.

—¿Explotadores?

Vittorio empezó a explicarlo y Dina entendió en seguida: era eso que Iosel le había contado que decía Marx. Ah, sí, dijo, con eso ella estaba de acuerdo.

—Con Marx yo está de acuerdo.

Vittorio la miró asombrado:

—¿Sabés de Marx?

—Claro. En Polonia mi amigo y yo hablaba de Marx.

—¿Hablabas de Marx con tu novio?

—No novio. Amigo.

—¡Magnífico! —se entusiasmó Vittorio— Entonces me vas a entender bien. Yo no respeto a tus explotadores, son unos canallas, pero te respeto a vos. Vos sos una víctima y sos una trabajadora que merece dignidad y respeto.

—¿Dinidá y respeto? —repitió ella con dificultad— ¿Qué es?

Con ejemplos, con gestos, Vittorio trató de explicarlo. Faltaban cinco minutos para que se fuera y él todavía seguía dando vueltas incomprensiblemente. "Qué pena, podríamos haber usado el tiempo para una segunda vez", pensaba Dina un poco harta. Hasta que, recordando los discursos de Iosel, asoció en ídish con palabras de sentido semejante y lo interrumpió:

—¿Dinidá respeto? ¿Mi trabajo?

—Sí.

—¡Sos chiflado!

Se había puesto furiosa. Vittorio la miró asombrado.

—Vestite —dijo ella cortante, señalando el reloj.

Se levantó y se puso la bata; y mientras él se sentaba en la cama sin obedecer, ella le mostró con violencia la palangana adonde se agachaba, el frasco de permanganato que usaba para lavarse la vulva y el de vaselina con que se la untaba para soportar tantos clientes, y le dijo como pudo, sacando palabras de donde no tenía y atropellándose con errores e insultos en ídish, que en esa jornada la iban a usar por lo menos diez hombres todavía y que más de treinta la habían usado ya, igual que él, y que en vez de hablar de dignidad y respeto se fuera de una vez porque tenía que seguir con otro, si no el burdel le cobraba una multa.

Vittorio debió entender bastante porque se empezó a vestir mirando el piso, pero ella no había terminado: porque si Vittorio la trataba bien, le dijo, si era bueno como un esposo, no era porque su trabajo fuera digno y respetable sino porque para eso pagaba, para

183

ser con ella como se le diera la gana. Porque trabajar de puta era aguantar eso: que cada uno hiciera con ella lo que se le diera la gana, hasta tratarla bien.

—Todos ustedes chiflados. ¡Estupideces! ¡Decís estupideces vos! ¡No pensás! ¡No sabés pensar!

Había levantado la voz. Se calló. Ya estaba, ya se lo había dicho. Ahora que se fuera y si no quería, que no volviera nunca más. Le temblaba el cuerpo, se le caían lágrimas de rabia.

"Que no me abrace con lástima porque lo empujo contra la puerta y le digo a Brania que me pegó para que no lo deje entrar más." Pero Vittorio no la abrazó, no la miró con lástima, no se acercó ni contestó. Hizo algo que obligó a Dina a cambiar de opinión sobre él para siempre: se quedó quieto, arrugó los ojos (pensar se los entrecerraba), no había rastros de los pucheros de decepción que ya le había conocido, tampoco sombra de burla. Estaba pensando. Estaba triste y estaba pensando. No era estúpido aunque dijera estupideces.

De pronto sonaron golpes en la puerta: se habían pasado siete minutos.

—Perdón —dijo él como despertando.

La miró muy serio, se acercó un paso apenas, tímidamente.

—Es verdad. No pensé... nunca pensé nada de lo que dijiste, nunca. Perdón. Quiero pagar esa multa. ¿Cuánto es?

—Cuatro pesos.

—Canallas... Te sacan dos turnos.

—Cuatro. Yo recibe mitad por cada cliente.

—Soy un estúpido —confirmó él mientras dejaba cuatro pesos y las latas en la mesita de luz.

—Sí —asintió ella—. Gracias.

Seguían parados, quietos, mirándose. Entonces ya no estuvo furiosa. Se le acercó, le tocó la cara, lo besó apenas.

—Yo perdono —dijo.

Lo llevó hasta la puerta y antes de que se fuera pidió:

—Vos volvé.

—¡Claro! —dijo él, con una súbita sonrisa de oreja a oreja.

II

Así empezaron los días enloquecidos y descalabrados del mes de septiembre. La primavera se anunció con violencia, todo se había puesto en marcha. Vittorio no esperó: volvió en la noche siguiente, muy tarde. Dina estaba tan feliz que encontró fuerzas para atenderlo como se merecía. Fueron dos turnos (qué buena costumbre tenía él de pedir siempre dos turnos), media hora increíblemente intensa que sucedía a otra no menos intensa pero diferente: la que venía de pasar con el chiflado que era escritor y acababa de hacerla llorar, por segunda vez.

Al final de su jornada, antes de dormirse agotada, trató de recordar otra cosa, otros clientes, otros momentos que no fueran esos sesenta minutos de su larguísimo día. No pudo, ocupaban todo.

—¿Leías a Marx en Polonia? —había preguntado Vittorio después del sexo.

Como las otras veces, la abrazaba con ternura. Marx era un pretexto, entendió Dina: él simplemente volvía al ataque con el tema que ella se había negado a tocar días atrás. Pero esta vez era diferente, venía de hablar de otro pueblo como el suyo con el periodista, sintió que podría.

—Un amigo hablaba a yo de Marx.

—¿Ya trabajabas en este oficio?

—No... O sí... Yo no sabía.

—No entiendo.

Le contó de su amigo Iosel y de Kazrilev, de la escuela polaca, de su padre que quería que estudiara.

—Entonces no trabajabas en esto...

—No.

—¿Y qué pasó con tu estudio?

—Yo no pudo terminar.

—¿Por qué?

—Porque...

—¿No tenías plata?

—No. ¡Sí! Mi papá era pobre pero tenía plata para yo estudiar. Era muy importante estudiar, él decía, él guardaba dinero, todo, para estudio. Yo estudiaba en último año ya...

Vittorio no dijo nada. Dina supo que no se animaba a preguntar.

185

—¿Vos querés saber por qué yo no termina escuela en Kazrilev y trabaja acá?

—Me lo estaba preguntando pero...

—Pero vos *respeto* —dijo ella burlona.

Se rieron. Era bueno reírse de una pelea que parecía tan antigua.

Dina miró el reloj.

—Diez minutos. ¿Yo puede contar en diez minutos? ¿Vos vas entender?

Vittorio asintió con tanta ansiedad que Dina se rió otra vez. Y, sin embargo, lo que tenía que contar era terrible.

—No es lindo —vaciló. Pero quería seguir—. Yo... Un muchacho polaco y yo...

—Te enamoraste.

—Sí. ¡No! Él era... Él no judío.

—¿Y eso qué tiene que ver?

—¿Qué tiene que ver? En Kazrilev judíos separados de polacos. Viven mal. No quieren judíos en Polonia. No quieren a judíos.

—Ah, sí.

—Y bueno, yo... Con hombre polaco... de la escuela polaca...

—Un estudiante. Pero se enamoraron. El amor no conoce fronteras y no tiene reglas ni religión.

—¡No! ¡Yo sí! ¡Esperá, callate! ¡Enamorados no!

—¿No dijiste que sí?

Dina suspiró angustiada.

—Yo me... no sé si yo enamoré. Él... Yo...

—Te gustaba.

—Sí. Me gustaba. Mucho.

—¿Y él? ¿Le gustabas?

—Él me odió.

Lo dijo con tanta convicción y usando tan bien las palabras que se asombró de sí misma. Entonces le habló del bosque. Era la primera vez en su vida que lo contaba, era la primera vez en su vida que se permitía recordarlo así. Las mejillas estaban bañadas de lágrimas y no encontraba todas las palabras pero no se quería callar; tenía miedo de que los diez minutos se hubieran acabado, se apuraba. Para que él la entendiera, le mostró: se acostó, pataleó en el aire, se imitó a sí misma. Lloraba.

—¡Yo no! ¡No, no, no! Y él sí arriba, así. Dolía mucho. Yo grito. Él sigue. Yo sola. ¿Entendés? —preguntó, se incorporó, le escrutó la cara.

Vittorio la había mirado todo el tiempo, no había tratado de tocarla ni de calmarla. Hipnotizado, la observaba con los ojos brillantes, fijos. Dina se preguntó si le tendría lástima y se asustó, pero no la miraba con lástima. Entendía. Asintió con gravedad y le acarició una mejilla mojada. Ella se recostó en su hombro y siguió llorando en silencio, él la besó en el pelo muchas veces y le habló, le dijo algunas cosas muy rápido, presionado por el tiempo, y Dina, que bebía sus palabras, tuvo que desprenderse de repente y avisarle:

—Es la hora.

Se pasó las manos por la cara, sonrió. Dijo:

—No importa. Ya pasó. No importa... Ahora sabés.

Vittorio siguió, se repetía, no podía parar. Habló hasta que sonaron los golpes en la puerta pero Dina esta vez no lo dejó pagar la multa. Y cuando se fue, hubiera querido que no entrara nadie más para poder quedarse quieta en la cama pensando en todo lo que le había dicho, y esperar la noche para abrir la ventana y sentir el aire, y seguir pensando.

Tuvo que seguir trabajando, claro. Después fue a cenar con Rosa y Brania pero estaba apurada, necesitaba estar sola. Sin embargo, debió concentrarse en lo que ocurría porque había peligro: el joven cliente entusiasta de los tres días seguidos no había pasado inadvertido para la astuta Brania.

—¿Viste, Rósele, que nuestra *táibele* tiene un chiflado enamorado?

—No —dijo Rosa con total naturalidad.

Dina tuvo ganas de abrazarla. Era una amiga.

—Cuidá el tiempo, el negocio no anda si te pasás en los turnos. El muerto de hambre vino tres días seguidos y siempre tengo que tocarle la puerta, a ver si lo manejás mejor, *táibele*. Obrero, por la ropa. El de gorra a cuadros. ¿Qué acento tiene? Italiano, parece.

—Ah, ése —hizo Dina como recordando—... Hoy me dijo que ganó una apuesta con los caballos y se la está gastando conmigo.

—Que no sea amarrete y te compre algo, mi querida. Claro que esos infelices apuestan poca plata, no puede haber ganado demasiado.

187

Brania le había creído.

Dina entendía exactamente cuál era el peor miedo de Hersch Grosfeld y Brania: no que sus pupilas escaparan (¿para ir adónde? ¿para ganar cuánto dinero?) sino que las robara otro *caften* o algo las hiciera desear abandonar el oficio. Intimar con un cliente era una grave amenaza para la empresa. Para disimular mejor largó un comentario despectivo sobre la hombría del muerto de hambre, esperó un cuarto de hora, dijo que estaba agotada y se fue a su habitación. Rosa trató de entrar a conversar con ella un rato más tarde, Dina la recibió con cariño pero se las arregló para sacársela de encima suavemente.

Tenía que pensar. No importaba cuánto hubiera trabajado ese día, tenía que luchar contra el sueño y pensar. Lo que le decía Vittorio era nuevo y sin embargo no era nuevo, arrancaba del silencio una sensación que se había retorcido en ella sin encontrar cómo pronunciarse y que había chocado contra las paredes de su corazón sin poder atravesarlo ni disolverse. Había olvidado después esa sensación, y ahora volvía a despertarse enfurecida, imparable, porque Vittorio le había entregado palabras, o mejor, se las había devuelto. Era como si en el fondo más remoto de ella misma esas palabras ya hubieran estado: prohibidas, obturadas, enterradas debajo de toneladas de adoquines, inencontrables, pero susurrando una música sucia y verdadera. Y era extraño, porque Vittorio hablaba en castellano pero las palabras eran las exactas.

Si no lo entendía mal, afirmaba que ella *no era culpable*; la culpa de la escena del bosque era, decía Vittorio, de ese polaco canalla que la había violado, de los polacos que mantenían a su pueblo en la miseria y el desprecio, de la religión judía, opio de su pueblo, de los prejuicios religiosos, de un mundo donde los hombres oprimían a las mujeres y las castigaban por los crímenes que ellos mismos cometían. De todos ellos. Muchos responsables de lo que había ocurrido, *pero no Dina*. No Dina. Dina no.

El modo en que Vittorio le devolvía a ella su propia historia armaba un relato diferente del que le acababa de contar... La conclusión era entonces fácil, extraña, completamente novedosa, tanto que cuando la descubrió saltó de la cama y caminó nerviosa por la habitación: *no había nacido para ser puta*, no estaba destinada a perderse en Buenos Aires como pensaba su madre. Ni para ser puta

188

ni para ser regenta. Y si ser regenta era un buen plan sin duda alguna, ahora ella empezaba a entender que apenas era el mejor plan para alguien en sus condiciones, una elección coyuntural, nada más que eso.

Nuevamente recordó las palabras que Vittorio había dicho esa tarde. Aparecieron en castellano las que había entendido, en ídish las que había adivinado; algunas coincidían con palabras que a Iosel le gustaba tanto pronunciar... Claro que en Iosel no habían querido decir demasiado a la hora de apoyar a su amiga. Hipócrita miserable. En cambio, Vittorio... ¿Hubiera actuado él distinto si hubiera estado allá a su lado? ¡Ah, si Vittorio hubiera vivido en Kazrilev! ¡Qué sola había estado en Kazrilev!

Se derrumbó y lloró contra la almohada para no hacer ruido. Lloró por la niña que se moría de dolor aplastada contra el piso y después por la mujercita sola en el bosque, enchastrada de sangre; lloró por la mujer encerrada, escarnecida, manzana podrida de su propio pueblo. Lloró su muerte en Kazrilev y celebró su resurrección como puta en Buenos Aires. Kazrilev no había podido con ella y tampoco había podido con ella ese juez que por un instante se le antojó apenas humano: un hombre muy malvado, un Andrei con poder y dinero, un enemigo. Deseó tener músculos fuertes en los brazos, regresar a su aldea (bella, millonaria, regenta, cubierta de pieles y de joyas), y abofetear a Iosel, escupirle la cara; deseó tener puños de hierro para romper las mandíbulas de cada habitante de Kazrilev que se había permitido juzgarla; a sus padres les tiraría en los ojos fajos de billetes y escupiría el piso de tierra antes de llevarse de esa casa miserable a su hermanito, sin despedidas ni explicaciones, tomándolo suavemente de la mano; después lo dejaría a salvo en la habitación del hotel más lujoso que hubiera en Markuszew, le pediría que la esperara y volvería a Kazrilev para buscar a Andrei, sacaría un revólver, avanzaría lenta, elegante, precisa (el polaco la miraría fascinado, incapaz de moverse, como se mira a un fantasma demasiado hermoso), le apuntaría al pecho, dispararía muchas veces y vería cómo se iba agrandando con cada una el agujero rojo en el centro de ese pecho fuerte, cubierto con una túnica tosca y campesina, ese pecho que se creyó invulnerable y ahora no era nada, carne para agujerear, carne embrutecida de polaco antisemita.

Imaginar la calmó. Se levantó, sacó la horquilla del escondite y abrió hábilmente la ventana. Una brisa primaveral golpeó su cara entumecida por el llanto. Brillando bajo el reflejo de los faroles a gas, los pimpollos del jacarandá de su vereda se estaban abriendo. Eran claritos, de un color que no era rojo, tal vez celeste, lila, gris. ¿Nunca lo vería de día? La primavera era todo esa noche: Vittorio, la nueva versión de su historia, un árbol nocturno desconocido para ella, un árbol sin nombre. Se lo preguntaría a Vittorio. "Gracias a él florece el mundo sin nombre." Mientras se dormía lamentó no tener fuerzas para abrir su Diario y escribir esa frase, que le había salido un poco en ídish, un poco en castellano.

III

Entre la rutina de clientes conocidos y nuevos, las visitas de Vittorio y del otro cliente apodado el Loco, que tantas cosas le enseñaba, se sucedían y cada vez pasaba con cada uno algo diferente. Aunque Vittorio la hiciera disfrutar tanto en la cama y el Loco fuera como casi todos sus clientes, los dos tenían mucho que ver. Casualidades: trabajaban en el mismo lugar, el diario *Crítica*. Uno era periodista; el otro, linotipista. Dos trabajos complementarios y de mucho valor, pensaba Dina. Cuando Vittorio supo que a ella le interesaba *Crítica* se la empezó a traer de regalo. Siempre le prometía dejar unos minutos para el final y ayudarla a entender alguna noticia, pero el tiempo nunca alcanzaba. Ella no se preocupaba porque con el Loco alcanzaba siempre y con Vittorio lo que más le gustaba no era leer. Aprendía mucho castellano con el Loco, hablaban de cosas muy interesantes y hasta empezaron a leer una novela buenísima que había escrito él. Por supuesto era un chiflado, pero tenía que reconocer que de otro modo Vittorio también lo era; después de todo, para su oficio tener unos cuantos chiflados era un oasis. El Loco era un hombre sensible, partidario de las nuevas ideas igual que Vittorio, aunque no fuera buen amante. Pero, en realidad, no podía decir eso, porque todos, después de Vittorio, se habían vuelto malos amantes. Hasta Ceferino perdía su encanto. Y eso no podía ser, se decía Dina. "Soy yo, es a mí que me gusta él, solamente, no es culpa de ellos."

Es que Vittorio... Vittorio tenía una piel infantil, suave, casi húmeda, un cuerpo largo de músculos torneados, elongados, que sabían tensarse y relajarse en el momento exacto. Tenía gestos increíbles, impensados en un hombre. Hasta él Dina creía que ya conocía bien a los varones: astutos, interesados, crueles, lo mejor que podía hacer una mujer era aprender a manejarlos. Andrei, Hersch Grosfeld, los centenares que había soportado durante estos cuatro meses (incluyendo a los amables, que aunque ella a veces lo olvidara, buscaban lo mismo que los otros) eran muestra suficiente. En esta cuenta el Ángel del Mal había tenido un lugar ambiguo: más varón que ninguno, tan poderoso que podía, además de hacerla sufrir, obligarla a pensar locuras, se le había antojado por encima de la crueldad masculina, más cercano a la fría justicia que al mero placer de hacer daño. Ahora empezaba a dudar de que el juez Tolosa fuera tan distinto. ¿No sería simplemente el punto máximo que cualquier hombre (menos Vittorio) podía alcanzar si se le daba la oportunidad? ¿La crueldad masculina llevada hasta el límite?

Ahí estaba el Loco, uno aparentemente bueno y tan interesante; pero ella había percibido algo oscuro desde la primera vez en sus aires de salvador y su lujuria contenida. Alguna noche llegó a preguntarse incluso por qué excluir a Vittorio de la posibilidad de ser malvado pero se enojó: era injusta. Él le había regalado tanta ternura y la capacidad de decir las palabras que le permitían entenderse a sí misma. ¿Y acaso no era varón? Más que otros, podía atestiguarlo: capaz de eyacular dos veces en media hora o de estar, como hizo una vez, dos turnos completos sin salir de ella, llevándola a orgasmos que llegaban con la más absoluta naturalidad, maravillas usuales, inevitables, que no terminaba nunca de festejar, de las que no terminaba de asombrarse. Pero no era solamente el sexo, era ese modo de entusiasmarse con ella, con quien ella *era*. Eso no parecía de hombre. El Loco se parecía a Vittorio también ahí, aunque no era lo mismo porque el Loco quería enseñarle y Vittorio quería aprender, y aprendiendo él, ella aprendía. Y la cuidaba. Chiflado. Solamente un chiflado se pone a cuidar a una polaca de burdel.

Ella le contó de Kazrilev, entonces al otro día, nada más que al otro día, volvió preocupado por cómo estaba ella después de recordar algo tan feo. Dina se alegró inmensamente porque en alguno de los tantos instantes desoladores en que abría la puerta para que pasara el siguiente había tenido miedo de que Vittorio no volviera nunca más. Después de todo le había contado algo horrible y él debía tener una vida limpia con su trabajo, sus amigos, el movimiento anarquista... Cosas luminosas. Si alguna vez no regresaba (Dina estaba resuelta) no iba a enojarse, era más que comprensible. Lo iba a extrañar, desde luego, pero siempre pensaría en él con inmensa gratitud. Ya bastante había hecho por ella. Sin embargo, volvió. Iban cuatro días seguidos sin faltar. Esta vez fue poco tiempo, solamente un turno. Le dijo que tenía que ir a una reunión con compañeros.

—Igual quería venir. Tu historia me hizo respetarte todavía más. No quiero que creas otra cosa.

Y le dijo que en ese breve rato que tenían iba a amarla (*amarla*, dijo) como nunca antes, como nunca nadie (pero nadie nunca la había amado, ese hombre no entendía lo que le estaba diciendo), y quería hacerlo así para pedirle perdón en nombre de todos los varones. Y ella lo empezó a besar porque estaba demasiado emocionada pero además porque si no él se iba a perder los quince minutos dando discursos, le gustaba demasiado hablar. Vittorio cumplió su promesa y en un instante febril ella creyó que todos los hombres se habían vuelto buenos. Después Vittorio partió y regresó una vez más (era un chiflado), al día siguiente temprano, antes de que empezara el *shabat*.

—Ya se le va a acabar la plata —lechuceó Brania esa noche.

Dina pensó que era fácil levantar el cuchillo que había quedado sin guardar en el mármol de la cocina y clavárselo en la garganta.

Maldita. En la noche del sábado Vittorio no volvió. Esperando el amanecer, pasada de cocaína, Dina lloró desesperada, ahogando las lágrimas para que Rosa no escuchara. Se insultaba por haber cedido a la cocaína, se insultaba por estar esperándolo. No tenía derecho a pedir más. ¿Por qué, si antes no pedía nada, ahora era insaciable?

IV

Pero el domingo, no muy tarde, lo vio asomarse desde el patio entre los otros hombres, sonreírle. El mundo volvió a ser mundo, se puso en orden.

—Dos turnos hoy. Me estoy gastando todos mis ahorros pero vale la pena.

Vittorio estaba feliz. Parecía excitado.

—Yo pone dinero, yo tiene.

—¡No! ¡Nunca! ¡Lo único que falta! Pero gracias, es un gran halago.

Estaba dentro de ella cuando le tomó las mejillas y le dijo, mirándola a los ojos:

—Te quiero.

Ahogada de placer, Dina no pudo articular palabra.

—Vení conmigo —pidió Vittorio—. Salí de acá.

Ella negó con la cabeza.

—Sí. Vení conmigo.

Entonces lo empezó a besar para que no hablara, urgida, y tuvo miedo de morirse cuando acabó junto con él.

Pero después Vittorio insistió. No era de los que se quedan con un movimiento de cabeza como respuesta.

—¿Por qué no vas a venir conmigo? ¿Me amás?

¿Amor? Dina sonrió. Vittorio estaba chiflado. Contestó solamente la primera pregunta.

—Yo no va con vos porque no puedo. ¡No me dejan!

—¡Exigilo! ¿Me amás?

—Vittorio, sos chiflado. Ellos pagaron pasaje mío acá, ellos dan lugar a mí, comida muy muy buena, ropa muy muy buena, dinero, mucho, yo trabaja para ellos. Ellos tienen poderes. Yo no puede irme. No dejan.

En vano Vittorio acudió a palabras como explotación, burgueses chupasangre, en vano insultó a los cafishios, en vano explicó que Dina ya había hecho ganar más dinero que el que gastaron para ella. Cuando escuchó eso, se puso furiosa.

—¿Vos creés que yo imbécil? ¡Yo pensé eso ya sola y más también! ¿Vos sos *lerer* ahora? ¿Vos enseñás? ¡Vos imbécil!

Porque él no sabía que parte del alquiler y de la buenísima comida que compraba Brania lo pagaban las pupilas, porque él no sabía de la Mutual; él pagaba, usaba y daba clase.

—¡*Ma* escapate! Sabés abrir la ventana, ahí está la calle, es lo más fácil del mundo. Yo te espero. Vamos a mi pensión, vivimos juntos. Vos terminás de estudiar, yo te ayudo a encontrar trabajo.

—¿Cuánto voy a ganar si trabaja afuera? —preguntó Dina aburrida. Estaba harta.

—Cien, ciento veinte...

—¡Ciento veinte pesos! —repitió y se empezó a reír. En el silencio, sus carcajadas eran ladrillos que golpeaban el piso y lo agujereaban.

—Bueno... —murmuró Vittorio— debe ser mucho menos que acá... Menos que lo que yo gano... Pero vas a ser libre, ¿no? La libertad no tiene precio, Dina. Y vamos a poder estar juntos...

Otro silencio más duro que el anterior. De pronto había un muro entre los dos. Ella se había levantado, caminaba por el cuarto rabiosa. Vittorio seguía sentado en la cama.

—Yo estoy enamorado de vos —dijo con resolución—. ¿Vos? Decí no, si es no. No te calles, eso es cobarde.

—Ciento veinte pesos. Nada —dijo ella con desprecio—. Yo paga acá cien pesos por la pieza y la comida, sin ropa.

—¿Te hacen pagar a vos? —gritó él.

—¡Shhh! ¡No grités acá, vas a traer problemas a mí!

—¡Son unos hijos de puta!

—¡Basta! ¡Te vas! Yo paga eso pero yo gana más, mucho más. Yo manda dinero una vez a Kazrilev. Para hermanito, para que estudia mi hermanito. Dinero no falta. Yo compra joyas. Diamantes. ¿Vos qué podés comprar a mí?

Vittorio se estaba vistiendo, furioso. Detrás de su propia furia Dina sintió el dolor: se iba, ese hombre se iba.

—Vittorio, yo no va a ser pobre nunca más —dijo tratando de suavizar la voz.

—Y conmigo serías pobre. No te puedo comprar diamantes y no me interesa. Creí que te conocía. Qué idiota, nunca se termina de conocer a una mujer. Y no me amás, es claro que no. ¡Cobarde! Podrías haberlo dicho y listo.

Dina no sabía qué quería decir "cobarde" pero no preguntó.

—Sos como todos —retrucó—. Creés sabés todo. Te importás vos nada más. Si yo voy con vos, ellos buscan y matan a mí. ¿Sabés eso vos? ¿Te importás eso vos?

—¿Te matan? ¡*Ma* quién te va a matar, Dina! No matan por dejar de trabajar.

—¡Sí matan! ¡Claro que matan! Es la Mutual.

—¿Una Mutual te va a matar? ¿*Ma* con qué mentira estúpida te están manejando estos hijos de puta?

—Estúpido vos, Vittorio. Mutual. *Varsovia*. Hersch Grosfeld y Brania están en la *Varsovia*. Mucho poder la *Varsovia*. Mutual se llama.

Vittorio se quedó mirándola:

—¿*Varsovia*?

—Yo tiene dueño, esposo mío, Hersch Grosfeld, de la Mutual *Varsovia*.

—¿Esposo?

—Casó conmigo en Kazrilev. Pagó y casó. Y trajo acá a mí, dice que yo trabaja acá.

—Dijo que yo trabaje acá. ¡Se dice *dijo que yo trabaje acá*! —le corrigió Vittorio gritando.

—¡Shhhh! ¡Chiflado! ¡Llamo ahora regenta, te echa y no volvés más!

Hubo un silencio largo. Dina estaba pálida. Vittorio pareció calmarse un poco.

—Dice... dijo... mi esposo. Él dijo: "Yo no solo, no soy solo, detrás hay *Varsovia* y *Varsovia* puede todo, consigue todo, policía, todo. *Varsovia* mata si quiere: me mata".

Vittorio parecía impresionado pero no se amilanó. Trató de tomarla en sus brazos y ella se soltó.

—Dina, escuchame, precisamente por eso, ¿no entendés que te tenés que escapar? Yo te ayudo, yo tampoco estoy solo. Puedo ayudarte, puedo esconderte. Tenés que decirme si me querés, si me amás. O decime que no y no vuelvo, no molesto, y te dejo con tu dinero y tus joyas y tu encierro y tu Mutual.

"Ya está. Ahora sí lo estoy perdiendo. Mejor así." Ella lo miró, miró el cuarto, todo le resultó horrible, extraño. Era una pesadilla. Hizo fuerza para despertarse pero no se despertó.

—Andate —dijo.

Él no se movía. Entonces levantó la voz.

—¿Querés saber? Bueno: ¡yo no amo! ¡Yo no te amo! ¡Y yo no va a ser pobre nunca más! Y vos sos estúpido.

A Vittorio los ojos se le desbordaron de lágrimas. Dina cerró los suyos, no podía tolerar verlo. Escuchó la puerta que se abría y se cerraba. Quiso decir "si volvés, te hago echar" pero no se le movieron los labios.

Quedaban cuatro minutos antes del próximo cliente. Por lo menos Brania iba a estar contenta.

Encima, una hora después, vino el Loco y le propuso que se encontraran por la calle. ¡Por la calle! Realmente los chiflados eran todos estúpidos.

El día siguiente fue atroz. El trabajo arreciaba. La primavera hacía efectos terribles en los hombres de la Argentina y con la temperatura más alta el sudor que traían le daba náuseas. Un hombre le reclamó su falta de entusiasmo y amenazó con quejarse ante Brania. Otro —uno de sus buenos clientes— le preguntó si estaba enferma. La sala de espera, llena como nunca, estaba sin embargo vacía: faltaba Vittorio. Iba a estar vacía para siempre.

Esa noche trató una vez más de repetirse sus proyectos: trabajar bien, ser muy rica, llegar a regenta, tener una *suite*, salir a caminar por esa calle Florida donde compraban ropa, tomar el té en la confitería de Harrods. ¿O no era después de todo la esposa del dueño del prostíbulo? Pero eran sueños muertos.

El futuro se había desintegrado. Mil veces maldito Vittorio que le desintegraba el futuro. Brania por lo menos tenía a Hersch Grosfeld, ese cerdo gruñón se ablandaba cuando la veía. No mucho, pero Dina había aprendido a observar. Salvo Vittorio, ninguno mostraba fácilmente lo que sentía. Se acordó de ella atada, los ojos grises del otro que la miraba, que en vez de pegarle la miraba, por una vez, sin rabia. Ese hombre que de nuevo no se atrevía a nombrar también se había hartado de ella, como Vittorio, y se había ido. El Ángel del Mal había renacido, su recuerdo se instalaba tan violento y nítido como antes. Del recuerdo del estúpido de Vittorio no querría librarse nunca, era la memoria que la iba a acompañar dulcemente en toda la oscuridad que le faltaba vivir. Del recuerdo del otro, sí, pero no iba a ocurrir. Había vuelto la hora de acordarse y estremecerse. ¿Tal vez ese hombre cruel también la había querido? Una vez la miró mientras estaba atada, mientras temblaba de terror, y en vez de golpearla se quedó quieto y en sus ojos apareció...

Yo estoy enamorado de vos, Dina. ¿Vos me amás?

Chiflado. Imbécil chiquilín chiflado preguntando chifladuras apenas horas atrás y, sin embargo, ya tan lejos, ya tan para otra. No para Dina. ¿Alguna vez habría sido en verdad para Dina? Vittorio alucinaba. Qué disparate. El otro, el hombre fuerte, el impenetrable, el de los ojos grises (Tolosa, juez Tolosa, doctor Tolosa), que sabía odiar y humillar y hacer sufrir y... hacer gozar... Ése entendía. Sabía mejor que ella misma para qué servía. Maldito Vittorio, maldito pobre infeliz muerto de hambre hermoso, tan hermoso Vittorio, que la dejaba envenenada con lo único que no podía darse el lujo de tener: esperanza.

Afuera se había levantado viento. Le pareció ver una sombra que volaba: era el Ángel que regresaba para castigarla por su esperanza. Iba a matarla a golpes, como alguna vez le había prometido. Dina mordió las sábanas aterrada. Tenía que calmarse, no podía volverse loca. La sífilis volvía loca, ¿ya tendría sífilis? Con un esfuerzo supremo se levantó y caminó hacia el balcón, tenía que mirar y perder el miedo. No era un fantasma: una tela liviana había flotado hasta enredarse entre las ramas de su árbol. Un chal de mujer. Gasa apenas de color sutil, brillante bajo la luna. Se habría volado de algún patio, la habría perdido una hembra libre, allá afuera.

Estirándose, logró desenredar el chal. Lo puso contra la mejilla: estaba frío. Lo olió: olor de la libertad. Era fuerte, resistente. Tal vez sirviera para ahorcarse, ¿no era lo mejor hacer eso? No todavía. Esperaría un poco. Mientras tanto lo guardó muy bien para que Brania no lo viera.

Al día siguiente se dispuso a trabajar lo mejor posible. Basta de tonterías. Le habían pasado cosas más duras en la vida que el idiota de Vittorio. Con un poco de suerte, esa nochecita recibía al Loco y seguían leyendo esa novela impactante. Se leía que en ese Buenos Aires, allá afuera del burdel, después de todo no había pura fiesta. De tanto leer ese libro iba a entender que lo mejor que le podía pasar era ser regenta, o que el Ángel del Mal volviera y le regalara un collar de rubíes. Y si no lo entendía, ahí estaba el chal, ojalá resistiera su peso.

Pero cuando llegó la nochecita no vio al Loco en la sala. Vittorio estaba ahí otra vez con su gorra entre las manos, los ojos tristes, buscándola. Hermosos ojos transparentes que nunca iba a poder ver a la luz natural del día, nunca. ¿Nada lo derrotaba a ese muchacho? Todas las certezas que había intentado juntar se derrumbaron. Ahí estaba él y acá estaba la maldita, la miserable esperanza, latiéndole en el corazón como si pudiera hacerlo estallar en mil pedazos. Tuvo miedo.

V

—Quiero que te sientes a mi lado y me escuches muy bien —dijo Vittorio. Estaba serio, triste pero muy serio, y la voz fuerte y segura mostraba que sabía muy bien por qué había regresado. Dina obedeció.

—Tengo un amigo, un compañero... Samuel. Trabaja conmigo en *Crítica*. Samuel es judío. Le hablé de vos. No le había hablado a nadie de vos, pero anoche estaba tan mal, tan desesperado, que nos sentamos en un café y le hablé de vos hasta muy tarde. ¿Entendés lo que digo?

Ella asintió.

—Samuel me explicó cosas que yo no sabía. Él sí sabe qué es la *Varsovia*. Su hermana es activista de la Asociación Judía para la Protección de Niñas y Mujeres, es una sociedad inglesa que trabaja en Buenos Aires. ¿Sabías que existe eso?

Dina negó con la cabeza.

—Es una asociación inglesa de acción internacional. Acá pelean contra la *Varsovia*, tratan de rescatar chicas cuando llegan, hacen denuncias.

—¿Qué es rescatar?

—Salvarlas, cuando bajan de los barcos. Sacárselas a ellos, a los explotadores.

—Ah. Y entonces las mujeres vuelven a Polonia. ¡Felicito la solución! No quiere yo, gracias.

—Nadie te va a mandar de vuelta a Polonia, ni siquiera le vamos a hablar de vos a la hermana de Samuel. Samuel no está de acuerdo con su hermana. Samuel es anarquista y ateo como yo, su hermana es religiosa. No es así que se lucha contra estos cerdos explotadores. Pero no quiero hablar de eso. Te lo cuento porque te quiero decir que yo soy estúpido, tenés razón, yo no sé, tenés razón en tener miedo y en enojarte conmigo: la *Varsovia* es muy fuerte, muy peligrosa. Tiene todo el poder: compran jueces, policías, políticos burgueses. Tienen miles de mujeres trabajando para ellos, tienen burdeles en todo el país.

—Gracias, *lerer*.

—¿*Lerer*?

—Maestro. Si no explicás para mí, yo no sé.

—Tenés razón —repitió Vittorio, y quiso abrazarla. Dina se corrió.

—Samuel también me contó cómo vive tu pueblo en Polonia... Peor de lo que yo vivía en el Piemonte... y yo vivía mal... Te entiendo, Dina. Algo vamos a hacer, vas a ver.

—Nada. Vos no podés nada hacer. Es mi problema.

—¿Vos me amás?

—¡Basta! ¡Basta, Vittorio! ¡Basta! ¿Qué preguntás?

—¿Vos me amás?

Era inútil, era chocar con una piedra. Un hombre con un amor de piedra.

—Yo no pue...

—Ya sé que no podés. *No podés*, ¿pero me amás?

Dina se tapó la cara con las manos, apretó mucho. Él esperaba la respuesta sentado a su lado, sin tocarla, pero el calor de su cuerpo sí la tocaba, sentía su respiración en el cuello.

—¿Me amás?

—¡Sí!

Le había salido un grito. Las paredes eran gruesas, ojalá que Brania no hubiera escuchado. No quería contestar y le había salido un grito. Y después ya se perdió. Incapaz de contenerse empezó a repetir sí y a llorar, a besarlo en la cara, en el cuello, en la cabeza, *mein libe*, y ahora qué voy a hacer, decía en ídish, y esto para qué sirve, preguntaba. Y lo seguía besando.

—Loca fui ayer. Fui loca por vos, vos no venís más y yo loca. No me dejes. Volvé. No me dejes nunca. Nunca, nunca, nunca más. Pero no hables, no hables de nada. No pienses, volvé, no digas nada más.

VI

En la noche siguiente Vittorio apareció. Había muchísimos clientes. Se había gastado todos sus ahorros, explicó, pero no estaba arrepentido, era el mejor uso que les podría haber dado; ahora con estos cuatro pesos quedaba sin dinero hasta el miércoles siguiente, cuando cobraba. El miércoles retornaría. Dina insistió todo lo que pudo en prestarle plata pero no lo consiguió. Vittorio era muy orgulloso.

—Vos decís mujer y hombre iguales, pero vos no hacés. Vos no querés dinero de mujer.

Él se encogió de hombros. Dina se quedó triste: tal vez sí aceptara dinero de una mujer, pero no ganado del modo en que lo ganaba ella.

Se puso a esperar con ansiedad, con angustia. El miércoles estaba demasiado lejos, a lo mejor no llegara nunca. Haber admitido sus sentimientos había empeorado todo. Su amor la torturaba. Atender a los clientes era intolerable, ya no importaba quién fuera. Fingía sin la convicción de antes y los hombres lo notaban. Los desconocidos no se fueron conformes, no iban a volver. Los estables tendieron a disculparla, a darle una chance. El lunes por suerte llegó el Loco y leyeron los treinta minutos, un regalo del cielo. A todo esto ya había llegado el martes y encima podía ponerse contenta por sus avances con el castellano. Cada encuentro con el Loco la dejaba eufórica por seguir mejorándolo.

Esa mañana de martes trató de leer un artículo del ejemplar de *Crítica* que le había dejado Vittorio la última vez que lo había visto. Era de cine, ella quería saber bien qué era el cine. No entendió absolutamente nada. Por suerte, volvió el Loco. Nunca la visitaba dos días seguidos, qué raro. Se puso contenta, la iba a ayudar a leer. Pero no fue así. Al contrario. Lo que pasó la dejó muy mal. Eran todos iguales los hombres, tuvieran la máscara que tuvieran. Todos... ¿menos Vittorio? Moría por volver a verlo. Faltaba solamente un día.

En la mañana del miércoles se despertó ansiosa, se bañó cantando.

—Estás contenta hoy, *féiguele* —le dijo Brania.

—¡Es primavera! ¡Hay que estar contenta en primavera!

VII

Pero esa tarde de miércoles de primavera, una de las tantas veces en que Dina se asomó a la sala para hacer pasar al que seguía y buscó a ver si había llegado Vittorio, cerró la puerta de golpe, se apoyó contra ella y se acordó del chal de gasa. Pero no quería hacer eso. Entonces pensó en abrir el candado, saltar a la calle, correr.

En la sala de espera estaba el Ángel del Mal: alto y elegante como siempre aunque con ropas distintas y desconocidas, con botas altas y sombrero de ala ancha. La esperaba. Y la había visto abrir la puerta y cerrarla así, de pronto.

No saltó a la calle. No sólo porque no hubiera tenido tiempo de hacer todas las maniobras en los segundos en que tardaron Brania y el juez en golpearle la puerta, ni porque no hubiera tenido adónde ir, ni porque detrás de Hersch Grosfeld se erguía poderosa la misteriosa Mutual, y detrás de ella —si Hersch Grosfeld decía la verdad— la policía, los políticos... *los jueces*, qué duda cabía. No sólo por todo eso. También porque esa habitación era su mundo y —salvo Kazrilev, que era peor— no concebía ningún otro. La idea absurda de escapar desapareció apenas pensada. No se podía elegir. Corrió a abrir en cuanto golpearon la puerta.

—Señor juez, adelante —dijo en castellano con la mejor voz que encontró.

—*Féiguele*, compró una hora —le informó Brania en ídish, muy nerviosa—. No es política de la casa pero él insistió y no puedo negárselo. Ya avisé que no vas a estar disponible por un rato largo. Pensá en lo que vas a ganar y sentite orgullosa: acaba de volver de su campo y ya está acá, viene solamente por vos.

Cuando Brania salió del cuarto él todavía no había dicho una palabra. Tomó a Dina por los hombros y los apretó, la tuvo así de frente, mirándola fijo. No era enojo ni rabia lo que había en sus ojos. Dina se estremeció. El juez la tomó de las sienes y le tiró el pelo hacia atrás, despejándole la cara. Sonrió apenas, como reconociéndola.

—¿Qué hablaste con esa judía en tu asqueroso idioma? —murmuró. Pero el tono era suave, como si dijera otra cosa muy distinta.

—Ella avisa... que usted va estar una hora.

El juez frunció el ceño pero asintió.

—¿Y estás contenta?

No le soltaba el pelo. No se movía.

—Sí...

Un chispazo de ira brilló en los ojos del juez.

—Cómo mentís, judía astuta. Cómo te gusta mentir. Ustedes saben mentir.

201

Le tiró más del pelo, demasiado, ella gimió. Empezó a desabrocharle la bata, igual que había empezado siempre. Ya sabía Dina lo que seguía. ¿Otra vez? Otra vez, no. Después de Vittorio no iba a poder soportarlo. Perdió la cabeza, se le nubló la vista. Se alejó de un salto. Que pasara cualquier cosa.

—¡No!

Buscó algo para defenderse. El frasco de permanganato era pesado, de vidrio grueso, duro. Lo levantó para tirárselo, apuntó a la frente. Tenía buena puntería, siempre la había tenido. Pero él la congeló en el aire con sus ojos grises y se quedó quieta, la mano levantada amenazante, una estatua de miedo.

—¿Qué te pasa a vos? —dijo el juez avanzando.

La voz era furiosa pero ronca, medida.

—¿No me ves unos meses y tengo que domarte como a una yegua? No hay problema, che, traje el rebenque. Mirá.

Todavía con el brazo en alto Dina bajó los ojos con obediencia y aprendió la nueva palabra. Rebenque. Le colgaba del cinturón; una lonja de cuero gris con mango de plata brillante, torneado.

El juez le sacó suavemente el frasco de la mano, le bajó el brazo y se lo retorció hasta hacerla gritar, la tiró al piso de una bofetada.

—Silencio, conventillera. ¿Dónde está la mordaza? Quiero la mordaza y las sogas.

Ella no sabía dónde las había guardado. Hacía una eternidad que no las veía. Y si las hubiera encontrado entre sus cosas, las hubiera tirado.

El juez miró el reloj.

—Buscalas ya. Por cada minuto que tardes en encontrarlas son cinco rebencazos más que voy a darte.

Menos mal que no las había tirado. Tardó nada más que tres minutos, así que cuando el juez la tuvo atada y amordazada, de espaldas, le dijo que iba a darle cuarenta y cinco rebencazos.

—Treinta por retobarte y quince por la tardanza. No te va a quedar piel en la espalda.

Pegaba con fuerza pero se tomaba su tiempo. Cada tanto paraba, se acercaba a ella, le sacaba la mordaza y le ponía el pene en la boca. Apenas unos segundos, era un hombre de placeres refinados. Después, sistemático y concentrado, volvía a ajustar la mordaza para seguir pegando.

202

—Antes lo hacías mucho mejor —rezongó en uno de los intervalos—. ¿Qué pasó? Diez más, te merecés diez más.

Dina se desmayó. Sintió que le sacudían la cabeza y le ponían agua fresca en la nuca.

—No te duermas, puta judía, que no terminé.

Hasta que sí terminó. Los cincuenta latigazos, el ano sangrante, herido por el mango del rebenque, y sobre eso la otra violación, a esta altura la más benigna, sobre todo porque anunciaba el final.

—¿Ahora aprendiste? —preguntó el juez mientras se acomodaba la bombacha y colgaba el rebenque del cinto— La próxima vez vamos a ver cuánto aprendiste. Dale, llamá a la otra para que te desinfecte la espalda. La tenés en carne viva. Decile que use agua oxigenada, que arde menos.

Brania ahogó una exclamación de espanto cuando entró a la pieza. Mientras desataba a Dina, le limpiaba la sangre y la desinfectaba, dijo que ya entendía por qué el juez Tolosa le había advertido que no estaría en condiciones de atender esa tarde. Estaba muy enojada.

—¿Qué hiciste? ¿Qué hiciste para ponerlo así?

—...

—Primero marchaste derechita y trabajaste bien, pero ahora realmente no sé qué te pasa. Te tuve que golpear la puerta varias veces, tuviste lío con un cliente. Estás yendo por mal camino, yo te quiero como a una hija y te lo advierto. Tolosa será una bestia y ojalá crezca como una cebolla tierra adentro, pero vos... Vos esta vez te la buscaste, estoy segura. Eso dice él y se ve que no miente. Tiene sus costumbres pero nunca te dejó así. Por algo habrá sido. ¿Qué hiciste? ¿Vas a hablar de una vez?

Brania le echó alcohol sin piedad sobre la espalda. Dina bramó.

—Callate, a ver si me espantás a los clientes en la sala. ¿O tengo que ponerte la mordaza yo también? Dina, esto no me gusta nada. Vos sabrás qué hacés de tu vida. Hoy vas a descansar lo que queda de la jornada sin pagar multa gracias al juez. Pero no sueñes con descansar en tu cama, vas a la pieza del patio, la de castigo, y no cenás. El doctor Tolosa exigió un castigo para tu inconducta y lo vas a tener. No, si yo digo, el tipo será lo que quieras pero tiene ubicación. Y para vos no hay plata hoy. De esta hora hasta mañana, ni una lata. Ofreció él solo hacerse cargo de tu jornada perdida, pero solamente de *nuestro* perjuicio. No quiso pagar tu parte, dice que no te la ganaste... ¿Qué hiciste? ¿Me vas a hablar, vos? Si hablás no te encierro en la piecita... *Féiguele*, contame, muñequita, es mejor hablar...

—...

—Bueno, vos elegiste. En cuanto se haya ido el último cliente te vengo a buscar y te llevo.

Por fin Brania se fue. El castigo que acababa de anunciar no la asustaba. En cierto modo era mejor pasar la noche encerrada en la oscuridad sobre el piso frío de la pieza del patio que aguantar la insistencia de la regenta, la mirada de piedad de Rosa y tal vez los insultos de Hersch Grosfeld, si venía. Pero cuando un largo rato después Brania la dejó en la piecita, dijo algo que logró verdaderamente volver el castigo un suplicio intolerable.

—Espero que para mañana te cicatrice la espalda, querida, porque igual vas a trabajar. Te están reclamando allá afuera... Ni preguntás quién... Ni que el doctor Tolosa además te hubiera cortado la lengua. Ya vinieron tres de los que te visitan siempre y se tuvieron que ir, no quisieron a Rosa. No, si vos tenés tu talento, estás arruinando solita una carrera, querida. Te dejo acá para que reflexiones. Y ese chifladito que está viniendo todos los días, el burrero italiano... va a tener que aprender modales si quiere volver a verte. Hoy dijo que *exigía* que yo te avisara que estaba. ¡Exigía él! ¿Te das cuenta el pobre diablo? Me reí en su cara. Le dije "Dina hoy va a atender toda la tarde a su mejor cliente, ni sueñe que va a despreciar a semejante caballero para ver a uno como usted". Se fue furioso. Con suerte no vuelve más. Esos chiflados siempre terminan trayendo problemas.

VIII

Rabia, desconcierto y sobre todo dolor, terrible dolor, fue lo que sintió Vittorio cuando esa mujer malvada le dijo la hiriente sarta de palabras. Recién al atardecer del día siguiente pudo mirar las cosas de otro modo, después de una noche en vela y una jornada de trabajo espantosa. En todo el día casi no tragó bocado porque sentía el estómago como una pared de hierro. Anduvo pálido y ojeroso, hecho un inútil. Sin Samuel no hubiera podido tolerar la jornada. Samuel demostraba ser un gran amigo: le rehizo las tres líneas del plomo que él había arruinado (le temblaban las manos, no podía concentrarse), calmó al jefe de redacción cuando apareció como una tromba en el taller blandiendo amenazante la prueba de galera, lo llevó a cenar a una fonda no tan cercana al diario para que pudieran hablar tranquilos y lo escuchó hasta altas horas, aunque al otro día había que levantarse temprano. Pero sobre todo lo ayudó a pensar, a que la rabia se apagara y la inteligencia pudiera abrirse paso. Y cuando se fue para su pensión Vittorio seguía angustiado pero estaba sereno, resuelto a llegar a la verdad de lo que había ocurrido y a actuar en consecuencia. Porque si bien era cierto que Dina había tenido una conducta incomprensible, decía Samuel que no se la podía evaluar como a cualquier otra mujer.

—No es tu novia, Vittorio. No es tu novia. No podés juzgar su conducta como se juzga la de una novia.

Y ahora Vittorio pensaba que si él se había metido en esto y la había metido a ella, si la había obligado a reconocer que lo quería, si no se había enamorado de otra sino de ésa, eso traía... responsabilidades. Samuel creía que él no tenía cómo saber qué había pasado, no tenía por qué creer a la cerda madama que él era un cliente zaparrastroso y no el "caballero" de verdad, favorito de Dina. Samuel fue duro:

—Tu Dina es una esclava de la *Varsovia*. Las llaman así: esclavas.

La palabra golpeó. Vittorio sintió que iba a llorar, pero no de rabia ni de angustia sino por ella. Se levantó y fue al baño para que Samuel no lo viera, pero aunque se encerró en un compartimiento para estar tranquilo no le salió ninguna lágrima, sólo temblor en las manos. Se las mordió, se lavó la cara con agua fría. Cuando volvió a la mesa con Samuel, ya sabía lo que tenía que hacer y se lo dijo: convencerla de que se escapara. Pero no porque de ese modo defendía el amor libre, ni siquiera porque la amaba, aunque eso fuera cierto. Hacerla escapar era la única alternativa, era lo que se precisaba, *quello che ci vuole*. Si hay esclavos, ¿qué duda cabe?, hay que liberarlos.

—¡Eso es acción directa! —dijo Samuel, y le brillaron los ojos.

Hacía tiempo que Vittorio sospechaba que su amigo, además de crítico feroz de lo que llamaba "el reformismo pseudo anarquista" (las alianzas con los bolcheviques, la confianza en la pura acción sindical, la prédica pacifista) y partidario explícito de la acción directa, participaba efectivamente en una célula operativa. El modo en que habló ahora fortaleció su sospecha.

—¡Acción directa contra los burgueses explotadores de la *Varsovia*...! ¿Sabés, Vittorio? Esto me gusta doblemente. Me gusta como anarquista y me gusta como judío. Mientras la tonta de mi hermana pierde el tiempo con su beneficencia burguesa, yo puedo hacer algo más efectivo.

—¿Vos estás diciendo que me podés ayudar a hacer escapar a Dina?

—Digo —dijo Samuel cada vez más excitado—: si el Estado hipócrita íntegro, los Estados, en realidad, Polonia y Argentina, son cómplices, ¿qué duda cabe? Liberar a una esclava es acción directa, no sólo contra los capitalistas de la *Varsovia*, es acción revolucionaria contra el poder. ¡Propaganda directa! Como poner una bomba en un banco, como asesinar a un milico represor, como boicotear las máquinas en la fábrica: liberar prostitutas. Cada compañero tendría que entrar al prostíbulo y convencer a una muchacha de que se vaya con él.

—O sea que me podés ayudar... Que me pueden ayudar. Porque supongo, hace tiempo que supongo que...

—Ya sé lo que suponés. No preguntes.

—No pienso preguntar. ¿Cuento con vos?

—Conmigo y con los muchachos.... Tengo que hablar, pero es tan claro el caso que no le veo inconveniente. Bueno, hay uno posible: ¿ella quiere?

—Va a querer. Cuando me escuche, cuando entienda lo que pasa, va a querer.

El dolor calmaba, ahora estaba excitado. Samuel lo ayudó a organizar el plan. Primer paso: saber lo que había ocurrido el miércoles. Volver y saber.

—Para eso no tenés que hacer más lío en la casa. Si la madama se harta de vos, a la piba no la ves más. Empezá disculpándote con la madama, haceme caso, mentí tranquilo porque es por una buena causa. Y no dejes que se dé cuenta de cuánto te importa que Dina te atienda. Si te dice que no puede, te callás la boca, sonreís y volvés al otro día.

Segundo paso: convencer a Dina, adoctrinar a Dina.

Tercer paso: planificar la huida. Y ahí (su amigo se restregaba las manos), ahí era el turno de Samuel y los muchachos.

IX

Primer paso. Llegó y se disculpó con la cerda. Le dijo que la otra tarde había perdido los estribos por el alcohol. La mujer lo escuchó apretando los labios pintarrajeados con desconfianza, pero se notaba que en el fondo le gustaba. No serían muchos los clientes que le habrían pedido perdón por malos tratos. Después Vittorio pidió dos turnos (era caro para él, ahora no tenía más ahorros, pero la urgencia se lo imponía); la cerda le ofreció a Rosa, Vittorio explicó: la que le gustaba era Dina.

—Si usted la requiere va a trabajar, pero mire que no anda muy bien. Se tropezó ayer en la bañadera. Rebotó contra los grifos y después cayó de cara, tiene toda la espalda lastimada y el labio hinchado. Pobrecita, estoy tratando de dejarla descansar, ¿por qué no la ve a Rosa por hoy?

El miedo le subió desde el estómago. Sintió el sudor frío pero no se atrevió a sacar el pañuelo para que la mujer no viera cómo le temblaban otra vez las manos. Negó con la cabeza. Cruzó los brazos detrás de la espalda, apretando mucho los dedos.

—Gracias —dijo—, pero me hice afecto a Dina. Preferiría verla a ella pese a todo, si no le molesta.

—A mí no, señor, en absoluto. La pupila atiende y, gustosa, se pondrá a sus órdenes, como debe ser.

Quiso abrazarla cuando entró pero ella lo evitó. Se había tirado todo el pelo sobre la boca con la esperanza de taparse. Quiso mirarle la cara pero se fue al otro extremo del cuarto. Y no hablaba, eso era lo peor. Estaba muda y miraba el piso, más lejos que nunca. Como una cortina, los rulos le cubrían todo el rostro.

Vittorio preguntó una y otra vez. Esperó largos minutos aguantando el silencio. Estaba resuelto a no moverse de ahí hasta que la madama no le golpeara la puerta.

—Afuera. No vengas nunca más porque te hago echar —dijo Dina por fin. Y se dio vuelta contra la ventana.

Él avanzó, le tocó el hombro. Ella gimió y se corrió.

—¿Te duele ahí? ¿Qué te hicieron? Dejame ver. Dina, decime qué te hicieron. Voy a quedarme acá hasta que me lo digas: quién te hizo eso, qué te hizo, qué pasó el miércoles. Ya te lo pregunté mil veces y te lo voy a seguir preguntando. No. No me voy.

Se sentó sobre la cama.

—Y si no hablás hoy, vuelvo mañana y me quedo hasta que hables. Y si no, pasado. Y si me gasto todo el sueldo, no me importa. Robo y vengo, ¿me oís? Robo, vengo y me siento acá, hasta que hables.

Entonces Dina se sentó en la cama. No muy cerca, pero en el mismo colchón.

—Contame, por favor... —pidió Vittorio. Y obedeciendo a una intuición, agregó—: Contame todo porque no es tu culpa, estoy seguro de que no es tu culpa.

—Sí fue mi culpa —dijo Dina con rabia. Y contó.

Lo esencial. Fue breve, ya no había mucho tiempo. Vittorio no podía creer lo que escuchaba.

—¿Cómo se llama? Lo voy a matar.

—¡No! ¡Por favor, no eso! ¡No podés matarlo!

—¿Por qué no puedo? ¡Cualquiera puede! ¿O te creés que esa mierda es inmortal?

—Poderoso —dijo Dina después de un rato—. Tiene muy poder. Es juez.

—¿Cómo se llama?

—Yo no te dice. Yo quiere vos vivo.

Vittorio reprimió el impulso de abrazarla. Todo estaba mal y sin embargo él estaba tan feliz. Le tomó las manos, le rozó muy despacio los labios con los suyos.

—Escuchame —dijo—. Escuchame muy bien. Te voy a decir algo terrible pero tenés que entenderlo y tenés que confiar en mí. ¿Confiás en mí?

Dina asintió.

—Entonces escuchá: vos sos una esclava.

Dina se estremeció.

—Azotan con un rebenque —dijo. Y empezó a llorar.

Como no la podía abrazar porque le dolía, le limpió las lágrimas con los dedos.

—Los azotan y los encierran, y trabajan sin límite hasta que se enferman y se mueren. Te tenés que ir de acá.

208

Doce minutos después sonaron los golpes de Brania en la puerta. Doce minutos habían alcanzado para resolverlo: el domingo ella rendía las latas. Iba a tratar de que Brania le cambiara el mayor dinero en efectivo posible. En la madrugada del lunes, exactamente a las cuatro de la mañana, Vittorio iba a estar en la calle detrás de los postigos, esperando que abriera. Ella no tenía reloj pero él iba a pasar un papelito por las persianas de madera para indicar que había llegado. Era mejor que no encendiera las luces, que nadie imaginara que no estaba dormida.

Y si Hersch Grosfeld no estaba solo, Vittorio tampoco; si la *Varsovia* era fuerte, los amigos anarquistas de Vittorio eran inteligentes y audaces; si la Mutual retenía sus documentos legales, él sabía cómo conseguirle unos falsos, y si la mayor parte de su dinero eran latas que la *Varsovia* todavía no le había cambiado, con las joyas y los billetes que poseía iba a alcanzar. Una gargantilla de diamantes con un par de pendientes que hacían juego, doscientos pesos y había que ver cuánto más conseguía.

Educado, obsequioso, Vittorio pidió disculpas a Brania por el atraso antes de irse.

—Está trabajando a media máquina. No rinde mucho, ¿no? —le dijo la regenta comprensiva.

X

Así como había esperado que se abrieran los postigos de Bianca, así esperó a Dina Vittorio: el corazón latiendo desbocado, temeroso de otra decepción. Pero los postigos se abrieron de par en par, como cuando él estuvo por primera vez en esa pieza. Dina tenía el camisón y la bata arriba porque, como le explicó, le habían sacado la ropa con la que había bajado del barco y sólo le daban vestidos de calle cuando la llevaban a las inspecciones médicas. Se había envuelto en un chal tejido, se había recogido el pelo y estaba hermosa como nunca con la cara sin maquillaje, iluminada apenas por los faroles a gas. Hasta su labio todavía un poco hinchado le quedaba bien. Estaba golpeada, se movía con dificultad. Vittorio tuvo que ayudarla a bajar.

Todo estaba listo. Un auto los esperaba. El día anterior él se había mudado de pensión. Su nueva locataria sabía que llevaba a vivir allí a su esposa.

Vittorio viajó en el asiento de adelante, junto al compañero que conducía; ella viajó atrás, pero él tuvo todo el tiempo el brazo extendido, sosteniéndole la mano. Una mano fría, traspirada, nerviosa, que se apretaba con la suya, su mano grande y áspera de linotipista.

CAPÍTULO 9
UNA UNIÓN MUY PELIGROSA

"Creyendo que la autora de los poemas efectivamente existe, Castelnuovo, en su introducción a *Versos de una...*, escribe: 'Clara Beter es la voz angustiosa de los lupanares. (...) Sus escritos traen un elemento nuevo a nuestra literatura: la piedad... Clara Beter... no protesta: protesta el que la mira.' Inventada en realidad por el escritor César Tiempo (Israel Zeitlin), Clara Beter era para Castelnuovo y los hombres escritores de Boedo que festejaron el libro, una mujer ideal: sufrida, humilde. Consideraba que su propia degradación no tenía importancia si se la comparaba con la situación de los pobres. Podía dar origen a una revolución pero nunca participaría activamente en ella. La verdadera misión de las mujeres era dar un ejemplo, no romper las reglas."

Adaptado de Donna J. Guy, *El sexo peligroso*

I

Era lo de siempre: a él nunca le iba a tocar, tarde o temprano se le arruinaban todas las cosas. Eso se dijo Hersch Grosfeld esa mañana de lunes, cuando terminó de gritar el último insulto y empezó a calmarse, se dejó caer exhausto en un sillón de la sala vacía y el llanto ahogado de Brania, hasta ahora música de fondo, pasó a intolerable primer plano. Brania había ido a buscarse alcohol y se apretaba la ceja con un algodón. Tendría que fijarse si la herida era

211

grave. No se la había hecho él, después de todo, sino la punta del espaldar de barrotes de la cama de Dina cuando la tiró de un puñetazo. No estaba oxidado el borde, creía. En cuanto recuperara fuerzas iría a mirar. Ahora lo único que quería era que esa mujer parara de llorar como si fuera la víctima, como si no fuera él un empresario al borde de la quiebra, un esposo abandonado con la más increíble ingratitud, humillado, avergonzado, fracasado. Como si esto no lo afectara mucho más a él que a esta estúpida que encima era la responsable, a él, que no tenía la menor culpa y acababa de perder de golpe la mitad de su capital cuando faltaba apenas algo más de un mes para empezar a pagar el préstamo a la *Varsovia*. Eso le pasaba por tener que trabajar con mujeres, maldito sea, por qué no les tocaría a sus enemigos semejante condena, el verdadero problema de su oficio.

¡Hasta hace horas, nada más, todo marchaba tan bien! El negocio crecía. Claro, crecía demasiado, algo se tenía que arruinar. ¡Él sabía que iba a ser así! No había nacido para triunfar. Rodeado de inútiles, de mujeres, de injusticias, ¿cómo se hace para salir adelante?

Brania gimió más fuerte.

—Callate.

¿Además de aguantar el mundo antisemita, tenía que aguantarla a ella?

—Me entró alcohol en el ojo —dijo Brania apretándose la ceja con una mano; se cubría el ojo con la otra, intentando levantarse al tanteo—. Necesito agua fría. Ya.

Grosfeld la ayudó a moverse entre los muebles, la llevó al baño. Aprovechó para mirarle la herida. Era profunda y sangraba mucho, seguro que había que coser. ¿Iba a quedar una cicatriz para siempre en esa cara tan linda? Se sintió mal.

—Voy a buscar al doctor Raznovich —gruñó—. Vos seguí apretándote con el algodón.

La llevó a su estúpida *suite*, que tanta desgracia había causado; la hizo acostar, le puso un almohadón rosado bajo la cabeza, otro bajo los pies. Era su modo de pedir perdón aunque no lo hacía sentirse mejor. Brania era la responsable de lo que había ocurrido pero él no había querido hacerle tanto daño.

—Hersch... —murmuró ella—, disculpame. Fui muy tonta cuando insistí con que las chicas estuvieran en las habitaciones de adelante. Es que quería... Yo quería mi *suite*. Mía... nuestra... ¿Entendés? Aislada. Lejos de los clientes, de ellas, de... del negocio. Como si... Todo el tiempo, cuando trabajaba tanto, soñaba con ser tu regenta y tener mi *suite*, con ponerme una *suite*... Con ser... Y yo...

Los sollozos no la dejaban hablar.

—Basta, mujer. Ya está, ya no se puede hacer nada. Callate. Lo único que quiero ahora es que te calles. Voy a buscar a Raznovich para que te mire esa herida. Sangra demasiado. Ese cerdo se va a aprovechar y va a cobrar una fortuna.

Salía de la pieza cuando ella lo llamó.

—¡Hersch!

—¿Qué hay?

—Rosa... Rosa tiene que saber algo. Rosa y Dina eran amigas, algo le debe de haber contado. ¿No viste que no salió de su cuarto todavía? Sabe algo. Algo se va a poder hacer, vas a ver. No te des por vencido.

Cuarenta pesos le cobró el maldito Raznovich por desinfectar y coser la herida sin hacer preguntas. Tendría que haber dejado que la herida se infectara, que Brania se pudriera. Pero no podía. Era blando, era imbécil. No sabía ser amo. Por eso había accedido finalmente a que Brania se apropiara de las piezas del fondo en vez de ocupar las de adelante, como hacía en casi todos los burdeles. "Ponemos un candado. Sellamos los postigos. No te preocupes, Hersch." Idiota. Dejar a Dina en condiciones de abrir un candado y escapar a la calle. Y lo había abierto sin romper nada, ¿sabría de cerrajería, la puta, allá en ese pueblo infecto donde vivía? ¿De qué trabajaba su padre? ¿Era cerrajero, y él, como el imbécil que era, le había permitido a Brania poner en la pieza que daba a la calle a la hija de un cerrajero? Cómo se había dejado convencer...

Pagó los cuarenta pesos, acompañó al médico hasta afuera y entró de inmediato a la pieza de Rosa. La puta no había asomado la nariz ni para desayunar esa mañana. Calladita, encerrada en su habitación, haciéndose la mosquita muerta... Y sin duda había escuchado todo: los gritos de Brania cuando abrió con su llave la puerta de la pieza de Dina y la encontró vacía, los gritos de él cuando acudió todavía medio dormido para ver qué pasaba, los insultos, la bofetada que se ligó Brania cuando se atrevió a negar que había sido culpa suya, el puñetazo que la derrumbó, el ruido de la mesa de luz que se cayó al piso, el de las latas que Dina dejó sin cambiar y cayeron del cajón.

Eran las latas de menos de un día de trabajo. Dina era inteligente, él ya lo había notado. Había esperado que llegara el día semanal en que Brania daba a las pupilas su parte, para rajarse. Y se las había arreglado para que la otra estúpida le cambiara casi todas las latas diciendo que el lunes quería hacer un envío grande de dinero a Polonia, que si el juez le iba a seguir dando palizas muy pronto le iba a romper un hueso y ella no podría trabajar más, quería por lo menos que sus padres, su hermanito sobre todo, recibieran su dinero, que su hermanito pudiera estudiar. Le dijo que el juez la iba a matar, que se lo había anunciado, se puso a llorar en brazos de Brania, y la idiota le creyó. Es buena, es blanda, odia a ese juez, ya se lo había dicho a él, no entiende lo que conviene, nada es más fácil que engañarla. ¿Cómo no se dio cuenta él? ¿Cómo le permitió tener decisión propia en asuntos como la cantidad de latas que cambiaba a las pupilas? ¡Y ahora venía a enterarse de que Dina tenía bastante efectivo! Las pupilas no tienen que tener mucho efectivo, no importa si tienen o no dónde gastarlo, es un problema de seguridad: poca plata efectiva, es mejor que la *Varsovia* les adeude, que le agarren el gustito al dinero pero que no lo tengan todo. Ganan demasiado las *kurves* de mierda, es algo que tiene que plantear en la *Varsovia*: ¿por qué el cincuenta por ciento, eh? ¿Para que pasen cosas como ésta?

Astuta, Dina tampoco cambió todo. Dejó veinte pesos en latas, no daba ni para pagarle al médico.

Era una muerta de hambre, ya era puta en su pueblo. Él se había casado con ella y les había cerrado la boca a todos; él le había enseñado que existían la carne argentina, el agua y el jabón, ¿y ella pagaba así? ¿Y cómo le pagaba él ahora a la *Varsovia*? ¿Cómo seguía adelante con este golpe tremendo?

Entró a la pieza de Rosa. La gorda lo miraba con terror. Grosfeld leyó la verdad: sabía algo.

—Te escucho —dijo, y se sentó a esperar.

Ella lo tomó por idiota.

—No sé nada, le juro.

—Te escucho —repitió Grosfeld, con toda la serenidad del mundo.

Y ahí ella otra vez: que hacía mucho que Dina no se confiaba, que la veía rara pero no sabía por qué, que no podía agregar nada.

—Por última vez: te escucho. No te olvides de que no estoy solo, yo soy la *Varsovia*, me ocultás información a mí, se la ocultás a la Mutual. Si queremos, te traemos acá a la policía para que te haga hablar. A mí no me gusta la violencia, Rosa, lo sabés. Así que va la advertencia, primera y única: si no querés mañana estar atendiendo clientes llena de moretones, hablá rápido. No te pases el franco reponiéndote de los golpes que te voy a dar.

Rosa empezó a llorar.

—¡Es que no sé! ¡En serio no sé! ¡No puedo decirle nada! ¡Ella estaba rara, no hablaba más conmigo!

Grosfeld se sacó el cinturón. Sería buena amiga de la otra puta, pero al segundo golpe aflojó. Éstas traicionan en seguida. Había un tipo, confirmó Rosa. Algo así se había imaginado él. Lo único que pudo contar —y eso que le dio más lonjazos— fue que Dina se había enamorado de un tipo. ¿Y quién era el tipo? ¿Otro del oficio? Rosa dijo que no, creía que no, pero no sabía, Dina no le contaba para protegerla.

—Me habló solamente la primera vez, y no quiso decirme el nombre. Dijo que era peligroso para mí. ¡De verdad!

¿Cuándo había visto al tipo por primera vez? Rosa trató de reconstruirlo pero no podía. Eso Grosfeld se lo creyó: ya se había dado cuenta de que no era fácil para las pupilas mantener alguna noción de fechas. Igual le pegó un poco, para estar más seguro. Y ahí ella contó que el tipo le había enseñado a Dina a abrir el candado con dos horquillas para el pelo.

Grosfeld le empezó a dar rebencazos con todas sus fuerzas.

—¿Vos supiste eso y no nos dijiste nada? ¿Estás loca, vos?

Se imponía seguir, dar una gran paliza; pero no tenía ganas. Con la ceja de Brania era suficiente. ¿El tipo sería el cerrajero? ¿O sería ladrón? Era ladrón, puesto que se la había robado. Había que matar a ese tipo, él se iba a encargar de que lo hicieran matar.

—¿Qué más, Rosa?

Ella no sabía qué agregar. Repitió que cada vez su amiga hablaba menos. Grosfeld le ordenó que dijera todo, cualquier cosa que hubiera visto, cualquier costumbre nueva de Dina, todo podía servir.

—Antes charlábamos cuando terminábamos de cenar, antes de

dormirnos. Ahora no, ahora ella antes de dormirse leía en castellano, leía la *Crítica*. Quería aprender bien castellano. Me contó que se lo traían algunos clientes.

—¿Quiénes? ¿Qué clientes?

—Yo le pregunté si *ése* le traía el diario, dijo que no y nada más. No quería hablar, yo la dejé en paz.

—¿Y eso para qué me sirve? Todo el mundo lee la *Crítica* —rezongó Hersch Grosfeld.

¿Y ahora qué hacía él? Clientes frecuentes de Dina, había más de veinte. ¿Éste en cuestión era joven? Rosa decía que no era viejo pero tampoco sabía qué edad tenía. Ni siquiera él podía estar seguro de que realmente Dina se hubiera escapado con alguien. Era muy probable, ¿pero seguro? Rosa dijo que en los últimos días casi había dejado de hablar con ella, más bien la evitaba.

—Antes ustedes eran amigas. ¿Cuándo empezó a evitarte?

—Seguimos siendo amigas, pero ella dejó de contarme cosas. Fue de a poco, desde que apareció ese juez... Tolosa, al principio. Y después... después de la paliza que le dio Tolosa, ahí ni quiso que me acercara. Le daba vergüenza.

¿La puta se habría enamorado de Tolosa? ¿Se habría ido con él? ¿Por qué no? A las putas les gusta que les peguen. Acababan de darle los puntos en la ceja y ya Brania estaba más cariñosa que nunca. Si se había ido con Tolosa, él estaba frito. ¿Cómo le reclamaba a un juez? Sin embargo... ¿se había vuelto todavía más imbécil Hersch Grosfeld? ¿Se le había escapado el cerebro, junto con la puta? ¡Para qué iba a hacerla fugar el juez Tolosa, por favor! ¡Si podía arreglar con la organización para comprarla! ¿Un juez que seguro pagaba fortunas por vacas y caballos para su campo iba a amarretear por una asquerosa mujer? ¿Iba a robarle una mujer precisamente a la *Varsovia*, con todo lo que la *Varsovia* le daba? Era un disparate.

Grosfeld se cansó de pensar. Era imposible organizar algo con los datos que poseía. Debería ir a hablar con la Mutual, denunciarlo. Pero ahora... ahora no tenía fuerzas, no tenía ganas. No quería ver la mirada irónica de Felipe Schon ante su desgracia. Y suponiendo que no lo mirara con ironía, iba a mirarlo con lástima. Eso tampoco lo soportaba. No. No había nada que hacer, que se fuera la *kurve*, que se pudriera todo, que se hundiera el mundo con él en el centro.

La ciudad de Buenos Aires era demasiado grande y los hombres que visitaban su prostíbulo, muchos. ¿Qué iba a estar investigando? La Mutual lo ayudaría a pagar, ya iría, ya hablaría, pero no ese día. Una vez más, había tratado de levantar cabeza y todo se había hundido. Sabía que no podía confiar en nadie y había confiado en Brania, la había dejado hacer su capricho. "Mi *suite*", decía ella, y mostraba ese engendro de volados espantosos, veleidades de diva de Hollywood. Una judía de mierda alimentándose mentiras, la cabecita de alfiler infectada de sueños del sistema. Todo por su culpa. Tuvo ganas de ir a verla y darle otra paliza pero pensó en los puntos que tenía en la ceja.

"Soy flojo. Me lo tengo merecido por flojo." Mientras tanto, ahora le tocaba a Rosa molestar con la cantinela del llanto. Lo único que faltaba, por cuatro rebencazos que le había dado, y salvo al final, ni siquiera tan fuertes. Se levantó para salir; cuando estaba cerrando la puerta, la puta musitó:

—Señor Grosfeld, ¿puedo ir a almorzar?

—Por supuesto que no.

¿Cómo no iba a castigarla? ¡Dina abría el balcón a la calle y ella no había dicho nada!

Salió y echó llave a la puerta.

Pero la buscó a Brania en la cocina, le dijo:

—Llevale la comida al cuarto, pero no sale de ahí en todo el día. Mañana empieza a trabajar duro, a ver si compensa un poco la ausencia de la otra.

En realidad, el castigo físico era contraproducente; la *Varsovia* sabía qué hacer en casos como éste, era más fácil.

—Sentate, Hersch, por favor, preparé para vos mamón con *farfelej*, tu plato favorito.

Cariñosa y culpable como nunca, sonriendo con cuidado para no arrugar la ceja vendada, Brania no sabía qué hacer para agradarlo. Pero Grosfeld no iba a comer ni un bocado de su asquerosa comida.

—Me voy.

Antes le contó lo del candado y las horquillas.

—Traidora de mierda, que crezca como una cebolla, para adentro de la tierra —murmuró Brania.

Como si no la hubiera escuchado, Hersch le dio instrucciones firmes: ningún cliente tenía ni siquiera que imaginar que había existido una fuga, eso perjudicaba gravísimamente su imagen y la imagen de la organización. Que le dijera a Rosa que le iban a cortar la lengua si llegaba a hablar. Y además a esa puta había que castigarla de verdad: un mes de multas, a ochenta pesos por semana. Brania se asustó pero calló.

Era una multa alta, Grosfeld pagaba con ella una cuota del préstamo; además de aplicarla, vería cómo hablaba con la Mutual para que lo ayudaran a recuperar capital. ¿No estaban para ayudarse?

—Y vos andá juntando, porque te voy a descontar un mes entero de ganancia. Ah, y desde mañana se trabaja una hora y media más, empiezan una hora más temprano y cierran media hora más tarde. Prepará un cartel y ponelo en la sala.

—Como digas, Hersch... Sacame lo que quieras pero... no te enojes... Por mí todo está bien, pero la chica... La chica termina muy agotada y se nos va a enfermar. Y si se nos enferma ella, nos quedamos sin...

—¿Te pedí opinión yo? ¿Te pedí opinión?

Grosfeld estaba gritando. La había agarrado del brazo; la estaba sacudiendo. ¿Otra vez? La soltó con un insulto. Mejor se iba ya mismo. Por nada del mundo quería volver a lastimar a esa mujer. Esa inútil. El único ser humano que lo quería en esta tierra.

II

Llegaron a la nueva pensión que Vittorio había conseguido en la Boca. Era bastante más fea que la anterior, pero las pensiones que se daban aires "respetables" se ponían pesadas con la libreta de casamiento. Durmieron abrazados, extenuados, sin dejar nunca de tocarse, con miedo de perderse ya en esas pocas horas que tenía Vittorio antes de entrar al trabajo. Los despertó el sol de la ventana abierta y primero no entendieron dónde estaban, después se miraron sin poder creer lo que habían hecho.

Debían poner manos a la obra: era imprescindible salir a comprar ropa para Dina (sencilla, "de piba del barrio", nada que llamara la atención). También sería bueno que se cambiara el aspecto, por ejemplo cortándose el cabello. El dinero se iba a ir rápido, además había que vender las joyas de Dina para estar en condiciones de afrontar cualquier urgencia. El amigo de Vittorio había quedado en averiguar con un joyero también judío, un simpatizante del movimiento al que irónicamente llamaba el Burgués Anarquista, que un par de veces había aportado fondos para la causa. Tenía su local en la calle Libertad y Samuel iba a usar su hora de almuerzo para visitarlo. También se iba a reunir con su hermana y averiguar más sobre la Mutual *Varsovia*, sin contarle lo que estaba ocurriendo. Tal vez su experiencia permitiera prever la reacción ante la fuga. Vittorio tenía la esperanza de que se resignaran y dejaran a Dina en paz, pupilas no les faltaban. Samuel no era tan optimista, Dina tampoco.

Pero Samuel no fue a trabajar esa mañana; Vittorio se puso muy nervioso. Tuvo una sensación de inminente catástrofe y le costó encontrar energías para usar el mediodía en hacer compras para su Dina y comer algo a las apuradas. Sin embargo, mientras entraba en el negocio lo ganó la alegría de estar eligiendo la ropa que a Dina no le permitían usar: su flamante mujer iba a librarse de las batas transparentes. Asesorado por una vendedora delgada y no muy alta, como ella, eligió un tapado oscuro de paño, dos vestidos de percal, uno de color rosa viejo, otro estampado en celeste que haría juego con sus ojos. Tenían cuellos con puntilla y un faralá que, Vittorio imaginaba, se movería con gracia alrededor de las hermosas piernas de Dina cuando ella caminara tomada de su brazo. Nunca habían caminado juntos por la calle. Compró después un par de zapatos con pulsera y tacón ancho, una cartera y un sombrero discreto, pequeño. Era linda ropa dominguera, de la que usaban las muchachas jóvenes, alegre y sobria al mismo tiempo. Se sentía feliz, Dina iba a estar más hermosa que nunca, pero también estaba preocupado porque había gastado una fortuna, nunca en su vida había comprado tantas cosas juntas. Ojalá Samuel apareciera, necesitaban hacer dinero con esos diamantes.

Para la huida, Samuel había ganado la voluntad entusiasta de dos compañeros de su célula de acción directa. Pedro, un catalán que trabajaba en la construcción, era el que había manejado el auto la noche anterior. Tenía contactos con células anarquistas de varios lugares del país y había prometido conseguir el documento falso para Dina.

—Tratá de que sean de una mujer judía —pidió Vittorio—. Mirá que no habla bien y tiene mucho acento, eso la vende.

—Se hará lo que se pueda, tú sabes cómo es esto. Si tienes tiempo para esperar, todo será posible. Si no, se consigue lo que se consigue, vamos...

—Tenemos tiempo. Dina tiene ahorros importantes y va a estar escondida lo más que pueda en la pensión, hasta que sepamos que la situación es segura. Después veremos si encuentra trabajo y retoma sus estudios. No pudo terminar de estudiar en su pueblo, tiene muchas ganas...

III

El mundo no dejaba de torturar a Hersch Grosfeld. La fuga lo había hundido en la tristeza. Había pasado el resto del día en que descubrió el desastre tirado en la habitación de su lujosa casa (una casa cuyo alquiler quién sabe si podría seguir pagando), tomando whisky de la botella. Si hubiera sido por él, al día siguiente no hubiera pisado el prostíbulo; ni al día siguiente ni ningún otro: la tentación de mandar todo al diablo y dejar que reventara, con Brania incluida, era muy grande. Pero no se animaba, o en el fondo no quería: después de todo, el lugar rendía, Rosa era la pupila más exitosa, la que juntaba más clientes de las dos, y si trabajaba más, mientras él veía cómo reparaba la falta de la otra... no todo estaba necesariamente perdido. ¿Pero por qué era siempre tan difícil? Todavía no había informado a la Mutual lo ocurrido. Quería estar seguro de que el nuevo ritmo de trabajo funcionara, aparecer con algo concreto, algo más que lamentos y pedidos, quería ir como un empresario que afronta dificultades y ofrece soluciones, no humillarse ante Schon como un mendigo.

En la tarde del martes Hersch se levantó de la cama con náuseas, vomitó el whisky de la mañana, se tomó unos mates que vomitó también, se enjuagó la boca lo mejor que pudo, se miró en el espejo y, como nadie lo escuchaba ni lo veía, se agarró las manos y dijo ay, ay, ay, *a jarpe un a bushe*, qué vergüenza, qué hice yo para que todo me salga siempre así en este mundo de mierda. Después partió para la calle Loria a controlar que el nuevo horario se cumpliera, porque Brania estaba demasiado indulgente. Llegó justo para ver a un hombre salir casi corriendo, y por la actitud de otro que caminaba apresurado por la vereda dedujo que venía del mismo lugar y no se retiraba con la tranquilidad del que ya se alivió. Escuchó los gritos en la puerta cancel y entendió la huida de los clientes; cuando entró ya sabía lo que estaba ocurriendo.

¿No era completamente previsible, después de todo? Grosfeld hubiera debido tener un plan para manejar la situación, pero no lo tenía.

Rugiente, desatado, el juez Tolosa bramaba sobre Brania, todo su cuerpo inclinado como un oso a punto de dar el abrazo mortal. Había perdido su proverbial compostura: Grosfeld le vio los ojos desencajados, la cara roja, y pensó por un instante, con placer, que, a diferencia suya, Tolosa no tenía poder para golpear a Brania. ¿Estaba en lo cierto?, se preguntó inquieto un segundo después. Brania lo miraba completamente aterrada; ella por lo menos sí parecía creer que estaba por recibir otra paliza. La ceja vendada trajo a Hersch recuerdos dolorosos. De pronto su regenta le dio pena. Podría haberse ido como llegó: ¿qué podía decirle a ese hombre que no fuera vergonzoso? Pero la imbécil había sido leal con él muchos años y ahora estaba enmudecida por el miedo, mientras Tolosa alternaba insultos con preguntas. ¿Qué hacía él, ahí, mirando? ¿Intercedía, desviaba la atención de la bestia, o se rajaba? No quedaba un solo cliente en la sala. ¡Ese hombre iba a terminar de arruinarle el negocio! Sería el distinguido juez Tolosa, pero Hersch Grosfeld también tenía que vivir.

—Doctor Tolosa, disculpe —dijo de pronto, adelantándose.

Le salió una voz melosa, abyecta. "La necesaria", pensó. No era hora de tener orgullo.

El juez se dio vuelta bruscamente.

—¿Dónde está Dina?

A Grosfeld le impresionó la mueca desesperada en que se le había transformado la cara.

—Buenas tardes, doctor —dijo con aplomo—. Como propietario y responsable de esta casa de servicios, voy a tener mucho gusto en atenderlo y darle todas las explicaciones. Pase, por favor.

Lo hizo pasar a la *suite* rosada mientras pensaba qué iba a decirle. ¡Encima en ese lugar! Un empresario como él debería atender en el edificio de la Mutual. Igual Tolosa estaba fuera de sí, incapaz de fijarse si se sentaba en una horrible silla rococó o en un inodoro. A Grosfeld lo asombraba. ¿Qué tenía con la puta? ¿Qué le hacía perder así de pronto su distinción y su estilo? Una decepción, esto de que los hombres del poder tuvieran tan poco control de sí mismos. Modestamente, él podría dar al juez algunas lecciones de conducta. Lo vio sacar un pañuelo de seda, limpiarse la frente traspirada y de pronto recuperarse, enfrentarlo inesperadamente, atravesarlo con mirada de acero.

—Lo escucho —dijo Tolosa, y se quedó mirándolo.

Grosfeld se sintió congelado en el hielo de sus ojos grises; así se habrían sentido tantas mujeres, llegó a pensar, por ejemplo Rosa el día anterior, cuando el que la miraba era él, sentado enfrente, diciendo las mismas palabras. A muchas había observado así, esperando que obedecieran, con los serenos ojos del amo. Esto era demasiada humillación.

No obstante respondió de inmediato, hablando muy rápido y con los ojos bajos.

—Dina se escapó. Ésa es la verdad, doctor. Podría mentirle, inventarle algo, no tiene sentido. Abrió el candado que cerraba su ventana y se escapó. No sabemos dónde está. No sabemos si tiene un cómplice, no pudimos averiguarlo.

Tolosa sacó un puro y lo encendió, sin convidarle.

—Inadmisible —dijo—. ¿Qué averiguaciones hizo hasta ahora? Hay que avisar de inmediato a la policía. ¿Por qué la *Varsovia* no me comunicó semejante noticia? Es lamentable, es indignante.

—Eh... doctor, yo pensaba avisar hoy mismo a la *Varsovia*.

El juez se levantó y se acercó al silloncito de Grosfeld, inclinándose otra vez como un oso amenazante.

—¿Usted me está diciendo a mí que la *Varsovia* todavía no sabe que se le fugó una pupila?

Más que un grito era un rugido. Hersch se quedó callado, pensando esperanzado que el sillón asquerosamente mullido de Brania tal vez tenía un agujero y lo iba a tragar para siempre.

—Usted es un imbécil, Grosfeld. Y esa judía que trabaja acá para usted, la portera, es otra imbécil. Venga conmigo. Ya.

Siguiendo al juez, el *caften* se levantó como un resorte. Menos mal que Brania no estaba en la pieza y no había visto la escena.

222

No la había visto, pero la había escuchado y con eso bastaba. Cuando Hersch salió de la *suite* casi corriendo detrás de Tolosa, encasquetándose el sombrero, la encontró en el patio. La mirada de piedad que soportó le permitió saber que ya no podía pasarle nada peor en ese día. En cierto sentido, era un consuelo.

—A vos, vuelvo y te doy otra paliza —le soltó por lo bajo.

—Vamos a la avenida Córdoba al 3200 —ordenó el doctor a su chofer—. Vea, Grosfeld, usted es un rufián de cuarta categoría y bien lo puede dejar una puta, pero yo soy juez de la Nación, y a mí una puta no me va a joder. La *Varsovia* se va a ocupar, para eso le hago más de un favor y me olvido de la lacra social que constituye. Y también se va a ocupar el Estado. El Estado está a disposición del Juez y el Juez lo va a usar. No le quepa la menor duda.

Con un suspiro, Hersch se reclinó en el asiento. Estaba casi aliviado: ese hombre era de la clase social que nunca perdía las batallas. Por ahí hasta recuperaba su capital.

IV

Por suerte Samuel llegó finalmente al taller el lunes, sólo que por la tarde. Dijo al jefe que había estado descompuesto toda la mañana pero le guiñó un ojo a Vittorio cuando el jefe se dio vuelta y le dijo por lo bajo que tomaran un café cuando terminara el turno.

No había podido hablar con su hermana todavía, pero había pasado la mañana con su amigo el Burgués Anarquista, joyero de la calle Libertad.

—Todo está muy bien, no te preocupes, mi amigo es un fenómeno. Se le ocurrió algo genial; porque ahora te voy a explicar: esas joyas que ella compró son un arma de doble filo. "Inventemos un robo", me dijo. Le gustan las expropiaciones revolucionarias. Estaba de lo más divertido porque nunca participó de verdad en una y ahora tampoco, en realidad, pero bueno, le gusta... Va a desarmar la gargantilla y los aros, así no se pueden rastrear las joyas. La *Varsovia* sabe que tu... novia, bueno, ya es tu mujer, tu mujer, sabe que ella las tiene, porque controlan hasta la última compra que hacen las pupilas...

—Claro, por eso les pagan con latas, no les dan efectivo.

—Sí, y las obligan a comprar donde ellos quieren. Vieja táctica de los explotadores. Precisamente el joyero que trabaja para ellos es uno solo, todos nuestros joyeros judíos digamos "decentes" ("joyero decente", ¿te das cuenta de lo que estoy diciendo, hermano?) lo desprecian. Pero además, mi amigo el Burgués Anarquista pasó el dato... eh... le pasó el dato a un grupo de acción directa... hace un mes y medio... eh... y... se decidió una expropiación al joyero de la *Varsovia*.

—Lo asaltaron. ¡Qué bueno!

—Tomalo como un modesto aporte libertario contra los explotadores de tu mujer. No me mires así que yo no tuve nada que ver —mintió mal Samuel—. El caso es que al tipo le vaciaron la joyería, y los otros de la calle Libertad valoraron tanto la selectividad de la expropiación revolucionaria que cambiaron de idea sobre la permanencia de su colega. Antes le habían dado un ultimátum: "Nosotros somos comerciantes honrados y buenos judíos, no queremos basura al lado, así que andá pensando en alquilar un local en otra parte". Pero cuando vieron que si él estaba, los anarquistas le robaban a él y no a ellos, ya no insistieron con la mudanza. Me lo contó el Burgués Anarquista, hubo una reunión y todo. Mi amigo no hablaba, guardaba todo para contarnos a nosotros. Nos morimos de risa. ¡Joyeros decentes...! En fin...

—Pero tu amigo es joyero...

—Sí, claro, che. Trabaja como joyero y gana plata, mucha, pero no te puedo contar lo que hace con buena parte de esa plata... Es decente de verdad, te lo aseguro, expropia a los burgueses que compran joyas y entrega el dinero a la causa. Y judío ateo, por supuesto, o sea mal judío, como corresponde. Es decente en serio, no de la cintura para abajo, como estos hipócritas. Volviendo a las joyas de tu Dina: así como están son imposibles de reducir salvo casi regalándolas, y además dejan rastro seguro. Él las va a desarmar, va a tasar las piedras y va a vender los diamantes sueltos, como si fueran diamantes robados que compró.

—Espero que Dina quiera.

—Vittorio, Dina no tiene opción. Si no, va a venderlas a un diez por ciento de lo que valen, y encima se va a poner en peligro. Mi amigo cree que puede sacar un sesenta por ciento, y nos da todo, por supuesto.

—¿Un sesenta por ciento? ¿Cómo va a hacer?

—Va a tasar los diamantes, va a decir que los compró al treinta por ciento de lo que valen, y va a pedir eso, y un treinta más.

—De modo que los joyeros decentes compran mercadería robada... Eso no se hace con la cintura para abajo, cierto.

—Veo que estás entendiendo el concepto de la decencia comercial.

Estaban contentos. Vittorio llevó a Samuel a la pensión. Le había hablado mucho a Dina de él y a ella le encantó que no se avergonzara de presentarle a un amigo. Estaba radiante: la hija de la dueña de la pensión le había cortado el pelo y lucía una melenita enrulada que Vittorio festejó mucho.

"Se sonríen entre ellos como en las comedias estúpidas de Hollywood", pensó Samuel más enternecido que fastidiado. Aguantó que Vittorio mostrara a su mujer los vestidos, los zapatos y el sombrero que le había comprado, la vio aplaudir como una niña, correr detrás de un biombo y salir con uno puesto. Le quedaba casi perfecto. Con sus nuevos zapatos y su nueva ropa de mujer "normal" ofreció un té al invitado, fue a buscar una silla a la sala y dispuso tres asientos alrededor de la pequeña mesa que hacía de escritorio. Se sentía una dueña de casa, una señora.

—Dina, tenemos que hablar de las joyas —dijo Vittorio—. Por eso lo traje a Samuel.

Dina se puso seria. Escuchó todo en silencio. Él preguntó qué pensaba y ella dijo que no había entendido. Samuel le repitió la explicación en ídish pero siguió sin decir nada, quieta, inexpresiva.

—Samuel necesita las joyas para que su amigo te las venda mañana —repitió Vittorio—. Los dos son camaradas, son de confianza. No se van a quedar con un centavo, no es una operación de lucro burgués, es una acción de adhesión política.

—¿Adhesión?

—Que comulgan, comparten nuestras ideas.

—¿Nuestras ideas...? ¿Qué tiene que ver yo escapé con ideas?

—¿Cómo qué tiene que ver? —preguntó Samuel escandalizado. Y después agregó solemnemente, en ídish—: ¿Un hombre partidario de la libertad no va a solidarizarse con una esclava que escapa? Solidaridad libertaria activa, señora.

Dina enrojeció vivamente. No respondió. Hubo un silencio incómodo, de pronto se escuchó la voz quebrada de Vittorio.

—No confiás en mí...

—A mí da miedo así, dar así todo...

—No confiás en mí.

El silencio fue elocuente, casi intolerable.

—¿No hay otra forma? —dijo Dina por fin— Es lindo collar, lindos aros... Costan mucho. Es pena romper todo...

Samuel volvió a explicar en ídish los motivos; Dina, a callar. Vittorio nunca había dejado de mirar el piso.

—Hagamos una cosa —dijo Samuel—. Yo me voy, vuelvo en un rato, ustedes conversan, deciden y me dicen.

Salió con tanta prisa que tuvo que entrar otra vez porque se había olvidado la gorra.

Cuando se quedaron solos empezó la pelea. Los dos levantaron la voz. Él dijo que se estaba jugando la vida por ella y así le pagaba: desconfiando. Ella habló del trabajo que había en cada uno de esos diamantes: trabajo suyo, trabajo duro, y él gritó que el trabajo que encerraba cada diamante era mierda que la denigraba. Sin embargo, nadie, le recordó Dina, lo había obligado a aparecer por el burdel y pagar para que ella hiciera con él su mierda denigrante, y mucho menos a volver porque le gustaba, y mucho menos aún a recitarle frases de respeto por el oficio que tenía. Y dijo que como todos los hombres estaba mostrando su verdadera cara. Él calló, hubo largos minutos de silencio, de cuidadoso evitar de las miradas, hasta que Vittorio murmuró que era un machista reaccionario envenenado por los valores de la familia burguesa, no estaba a la altura de una mujer como ella. Y se puso a llorar. Ella se asombró tanto que tardó en reaccionar, después lo abrazó y sintió que su vestido de percal le mojaba el hombro. Había llorado algunas veces en brazos del Loco o de Vittorio pero nunca había tenido a un varón llorando, abrazado a ella. Estaba conmocionada. Lloró también, lo acunó, le cubrió el cuello de besos, le pidió que no sufriera más, le pidió perdón: sí, había desconfiado de él pese a todo lo que él estaba haciendo por ella; no le era fácil confiar, no le iba bien cuando confiaba. Y después le confesó algo que no había dicho en las casi veinticuatro horas que llevaba la fuga: tenía mucho miedo, mucho, mucho miedo de que la agarraran. Y lloró más, y todavía moqueando fue a buscar el atadito cerrado a duras penas con una sábana engomada del burdel, donde todavía estaban guardadas las pocas cosas que había traído. Sacó una bolsa de terciopelo, la abrió, echó con suavidad su contenido sobre la mesa.

Los diamantes iluminaron la pieza.

—Para vos, para ustedes, para que hagan lo que necesito... Lo que necesitamos —dijo en perfecto castellano—. Y gracias. Gracias a los dos.

Un rato después volvió Samuel. Se fue en seguida, con la bolsa de terciopelo muy bien guardada en un bolsillo de su manchado pantalón de linotipista. Era tarde a la noche pero igual se encaminó directamente hasta la casa de su Burgués Anarquista, no quería tener consigo las joyas ni un minuto de más.

V

—Déjelo por nuestra cuenta, doctor. No va a poder vender esas joyas sin que nosotros lo sepamos. Ya mismo tomo las medidas para que nos informen cualquier intento —dijo Noé Traumann esa tarde de martes, sentado junto a Felipe Schon, Hersch Grosfeld y el doctor Tolosa en la imponente sala de reuniones de la Mutual.

El juez asintió. Traumann le ofreció un puro, y otro a Felipe Schon, ignorando olímpicamente a Grosfeld. Para que el magistrado viera que la *Varsovia* reconocía a los idiotas aun cuando tuviera la desgracia de tenerlos entre los socios, Felipe y él acababan de darle una impiadosa y humillante reprimenda. No avisar una fuga hasta dos días más tarde, ¿pero qué tenía ese tipo en la cabeza? Se había perdido un tiempo precioso, la fugitiva ya podía estar incluso fuera del país por culpa suya.

¿Se había fugado sola o con un hombre? Grosfeld dijo lo que sabía. Schon y Traumann meneaban la cabeza, desaprobando.

—Hay que averiguar más.

—¿Pero cómo? —preguntó Grosfeld.

—¿Cómo? —repitió Schon con desprecio— ¡Es elemental, hombre! Usted dice que la mujer tenía clientes fieles, que algunos iban varias veces por semana, incluso días consecutivos. Que la regenta haga una lista de los que iban siempre y controle; si se fue con alguien, entre los que no vuelven está el que se fue con ella. ¿No se le ocurre solito?

Grosfeld bajó los ojos, sombrío. ¿Cómo decirle que él era un *schlimazl*, un infeliz, que las cosas siempre le salían mal, que luchar y tratar de levantar cabeza casi no tenía sentido? En ese clima iba a ser difícil renegociar la deuda con la Mutual.

Mientras tanto, Traumann tampoco estaba alegre. El día anterior había sido nefasto y éste no era mejor. El lunes estuvo largas horas ocupándose de una pavada: había llegado la información de que hacía algo más de un mes la maldita Asociación Judía para la Protección de Niñas y Mujeres se había reunido... ¡con representantes del gobierno polaco! Hay judíos que no tienen dignidad, realmente. ¿Y para qué se reunieron con los polacos antisemitas? Por supuesto, para hablarles mal de otros judíos, para llenarles la cabeza contra la Mutual. Y parecía que el gobierno polaco estaba por presentar una queja oficial al gobierno argentino porque la Sociedad Israelita de Socorros Mutuos *Varsovia* usaba el nombre de su capital.

Perder la tarde en semejante estupidez mientras habría que haberla usado en alertar a la policía para que buscara a la pupila prófuga... La embajada de Polonia estaba "ofendida" porque una institución cuyos miembros eran sospechosos de actividades que repugnaban al honor y la moral llevaba el nombre de Varsovia. ¿Los mismos polacos que en su país quemaban las casas de los judíos y los obligaban a bajar de la vereda cuando ellos caminaban, acá se sentaban de igual a igual con judíos argentinos, y los escuchaban? ¿Y les creían todo? Y estos idiotas de su colectividad, ¿se ensañaban contra gente de su propio pueblo, juntándose nada menos que con los torturadores?

También la comisión directiva de la Mutual estaba herida, ofendida, dolorida; se aferraba al nombre *Varsovia* como si fuera no se sabía qué cosa. Toda la tarde del día anterior habían discutido. Traumann estaba indignado pero quería poner paños fríos. Había dicho que ni el gobierno argentino ni el gobierno polaco podrían pedir otra cosa que un cambio de nombre; más allá de la humillación y la resistencia afectiva, el asunto no tenía la menor trascendencia. "¿No ven que no pasa nada? ¿No ven que es pura hipocresía? ¿No quieren que nos llamemos así? ¡No nos llamemos así, y listo!"

Pero ellos: que si de Polonia venían, si de Polonia traían a las chicas, si allí tramitaban sus documentos, si tantos siglos habían estado sus ancestros viviendo allá, ¿por qué borrar a Polonia del nombre de su Mutual? ¿Por qué tener que aguantar que los propios judíos, encima mayoría de hembras haciendo beneficencia (porque eso y no otra cosa era la Asociación Judía para la Protección de Niñas y Mujeres), los trataran así? Ni los *goim* los despreciaban de ese modo. Al contrario. Tanta gente poderosa era amable con ellos mientras su propio pueblo, sus hermanos, los humillaban... Traumann había tratado de calmarlos, la *Varsovia* tenía una historia de unión y solidaridad que sobraba para enfrentar esto. Era un hombre mayor, respetado, querido. Después de todo, había sido uno de los dos fundadores junto con el viejo Zwi, que ya no estaba. Pero no consiguió que la Comisión Directiva se resolviera a cambiar el nombre en seguida, como él aconsejaba.

Noé tenía un nombre para proponer, precisamente el del otro fundador ya fallecido, Zwi Migdal. Si lo adoptaban ahora, dejaban a los enemigos con la sangre en el ojo. Pero la tristeza y la absurda sensación de derrota había ganado la reunión y nadie había estado de acuerdo. Si no habían podido morir en Polonia, si los habían echado de sus propias aldeas y de mil modos horribles los habían empujado hasta los barcos, ahora se aferraban a una palabra: *Varsovia*. Es que ahora sí Polonia era de ellos: volvían a Varsovia llenos de dinero, almorzaban con champagne en hoteles que antes no podían pisar, compraban funcionarios para hacer salir a las pupilas. Ahí de donde se habían ido como parias retornaban como señores, más poderosos que los campesinos ignorantes que les habían incendiado las casas y que los policías que los habían apaleado. Traumann entendió que esos hombres no cambiarían el nombre hasta que no fuera inevitable y renunció al asunto.

Así había terminado la reunión, y ahora él juntaba ese problema con éste, grave de verdad, de la pupila que pretendía burlar el poder de la Mutual. Tenía una sensación de final, de apocalipsis, como si la obra de tantos años empezara a correr peligro. No era la *kurve* en sí lo importante sino la imagen, la autoridad de la Mutual ante las otras instituciones de la Nación —¡encima había un juez afectado!—. Era regla de oro de ellos no permitir que ninguna escapara. Nunca. No dejar de castigar una traición. Nunca. Y tener de

testigo a un juez, a un aristócrata con influencias políticas...
Traumann lo observó: ¿qué tenía ese hombre con la mujer que se
escapó? Miró al imbécil de Grosfeld, su cara de perro que cagó sobre
la alfombra. Nunca imaginó que fuera a recluir a la mujer en una
habitación a la calle, contando con cuartos internos. ¿Abrió el candado y saltó a la vereda? Era infinitamente estúpido. Una miserable
muerta de hambre había burlado a toda la organización, por culpa
de un idiota. Era prioridad absoluta recuperar a la puta, darle su
merecido y hacerla trabajar hasta que se pudriera. Así le hizo saber
al doctor Tolosa: "Prioridad absoluta".

—¡También es prioridad absoluta para mí! —dijo el juez.

Traumann volvió a mirarlo. Usaba un tono inexplicable. Una
kurve se reemplaza con otra, ese juez podía pagarse mujeres mucho
mejores, y francesas. ¿Qué estaba pasando? Tolosa se había callado,
tal vez arrepentido de su exabrupto, y ahora traspiraba. Buscó su
pañuelo de seda para secarse la frente, el puro que tenía encendido
le temblaba tanto que lo apoyó en el cenicero, casi se le cae y quema
el magnífico roble de Eslovenia de la mesa.

"¿Está enamorado de la puta? ¿Será posible?"

Si era así, iban a atraparla. Las herramientas del poder son
ilimitadas cuando las alimenta la pasión irracional; no era la primera vez, por supuesto, que la *Varsovia* contaba con el apoyo de
poderosos, pero sí la primera que tenía un aliado tan incondicio-
nal, tan manejable. Mientras tanto, Schon explicaba al juez que
una puta que huía no podía hacer demasiado. La clave era no
dejarla vender las joyas que decía la regenta que se había llevado,
estar bien alertas; podían hacerlo, tenían buenísimos contactos en
el mercado. No sería la primera vez que encontraban a una prófuga; en realidad, las pocas que se atrevían a huir nunca se libraban
de su merecido. Además, Dina no debía hablar casi castellano,
hacía apenas meses que estaba en Buenos Aires, no conocía la
ciudad y no tenía documentos: era política de la organización rete-
ner los papeles de sus pupilas. En cuanto quisiera tramitar algo, la
policía la agarraría. Contactarían de inmediato a la División de
Investigaciones, Grosfeld y la portera del burdel darían los datos
para un dibujo, y seguramente la policía pediría la captura en todo
el país por telégrafo.

En ese punto Traumann habló. Su castellano enriquecido por

tanta cultura autodidacta, por tantos libros, por tanto esfuerzo, vibraba con la música del ídish. Había preparado cada palabra cuidadosamente:

—Perdón que interrumpa, mi querido Felipe. Doctor Tolosa, usted puede ser mucho más efectivo que nosotros, si tiene la deferencia de acceder a ayudarnos directamente en la búsqueda. Yo sé que no es lo usual, doctor, que usted tiene muchas cosas importantes que atender y simplemente tuvo la amabilidad de venir a informarnos de una irregularidad... que por cierto no debía ser usted quien informara. La Mutual se honra al recibir su apoyo, se lo agradece muchísimo. Pero si bien nosotros podemos manejar esto solos, como hemos hecho con éxito las pocas veces que lo precisamos, me atrevería a decirle que, si usted desea, digamos, *colaborar personalmente* con la búsqueda, nos haría un favor inmenso que desde luego veríamos cómo compensar. Más allá de nuestros contactos aceitados con las fuerzas del orden, no es lo mismo nuestra palabra frente a algunos comisarios que la suya. Repito que no ignoro que usted tiene tareas más importantes que buscar a una prostituta que se descontroló, pero...

—Sin embargo le diré, señor Traumann...

Era la primera vez que se dignaba a llamarlo señor, el asunto marchaba.

—Como juez de la Nación no me siento ajeno a un caso como éste. Voy a hablar, en efecto, yo mismo con la policía, y libraré una orden de captura para Di... para la mujer.

—Repito: es un honor para nosotros contar con el apoyo activo de un magistrado como usted —sonrió Traumann—. No sabe lo que nos aflige lo que ha ocurrido. Desde ya, puede usted elegir cualquiera de nuestras mejores chicas y visitarla sin cargo alguno, doctor.

—Le agradezco, Traumann, pero no quiero a ninguna. Quiero que el demonio vuelva a ser encerrado donde debe permanecer. Es una cuestión de principios.

Felipe intentó cambiar una mirada de asombro con Noé, pero el anciano fundador seguía sonriendo impertérrito. Miró entonces interrogativamente a Grosfeld, que se limitó a encogerse levemente de hombros.

El juez no vio esos gestos, las palabras le quemaban la garganta.

—Vea, Traumann —siempre elegía ignorar a los otros dos

231

cuando se dirigía a uno, ya tener que mantener trato cordial era suficiente concesión—: todos nacemos y morimos dentro de un lugar, todos tenemos un lugar y una misión en esta tierra, por la gracia de Dios, es obligación de cada uno respetarlo. Mi lugar es el de juez del crimen y mi misión, defender a la patria argentina contra el crimen y el enemigo anarquista y sinárquico; el de ustedes, el que ocupan; su misión: gestionar la cloaca social, repugnante sin duda pero necesaria, no caigamos en hipocresías. Ustedes en su lugar, yo en el mío. Distintos, opuestos si quieren, pero cada uno con una misión en el Orden Divino y en el Orden Nacional. Y hoy las circunstancias hacen que debamos aliarnos para evitar un caos aún incipiente que peligrosamente podría expandirse. ¿Tal vez yo debería asombrarme o preocuparme? No es así: lidio con el pecado y el crimen constantemente, no me asustan. Mi oficio no es impedir esos azotes, qué soberbio sería pretenderlo. Mi oficio es castigarlos, es impartir ley y disciplina a los que pecan. Ley y disciplina. Estas cloacas sociales necesarias, que ustedes administran y llaman sus pupilas, también tienen un lugar y una misión, y no debe permitírseles que den la espalda. Toda casa necesita retrete y el retrete recibe la inmundicia sin protestar, su misión es innoble pero indispensable... Y el retrete no huye ni disimula que es un retrete. Pues bien, en nuestra ciudad de Buenos Aires, donde el alud de extranjeros ha traído tantos más hombres que mujeres, los retretes son más necesarios que nunca. Entonces, el Estado los regula. Ejércitos de médicos severos controlan periódicamente que sus retretes estén limpios y no contagien graves enfermedades a los hombres que los usan; concejales respetables regulan las condiciones de trabajo de los lugares donde los retretes están instalados; cuidan el pudor, impidiendo que estén expuestos a ojos honestos o que funcionen demasiado cerca de casas respetables. Y yo digo: si los médicos hacen su trabajo, si los concejales el suyo, si ustedes, naturalmente, el suyo... ¿por qué Di...? ¿Por qué esa mujer demoníaca va a librarse de su función natural? Ésa... Yo la conozco, señores, mucho mejor que usted, Grosfeld, que siendo su propietario no supo cuidarla... Es... incorregible. Peligrosa... Es un demonio dentro de ese envase de... de menor de edad que tiene...

—No es menor de edad —se apresuró a decir Grosfeld.

—Me refiero a su apariencia... Quiero decir... Grosfeld lo

sabe... La mujer es de las que... disimula su oficio, no parece... Ese cabello largo que se deja suelto, ese cuerpo raquítico... Ni siquiera tiene cara de judía, hasta su raza oculta con esos ojos falsamente angelicales y esa nariz pequeña, tan diferente de las de su raza... Una mujer así, suelta, es un peligro para la sociedad, un foco infeccioso del que los hombres no pueden defenderse. Dina es ese tipo de mujer que tiene que estar encerrada. Ustedes tienen sus motivos para que sea prioritario encontrarla; como ven, yo tengo los míos, y por mí habla el Poder Judicial de la Nación Argentina. Ustedes son comerciantes, su capital se ve afectado. Yo soy un hombre de la Ley, no me guía el lucro, me guían valores superiores, los de mi estirpe.

VI

Cuando Grosfeld volvió de la Mutual, el burdel estaba lleno de clientes. Brania informó que Rosa estaba trabajando a pleno y le mostró los carteles que había colgado en las paredes, anunciando el nuevo horario extendido.

—Tengo que contarte algo importante, vení —le dijo.

Y después muy bajito, en ídish y algo de castellano, casi al oído:

—Hace un rato estuvo uno chiflado, desesperado, preguntando por Dina. Era uno de los más sospechosos, para mí; él no fue, queda claro. Pero algo sabe, eso quiero decirte. Porque nombró a un tal Vittorio y después se calló. El otro cliente muy sospechoso es un italiano. ¡Vittorio! Estoy casi segura de que fue él.

—Vittorio. Ya hay un nombre, algo concreto. Ahora vuelvo a la Mutual.

—Esperá, escuchá bien: el tipo sabía algo de ese Vittorio y se calló, yo le pregunté y dijo que era un cliente de Dina, ella se lo había nombrado una vez y él se asombró porque es raro que le nombren otro cliente. Dijo eso, pero estaba nervioso, yo me di cuenta.

—¿Cómo? ¿Le dijiste que Dina se había escapado? ¡Estúpida! ¡Te voy a matar!

Brania le hizo señas suplicantes para que bajara la voz. Se controló.

—Hersch, el tipo me dijo que él era periodista de *Crítica* y que

233

iba a traer fotógrafos, si no hablaba. Había clientes y empezaron a asustarse. Vos decís que querés recuperar el dinero que perdiste... Además, si no le decía eso no averiguaba el nombre de Vittorio.

—Periodista de *Crítica*... ¿De *Crítica*? Dina leía la *Crítica*, dice Rosa.

—Exacto. Y el italiano ese, Vittorio, seguro que es Vittorio, venía siempre con la *Crítica* bajo el brazo.

—Mucha gente lee ese diario, mujer...

—Sí, por supuesto, no te enojes, eso no prueba nada.

No probaba, no, pero podía servir. Grosfeld iba ya mismo a contarle todo a Noé Traumann.

VII

Mientras tanto el juez había firmado la orden de captura contra Dina Hamer, prostituta y activista anarquista, presunta cómplice en el robo a la joyería Zuckerman Hnos., perpetrado en la noche del 30 de julio. Un informe dirigido al Jefe de la División Investigaciones y al Jefe de Policía, Leandro Fernández, recordaba que los delincuentes habían firmado su atraco con volantes anarquistas, y que había suficientes indicios para suponer que parte de las joyas sustraídas en aquella oportunidad aún no habían sido vendidas, instaba entonces a estar más alerta que nunca en el mercado de diamantes, pues Hamer trataría de hacerlo en cualquier momento. El informe terminaba con una detallada descripción de la mujer, advertía la fuerte posibilidad de que estuviera acompañada por su amante no identificado —anarquista también, por supuesto—, subrayaba hasta qué punto un anarquista y una prostituta constituían una unión muy peligrosa para el orden social y apuntaba la conveniencia de que se citara a la mañana siguiente a la portera y a la otra pupila del prostíbulo donde la prófuga ejercía, para exigirles colaborar de inmediato con toda la información que tuvieran.

Bajo la supervisión directa de Tolosa, ese mismo día salieron los telegramas con la orden de captura y la descripción de la prófuga rumbo a las reparticiones policiales de todos los puntos telegráficos del país, incluyendo los puertos de ultramar de la Patagonia. Su mujer lo esperaba a cenar, pero antes de regresar a su casa el doctor se hizo llevar por su chofer al prostíbulo de la calle Loria y pidió una foto de Dina para entregar a la policía. Brania le dio la única que existía, donde Rosa y Dina posaban muy serias en ropa de calle, paradas en el patio.

En su casa, encerrado en su escritorio, el juez cortó la foto con cuidado para eliminar a Rosa, y usando sus lentes y una lupa examinó cuidadosamente a Dina. Siempre lo había sabido, pero ahora era más claro que nunca: los rasgos fisonómicos de la judía no sólo no volvían evidente su raza sino que disimulaban aviesamente su temperamento degenerado. La boca carnosa era lo único que revelaba esa propensión a la lubricidad que él tan bien conocía, pero sus ojos celestes, sus pechos pequeños, parecían desmentirla. Tampoco tenía la desviación en la mirada, propia de los criminales potenciales, sino que miraba rectamente. Era esa mirada falsa lo que llenaba de ira al juez Tolosa, allí residía toda la astucia racial, toda la máscara. Cuando recuperara a Dina habría que hacer algo para que el disfraz cayera, aunque fuera deformándole la cara. Él lograría que se viera la verdad que vivía debajo: la serpiente hebrea enroscada, lista para emponzoñar a los hombres.

Hacía tiempo que lo estaban esperando para servir la cena, ya su mujer iba a armarle una de sus escenas de amenazas, que eran cada vez más frecuentes y por motivos más nimios. El doctor Tolosa guardó cuidadosamente la foto en un cajón de su *secrétaire* y le echó llave. Lamentaba tener que entregar la foto a la policía. Por lo menos una noche, la tendría consigo.

VIII

—Samuel dice que no nos podemos quedar, mi amor. Hay que salir de la Argentina. Según su hermana, es el único modo de librarse de la *Varsovia*.

—Yo preocupé acá sola todo el día. ¿Tenés dinero de las joyas?

—No todavía. *Ma* el Burgués Anarquista se está ocupando, ya te dije. Tardé porque después de hablar con Samuel corrí a verlo a Pedro, el Catalán. Ah, tenemos tu documento con tu foto. Mirá.

—Saturnina Mattioli... ¿Pero yo soy italiana?

—No hubo otro remedio, es el que consiguió... Dina, necesita-

235

mos salir de acá cuanto antes, Pedro dice que si espero unos días tal vez consigue uno de una judía pero... no es prudente esperar. Nos vamos mañana por la noche.

—No voy a poder. No puedo ser italiana. No van a creer. ¿Mañana por la noche?

—Sí, nos vamos mañana por la noche. Vas a poder. Es hasta salir de acá. Si los pide la policía no hablás, no sabés castellano ni italiano, hablás dialecto, yo les explico.

—¿Mañana noche? ¿Por qué así rápido? ¿Y el dinero?

—Mañana.

—¿Adónde vamos? ¿Qué dice la hermana de Samuel? ¿Por qué rápido? Decí eso para mí, por favor.

—Dice que la organización busca a una mujer que se le escapa hasta que la encuentra, que no se olvida nunca. Dice que paga policías de todo el país, jueces...

—Políticos... Ya sé. Hersch Grosfeld también dice. Todos dicen igual.

—Policías, jueces, políticos, todos a su servicio para esto, dice. Es verdad lo que te decía ese tipo. Te lo decía para asustarte, pero no te mentía. La hermana de Samuel contó que una vez su asociación, esa de protección a niñas y jóvenes israelíes, consiguió ubicar a una chica que los padres buscaban...

—¿Los padres buscaban la chica?

—Sí...

—Mis padres ni preguntaron. Una vez mandé dinero y contentos escriben qué bien, gracias, gracias, buen dinero, dinero útil. Y mi mamá: decí a tu esposo que nosotros vamos ahí. ¿Ayuda a nosotros tu esposo para ir ahí? Estúpida. Y nunca más.

—¿Nunca más qué?

—Nunca más yo contesto. Nunca más ellos escriberon. Nunca más yo manda dinero. Todo nunca más.

—Yo, en cambio, siempre... Yo te voy a cuidar siempre.

—...

—...

—Seguí, amor. Contame. Los padres buscaban y la asociación encontró...

—Sí, encontró a la muchacha en un burdel, hizo denuncias, presionó, encontró una comisaría honesta, con un comisario de apellido Alsogaray que trata de ayudar pero no puede hacer mucho. Un reaccionario decente, hay algunos pocos: no acepta dinero y no está con ellos. Y al final entre ese policía y la asociación la rescatan y consiguen que no la repatrien. La ayudan a conseguir trabajo en una fábrica de cigarrillos y...

—¿Y...?

—La pierden cuatro meses después. Aunque tiene todos los documentos en regla y las denuncias sobre la Mutual hechas, la policía la detiene cuando vuelve caminando de la fábrica y la acusa de estar trabajando en la calle. Alsogaray trata de intervenir pero le muestran testigos, tres testigos en la calle dicen eso contra la muchacha, que lo niega. Son testigos seguramente pagados por la Mutual, pero su propia policía le armó todo en sus narices, él no puede hacer nada... Y ya después la asociación no la encuentra nunca más. A Alsogaray, un comisario le afirma que la repatriaron, pero la hermana de Samuel dice que no se asombraría de enterarse un día de que está encerrada en otro prostíbulo, bien lejos de Buenos Aires.

—¡No quiero, Vittorio! Antes yo mato mí.

Dina temblaba en sus brazos y él estaba arrepentido de haber sido tan franco. Pero tenía que informarle, ella tenía que saber que no era fácil. Con suavidad, con firmeza, la apartó y siguió hablando.

—Escuchá bien, y si no entendés decime. En Buenos Aires ellos son muy fuertes, hay que salir pronto de acá y también de la Argentina. Ellos controlan el puerto de Buenos Aires y el de Montevideo, así que salir a Uruguay es muy peligroso.

—A Uruguay entonces no...

—No. Y tienen burdeles en Rosario, una ciudad argentina, y en todas las ciudades importantes del país. Tenemos que irnos pero tampoco podemos salir del país por el noreste, porque controlan el paso a Brasil y a Paraguay.

—¿Entonces qué hacemos?

—Entonces nos queda el sur. Los puertos del sur. El sur es casi todo desierto, no puede ser que además estén ahí, ¿no? También podríamos tratar de llegar a Chile por el oeste, por una zona que se llama Cuyo, cruzar la frontera por la cordillera es trabajoso pero hay muy pocas posibilidades de que nos atrapen, porque hay muchos lugares sin vigilancia. Pero no tenemos camaradas ahí, y necesitamos que nos ayuden y nos guíen. En el sur hay muchos obreros y peones libertarios. Mataron a muchos, ¿sabés? Pero seguimos ahí, no somos fáciles de vencer... Pedro me dio contactos y me llevó con un compañero del puerto que va a telegrafiar a una célula de San Antonio, un puerto donde...

—¿Estuviste en puerto vos? ¿En puerto de Buenos Aires?

—Sí. ¡No te asustes, no pasó nada!

—¿Sos loco?

—A mí no me buscan, mi amor. Te buscan a vos. Estuve y tengo datos.

—¿Datos?

—El día 18 a la mañana sale un carguero inglés de San Antonio Oeste, un puerto que está 1.100 kilómetros al sur.

—¿Kilómetros?

—Lejos. Muy lejos. No creo que lo controle la *Varsovia*. El barco hace escala en Buenos Aires y en Santos, en Brasil, después va para Inglaterra, pero a nosotros nos bajarían en Santos y de ahí veríamos cómo llegar a Estados Unidos. Además ya estamos a salvo, salimos de Argentina. Hay otro carguero que parte de Comodoro Rivadavia el 24...

—24...

—24 de octubre. Hoy es 14.

—Diez días.

—Sí. Ojalá podamos tomar el barco inglés antes, y no tengamos que viajar tanto. Para llegar a San Antonio Oeste tenemos que ir a Carmen de Patagones en tren, ahí tomamos un barco por el río Negro. Si perdemos el barco que sale de San Antonio Oeste y tenemos que seguir al sur, llegar es posible pero se complica. Hay que conseguir un barco hasta Comodoro Rivadavia que salga en fecha, o si no ir por el desierto, en carreta. ¿Entendiste?

—Más o menos.

—Vamos en tren, después en barco por el río a tomar otro barco que sale del país.

—Sí.

—Tengo los pasajes. Pasé por Constitución.

—¿Qué?

—Constitución. La estación de trenes que van al sur. Compré dos pasajes para Carmen de Patagones, junto al río Negro.

—Carmen... Río Negro. Ahí barco.

—Sí. A San Antonio Oeste. Y ahí barco de nuevo.

—Sí. Estados Unidos. Ahí salvados. No hablan castellano.

—No. Inglés. Vas a tener que aprender otra vez. Yo también.

Sonrieron. Se besaron.

—Salimos mañana miércoles a la noche.

—Mañana... Pero el barco inglés... pasa por Buenos Aires. Acá van a atrapar nosotros...

—Te dije que en ese barco hay una célula de marineros libertarios, el compañero del puerto dice que nos pueden embarcar como polizontes, nadie va a saber que viajamos.

Mientras seguía explicándole qué quería decir polizonte, ella se quedó dormida en sus brazos. Vittorio no podía dormir. Le había vuelto más fáciles las cosas para no alarmarla tanto: el viaje podía ser peligroso si la *Varsovia* buscaba a Dina, tenían que transbordar en Bahía Blanca para llegar a Carmen de Patagones, y siempre bajar de un tren y subir a otro aumenta el peligro; había sacado clase económica porque ya no les alcanzaba la plata; el Burgués Anarquista decía que los soplones estaban inundando el mercado negro, tal vez no se pudiera vender tan rápido y se escaparan casi sin dinero. Tendría que arreglar con Samuel para que les girara después a algún poste restante, pero eso aumentaba el peligro. Aunque esperar el próximo tren era peor: tres días más en Buenos Aires, una red de soplones y policías buscando a Dina. La hermana de Samuel se dio cuenta de que Samuel se estaba metiendo con la *Varsovia* y le dijo llorando que lo iban a matar. Samuel se rió: si no lo habían matado hasta ahora, con todo lo que había hecho, menos lo iban a matar por la *Varsovia*. Pero Vittorio no se rió, pensó que en realidad era al revés. Vittorio tenía miedo. Él había llamado la atención en el burdel con sus visitas tan asiduas, su encontronazo con la regenta, era fácil que sospecharan de él. Es cierto que no veía cómo podían averiguar quién era, pero tenían tantos recursos, nunca se sabía... Y tampoco dijo a Dina que a esa chica no la habían atrapado cuatro meses después sino cuatro días después de que había entrado a trabajar en la fábrica, en cuanto la Asociación dejó de vigilarla de cerca. La policía era muy eficiente si la *Varsovia* lo pedía. Había que irse, no darles tiempo. Con el documento italiano, sin dinero, como fuera.

Tal vez la *Varsovia* ya lo hubiera identificado, era fácil imaginar que Dina no se había escapado sola. Tal vez alguien de su trabajo, un periodista, había ido a ese burdel. ¿Era el Loco Godofredo el tipo que había visto una vez, esperando su turno? ¿Y si era y lo había reconocido? ¿Y si lo había nombrado? Escuchó pasos por la escalera. Tal vez estuvieran ahora mismo por entrar a buscarlos a esa pieza. Voces de hombres. No tenía ni un arma para defenderse. Ella dormía quieta, entregada en sus brazos y él, ¿cómo iba a defenderla a cualquier precio, con las manos vacías? Salir los dos por la ventana. ¿No había una cornisa para hacer equilibrio? ¿Habría policía afuera? No, tan pronto no. Por favor, que no vengan tan pronto. Pero no van a subir hablando como si nada, haciendo ruido, si vienen a buscarlos... Son huéspedes. Pasan de largo por su puerta. Vittorio respira hondo. No tiene que perder los estribos. Está todo bien organizado, tiene los pasajes, van a partir al día siguiente sin dejar rastro. A la dueña le dirán que se van de luna de miel al Tigre y regresan en dos semanas, no le llamará la atención, se supone que están recién casados, y sobre todo la dejan contenta: pagaron dos meses adelantados. Lo importante es que nadie los pueda seguir.

Se acuerda de la libretita donde anotó los horarios del tren a Patagones, antes de sacar el pasaje. Se levanta con cuidado, arranca la hoja, la rompe en pedazos, sale de la pieza y los tira por el inodoro.

Cuando regresa, se queda mirando largo rato a la que por fin es su mujer: sigue durmiendo, acurrucada contra la almohada con un rictus infantil, pero incluso mientras duerme le brilla como una luz. Se acuerda de ella riendo, mirándolo cuando goza, con los ojos grandes y agradecidos, de ella rabiosa, el enojo como una espada en el celeste transparente de las pupilas. Va a defenderla, va a sacarla de este país donde vivió como esclava. Va a regalarle la libertad, y si ella quiere, se va a quedar a su lado para siempre.

IX

En la mañana del miércoles el Loco llegó a la redacción de *Crítica* con un plan en la cabeza.

—Don Natalio, es solamente para hacerle una pregunta. Supongamos que una pupila de la *Varsovia* logra salir de ahí y todo lo que quiere es un trabajo honesto, ¿el diario puede hacer una campaña y protegerla?

—¿Una sola pupila?

—Una sola.

—¿Y cómo se fue?

—No sé, no importa... Se fue...

—¿Compró la libertad? Creo que no puede, que la tiene que comprar un hombre. Mucha plata. ¿Se escapó? ¿Burló a la *Varsovia*?

—No o sí, no sé... Supongamos que llega a mi casa, me golpea la puerta y me dice: "Me fui, no importa cómo. No quiero trabajar más de eso". Y yo no pregunto: "¿Qué hacés acá?", desde luego...

—Desde luego, desde luego... Y su mujer tampoco pregunta nada...

Volvía la ironía, mala señal.

—Entonces *Crítica* no la apoya —se resignó el Loco—. ¿No le parece que puede emocionar un caso así a la opinión pública? Es muy jovencita, incluso seguro que no es mayor de edad. Le sacamos una foto vestida con ropa casi de colegiala: "Un ángel que se niega a corromperse". ¿No le parece que una mujer que se perdió tiene derecho a una segunda oportunidad? ¿La *Varsovia* no va a tener que aguantárselas, si es una sola, si no hablamos de ellos, si el eje solamente es ella, que quiere ser virtuosa? La ayudamos a estudiar, le encontramos un trabajo digno, contamos día a día sus progresos al público, para que sus benefactores sepan...

Botana reflexionó unos segundos.

—Sí, la *Varsovia* tendría que aguantárselo, ¿no? Una mujer solamente, y si no los nombramos... El pacto sería: ellos la dejan en paz, nosotros no los mencionamos... Sí, podría andar eso. Pero usted no tiene a la chica en su casa, ¿verdad?

—Ah... No sé...

—A ver, hombre, quiere hacerse el misterioso. Déjeme mirarlo a los ojos... No. No la tiene. Pero sabe que se escapó. ¿La está buscando? ¿Sabe dónde puede estar?

Silencio. Botana meneó la cabeza.

—Tampoco lo sabe. Buah, encuéntrela y tráigala, Loco, le doy permiso. ¿Está contento? Se la guarda mi mujer, Salvadora, esas cosas le encantan... Le va a llenar la cabecita de feminismo anarquista.

—¡No, por favor! —rió el Loco.

Botana le dio una pitada profunda al habano.

—Ajá, claro... Además de que son dos mujeres, una es prostituta y la otra anarquista... Mmmh... No se queje después, Loco, es una unión muy peligrosa. Tal vez no tengamos que dejarlas juntarse.

Contento con la conversación el Loco se fue al taller de composición. Vittorio Comencini no había ido a trabajar ese día, le dijo el regente.

—¿Está viniendo?

—Sí, por supuesto, ayer me pidió permiso para faltar hoy. Tenía que hacer unos trámites por la nacionalidad, tienen esos horarios y esas colas... Mañana viene. ¿Le digo que lo busque a usted en redacción?

—Mañana es tarde. Tengo que encontrarlo con urgencia: le presté un libro y lo necesitan en la redacción para una nota que tiene que estar hoy, antes del cierre. ¿Me puede decir dónde vive, así le mandamos un cadete?

—Vive en una pensión, pero está haciendo trámites afuera...

—Es que es probable que nos haya dejado el libro en su pensión, para que lo pasemos a buscar, ya pasó una vez, con otro que le presté: él sabía que precisábamos el libro hoy, se ve que no se dio cuenta de que no venía pero se lo puede haber dejado allá a la dueña de la pensión, para nosotros.

—¿Y no tienen la dirección?

—La perdimos. Es por ahí por Boedo, ¿no? —se jugó el Loco, pensando en la ubicación del burdel.

El jefe le escribió una calle y un número en el barrio de Boedo y el Loco volvió a la redacción con su mejor cara de martirio.

—Se me parte la cabeza de dolor, Silveiro... Che, ¿puedo irme a casa? Mañana me quedo a cerrar.

—Andá, Loco, andá a esgunfiar. Mañana me vendría bien salir temprano, así que te tomo la palabra.

X

La desconfianza de la dueña se esfumó cuando el Loco le contó que era periodista de *Crítica*. Le convidó con mate, bizcochitos de grasa, y contó con marcado acento gallego que el señor Comencini no vivía más en esa pensión.

—Era un buen muchacho pero me parece que se perdió. Alguna lo llevó por mal camino. Ustedes tendrían que hacer una nota sobre eso, permítame que le dé la idea: la juventud buena que se pierde por una mujer mala. Acá venían a veces amigos, todos jóvenes, gente de trabajo. Pero de pronto él me dice que a esta casa respetable me va a traer a vivir una mujer. "Mi mujer", me dice. "Me caso." ¿Pero me tomó por tonta, después de dos años de conocerme? ¿Cómo "me caso"? ¿Casarse así como así, de golpe, sin que yo supiera de una novia, sin que le viera un preparativo? ¿Y venir acá con ella? Entonces me dice que por lo menos le dé una pieza separada, para ella, a ver si con eso me calma. Y cómo, ¿no era que se casaba? ¡Pues acá no hay mujeres solas! ¡Si la señorita no está casada todavía, que viva con sus padres como manda Dios! Es cierto que el joven no tiene familia en la Argentina, ¿ella tampoco? Los padres de él murieron en Italia, yo lo sé porque llegó al país hace tres años y tres años vivió acá sin problemas. Como un hijo era para mí, le digo. Allá tiene un hermano mayor que le escribe. Ah, le llegó carta justo ayer, la tengo guardada. Pero volviendo a la perdida que quería traer, la novia tiene que tener familia, ¿no? Un padrino aunque sea, un tío. ¿Si no qué clase de novia es? Y un casamiento ante Dios no se hace de un día para el otro... No, habremos tenido ese joven y yo tres años sin un sí ni un no, pero yo no permito inmoralidad en mi casa. Le dije que sólo con libreta de casamiento la dejaba entrar y él se fue, así, de un día para el otro. Pero me debe plata, ¿sabe? Porque el primero de octubre, por primera vez, no me pagó todo el mes, me pagó la mitad. Se ve que la mujer esa le está chupando la sangre. Mire lo que puede una zorra, señor... Y me debe medio mes, vamos, porque a mí no me importa si desalojó la habitación el 12, para mí es plata tirada todo el mes, yo perdí oportunidad de alquilarla, que la tengo vacía. Sobre eso tendrían que escribir ustedes, sobre esas mujeres que chupan la sangre de los hombres...

—¿Esto cuándo pasó, señora?

—¿Qué?

—Que se fuera así, casi de un día para el otro.

—Le digo que el 12. Y ni siquiera de un día para el otro, señor. Este domingo me avisó y este domingo hizo la mudanza. El mismo día.

—¿Adónde fue?

243

—Y... claro... se mudó a una pensión nada respetable, señor, en la Boca. No me quiso decir adónde iba. Me di cuenta, pero me dije "éste no se va a quedar sin pagarme todo octubre". Le pedí el resto, él prometió que volvía y me pagaba, pero ya soy grande, señor...

—Entonces no sabe adónde fue.

—No... Vamos, que sí... Mire, mi hijo mayor lo siguió gracias a Dios, él tiene los datos. Si no aparece en esta semana, el lunes próximo estoy allá reclamando.

—¿No me daría la dirección, señora? ¿Sabe qué pasa? Está faltando al trabajo y necesitamos con urgencia un material que él tiene... El diario estaría muy agradecido si nos ayuda, usted sabe que cuando alguien nos ayuda en una nota, siempre lo mencionamos. Y en este caso, mencionar una pensión tan respetable...

—¡Pero cómo no! ¡Faltaba más! ¡Ayudar a la prensa! Ahora le llamo a mi hijo, que anotó la calle y el número. Y ya que va a ir a verlo, dígale que estoy esperando que me pague el resto del mes. Ah, y anote mi nombre y apellido: María Dolores Pontevedra, con ve corta. Pensión Pontevedra. ¿Va a venir un fotógrafo?

El Loco decidió no ir a la Boca esa tarde. Si Vittorio había faltado al trabajo, lo más probable era que estuviera ahí con Dina, y él quería hablar a solas con ella. Imaginarlos en una pieza con toda la tarde por delante lo atormentaba. Le urgía ver a Dina, hacerle entender cómo eran las cosas. Una mujer como ella no podía hacer locuras, ese anarquista le había llenado la cabeza de ideas que están muy bien para la revolución pero no para una muchacha desprotegida. Él sabía lo que ella precisaba, él podía ayudarla a ser decente. Porque tenía que entender que lo que debía hacer era volverse decente. Una mujer con su espiritualidad tenía que salvarse de la carne; por la carne se había ido con ese desquiciado, por el espíritu estaba unida a él, y por la misma carne se iba a hundir. Solamente su ingenuidad infantil le hacía creer que podía enfrentar a la *Varsovia*. Tenía que contarle que Botana la esperaba, estaba dispuesto a ayudarla, a comprenderla como esperan y ayudan las hermanas de caridad en los conventos a las mujeres arrepentidas. Para eso tenía que hablarle a solas, aunque si no quedaba otro remedio, el Loco estaba dispuesto a enfrentar al anarquista imberbe y explicarle frente a Dina la irresponsabilidad de sus actos, el peligro al que estaba exponiendo a la muchacha. Pero ojalá la viera a solas. Iba a decirle antes que nada que jamás se le había ocurrido pegarle, y cuando ella le creyera, porque tenía que creerle, le explicaría que Vittorio era demasiado joven y que terminaría cansándose, yéndose para casarse con una muchacha honesta, que es lo que quieren todos los hombres. (Porque con una que fue deshonesta, ¿cómo confiar que será fiel?) Si la carne la había perdido, no era apostando a la carne como se iba a salvar de su destino.

Fue a la Boca solamente para ubicar la pensión en la calle Suárez, para observarla, para saber que estaba ahí, que él tenía el dato, que Dina estaba tan cerca, en sus manos. Miró el edificio desde la vereda de enfrente, trató de adivinar la ventana. ¿Sería una habitación a la calle? Había demasiadas luces prendidas, lo más probable, en efecto, era que estuvieran juntos. Era una pensión infecta, imaginó el cuarto empapelado con un papel barato, sucio y gastado. Tratando de controlar la ansiedad y la rabia se obligó a darles la espalda, a volver. Estaría ahí al día siguiente, a las 9 de la mañana, cuando Vittorio ya tenía que estar entrando al taller.

Pero a la mañana siguiente otra dueña de pensión, esta vez una vieja tenebrosa, le explicó sin sacarse el cigarrillo de la boca que los jóvenes esposos habían partido la noche anterior al Tigre, de luna de miel. ¿La noche anterior? ¡Los había tenido ahí, en la vereda de enfrente, en el piso de enfrente, y se le habían escapado! Tuvo que sentarse, las piernas se le aflojaban.

—¿Ya limpió la pieza?

—¿Y a usted qué le importa?

La vieja se había puesto en guardia. No iba a largar una palabra así nomás, era evidente. Había olido la urgencia del otro y en los ojos le bailaba la codicia.

—Si quiere información, señor, vaya a la policía. Yo no doy datos de mis huéspedes.

Resignado, el Loco sacó un billete de cinco pesos.

—Ya sabía yo que lo del matrimonio y todo eso eran cuentos —dijo la mujer arrebatando el dinero y metiéndoselo en el bolsillo del delantal—. Si usted está averiguando acá es porque ésos andan en algo raro. Él ocupó la pieza un domingo y la trajo esa misma noche, a horas indecentes de la madrugada, yo me asomé y los vi llegar. No le cuento cómo estaba vestida esa mujer, con un chal arriba de una ropa para persignarse... Y además ridícula. Qué sé yo de dónde la sacó. Mi hija corta bien el pelo, ¿sabe?, y él se enteró y me dijo que su "esposa" quería hacerse una melenita. Ella tenía el pelo muy largo, se ve que quería cambiarse la cara. Mi hija le cortó lo más bien, aprovechó para ver si le sacaba algo, quién es, de dónde viene, pero la mujer no largó nada. No habla casi castellano... o se hace la que casi no habla, porque entre ellos bien que hablan, los escucho murmurar todo el tiempo. Él es italiano y ella no, eso se ve clarito. Es judía, para mí. Mire, a mí no me gustó nada. ¿No será una de esas *polacas*? ¿Usted qué sabe?

—Nada. Por eso le di el dinero —dijo el Loco secamente.

—Y se fueron al Tigre de noche, ¿eso no es raro? Dijeron que volvían, dejaron algunas cosas y tienen el mes pago, así que tal vez vuelven.

—¿Limpió ya el cuarto que dejaron?

—No. Iba a hacerlo ahora.

—Quiero verlo.

—Ah no, eso ya es mucho, señor. Eso está prohibido por la ley. Me pueden quitar la habilitación. Y además mis pensionistas pueden descubrirlo, imagínese en qué lugar quedo yo, y pierdo dos inquilinos... Deme cinco pesos más por lo menos. Para el riesgo que corro, no es nada.

La mujer se guardó el dinero en el bolsillo del delantal de cocina, le abrió la puerta de la habitación y se quedó mirando. El Loco se dio vuelta de mal modo.

—No le voy a dar un peso más para que se vaya. Desaparezca. Cierre la puerta y espere a que yo salga.

En efecto, habían dejado algunas cosas. El Loco tocó, olió las batas transparentes de Dina. Por lo menos con Vittorio no las usaba. No estaba el libro del lechero Toivie, se lo habían llevado para leerlo juntos, eso era demasiado. Las manos le temblaban, húmedas, la cabeza empezó a dolerle mucho. Se sentó frente al escritorio y se llevó las manos a las sienes, necesitaba serenarse. Entonces vio una libretita de apuntes de tapas de cartón: dos cuadernillos de hojas cosidas con renglones marcados en suaves líneas celestes. La abrió. Había poco escrito: datos sueltos, alguna cosa en italiano que no le pareció tuviera que ver con lo que buscaba, cuentas del almacén y complicadas multiplicaciones y divisiones, como si el idiota de Vittorio hubiera estado calculando algo. Le llamaron la atención los restos de una hoja interna mal arrancada, la que seguía a lo último que había sido escrito. Era como si el tirón hubiera sido dado con nerviosismo y hubieran quedado unos milímetros de papel irregular, sobresaliendo. Lo confirmó al encontrar la hoja simétrica que correspondía al pliegue del cuadernillo, todavía en blanco. Sí, Vittorio —porque esa libreta era suya— había arrancado una hoja. ¿Tendría datos que precisaba llevarse? La que continuaba, ya en blanco, tenía una marca, parecía la huella del trazo fuerte de un lápiz, que había escrito algo en la hoja que faltaba.

Se puso la libretita en el bolsillo, terminó de revisar sin encontrar nada que lo ayudara y salió del cuarto.

En un café de la avenida Patricios empezó a teñir muy suavemente, con el canto de la mina de un lápiz, la hoja marcada. Como esperaba, en el negro uniforme fueron apareciendo letras blancas. Numerosos trazos mostraban que habían sido escritas varias veces, pasando el lápiz por encima de las mayúsculas como si el que escribía leyera y releyera esas letras y números, repasándolas:

C. Patagones, 15/10 20 hs. Plat 4.

Eso es lo que decía el papel que Vittorio se había llevado consigo.

—Soy un genio —dijo el Loco Godofredo.

XI

El mismo martes, después de la reunión con el juez Tolosa, Grosfeld le dio a Traumann el dato: un periodista de *Crítica*, asiduo visitante de la mujer que se había escapado, había estado preguntando por ella en el burdel y parecía que sabía algo pero no quería hablar, aunque se le había escapado un nombre: Vittorio; ése podía ser el nombre del presunto cómplice de Dina. Se trataría de un italiano que también recurría a ella seguido, y solía llevar la *Crítica* en la mano.

¿Cómo se llamaba el periodista reticente? Grosfeld no lo sabía. Periodistas putañeros había muchos, en *Crítica* y en todos lados. Uno de ellos (personaje raro) era incluso, si no un amigo, un conocido cercano de Traumann. El rufián convocó a sus informantes en la policía. Como era de esperar, la cana seguía de cerca a los periodistas de *Crítica*; a Noé le bastó aguardar la noche del miércoles para tener una lista de los que frecuentaban prostíbulos y de sus últimas actividades significativas.

—Mejor que Investigaciones ocupe el tiempo con estas boludeces —pensó, escrupuloso— en lugar de perseguir anarquistas.

Lamentablemente la División de Investigaciones también perseguía anarquistas y él lo sabía, pero no podía hacer mucho al respecto. Así que se sentó a estudiar la nutrida lista con la conciencia política tranquila. Encontró por supuesto a su conocido cercano, a quien llamaban el Loco, y supo además que —interesante dato— había estado preguntando el día anterior por un tipógrafo anarquista de nombre Vittorio Comencini, que manejaba una de las linotipos del diario. Podía ser todo una coincidencia, o podía ser que la suerte estuviera de su lado. El jueves esperó al mediodía (sabía que la mayor parte de los periodistas llegaban tarde al diario) y silbando bajito se fue al local del flamante, imponente edificio de Avenida de Mayo al 1300, al que nada tenía que envidiar —pensó Noé orgulloso— la suntuosa sede de su Mutual.

En la mesa de entradas dio el nombre y el apellido del Loco Godofredo, de Policiales. Un rato después lo vio bajar las escaleras, flaco, desaliñado y nervioso como siempre, levantando la mano con el cigarrillo encendido para acomodarse el flequillo rebelde, un poco parado. A Traumann le pareció que se detuvo apenas un instante al reconocerlo, como si algo lo alterara todavía más y se obligara a sobreponerse, pero no pudo estar seguro.

El cafishio potentado invitó al notero a almorzar en el Plaza Hotel. Ofreció llevarlo en su auto y traerlo de vuelta a la redacción. El notero declinó: era un mal día, tenía mucho trabajo. Traumann insistió: precisamente, tenía una información notable, de gran interés para él.

—Putas y anarquistas —le susurró despacio—. Combinación explosiva, ¿no?

Ahora sí fue evidente: la frente del Loco se cubrió de gotas. Volvió al ataque con la propuesta de almorzar pero no dio resultado, el Loco insistía con que tenía que subir a la redacción, lo estaban esperando. Entonces sugirió que por lo menos se sentaran a charlar diez minutos, así le daba los títulos de la primicia que podía catapultarlo a la fama en su carrera periodística. El otro no encontró argumentos para rechazar la sugerencia y se sentó con él en la recepción.

Con voz confidencial y absolutamente seria, Traumann inventó un delirante complot en el que participaban cafishios, obreros anarquistas, bolcheviques y militantes fascistas que querían hacer una revolución social por medios violentos y financiar las acciones directas con la renta de un sector de prostíbulos de la *Varsovia*.

—¿Usted me está cargando, Noé?

—¡Se lo juro! La Mutual está soportando los embates de esta célula de locos. Es un verdadero cisma ideológico. Chiflados hay en todas partes, a usted le dicen el Loco pero está cuerdo y encerrado en este diario, trabajando; éstos, en cambio, están sueltos y tendrían que estar en el frenopático. No sabemos qué hacer. Por eso, si usted le da difusión...

—¿Qué está diciendo?

El Loco lo miró estupefacto, buscando algún signo de burla en la cara del otro. Noé soportó la inspección sin mover un músculo de la cara.

—Vea, Traumann —dijo el Loco por fin—, si vino a contarme chistes vuelva otro día, tengo demasiado trabajo.

—¡Pero es verdad! ¡Le puedo dar todos los nombres que están en el proyecto! Mire, le tiro uno para empezar. Es un linotipista anarquista que trabaja acá: Vittorio Comencini.

Tal vez se la veía venir, porque esta vez el Loco también controló los músculos de su cara. Y decidió cambiar de táctica: sabían que él podía saber algo y querían su ayuda, pero él no la iba a dar. Jugaba su propio juego en esta historia. Definitivamente hostil, le dijo:

—Suponiendo que lo suyo sea alcahuetería, le digo que no me interesa. Hable con Botana, si quiere. Y si es sentido del humor, ja, ja, muy divertido, lo felicito. Notable venirse hasta acá para hacer un chiste. Ahora déjeme en paz.

Se levantó para irse pero el otro lo tomó del brazo.

—Usted no tiene idea de todo lo que nosotros podemos averiguar, de todo lo que sabemos. Usted nos subestima...

—¿Me está amenazando, Traumann? —dijo el Loco pálido, sacándose la mano ajena del brazo como si fuera un delicado insecto.

Noé se tiró para atrás, con asombrada inocencia.

—¡Pero mi amigo, qué dice! ¿Amenazarlo yo? ¿Y por qué lo iba yo a amenazar? ¿Cómo se le ocurre? A menos que se sienta amenazado usted por algo, claro... Que tenga algo que ocultar... —de pronto se rió— ¡Ah! ¡Pero no! ¡Cómo no me di cuenta antes! ¡No me diga que usted también está con esa banda de locos que quieren que las putas den plata para la revolución! Por eso estuvo buscando ayer a Comencini, ¿verdad?

Sin contestar, el Loco le dio la espalda y se fue para las escaleras. Estaba furioso con él mismo.

"Si vino a averiguar si se escapó con Vittorio, ahora está seguro, maldito sea. No sabe que yo sé que se fue para el sur. ¿Sabrá que se fue para el sur? Y si no, ya lo va a averiguar, no me cabe duda. Pobre Dina. Está perdida, pobrecita, en manos del irresponsable... Desafiar a esa gente..."

XII

Entre otros lujos, la Mutual tenía teléfono. Sin perder un minuto Traumann llegó y llamó al juez Tolosa a su casa. Tuvo suerte, lo encontró. Le dijo sus conclusiones.

—Orden de captura para Vittorio Comencini, entonces, de inmediato —lo tranquilizó el juez—. En pocas horas todos los telégrafos del país van a estar transmitiéndolo. Aprécielo. Yo sé cómo son las cosas: dicté la orden de captura para la mujer, por anarquista, y por supuesto no me equivoqué.

—Admirable, doctor —se apresuró Traumann—. Alguien de su sagacidad entiende además que no hay que descuidar tampoco al periodista, ¿verdad? Ése sabe y no quiere hablar, pero algo va a hacer. Si no, ¿por qué tanta reticencia? No sé qué juego juega, pero juega alguno. Y veía muy seguido a esa Dina.

—¿Está en *Crítica* en este momento?

—Sí.

—Siempre tenemos efectivo policial ahí, ahora mismo les hago avisar que ese hombre es sospechoso de actividades anarquistas y que lo sigan cuando salga.

XIII

—Cipriano, decile a don Natalio que tengo que volver a hablar con él, es urgente.

Tuvo que esperar casi media hora. La camisa de seda esta vez no era blanca sino celeste, y el jefe no fumaba su habano ni lo invitó a sentarse.

—Vea, Loco, estoy de mal humor, todavía no almorcé y hace un rato terminó mi peor mesa de póquer, así que desembuche rápido. ¿Encontró a la chica?

—No. Pero sé cómo encontrarla.

—Tráigala.

—Sí, señor, pero tengo que irme... lejos. Vengo a pedirle permiso para eso.

—¿Irse lejos? ¿A Polonia, tal vez? No se chifle, hombre, no es para tanto.

—No, señor, a Polonia no... Más cerca, je... Déjeme guardar el secreto, por favor, confíe en mí. Soy un buen periodista y tengo dotes de detective. ¡Si supiera todo lo que ya averigüé...!

—Si es un buen periodista, ¿por qué no se ocupó de la prima de la asmática de Mataderos, tal cual le dije? Como buen periodista, le aviso que yo soy su patrón y decido qué es lo que investiga. Olvídese de esa mujer. Demasiado complicado, no me interesa.

—Don Natalio, por favor, téngame confianza. Me voy unos días de viaje y vuelvo con ella, se lo juro.

—Loco, voy a ser claro: si me traía hoy o mañana a la pupila, era una cosa, estaba todo listo y largábamos la campaña. Pero usted me está hablando de cosas complicadas, viajes, secretos. Tiene un riesgo que no merece la pena y una ventaja que tampoco es tan grande. La tuberculosa que cuida ocho hermanos, uno paralítico, me alcanza y me sobra para vender el diario, lo único que falta es que usted le arranque una puta a la *Varsovia* y nos meta en líos. No, hombre, usted no se va a ningún lado que no sea la redacción, a trabajar. Mañana lo quiero acá como siempre.

El Loco salió rabioso del despacho. "Mirá qué cagón que sos", se le reía el Genovés en la cara.

Pero no era un cagón. Volvió a la redacción, aunque no a quedarse hasta cerrar, como le había prometido a Silveiro, sino a buscar su sombrero.

—¿Adónde vas, che? —le gritó Silveiro sorprendido.

—A la mierda —dijo el Loco.

En la calle casi corría de alegría. Todavía estaban abiertos los bancos, todavía podía sacar todo el dinero de su caja de ahorros.

Alcanzaba bien para el viaje, lo había juntado a espaldas de Irene, había depositado ahí los primeros pagos por derechos de autor de su novela y pequeñas sumas que arañaba a su sueldo mes a mes, sin que la bruja lo notara. Del banco iría a Constitución y sacaría pasaje para el próximo tren que partiera al sur. Clase económica, desde luego, tampoco era que le sobraba la plata.

La aventura comenzaba. "Ya era hora, cagatintas", le sonreía el Genovés, palmeándole la espalda.

CAPÍTULO 10
LA PERSECUCIÓN

"—¿A qué público de hombres y mujeres se dirige?
—Al que tenga mis problemas: Es decir: de qué
modo se puede vivir feliz, dentro o fuera de la ley."

De una entrevista a Roberto Arlt en 1929

"Compañeras: oíd la voz de la amistad y del
cariño. Vuestros explotadores no tienen derecho
alguno sobre vosotras. Si queréis abandonarles,
la autoridad policial os protege...
Sacudid el yugo que os oprime.
Dejad de ser esclavas para ser señoras."

De *El puente de los suspiros*, un periódico
porteño de 1878

I

Muchas horas antes del mismo día en el que el Loco resolvió
lanzarse a su gran aventura, otra aún más grande había comenza-
do. Era la madrugada, el tren la mecía en el medio de la noche,
mientras atravesaba la pampa. Vittorio dormía, su largo cuerpo
flexible tocando su cuerpo, y ella no podía creer dónde estaba, ni
que él estuviera ahí, no podía creer ese calor en su brazo.

Los últimos dos días parecían la vida entera. Lo que había
hecho, lo que se había atrevido a hacer, valía más que todos sus casi
dieciocho años. Había desafiado a la *Varsovia*. Estaba completamente loca, pero no le importaba. Nunca más iba a dejarse capturar

y nunca más iba a ser prostituta. Si volvían a encerrarla se iba a matar, o se iba a hacer matar. Nunca más ese trabajo. Nunca más. Ni para ellos, ni sola, ni para nadie.

El tren avanzaba a plena máquina; implacable, abría el aire negro de una pampa que ella nunca había visto. En la oscuridad, la luz de muchas estrellas dejaba distinguir contra el cielo el fantasma de la infinita tierra chata, desconcertante. Tantos meses en un país y casi no haberle visto el cielo. Era incapaz de dormir, incapaz de relajarse. Allí estaba la polaquita que había viajado encerrada en un camarote de barco hasta Buenos Aires, para trabajar como esclava: allí estaba y era libre, tenía un castellano vacilante pero cada vez más suyo, viajaba por una tierra completamente nueva con un hombre que amaba y se estaba jugando la cabeza por ella, llevaba el dinero que se había ganado duramente... En realidad, llevaba el dinero que un hombre noble que no la conocía le adelantara a cambio de otro que había ganado duramente pero todavía no existía. Vittorio le entregó solemnemente 1.300 pesos, billetes nuevecitos, monedas tintineantes, y le contó cómo el Burgués Anarquista demostró una vez más ser digno de la mayor estima. El hombre había logrado vender algunos diamantes apenas, su instinto le decía que no había clima para inundar el mercado, mucha vigilancia. Entonces adelantó de su propio dinero el resto de lo que había prometido pagar. Iba a ir dejando caer a cuentagotas las piedras, para no llamar la atención. "¿Por qué hace todo esto por mí?", preguntó Dina. Es que él también era judío, dijo Vittorio que había dicho Samuel, y además tenía una hermana muy joven. Habían venido los dos desde Polonia, como Dina, pero llegar a la Argentina significó dejar una tierra de humillación, no volverse esclavos. Mirando correr la noche por la ventanilla, Dina no dejaba de pensar en ese hombre que nunca vería en su vida, a quien nunca iba a poder dar las gracias. También desconocía a la mujer italiana que había entregado su documento para que ella lo usara, y a los trabajadores que en ese mismo momento, a más de mil kilómetros de distancia, estaban dispuestos a ayudarla a escapar con Vittorio, sólo porque habían nacido en el mismo lugar que ellos: entre los oprimidos. De todos los oprimidos, tal vez ella perteneciera a algunos de los que más sufrían, pero al mismo tiempo era apenas una entre tantos, era parte —por primera vez en su vida— de muchos. El mundo (ese mundo que acababa de ver anochecer y que muy lejos, más al norte y más al este, entraba en la mañana, esa tierra extensa y curva en la que por primera vez encontraba personas amigas) se había vuelto un lugar posible, un lugar de semejantes. Es que ese mismo mundo era capaz de contener un amor como el que la unía a Vittorio, y eso bastaba para saber que podía tener salvación. Tal vez pudiera advenir, entonces, incluso ese nuevo orden justo cuya existencia había soñado con Iosel apenas un año atrás, un siglo atrás, cuando eran tan niños. Durante meses había dejado de pensar en todo eso por completo, obnubilada por el olor a permanganato, el sudor de los clientes, el ida y vuelta entre la palangana y las sábanas engomadas, pero ahora su amor convocaba al Amor y el futuro regresaba. Más triste, más profundo, sin la confianza soberbia de la adolescencia pero con la suave dicha de lo que es indiscutiblemente verdadero: desafiar a la *Varsovia* era pelearse un futuro, y ella no estaba sola en la pelea, no solamente porque Vittorio, durmiendo a su lado, le entibiara su flanco.

II

Hacía rato que había amanecido cuando el tren empezó a frenar. Era la mañana del jueves y estaban entrando a la estación de Bahía Blanca. Llegaba el temido momento del transbordo. Del lado de la ventanilla, Dina se levantó a ponerse el abrigo y él aprovechó para inclinarse y mirar afuera. No le gustó lo que vio; la tomó con fuerza del brazo, se corrió y la hizo sentar nuevamente. Dina miró: entre la gente que esperaba el tren en el andén, había muchos policías. El tren se detuvo. Vittorio se asomó brevemente, levantando el vidrio: a la entrada de cada vagón que divisaba había dos policías apostados.

Percibió el nerviosismo alrededor de su asiento; los viajeros se preguntaban qué ocurría, algunos tomaban sus equipajes y abrigos y se ponían en una larga fila para bajar, una fila que se movía con extraordinaria lentitud.

—Piden documentos a cada matrimonio. Buscan a una pareja de delincuentes —escucharon informar a un pasajero.

—Buscan a mí —susurró Dina al oído de Vittorio.

Vittorio asintió, respiró hondo, eligió razonar.

—Te buscan a vos, no me buscan a mí. Si me piden documentos, estoy en regla. Y si te piden documentos, vos también estás en regla. No abras la boca, salvo para decir *non capisco*, como te enseñé. Acordate que hablás sardo, casi nada de italiano. Dejame a mí que yo les explico.

—Es peligro que yo hablo. Es peligro, amor. No bajamos. Seguimos.

A toda velocidad, Vittorio evaluó la propuesta: seguir de largo, comprar a bordo pasaje para la próxima estación, pagar allá para que alguien los llevara en carreta de vuelta hasta Bahía. Era posible. Pero iban a perder el tren que seguía a Patagones y precisaban llegar ese mismo día para arreglar la partida por el río y estar en San Antonio Oeste a la mañana siguiente.

—Vamos a perder el otro tren.

—Van a agarrar nosotros. Buscan matrimonios.

—Tengo una idea —dijo Vittorio.

Se levantaron y tomaron el equipaje; empujando a la gente que hacía cola en el pasillo, avanzaron hasta el otro extremo del vagón. Tenían algún tiempo para actuar, el procedimiento policial estaba atrasando al tren.

—Entrá al baño y no me cierres la puerta. Esperá que entre yo —pidió Vittorio.

Buscó en la pequeña valija su pantalón, su camisa de trabajo y una gorra, metió el abrigo de Dina, entró en el baño que parecía vacío y trabó la puerta.

—Rápido, ponete esto.

—Grande.

—Ponételo igual. El pantalón tiene cordón para ajustar.

La camisa y el pantalón le quedaron muy holgados y tuvo que arremangar varias veces mangas y botamangas, pero con la gorra encasquetada en su pelo corto y la cabeza gacha, ella daba una primera impresión de muchacho. Pobre, sucio, malvestido (era ropa arrugada, manchada de tinta), desgarbado y enclenque, pero muchacho al fin, no mujer. Tenía la cara llena de polvo por el viaje, Vittorio puso la mano en la superficie roñosa de la ventanilla y se la manchó todavía más. Parecía un vagabundo. Salvo que además buscaran vagabundos, iba a pasar inadvertida.

—Bajamos separados —susurró—. Yo salgo ahora del baño y me voy con el equipaje. Vos salís después, no bajes por el mismo vagón en que viajamos, que los que nos vieron no te reconozcan. Si nos cruzamos en el andén, actuá como si no me conocieras. Nos encontramos afuera de la estación, ponete donde no haya policía cerca y esperá, que yo te busco. Me quedo con los pasajes para el transbordo. ¿Entendiste todo lo que dije?

—Sí —dijo Dina, blanca como un papel.

—Va a salir bien —le sonrió Vittorio, no menos pálido que ella.

—Seguro —murmuró Dina.

Le dio un beso en los labios. No estaba nada segura, pero en todo caso era la única chance que tenían.

III

Tal vez ya la habían atrapado en alguna estación y todavía no había llegado la noticia. Entre tanto, un periodista que podía saber adónde iba la mujer tenía pasaje para Carmen de Patagones. En el informe que el juez Tolosa recibió el viernes a primeras horas de la tarde, la policía avisaba que, en la tarde del día anterior, jueves 16 de octubre de 1927, el periodista de *Crítica* (pasquín de la chusma recién llegada que el juez no leía pero por supuesto conocía, pasquín cada vez más poderoso que ensuciaba a la prensa argentina) había pasado por el Banco de la Nación donde tenía una caja de ahorro a su nombre con un saldo de seiscientos pesos, la había vaciado y había marchado a la Estación Constitución. Allí había sacado pasaje de segunda clase para el sábado siguiente a las 19.30, con destino a Carmen de Patagones, límite entre las provincias de Buenos Aires y Río Negro, puerto fluvial con comunicación directa con el puerto marítimo de San Antonio Oeste. Sobre este periodista, simpatizante de actividades políticas subversivas, se informaba que era hijo de inmigrantes europeos, respondía al apodo de "el Loco", estaba casado y tenía una hija. Sus costumbres eran irregulares —jaranas hasta tarde, frecuentación de burdeles—, no se le conocía religión (detrás de ese apellido impronunciable supuestamente prusiano perfectamente podía esconderse, pensaba Tolosa, en vez de un hereje protestante, un astuto judío). Había escrito una novela que el juez no iba a perder tiempo en leer, vomitivo manifiesto que, se entendía por el informe, defendía la inmoralidad de la pobreza y exhibía casos de degeneración repugnantes al pudor. Una de las tantas lacras llegadas de Europa, en suma, amigo de un grupo de escritores que simpatizaban todos con el comunismo, donde había judíos bolcheviques. También estaba en contacto con otros jóvenes escritores y poetas, algunos de buenas familias argentinas, incluso, poco confiables: formaban parte de esa bohemia de Buenos Aires, otra lacra, buena parte de la cual apoyaba el irigoyenismo y permitía que se relajaran los sólidos valores nacionales en que se fundaba nuestra nación.

De acuerdo con declaraciones de la portera del burdel, ese periodista visitaba a Dina con asiduidad. Según testimonio de soplones de *Crítica*, ese jueves había partido antes de horario de su trabajo, provocando la indignación del jefe de la sección Policiales, donde trabajaba, y desatando insultos tonantes del señor Botana, dueño del pasquín. Lo más probable era que fuera despedido.

¿Había perdido la razón definitivamente, quien mucho ya no debía tenerla, dado el apodo con que se lo conocía? ¿Qué buscaba?

Buscaba a Dina, al juez Tolosa le parecía evidente y el judío Traumann —muy astuto— opinaba lo mismo.

El sábado después del mediodía el doctor recibió el informe de las actividades del periodista durante el día viernes, pero los molestos requerimientos de su esposa, que aprovechaba los fines de semana para fastidiarlo con problemas de los hijos y otros asuntos menores, le impidieron leerlo hasta entrada la siesta. Dos informantes vestidos de civil habían seguido el viernes, por separado, al periodista, cuando salía de su casa posiblemente fingiendo que iba a trabajar. El sospechoso se dirigió al barrio de Boedo; luego de una larga caminata que parecía no tener dirección fija, entró en un café de dudosa reputación situado en la esquina donde se cruzan la avenida Boedo y la calle Inclan, que la gente llamaba "La Tacita". En "La Tacita" tomó vino moderadamente y conversó con varios conocidos, uno en especial (Gianni Genovese, conocido como "el Genovés", con varias entradas por vagancia y alcoholismo), se sentó solo con él un rato largo. El sospechoso también jugó al truco por porotos durante varias horas, ganando tres partidos incluido el pica-pica, perdiendo uno. En el informe constaba que al salir el sospechoso del bar, uno de los informantes entró para entablar conversaciones amigables con los parroquianos, éstas no permitieron determinar de qué había hablado el sospechoso con el Genovés pero sí el éxito del sospechoso en el juego de ese día y también el emocionante final del pica-pica, cuando obtuvo el punto que completaba las buenas con un falta envido no querido, cantado con tres cuatros en la mano. Salvo este detalle (que el informante incluía porque creía que podía dar cuenta de la personalidad artera y poco confiable del susodicho, y que al doctor Tolosa le parecía una prueba más de la posible sangre judía que se escondía en el apellido falsamente prusiano), nada más se había podido averiguar. El Genovés, particularmente, se había mostrado reservado y desconfiado con el informante, como si realmente tuviera algo que ocultar.

Mientras tanto, el segundo informante había seguido el deambular del sujeto por la ciudad. A diferencia de hábitos arraigados que se le conocían, esta vez no había entrado a ningún prostíbulo; había caminado simplemente, vagando por la ciudad sin rumbo fijo hasta las 21.30, momento en que solía salir del diario cuando no se encargaba del cierre de su sección.

Alrededor de las 22 el sospechoso había ingresado a su hogar y ya no lo había abandonado.

El informe era transparente, pensaba Tolosa: el sujeto antisocial ocultaba a su mujer el duro conflicto que atravesaba en el trabajo, le hacía creer que asistía y esperaba simplemente que llegara el día siguiente para tomar el tren y abandonarla. ¿Adónde iba? En busca de la prostituta, era probable.

¿Pero entonces este hombre sabía que Dina y Comencini se habían escapado al sur? De eso ni él ni la *Varsovia* tenían ningún indicio. Es decir, sabía algo que ellos no, como Traumann le había dicho. Y su pasaje tenía una meta definida: Carmen de Patagones. ¡Ah, si el imbécil de Grosfeld hubiera dado aviso a tiempo, ya la hubieran atrapado en Bahía Blanca o en la estación que fuere! ¿Sería un dato seguro Carmen de Patagones, o el periodista habría elegido el lugar por alguna deducción cuya verdad estaba por comprobarse?

Desde el apodo del periodista hasta el hecho mismo de que estuviera personalmente implicado en la búsqueda de una prostituta —misión a todas luces no periodística, dada la reacción que había tenido su patrón—, todo hacía pensar al juez que el sospechoso no estaba en su sano juicio. Pero el doctor Tolosa era un hombre cuerdo y de probada capacidad deductiva. Lector del moderno escritor inglés Arthur Conan Doyle, él mismo investigador comprometido de los crímenes que juzgaba, excelente administrador de sus campos y de la justicia dentro de sus tierras (su rebenque era implacable con los peones vagos y malentretenidos pero premiaba a cualquiera que lo mereciere), sabía pensar por su cuenta antes de correr a seguir por la Patagonia —como Traumann le había insinuado que hiciera— a un periodista de más que dudosa respetabilidad.

San Antonio Oeste era el puerto más austral cercano al ferrocarril; si la puta y el anarquista querían escapar del país, de allí partían cargueros al extranjero con asiduidad, ya que estaba en construcción otro tren que en el futuro se conectaría con Patagones (y desde ahí con Bahía Blanca y Buenos Aires) y ya atravesaba una zona de la región patagónica, aunque cuando estuviera terminado uniría definitivamente, de este a oeste, el mar con las primeras estribaciones de la cordillera de los Andes. El puerto de San Antonio Oeste era el punto de partida y el centro de abastecimiento de toda la inmensa obra, para ella recibía el carbón de Inglaterra, de allí se exportaban importantes cantidades de lana.

O el periodista tenía un dato concreto, o había balanceado estos factores y por eso había sacado ese pasaje. Por otra parte, escapar por el sur, y no por otro punto cardinal de la inmensa Argentina, era lo más razonable. Si la puta pensaba que la estaban buscando, ése era el lugar más aislado y despoblado. ¿Pero por dónde partir?

Salir por el puerto de Buenos Aires, tanto para cruzar a Uruguay como para ir a San Antonio Oeste u otro puerto más austral desde donde escapar del país, era suicida: la atraparían como a una mosca. Dina debía de saber muy bien que el puerto de Buenos Aires estaba controlado férreamente por la *Varsovia*, porque por ahí había llegado desde Polonia, según Grosfeld. Lo más seguro era partir en tren, esto también debía de haberlo balanceado el periodista en el caso de que no actuara por un dato cierto.

Intentando no creerle, el juez continuó evaluando otras posibles direcciones de fuga. Paso de los Libres podía funcionar para contrabandistas y cafishios, pero eso mismo, precisamente, volvía evidente que no funcionaría para putas prófugas. Quedaban el norte y el oeste. En el norte, menos infectado con la chusma inmigrante, una judía que hablaba un castellano envilecido no sólo llamaría la atención, produciría hostilidad; además, en el norte todavía se cuidaban las costumbres (al juez le constaba, porque conocía algunas familias preclaras de Salta y de Jujuy) y el hecho de viajar en concubinato con un italiano repugnaría y despertaría sospechas inmediatas en la policía. No. La frontera con Bolivia no era un lugar apto para que dos antisociales se evadieran. En cuanto a la frontera con Chile, en la región de Cuyo, tenía similares desventajas. Eran zonas donde el organismo social argentino gozaba de mejor salud y tenía más desarrollados los anticuerpos para combatir las infecciones que asolaban otras regiones del país. Como juez experto, sabía que en general los delincuentes elegían el sur o las fronteras del noreste para intentar huir de las garras de la ley.

De modo que, aunque arrastrado por el hechizo de la puta, el periodista había hecho bien su deducción general. Quedaba por ver si el punto específico, Carmen de Patagones, era el correcto. Sobre la mente obnubilada, incluso demente, del periodista, el juez Tolosa tenía inmensas ventajas. La principal, en este caso, era la inmunidad al influjo maligno de Dina, su autoconciencia sobre la imperiosa necesidad de combatirlo. Tolosa tenía que poder penetrar la demoníaca cabeza de la bella hebrea y pensar sin el prejuicio o la influencia que el pasaje que había sacado el periodista pudiera inspirarle: por qué Carmen de Patagones sí, o por qué no.

Por empezar: la pareja no tenía dinero. No habían vendido las joyas, lo hubiera sabido en seguida, dada la vigilancia que se había montado. Ella huyó del burdel en la madrugada del lunes y ya el miércoles todos estaban alertas; era improbable que las hubiera vendido antes. Primero, porque hacer una operación así a semejante velocidad exigía contactos; segundo, porque sus hombres o los de la *Varsovia* lo hubieran averiguado un día después: no se vende esa cantidad de diamantes y se pasa inadvertido. No. La prostituta no tenía dinero, salvo que Comencini, como buen anarquista, fuera un ladrón y tuviera su propio botín.

Pero el juez había hecho averiguaciones sobre Comencini, la policía no lo tenía fichado como anarquista terrorista sino más bien como un simpatizante del anarcosindicalismo, poco partidario de los delitos terroristas que esa escoria llamaba con el eufemismo de "acción directa". Comencini no parecía ser ladrón ni tener contacto con ladrones. La policía había interrogado a compañeros suyos de trabajo: había vivido humildemente los tres años que llevaba en la Argentina, había trabajado bien, ganaba poco dinero. Tenía un compañero en el taller, también de ideario anarquista, un judío llamado Samuel Kot, pero a ése no se le conocía militancia concreta. Tenía, además, amistades entre algunos judíos ricos, como el joyero Naum Rosenthal, instalado hacía quince años en la Argentina, quien, salvo por su raza y religión, no despertaba sospechas.

No. No había elementos para pensar que Comencini fuera un ladrón con dinero escondido. De modo que los prófugos no tenían un centavo.

Satisfecho, el juez se prometió enviar una carta de felicitación al Departamento de Investigaciones. Esa calidad de información era el apoyo necesario para su natural talento deductivo. Siguiente paso: si no tenían dinero, ¿cómo planeaban huir del país? Con los puertos vigilados, el único modo era embarcarse como polizontes. Pero eso cuesta mucho, no se compra fácilmente un lugar clandestino en un carguero. Suponiendo que, por sus simpatías anarquistas, Comencini tuviera algún contacto con marineros asociales, lo cual era posible, ¿por qué iban a ayudarlo gratis? De tanto encarcelarlos, interrogarlos, deportarlos, el juez conocía muy bien a los anarquistas: su principismo fanático los llevaba a emprender cualquier locura en nombre de sus satánicas ideas. Pero la huida de una prostituta no era de interés para ellos. ¿Acaso los marineros anarquistas no visitaban burdeles? ¿Iban a contribuir a que escaparan las mujeres que usaban? Pero además de no tener dinero, Dina no tenía documentos ni evidentemente modo de pagar uno falso. No, la pareja no podía planear irse del país a corto plazo. De pronto el juez entendió: iban al sur, sí, a Carmen de Patagones, pero no para llegar a un puerto. Desde Carmen de Patagones se llegaba a San Antonio Oeste, sí, ¿pero acaso desde San Antonio Oeste sólo se accedía al océano Atlántico? ¡No! También se accedía al flamante tren que atravesaba la Patagonia hacia el oeste, y estaba a medio construir.

Los prófugos, resolvió Tolosa, planeaban lo mismo que haría cualquiera si no tuviera cómo salir y quisiera ocultarse, lo que ya habían hecho varios delincuentes: perderse en el desierto. Iban a tomar ese tren. A lo sumo, intentarían pasar a Chile por alguno de los tantos pasos cordilleranos que al Estado se le hacía imposible controlar. Pero no por el norte, no pasando por Cuyo, adonde todos los telégrafos habían llevado órdenes de captura, descripciones de ambos y datos de Comencini. El sur era ideal, el sur salvaje, donde los caminos se acababan y apenas había picadas para internarse a caballo, o ni siquiera. El telégrafo sólo llegaba a Carmen de Patagones, Viedma y San Antonio Oeste, todo lo demás era tierra de nadie.

Tal vez el periodista había pensado lo mismo que él, o tal vez —dejándose llevar por el engaño de las obviedades— se quedaría revisando Patagones y el puerto de San Antonio Oeste. Él no. Él era hábil y ninguna puta lo engañaba. Tomaría el mismo tren que el periodista y partiría a San Antonio Oeste, pero no para perder tiempo en el puerto sino para tomar el tren de inmediato e internarse en el desierto.

Mientras ese imbécil, con toda probabilidad, se quedaría en San Antonio, él seguiría por el camino correcto. Iría hasta el caserío de puntarrieles, donde seguramente habría un destacamento de civilización y por lo tanto de fuerzas del orden, y, ayudado por ellas, comenzaría a preguntar y a averiguar. Lo bueno de esos puebluchos miserables era que nadie, absolutamente nadie que llegaba pasaba inadvertido. Mucho menos una pareja como ésa. Y cuando la encontrara... cuando encontrara a la serpiente disfrazada, cuando volviera a tenerla debajo, desnuda, temblando de terror y de placer (porque gozaba, cómo gozaba esa carne sucia, cómo lo miraba y le suplicaba enmudecida, la venda negra en la boca y los ojos celestes tan abiertos, que no le pegara más, que no le desnudara el alma, que no mostrara la escoria que hedía debajo de esa piel suave y artificiosamente perfumada), cuando volviera a tenerla... No sabía qué haría, tal vez terminar con ella de una vez, librar al mundo de una alimaña, una alimaña peligrosa, que podía volverse inmanejable, demonio con aspecto infantil que tantas noches lo había despertado en el campo, cuando llevaba sin tocarla semanas que podía contar una por una, cuando el recuerdo de sus malditos ojos celestes demasiado abiertos y desconcertados en la cara cruzada con la seda negra lo torturaba, le quemaba, lo obligaba a levantarse y montar su caballo dándole en plena oscuridad con los estribos, con el látigo, como si le pegara a ella, como si pudiera por fin tenerla a ella ahí, en su campo, encerrada para él, para siempre. Y tal vez haría eso, en vez

263

de matarla. Aunque matarla era hacer justicia y para algo él era juez de la Nación.

La judía había creído que iba a poder esclavizarlo. Lo había hecho con los otros dos, que para algo tenían sangre vulgar, pero con él no podía. No podía esconderse (aunque ocultarse en el desierto fuera una idea excelente), no podía evitar que él se defendiera y triunfara. La Cruz estaba de su parte, la razón de la Cruz. Dios inspiraba las ideas correctas, iluminaba la búsqueda. Si la búsqueda se hacía por el telégrafo, en los puntos donde la *Varsovia* tenía negocios y adonde llegaba la civilización, esconderse en el desierto era el modo seguro de no ser encontrada; pero era, en cambio, lo peor que se podía hacer si, en vez de una búsqueda rutinaria y burocrática, había un empecinado justiciero, un perseguidor implacable. Adonde no llegaba el telégrafo, llegaba el doctor Leandro Tolosa. Como la mano de Dios. Evidentemente Dina todavía no se convencía de quién era él, ni siquiera con la paliza que había recibido la última vez. Como todas las prostitutas, como todos los hebreos: era incorregible.

Sin perder un instante, el juez envió a su secretario privado a sacar pasaje con urgencia para el tren de ese mismo día sábado, a las 19.30. Quería un camarote en lo posible para él solo (que pagara las dos plazas, detestaba los compañeros de cuarto). Le pidió además que le consiguiera un mapa de la zona lo antes posible. Algunas horas después, inclinado sobre el mapa, ubicó la estación de puntarrieles del tren nuevo que estaba en construcción y daba la espalda al mar, avanzando perpendicular a él, en línea recta hacia el oeste. Tenía un nombre bárbaro: Huahuel Niyeu.

Estaba decidido. Partiría en horas hacia el corazón de la barbarie. ¿Qué lugar más apropiado para encontrar a Dina?

Eran las cinco y media de la tarde cuando Tolosa salió de su despacho y comenzó a preparar una valija, para asombro y disgusto de su esposa. Tratando de parecer cariñoso, le explicó que era un asunto urgente de trabajo y por el secreto que exigía su profesión no se lo podía contar todavía, y rechazó cualquier ayuda de la servidumbre con el equipaje. Incluyó allí su rebenque favorito, de mango de plata torneada, cuyos dos extremos habían hecho pagar a la pupila su retobe la última vez, y una pistola con cachas de nácar. Viajaría con el periodista, en el mismo tren. De pronto se dio cuenta de que ignoraba el rostro de ese sujeto. La policía debía tener alguna foto. ¿Cuándo pasaba por el Departamento de Investigaciones? Se habían hecho más de las 6, el tren salía en una hora y media y todavía tenía que calmar a su esposa, que estaba enojadísima, nada dispuesta a hacerle las cosas sencillas. Empezó a pensar un discurso convincente para justificar la ausencia apresurada. Su suegro, uno de los jueces de la Corte Suprema, era el gran apoyo que él tenía en su carrera. Cada vez que la hija iba a quejarse de él, lo citaba en su despacho y le pedía explicaciones. Era un hombre irascible e impaciente.

IV

Julián sacó el revólver y lo apoyó en la mesa.

—Para ti —dijo—. Y aquí tienes tu nuevo documento, Vittorio. Te llamas Ennio Marrone. Sigues siendo italiano.

Dina se estremeció. Nunca había visto un arma (hierro negro, culata marrón). Nunca había pensado que iba a tener una.

Habían llegado a Carmen de Patagones hacía dos días, despistando y eludiendo a los policías que buscaban en los andenes de Bahía Blanca para hacer el transbordo. Si todo hubiera salido bien, estarían embarcados en el *Almirante Nelson*, rumbo a Santos. Pero, excepto porque seguían ocultos y no les habían puesto (aún) la mano encima, todo había salido mal. En Patagones se instalaron en el primer lugar que encontraron: una casa que alquilaba una habitación. Vittorio dijo que venía a buscar trabajo en el puerto y que su mujer, recién llegada de Italia, no hablaba una palabra de castellano. Dina se quedó en la habitación dispuesta a no abrir la puerta a nadie ni asomarse a la calle por nada del mundo; él salió a buscar a Julián Soto, el hombre que le había indicado el Catalán. Si, tal como prometió, el Catalán había enviado un telegrama, los compañeros tenían que estar aguardándolos. Siguiendo las instrucciones de Beppo, el estibador del puerto de Buenos Aires, encontró a Julián en *El Marinero Negro*, uno de los bodegones de la calle Roca, frente al río. Era un hombre sombrío y corpulento de más de treinta años, usaba boina azul y chaleco de cuero sobre la camisa. Estaba sentado en el mostrador cuando se lo señalaron, Vittorio se abrió paso hasta él entre los marineros. Julián lo escuchó con el ceño fruncido, sin mover una ceja ni sacarse el cigarrillo de la boca. De pronto pagó su ginebra y se puso de pie, disponiéndose a irse. Vittorio no supo qué hacer hasta que escuchó un rápido susurro:

—Sígame no muy de cerca.

Unos segundos después Vittorio salía de la taberna. Reconoció la boina azul que caminaba algo más lejos. La vio subir por la vereda en pendiente, esquivando los bancos donde los parroquianos se sentaban a tomar vino y contemplar el río, después de la jornada de trabajo. Era una calle estrecha y populosa, dos veces creyó haberlo perdido en el bullicio, pero la boina reaparecía y seguía trepando, hasta que dobló bruscamente a la derecha y Vittorio llegó con la respiración agitada y dobló también, bajando por una calle escalonada donde sólo caminaban ellos dos, una escalera de piedra estrecha y empinada que a Vittorio le recordó las callejuelas de Génova, desde donde había partido, encajonada entre altas veredas, maltrechas casas de adobe que avanzaban hacia el río. Julián subió una escalinata y entró a una de las casas, dejando la puerta abierta. Vittorio se dio vuelta: nadie los había seguido. Entró detrás de él y cerró.

—Disculpa las complicaciones pero la policía está terrible estos días. Os buscan —dijo Julián tuteándolo intempestivamente, con acento de algún lugar de España; estrechó su mano con fuerza—. Bienvenido a Patagones. Vamos, cambia esa cara —pidió con algo que quería ser una sonrisa—. ¿Tu mujer dónde está?

—Se quedó en la habitación que alquilamos, por precaución.

—¿Estáis en una posada?

—No. En una casa de familia.

—Mejor, pero no es seguro. Os están buscando. Es probable que la policía haya dado el alerta a las pocas posadas que hay y tal vez revise las casas que toman huéspedes, nunca se sabe. No conviene que os quedéis allá, venid aquí. ¿Tú te has registrado con tu nombre?

—Les di un nombre falso, igual no escribieron nada. Arreglamos el precio, nos dieron la llave y dijeron que mañana por la mañana me pedían el documento y apuntaban mis datos. No hicieron muchas preguntas. Dije que venía a buscar trabajo en el puerto.

—Como todo el mundo; muy bien, eso no despierta sospechas.

—Igual no es a mí a quien buscan sino a ella.

—Error. Te buscan a ti también.

—¿A mí?

—A ti. Lo contó un camarada de la Mihanovich, que es una compañía naviera muy importante acá en Patagones. Estaba en la oficina de administración cuando vio llegar a la policía. Hablaron con el jefe de personal y pasaron a otra oficina. El camarada averiguó de primera fuente: os buscan a ambos, con nombre y apellido. Han dado el alerta a todas las empresas del puerto. Ayer estaba ahí casi toda la policía de Patagones, que tampoco es mucha, vamos, como si no tuviera otra cosa que hacer que buscaros. El camarada dice que hay una orden de captura contra vosotros.

—¿Orden de captura? ¿Judicial?

—Parece que sí.

—¿Y de qué nos acusan?

—Terroristas anarquistas, por supuesto... ¿Qué quieres que inventen? No te pongas así, hombre... Deberías estar orgulloso.

Vittorio salió casi corriendo a buscar a Dina.

—Camina rápido pero no llames la atención —le había advertido Julián.

Parecía estar en uno de esos sueños en los que hay que llegar muy rápido a algún lado pero no se puede correr y todo lo que las piernas caminan no sirve para avanzar. Trepaba desesperado las calles que lo alejaban del río, siguiendo las instrucciones que le acababan de dar. El corazón saltaba y lo asfixiaba, los músculos de las piernas le dolían, como si estuvieran por desintegrarse; que aguantaran, que siguieran, cada vez faltaba menos, pero sentía que cada vez faltaba más, que cada paso era la prueba de que iba a llegar tarde. Le pareció estar viendo por segunda vez la misma farmacia en una esquina. ¿Se había perdido? Estaba oscureciendo, los negocios empezaban a cerrar, las persianas a bajarse, algunas luces hostiles se encendían en las ventanas. Su Dina estaba en alguna habitación sola, cerca pero tan lejos, y los estaban buscando. No eran muchas las posadas en ese pueblo, le había dicho Julián, tampoco debían ser tantas las casas que alquilaban cuartos. ¿Y si la policía había alertado también a las casas de familia? ¿Y si en ese mismo momento a Dina se la estaban llevando?

Un hombre dobló la esquina y caminó hacia él. Vittorio tembló pero el hombre pasó de largo sin mirarlo, y entonces Vittorio se animó y lo llamó. Estaba perdido.

—Disculpe, ¿cuál es la calle Rivadavia?

—Una cuadra más arriba. ¿Rivadavia y qué?

—Y Suipacha.

—Ésta es Suipacha.

Solamente una cuadra. Corrió casi con alivio infinito por la vereda vacía. Le faltaba el aliento cuando llegó a la puerta. Todo parecía quieto, el zaguán no tenía todavía la luz encendida, el patio vacío, la habitación de Dina silenciosa. ¿Demasiado silenciosa? Puso la llave en la puerta. ¿Y si lo estaban esperando?

Dina dormía. La sacudió suavemente.

Explicó al dueño de casa que se acababa de encontrar con un tío que trabajaba en el puerto y había ofrecido alojarlos. Aunque habían ocupado la habitación solamente dos horas, insistió en pagar el día entero. Después llevó a Dina por las calles ya oscuras, vacías, deteniéndose cada tanto para apoyar la valija y abrazarla en silencio. Ella respondía con dulzura, intentando como él disimular el miedo, protegiéndolo del pánico como él la protegía. La vieja casa abandonada estaba fría y sucia, pero les pareció un palacio que se cerraba mágicamente detrás de ellos, defendiéndolos de todo. Julián los instaló en un cuarto vacío con un colchón de lana en el piso. Fumaba un cigarrillo tras otro y hablaba con rapidez y precisión, no se le notaban emociones.

Sentado en el piso él también, les explicó descarnadamente que intentar embarcarlos al día siguiente en San Antonio Oeste era suicida: varios marineros del movimiento hacían todos los días el trayecto ida y vuelta a San Antonio y decían que el puerto de mar estaba todavía más controlado que el de Patagones. Desde el miércoles, se veía, los estaban esperando. El destacamento de policía de San Antonio era mucho más importante que el de Patagones y tenía subprefectura (alertada, por supuesto), si iban allá en estas condiciones los atraparían. La célula de tripulantes del *Almirante Nelson*, por otra parte, consideraba que esconderlos en el barco, en semejante clima, era imposible, terminarían todos en la cárcel en el mejor de los casos. Las opciones entonces eran tres: la primera, seguir más al sur por tierra y tratar de tomar el carguero que salía de Comodoro Rivadavia, para lo que deberían pagar a un baqueano que los guiara y mantuviera la boca cerrada (algo que nunca podía garantizarse porque, como explicó Julián, "cuando pagáis para eso, sólo tiene que llegar alguno que pague más que vosotros"); la segunda opción era quedarse en Patagones escondidos en esa casa que él creía razonablemente segura, hasta que se calmaran las cosas, esperando un nuevo carguero donde hubiera compañeros dispuestos a ocultarlos. Pero esto podía suponer meses de espera.

Quedaba la tercera opción. Siguiendo el consejo de Julián, Vittorio y Dina optaron por ella. Y allí estaban, un día y medio más tarde, parados alrededor de la mesa de la cocina de esa casa abandonada mirando un revólver que deberían llevar consigo.

—¿Sabes usarla, Ennio? Sí, acostúmbrate a que te llamas Ennio.

—Sí —murmuró Vittorio.

—¿Y tú, Saturnina Mattioli?

Dina negó con la cabeza.

—Levántala, vamos, Ennio, levántala y dásela a ella.

—Yo no necesita aprender. Él sabe.

—Sí lo necesitas —dijo Julián, y agregó con una voz que hasta ahora nunca le habían escuchado—. Si mi mujer hubiera sabido usarla, ahora estaría viva aquí conmigo.

No se atrevieron a preguntar nada. El propio Julián cortó el silencio.

—Disculpad... Pues, nada, que me la mataron en Asturias los carabineros de Primo de Rivera. Habíamos tomado las minas, yo estaba en la toma y ella estaba sola en casa. Yo tenía un arma, ella no, y no tenía cómo defenderse. Lo hicieron a propósito, fueron por ella porque era el modo de matarme a mí... Saben lo que hacen... Bueno, basta pues, pasaron ya más de tres años y sin embargo aquí estoy, ¿no?... Vamos al patio, tiraremos tiros contra unas botellas. La cuadra está vacía, ésta es una zona abandonada, nadie va a escucharnos.

Además del documento y el arma, Julián les había dado un mapa donde les mostró el recorrido, la tercera opción, la más segura, el radical cambio de planes: el domingo al atardecer saldrían hacia San Antonio Oeste, sólo a 7 leguas de allí, escondidos debajo de las lonas de una barca que los dejaría en las afueras. No entrarían al puerto vigilado; dos camaradas los esperarían y los esconderían hasta el lunes. De San Antonio Oeste salía todos los lunes un tren nuevo que estaba en construcción y daba la espalda al mar, avanzando perpendicular a él, en línea recta hacia el oeste. Llegaba por ahora hasta Huahuel Niyeu, un asentamiento de indios sobrevivientes e inmigrantes recién llegados, en el medio del desierto. Era el último punto de la civilización, de allí en más seguirían a caballo y tratarían de pasar a Chile por la cordillera de los Andes. Iban a internarse en el desierto, era mucho más difícil que irse por el mar pero también mucho menos peligroso: allí no llegaba el telégrafo, casi no había población, allí nadie los perseguiría. Deberían defenderse de los pumas, del viento y del frío. Pero no de los hombres.

V

Hubo un largo silbato, el tren empezó a moverse y el andén de Constitución, a desfilar lentamente ante los ojos del Loco. En Buenos Aires quedaban la esposa y la hija, su vida de cronista porteño de policiales, de escritor de obra reciente y auspiciosa. Su vida de hombre normal, obediente de la ley de los hombres. Que lo que estaba haciendo no era un sueño, que se había atrevido, se lo probaba el dolor que sentía en el brazo cuando se clavaba los dientes.

No tomó un turno en el comedor. En un comedero que frecuentaba se había hecho preparar unas milanesas para comer en pan y había comprado algunas frutas. No tenía tanto dinero, después de todo. Nunca se sabe lo que puede pasar en un viaje. Además la excitación le quitaba el hambre. Pensaba constantemente en Dina. ¿Habría viajado en ese mismo vagón? ¿En ese mismo asiento? ¿La habrían atrapado ya o llegaría a tiempo para salvarla?

Contaba con un modo de salvarla pero no con un plan para encontrarla. El tren sabía por dónde ir para llegar a su meta. ¿Y él? Después de pasarse la vida quejándose contra la ley, había decidido realmente enfrentarla. La ley que ordena a los maridos mantener a sus familias; a los empleados, obedecer al patrón; a los gobiernos, prever y tolerar un negocio tan necesario como repugnante, negocio que, si lo es, debe dar lucro, y si lo da, es preferible que no beneficie a putas sino a varones con espíritu empresarial.

La ley. Razonable a su modo, coherente, implacablemente imbricada con un sistema cuya lógica es férrea, transparente para el que se atreve a pensarla. La ley no hace feliz a los que viven en ella, habría que ver qué le hacía ahora que se iba afuera. El Loco viajaba

270

afuera, afuera de su vida, a buscar a la única mujer con la que había podido compartir su alma, una puta perversa y buena como un demonio y un ángel. Viajaba a convencerla de que aceptara lo que él tenía para darle, que no era sexo y ni siquiera amor, si por amor se entendía lo que entendían los folletines que leía Irene y leía él también, un poco a escondidas, para matar el tiempo encerrado en el baño: el amor de la gente común. Lo que él tenía para dar a Dina era algo infinitamente más trascendente y definitivo: la oportunidad de vivir, de ser, de salvar esa belleza de flor galvanizada que sólo él sabía ver.

¿Pero cómo ubicarla y decírselo? No tenía ninguna idea clara. Llegaría por la tarde del domingo siguiente al pueblo de Carmen de Patagones. Eso era todo. Improvisaría. Era demasiado inteligente y demasiado creativo el Loco Godofredo. Era un genio. Ya lo había demostrado muchas veces, lo demostraría una vez más.

Aunque si lo pensaba un poco, lo mejor era irse primero a San Antonio Oeste y, después en todo caso, regresar si no los encontraba. Por lo que había averiguado, Patagones estaba a 7 leguas del mar navegando por el río Negro. Dina y su amante le llevaban dos días de ventaja. Lo más probable era que intentaran tomar un carguero para salir del país, y para eso necesitaban ir a un puerto de mar. Tenían dinero, seguro; ella se habría llevado del burdel sus hermosas joyas y se las habría entregado al muchacho para que las vendiera. Qué sonsa. Qué puta. Con joyas, con ese amante irresponsable, sola por la vida.

VI

Construida sobre una barranca a la orilla del río, con sus callecitas estrechas y perfectas, Carmen de Patagones le pareció un pueblo preparado para él, para su gran aventura, un pueblo ideal para que Dina lo rodeara con sus brazos y le susurrara que estaba dispuesta a escucharlo y partir hacia donde él dijera, como él quisiera. Lo ganó una súbita tristeza: no era con él con quien ella había llegado a ese pueblo donde tal vez ya no estaba. Y tal vez incluso había muerto ya, inmolada en brazos del otro, o —mucho peor— tal vez era en este mismo momento nuevamente esclava de la *Varsovia*, que, por otra parte, debía tener prostíbulos en Patagones (Noé

271

Traumann le había contado que la organización manejaba las casas del sur; los suyos eran prostíbulos para trabajadores, "¡prostíbulos para anarquistas, Loco!").

Una posada ofrecía cuartos. ¿Se quedaba o seguía de inmediato para San Antonio Oeste? No le vendría mal una cama, había dormido muy mal en el asiento de segunda clase. Pero si era necesario estaba dispuesto a partir en seguida. ¿Cómo decidir? Eran las cinco de la tarde, había todavía un rato de luz, podía usar un tiempo en ver si averiguaba algo. ¿Cómo? ¿Pero acaso no era un estupendo detective?

Entró a la posada y mostró su credencial de *Crítica*. Lo habían enviado, dijo, a escribir una nota sobre los inmigrantes que llegaban a la Patagonia. Precisaba entrevistar gente que hubiera arribado en la última semana. Lo trataron muy bien. No habían visto periodistas de cerca y la *Crítica* llegaba con bastante atraso pero era leída. Se pusieron a su disposición, ya se imaginaban a sí mismos en foto y letra impresa. La posada había recibido tres huéspedes esa semana: uno justamente en ese día, pero no le servía: ni era inmigrante ni venía a trabajar, era un caballero distinguido, en viaje profesional; dos habían llegado con el tren del jueves: inmigrantes libaneses.

—¿Un matrimonio?

—No. Dos varones. Están en su habitación en este momento. Si quiere, los llamamos.

El Loco no quería perder tiempo, fingió interesarse, tomó sus datos.

—Sólo estoy tomando los nombres de los posibles candidatos —explicó—. Ahora sé que los ubico acá; en todo caso, vuelvo luego.

Había otra posada en el pueblo, cerca del puerto. Y aunque el hombre que la atendía tampoco dijo nada que permitiera rastrear a Dina y a Vittorio, le advirtió que tuviera cuidado con recién llegados: la policía estaba esperando el arribo de una peligrosa pareja de anarquistas. El Loco se interesó mucho: era un dato "especialmente jugoso" para su nota en *Crítica*. Le ampliaron la información: la mujer era judía, el hombre italiano, eran concubinos y pertenecían a una célula terrorista; se los buscaba por un robo a mano armada a una joyería de Buenos Aires. El posadero sabía que podían registrarse con nombres falsos y estaba atento a cualquier pareja que llegara, tenía los nombres de los delincuentes, estaba listo para dar aviso inmediato a la policía. Le habían pedido que no divulgara el asunto pero no se hizo rogar mucho: los nombres eran Dina Hamer y Vittorio Comencini.

—No vale, demasiado fácil. Así nunca voy a ejercitar mis grandes dotes deductivas —fanfarroneó el Loco para sí, mientras salía.

La velocidad y la eficiencia de la *Varsovia* eran inauditas. La policía le buscaba a una pupila a menos de una semana de la fuga y a más de mil kilómetros de Buenos Aires. Repugnante. Admirable. El mal era lo único suficientemente apto para dominar el mundo.

—Porque los malvados son fuertes. No tienen sentimientos y eso los hace fuertes. Pobrecita, mi Dina, le echan encima todo el mal, todas sus huestes.

Ah, si pudiera estar con ella en ese mismo momento. La abrazaría, le pediría perdón, le besaría los pies, le juraría que nunca había querido pegarle, de rodillas le suplicaría que lo escuchara, que no rechazara lo que él tenía para darle: un lugar de verdad adonde llevarla, un lugar seguro, un lugar del poder, un retacito de mal que aceptaba cobijarla. Natalio Botana iba a protegerla. Porque el Loco estaba seguro de que aunque Botana estuviera furioso con él no iba a dejar pasar la nota con la prostituta redimida, si él se la llevaba como un regalo hasta su escritorio. Era capaz de despedirlo un segundo después de publicar la nota pero no de rechazarla.

Volvió a repasar los datos que tenía: ¿lo del robo a la joyería sería un invento para atraparla si trataba de vender las joyas? Tal vez ya las hubiera vendido. Si ese Vittorio tenía dos dedos de frente, además del romanticismo infantil que lo trasladaba como hoja al viento de Buenos Aires a la Patagonia, habría acudido a sus camaradas anarquistas. Sin embargo, recordando su única conversación con él (alrededor de Bakunin, parados junto a la linotipo en el taller), el Loco no tenía la impresión de que estuviera conectado con los grupos libertarios de propaganda directa. Más que alguien capaz de acciones violentas, le había parecido un reformista, anarquista de café liviano, una nada, bah. Muchacho despierto, sí, pero muy perejil. No lo veía conectando a Dina con ladrones de joyas y consiguiéndole dinero en efectivo.

No lo veía... ¿pero y si era así? Otra vez el ramalazo de dolor.

Tampoco el Genovés lo veía a él abandonando a su familia y dejando su trabajo para jugarse de verdad por una mina. Y ahí estaba, qué pena que Dina no tenía cómo enterarse de lo que había hecho.

Descubrió la calle Roca y entró a varios bodegones de marineros y obreros del puerto, repletos ese domingo por la tarde. Conocía a Vittorio y era buen fisonomista, lo había visto levantarse como un resorte para pasar a la pieza de Dina, obnubilado por la puerta abierta donde lo esperaba esa mujer, no iba a olvidar nunca esa cara de varón hechizado. No estaba en ninguna de las tabernas a las que entró. Se mezcló con los parroquianos a ver si podía escuchar algo que sirviera: nada.

En *El Marinero Negro*, el último bodegón que visitó, tuvo la intuición de que debía quedarse. Pidió una ginebra en el mostrador. A su lado bebía un hombre sombrío.

—¿Usted también está solo? —le preguntó con simpatía.

—Ya lo ve.

—Me dicen el Loco y me llamo Godofredo. Mucho gusto.

El hombre le apretó la mano con tanta fuerza que casi le rompe un hueso.

—Julián —dijo sin sonreír.

Se acodó sobre la barra y siguió bebiendo. El Loco pensó que había conocido gente más simpática que Julián.

—¿Llegó hace poco a Carmen de Patagones? —preguntó sin darse por vencido.

—No —dijo el otro dejando una moneda sobre el mostrador—. Me tengo que ir. Adiós.

Tuvo que volver a tenderle la mano. Otro así y se quedaba manco.

Un grito lo distrajo.

—¡Llegó el Loco del Oro! —anunciaba un tipo bastante borracho.

Sonriendo bonachonamente, un hombre que entraba le respondió:

—Vos burlate de mí, alemán, burlate que ya vas a ver. Ni un trago te voy a pagar cuando sea millonario. ¡Ni un trago!

Saludó a varios pero no aceptó sentarse con nadie, fue directo hacia la barra y se puso a tomar ginebra junto al Loco. No tenía treinta años, como él, pero a diferencia suya no parecía haber usado nunca cuello duro ni haber pasado seis horas seguidas trabajando bajo techo. Su rostro anguloso y flaco estaba quemado por el sol, sus ojos eran negrísimos, vivaces, y su cuerpo, asombroso: enorme caja torácica, brazos de boxeador, todo mal combinado con piernas demasiado finas. Usaba sombrero, pantalones de paño, botas altas de cuero y un pañuelo atado al cuello. Entre el pantalón y el cinto de cuero, al Loco le pareció ver el mango de un revólver. Era un hombre para conocer. Definitivamente.

—A mí también me dicen el Loco —le informó sonriente, de pronto.

El Loco del Oro levantó la vista y se quedó contemplándolo como si fuera una aparición. Después sonrió y sacudió la cabeza.

—¡Mire usted! Entonces debe ser una persona interesante.

Fueron a sentarse a una mesa. Un rato después eran amigos.

VII

En el destacamento de policía de Carmen de Patagones había cuatro gauchos de mierda y un subcomisario. Lo recibieron lo mejor que pudieron, que no era decir mucho, y le dieron un informe completo de lo actuado.

—Mucha actuación, pero resultado ninguno —les rezongó el juez Tolosa, y el oficial a cargo calló mirando el piso—. Se dará cuenta de la alta peligrosidad de estos subversivos —siguió—, por algo me vine personalmente a un pueblucho como éste, para buscarlos.

—Doctor, estamos a su disposición.

—Por supuesto, ¿necesita aclararlo? —dijo Tolosa.

Se levantó y salió empujando a los chinos de mierda que estaban torpemente parados uno junto al otro, obstaculizándole la salida.

Igual no los necesitaba. Los prófugos iban a tomar el tren que salía al día siguiente a las ocho y media de la noche, estaba muy seguro, y en ese tren iba a estar él. Habían llegado a Patagones inevitablemente en el tren anterior, el que había arribado el jueves, y después de estar un par de días burlándose de ese puñado de brutos se habrían ido para San Antonio, o se estarían yendo ahora. El juez tenía la certeza de que en los días anteriores los subversivos habían estado en las narices de la policía de Patagones. Era

275

demasiado astuta la judía: no iba a esconderse en un puerto marítimo con policía portuaria si podía quedarse en ese pueblucho infame.

La subcomisaría no servía para nada. Averiguó por su cuenta el horario del tren que salía de San Antonio Oeste, no se hizo reservar un camarote (para él solo, por supuesto) porque era obvio que no sería necesario: los que viajaban al desierto eran patanes, los camarotes apenas si estarían ocupados. Sí reservó lugar en el vapor que lo trasladaría hasta allá a las nueve y media de la mañana del día siguiente. Todo lo averiguó e hizo solo. Con esa policía no se iba a limpiar el país de la canalla inmigrante y subversiva. Estaba harto de esos criollos inútiles, ignorantes de sangre bárbara, y también harto de los astutos europeos demoníacos, zaparrastrosos que venían a traer el monstruo anarquista y comunista, el desorden social, la muerte de su hermoso idioma español, el final de las costumbres y los valores cristianos. Unos y otros eran lacra. La argentinidad nunca había corrido tanto peligro, y encima Dina estaba suelta.

El juez llegó rabioso a la puerta del único burdel. Le había preguntado al oficial a cargo dónde estaba, sabía que los judíos también los manejaban y tenía la esperanza de que hubieran sido más eficientes y la tuvieran a Dina ahí guardada, lista para él.

Esperanza vana, por cierto. La regenta estaba al tanto de la fuga pero no tenía noticia alguna. Le ofreció aliviarse. "Obsequio de la casa", sonrió.

El juez examinó ceñudo las cuatro hembras que le fueron presentadas. Tres eran feas y viejas. Eligió a la otra, muy joven, seguramente una díscola a la que la organización había castigado enviándola a esos confines, un método que usaban a menudo. Una judía díscola era lo más parecido a Dina que se podía encontrar pero ésta en nada se le parecía, por desgracia: la boca constantemente abierta y los ojos bovinos revelaban estupidez absoluta, la corta melena marrón caía en rulos artificiales. Los pezones pintados eran demasiado grandes. Asquerosa. Sin embargo, hacía bastante más de una semana desde la última vez con Dina. Y desde un año y medio atrás, después del nacimiento del quinto hijo, su mujer echaba llave al dormitorio. Con cuatro varones el apellido estaba garantizado, había justificado cuando se lo anunció. "Cualquier objeción, se la explicás a papá", le dijo irónica. El juez frecuentaba los prostíbulos de los franceses y en el campo tenía dos chinitas muy jóvenes de uso exclusivo, pero nada le había interesado tanto como Dina. En la última estadía en su estancia de Tornquist el doctor había llevado para sus dos chinitas unas batas transparentes iguales a las que Dina usaba, las obligó a vestirse con ellas y repitió los rituales de la mordaza y las sogas, aunque no fue lo mismo. La piel oscura de las hembras, sus caras jetonas, sus cabellos lacios de indias, todo le hacía extrañar el cutis blanco, el rostro delicado y europeo, los largos rulos infantiles.

Es que no eran judías, no eran astutas, no lo miraban con ese fondo de insolencia que ni el temor lograba apagar en los ojos celestes. Si precisaban, como cualquier hembra, su disciplina, no era con la urgencia con que la precisaba Dina. De todos modos habían servido y ahora el juez esperaba que esta vaquillona con la bocota que parecía tener pasto a medio comer le permitiera descargarse un poco.

La vaquillona no servía. Era la primera vez en la vida que una mujer contemplaba su entrepierna muerta y el doctor Tolosa consideró seriamente matarla. Tapándole la boca con un pañuelo sacó su pistola y se la pasó por los pechos, dudoso, sin saber si lo hacía para ver si producía algún efecto en su miembro o para elegir bien el lugar del corazón y hacer un único disparo. Pero matarla era perder el tiempo, lo retrasaría. No estaba en sus tierras, donde con entregarle el cuerpo al capataz e indicar que lo enterraran alcanzaba. Le dio un poco con el rebenque pero después de dos o tres golpes ni siquiera le interesó seguir. Se vistió y salió. Pueblucho del demonio. Ni el burdel de los judíos servía ahí para algo y la posada donde paraba merecía que la incendiaran: la cama era infecta, crujía al menor movimiento. En realidad, era mejor, así resistía la vergonzosa necesidad de masturbarse. Durmió inquieto, con miedo a que el dueño de la posada se olvidara de despertarlo. Menos mal que a las seis y media de la mañana se iba.

VIII

El hombre con quien el Loco estaba bebiendo ginebra tenía la vida que él hubiera soñado: hasta los catorce años había vivido en el campo, en el sur de la provincia de Buenos Aires; luego había matado a tiros a un ladrón y, más tarde, el miedo a la tuberculosis lo había arrojado nuevamente a la llanura. Era un aventurero. Había galopado días y noches en extensiones increíbles, había recorrido el desierto patagónico, el cuchillo y el revólver en el cinto, los cinco sentidos alertas. Había matado pumas, cortado la cabeza de víboras y temido morir de sed, racionando por días el agua de la cantimplora hasta encontrar un río. Conocía la Patagonia como la palma de su mano, la había recorrido hasta el extremo más austral, la meseta árida y la región verde y exuberante de los lagos y las montañas le merecían respetos distintos pero igualmente intensos. Estaba en Carmen de Patagones desde hacía dos semanas; conocía a todo el mundo y todos lo conocían. Llegó subiendo desde la costa atlántica, después de muchos meses de andar por el suroeste. Buscaba hombres para una expedición pero sólo había conseguido entusiasmar a dos, por cierto bastante inútiles. Decía que había encontrado un lago de oro al suroeste de Esquel, casi en el límite con Chile.

—¿Un lago de oro? No existen los lagos de oro —afirmó el Loco.

—¡Existen! —dijo el otro. Bebió. Existía por lo menos uno, dijo, y él lo había descubierto. Estaba en el fondo de un desfiladero negro: agua dorada rodeada de muros de piedra. Cuando lo vio, el Loco del Oro creyó estar frente a un fenómeno óptico o botánico (aguas coloreadas por algún vegetal), pero un día en Rawson, esperando en la sala de un dentista, encontró en una revista médica una nota que arrancó y desde ese momento llevaba consigo.

Del bolsillo de la camisa, sacó unas hojas impresas muchas veces dobladas y muchas veces abiertas y se las extendió al Loco.

—Con cuidado, por favor —pidió—. Mientras usted lee, voy a buscar otro trago. Yo invito.

El artículo se refería a la terapéutica de una enfermedad de la piel y recomendaba para ella el "agua de oro", un líquido en el que quedaban suspendidas partículas microscópicas de ese metal, y se obtenía echando un trozo candente de oro en agua de lluvia.

—¿Se da cuenta? —se excitó el otro Loco, regresando con dos

278

vasos— ¡Eso es lo que vi en el lago! ¡Encontré un lago de oro coloidal que quién sabe cuántos siglos tardó en formarse, por el paso del agua junto a las vetas de las rocas! ¡Encontré oro, amigo! ¡Lo único que tenemos que hacer es volver y explotarlo! ¿No quiere venir conmigo?

Con un estremecimiento, el Loco Godofredo supo que quería largar todo otra vez. Al diablo Dina y su salvación, al diablo su amor. Todo lo que deseaba era seguir al tipo por desiertos, picadas y montañas en busca del agua dorada. ¿Así era? ¿Eso era irse afuera de la ley? Se empezaba largando a la esposa y a la hija, al trabajo honrado, para buscar a la puta; después se largaba a la puta en pos de... ¿del oro? ¿Y después...? ¿Pero de qué oro hablaba?

—Oiga, ¿cómo está seguro de que ese lago tiene eso que usted dice?

El Loco del Oro lo miró asombrado.

—¿Necesita otra prueba? ¡Es una revista científica, no son patrañas! —dijo señalándose el bolsillo, donde ya había guardado la hoja impresa luego de doblarla con amor.

El Loco suspiró. No iba a ser él quien lo hiciera razonar. Pensó con pena que su prueba ya se estaba rompiendo por los dobleces y pronto sería ilegible. "Siempre es lo mismo: el mal sabe qué hacer; nosotros buscamos lagos de oro."

Explicó a su reciente amigo que lo tentaba la idea de ser de la expedición pero que estaba en una misión especial y no podía distraerse.

—¿Qué misión?

—Una mujer...

—Ah, ¡eso es sagrado!

Había levantado las manos, como si en vez de sacarlas de la mesa las sacara de las solapas del saco del Loco, como si en ese mismo momento renunciara a arrastrarlo a cualquier empresa, casi asustado.

—Sí, bueno, claro... —dijo el Loco— pero ojo que no es mi... Es una prostituta... muy especial.

—Oh. Comprendo. Yo tuve una... Pobrecita, se me quedó en el bosque. Estaba enferma... ¿La suya?

—No. No está enferma, quiero decir, que yo sepa.

—Esperemos...

—Esperemos. La mía está huyendo.

—¿De usted?

El Loco empezaba a fastidiarse. Tomó otro trago.

—¡No, hombre! Huye de... la policía. Y yo la ayudo... a la distancia. Necesito ubicarla.

—Ah... Ayudar a huir de la policía siempre es un placer... Espere... Yo vi cosas en estos últimos días.

—¿Qué vio? ¿Los vio?

—¿Los? ¿Está con otro?

"Es buen tipo pero me va a sacar de quicio", pensó el Loco.

—*Escapa* con alguien, no *está* —corrigió secamente y pensó en seguida, con amargura, que su corrección no significaba nada—. Con un hombre —dijo y se supo un imbécil—. Pero la va a llevar a la muerte ese hombre, yo lo sé. Es un muchacho muy joven... Un anarquista... No tengo nada contra los anarquistas pero... ¿Los vio usted?

—Yo tampoco tengo nada contra los anarquistas, le advierto.

—No, por supuesto. ¿Los vio usted?

—¡Vivan los anarquistas! —gritó el Loco del Oro. Al Loco Godofredo la cabeza le daba vueltas. Brindaron. El Loco Godofredo aclaró:

—Pero él no es un verdadero anarquista. Es blandito, un perejil, digamos. Y por eso la busco, porque yo sí sé cómo salvarla, lo mío no es un sueño infantil, irresponsable.

Con los ojos brillantes por el alcohol, el del Oro levantó su copa.

—Usted es una persona noble. Usted la ama aunque ella no se lo merece. Usted quiere salvarla. Brindo por usted.

Casi lagrimeando, el otro Loco contestó:

—Y por usted. Por nuestra inmensa nobleza.

Con gran esfuerzo, algo volvió a su memoria.

—¿Usted los vio?

Lo que el del Oro tenía para contarle era que el puerto se había puesto imposible en esos días. La policía iba y venía por el malecón, entraba a las compañías navieras, preguntaba todo el tiempo por los recién llegados. Los soplones conocidos trataban de sacarle conversación a cualquiera. En la posada donde paraba había dos siriolibaneses que habían llegado esa semana y la policía los había interrogado varias horas.

—Menos mal que yo llegué hace bastante, están ensañados con

los recién llegados. Es claro que buscan a alguien, se dice que a una pareja de anarquistas. ¿Serán su prostituta y el amigo?

—Amigos son los huevos y se golpean —murmuró el Loco. El piso se movía como si estuviera todavía en el tren.

—Vea, Loco... Si quiere una opinión, ésos no están acá. Están en San Antonio Oeste.

—Yo lo pensé, pero si tienen dos dedos de frente no van a tratar de rajarse por mar, con el puerto controlado como debe estar.

—Claro que no. Mire, tenga por seguro que si el chico es anarquista, acá lo están ayudando. Es de gente como nosotros ayudarlos, ¿o no?

El Loco Godofredo asintió radiante. "Gente como nosotros": ¡Severino Di Giovanni, el Loco del Oro, él!

—Entonces —prosiguió el del Oro—, podemos imaginar lo que pasó: los muchachos les explicaron que era una locura embarcarse en este momento, les aconsejaron que se rajaran para el otro lado.

—¿Qué otro lado?

—Hay un tren, amigo mío, que sale de San Antonio. Un tren que se pierde en el desierto. ¿Qué mejor lugar que el desierto para desaparecer? El telégrafo no llega, no llegan los cagones ni los hombres malvados. Y si llegan, dejan ahí sus huesos. El desierto es un lugar puro, amigo. El que tiene una verdad oculta en el fondo de las tripas la descubre ahí, en el desierto.

IX

—Gracias —dijo Dina mirándolo a los ojos—. Yo no olvido qué usted hizo por mí.

—Buena suerte para los dos —casi sonrió Julián. Quiso estrechar la mano de Vittorio pero él le dio un abrazo.

El hombre que iba a llevarlos por el río los esperaba en el lanchón.

—No va a ser muy comodó, pero es bastante seguró —rimó, y a Dina le costó entenderlo. Era el marinero francés que trabajaba para la Mihanovich—. No critiquén *La Liberté* porque es mi hija. Yo le clavé hasta el ultimó clavó y yo le fabriqué el motor.

Era un bote grande, pintado de negro, con un motor en la popa.

El francés había cubierto con una lona engomada la parte del piso donde Dina y Vittorio se acostaron y les echó con cuidado más lonas encima.

—Lo que sí, no vamos a poder hablar —dijo—. *Quelle dommage!*, me siento soló acá, remandó de noche.

X

—Julián, ¿lo viste al Francés? —preguntó el Loco del Oro.
Venían bajando con el otro Loco por la calle Roca.

—No. ¿Por qué?

—El amigo quiere ir a San Antonio Oeste y pensé que el Francés podía llevarlo en *La Liberté*.

—Pues hoy ya está oscuro pero mañana por la mañana hay barco.

—Sí, pero no quería esperar, quiere dormir en San Antonio. ¿Quién más tiene un bote para llevarlo? Martínez tiene, ¿no?

—No tengo la menor idea.

—Qué antipático —dijo el Loco Godofredo cuando Julián se fue.

—Siempre está así —dijo el del Oro—. Con cara de tumba. Parece mala persona. De esa gente que nunca va a ayudar a nadie.

Después de algunas negociaciones Martínez accedió a llevar a Godofredo en su bote por una cifra más razonable que la que había pedido primero. Al despedirse, el del Oro le dio un papel.

—Tiene el nombre de un baqueano amigo de Huahuel Niyeu. Hombre de mucha confianza —le dijo—. Me conoce mucho.

—¿Para qué me da esto?

—Por si cambia de idea, por si después quiere ser de la partida. Usted va a estar en Huahuel Niyeu pasado mañana y yo voy a salir en no más de dos semanas para el Neuquén. Si usted termina su misión... si cambia de idea, si quiere formar parte de mi expedición... solo o acompañado, nos encontramos allá, junto al río Limay, en un refugio que se llama "Viento verde". Son dos días de a caballo desde Huahuel Niyeu, este baqueano es amigo, lo conoce, lo puede llevar. Y si está con la chica, tenga total confianza: no abre la boca. Llevó a bandoleros, ¿sabe? Los ayudó a escapar.

—Gracias —dijo el Loco emocionado, sabiendo y lamentando

que nunca iba a participar en la empresa. Guardó el papel cuidadosamente en el bolsillo de su pantalón, para no ponerlo triste.

Martínez manejaba el bote a motor. Avanzaban despacio por el río manso y oscuro, lamido por los sauces. Alrededor de una hora más tarde cruzaron una lancha.

—¡Hola, Francés! —saludó Martínez—. ¿Qué hacés atracado ahí?

—Yo soy mirandó la noche y yo piensó en *La Liberté*—respondió el Francés filosóficamente.

—Es anarquista... ¿Qué quiere? Están todos chiflados —susurró Martínez cuando lo pasaron. Ya estaban llegando al puerto.

—¿Ese Francés es anarquista?

—Ajá. Pero tranquilo, ¿eh?

—¿No podemos volver? Me gustaría hablarle.

—Yo vuelvo pero después no lo traigo otra vez para acá. No soy su chofer. Y no lo voy a desembarcar ahí, entre la maleza de la orilla y sin camino.

El Loco se encogió de hombros: ¿de qué le iba a servir hablar con un hombre solo en una lancha? Dina y Vittorio ya debían estar en San Antonio, además. Lo primero que iba a hacer era buscarlos por todo el pueblo. Si no los encontraba, se iría a dormir. Tenía todo el día siguiente. Y si no, el lunes era el día en que salía el tren. Era seguro que los iba a encontrar ahí.

CAPÍTULO 11
EL TREN

"Los árboles han desaparecido casi repentinamente. Se han esfumado a lo largo de los rieles, lustrosos y rectos. El tren es como un dardo, humeante en la punta, que se va entrando en el desierto patagón. Es la tierra de la Desolación."

Roberto Arlt, *En el país del viento*

I

A las 8 de la mañana abrió la boletería de la flamante estación de tren de San Antonio Oeste, inaugurada algo más de tres años atrás, en 1924. Boleslaw Krasovitzky, polaco de 45 años, estibador, residente en San Antonio Oeste desde 1926, llegó casi en seguida y compró dos pasajes en camarote para esa noche.

Mucho después el tren estaba allí, indolente, extendido desde hacía horas todo a lo largo del andén, ofreciéndose con paciencia a obreros y capataces que se agitaban a su alrededor y le cargaban vagones, agua, comida, carbón y diversos materiales para la obra del ferrocarril, aprontándolo para la larga travesía. Los trabajadores menos atareados, los que tuvieron algún momento para distraerse, apreciaron con cierto asombro la figura del doctor Leandro Tolosa, infrecuente en esos pagos, que caminó gallardamente por el andén, buscando los vagones de pasajeros. Al juez le gustaba hacer las cosas con calma; subió al tren a las 19.45, con mucha anticipación, y se instaló en el camarote número 1-2 del vagón 1. No se puso a observar por la ventanilla ni buscó a nadie cuando caminó por la plataforma porque a nadie esperaba encontrar. Era un hombre de certezas firmes, sabía que Dina se había internado en el desierto. Se recostó en la cama ya preparada para pasar la noche y se dispuso a leer un libro, pero pronto se quedó dormido. La noche en la infecta posada de Carmen de Patagones había sido espantosa y la posada de San Antonio donde había tomado un cuarto esa mañana era inhabitable, como todas las que había en esa zona bárbara. Se había instalado ahí para recuperarse durante el día, mientras esperaba que se hiciera el tiempo de partir. Pero en mala hora se le había ocurrido tomar un baño sin averiguar si había agua caliente (no había), pagar el almuerzo a la posadera (la comida era imposible) y dormir en el camastro de su pieza, donde el miedo a que se olvidaran de despertarlo a la hora que había pedido y el resorte que rompía la lana del colchón y se le clavaba en los riñones sólo le habían permitido dormitar de a ratos.

A las 20.15 llegaron Dina y Vittorio, acompañados por Boleslaw Krasovitzky. Habían extremado las precauciones: si la policía estaba buscando una pareja, dos hombres jóvenes y uno más grande no deberían en principio llamarle la atención. Dina estaba vestida de muchacho en una versión bastante más aceptable que la de Bahía Blanca, gracias al aporte del hijo mayor de Krasovitzky. Después de una despedida rápida los jóvenes subieron por el vagón 1 y fueron hasta su camarote, el 7-8 del vagón 2.

En cuanto al Loco, se quedó dormido. Pero no sobre el vagón sino en la habitación que había ocupado tarde en la noche anterior, luego de caminar concienzuda y exhaustivamente calles y recovecos de San Antonio buscando a los prófugos, y volver a caminarlos luego durante buena parte del día. Se acostó a dormir una siesta a las cinco de la tarde y le golpearon la puerta a las 19.30, como él había pedido, pero el agotamiento le impidió escuchar. Venía con sueño atrasado ya desde Buenos Aires, desde la cama infelizmente compartida con Irene, cuando la excitación por su plan de fuga casi no lo dejaba dormir. Después vinieron el largo viaje, la noche en clase económica, la adrenalina, las novedades, el trayecto nocturno por el río, la caminata... El Loco se había derrumbado sobre la cama y de pronto saltó solo como un resorte, miró el reloj y gritó una puteada: eran las 20.05.

Cerró su equipaje a toda velocidad, pagó la pieza y corrió por el pueblo cargando su valija, llamando la atención de todos los que estaban en la calle. Llegó a la estación a las 20.20, con el tiempo justo para sacar pasaje (clase económica, una vez más) y correr por el andén hasta atrás de todo, donde estaban los vagones de segunda. Miró a su alrededor lo que pudo, pero la locomotora pitó amenazante justo cuando se había detenido tratando de identificar a alguien que se subía a un vagón más lejos, y que a la luz tenue de los faroles que iluminaban el andén le pareció una mujer (había pocas mujeres, llamaban la atención). Tuvo que renunciar, volver a correr y treparse al primer vagón de pasajeros que encontró, casi al final del tren.

El tren arrancó. "Pero están acá, tienen que estar acá", se decía el Loco sin poder concentrarse en otra cosa. Por la ventanilla se deslizaron sombras que parecían árboles, y desaparecieron casi repentinamente, dando lugar a la oscuridad. La luz leve de las estrellas permitía adivinar pequeños arbustos ennegrecidos, cada vez más bajos. El Loco observó a sus pocos compañeros de viaje, todos sentados solos en asientos para dos: hombres de aspecto humilde, con ropa de trabajo y equipajes pequeños.

Se levantó e hizo una concienzuda inspección del tren. Recorrió los dos vagones de asientos: una sola mujer, la que había visto a lo lejos, y por supuesto no era Dina. "Viajan en camarote", decidió. Tal vez los viera en la cena, en el coche comedor. Reservó lugar en cuanto pasó el guardatrén.

II

—Está lista la cena, señor —informó el guardatrén mientras golpeaba la puerta 1-2 del vagón 1.

Hizo lo mismo en los otros camarotes (pocos) que llevaban pasajeros, pero no en el 7-8 del vagón 2, porque no se había inscripto para la comida.

El juez entró en el coche comedor y ocupó la única mesa vacía que quedaba. No se negó cuando el hombre desaliñado le pidió permiso para sentarse con él. Hacía demasiados días que estaba solo y aunque muy mal vestido y sin apariencia respetable, el individuo tenía acento porteño y parecía menos estúpido que el oficial de policía de Patagones, el último ser humano con el que había hablado.

El Loco, por su parte, lo había reconocido. Creía saber qué hacer para caerle bien al juez: se ocupó de borrar toda ironía e insolencia en la voz cuando le pidió permiso para sentarse. Jamás olvidaba una cara, sabía quién era esa basura, que por otra parte ya había encontrado ni más ni menos que en el remate de putas de la *Varsovia*, aunque él probablemente ni lo había registrado. ¡Un momento! ¡No sólo estaba en el remate, además había pedido una tarjeta del prostíbulo de Loria, igual que él! ¿Habría sido cliente de Dina? ¿No era demasiada casualidad encontrarlo en un tren que abría como una flecha el desierto, a más de mil kilómetros de Buenos Aires? En todo caso, tenía que averiguarlo.

—Viene usted viajando desde Buenos Aires, por supuesto —le dijo con el tono de quien elogia.

—Sí, desde luego. ¿Usted?

—Yo también. Estoy haciendo digamos turismo de trabajo, aunque suene contradictorio. El sur es el futuro, quiero observar el territorio porque pienso poner un negocio.

—¿Usted?

Había asombro y desconfianza en los ojos del juez. ¿Se acordaría de él? Casi imposible, no, no debía ser eso. Simplemente, el Loco exhibía un lenguaje demasiado elaborado. La combinación entre falta de clase y buen nivel cultural era la fórmula exacta para detectar anarquistas y comunistas. El Loco entendió que se le había ido la mano, no tenía peinado ni pantalones para decir cosas así.

—Bueno... No es en realidad un negocio muy grande. Tengo algunos ahorritos y dicen que más adentro, en el Neuquén, hay producción de frutales. Pensé en comprar un poco de tierra y producir. Estoy harto de la ciudad.

—¿Qué hacía en la ciudad usted?

—Era maestro —dijo el Loco con súbita iluminación. No, el juez no tenía idea de quién era él, mejor así—. ¿Y usted, viaja por trabajo o se trata de simple espíritu de aventuras? —moduló con su voz más amable.

—Trabajo. Soy juez de la Nación. Juez del crimen.

El Loco cambió su expresión de respeto e interés por la de respeto reverencial.

—¡Doctor! ¡Disculpe! No sabía... Un honor para mí... Si prefiere usted estar solo, que me siente en otra mesa... Tal vez viaja usted con otros caballeros y va a cenar con ellos.

—Pero no, por favor, puede quedarse —dijo el juez halagado—. Estos viajes dan la posibilidad de codearse con gentes de otras clases y debemos aprovecharlo. En mi profesión sólo conozco ladrones, reducidores, estafadores, proxenetas, anarquistas, mendigos, prostitutas, sindicalistas, curanderos... Es bueno tener contacto también con argentinos honestos, todo parece indicar que usted lo es.

—Muchas gracias. Será un honor, repito, compartir la cena con usted, doctor...

—Tolosa. Doctor Leandro Tolosa. ¿Y usted?

—Roberto Arteaga, para servirlo.

—Arteaga es un apellido noble...

—Gracias, pero mi padre era un modesto panadero del barrio de Flores.

El mozo trajo un botellón de vino y sirvió el primer plato. La conversación giró en torno a la fealdad del paisaje que se adivinaba bajo la noche de luna ("aridez de tierra bárbara", dijo el juez, "incapaz de la nobleza fértil de nuestra pampa"), y volvió, con la hábil conducción del Loco, a los motivos que traían a cada uno a esta desolación. El juez tenía ganas de hablar después de tanto silencio, el Loco le llenaba cordialmente el vaso y sus ganas crecían. Estaba buscando una pareja de anarquistas peligrosos: una judía y un italiano, parte de la chusma que infectaba la querida patria.

—¿Una mujer? —se asombró el Loco—. Nunca lo hubiera pensado.

—¡Porque usted ha sido engañado por ellas! Son tramposas expertas. ¿Usted cree que son seres inocentes y bellos que vuelcan sobre sus hombros la ternura de sus sentimientos maternales? En absoluto, señor. Si viera usted las madres con las que yo me he encontrado en mi sagrado oficio: conocí a una asesina capaz de atentar contra el fruto de su propio vientre, a ese punto pueden llegar. Sí, señor, vine a buscar a una mujer judía y astuta, y a su cómplice. Pero no me cabe duda de que ella es la que incitó al crimen a su cómplice viril, y no fue a la inversa.

—Es notable lo que me dice. Notable y tremendo.

—Lo es. Pero hay que asumir la dimensión del mal y combatirla. Ése es mi trabajo.

—¿Y vino usted especialmente hasta aquí para buscarlos? Su abnegación es muy grande.

Halagado, el juez contó alguna de sus actuaciones más resonantes. El segundo plato ya se terminaba y con él, el botellón de vino. Pidió uno más.

—De medio litro —dijo—. Beber con moderación es lo que corresponde a mi estirpe —comentó arrastrando un poco la voz.

Después de las ginebras de la tarde anterior, el Loco no quería excesos. Declinó gentilmente el gesto del juez de volver a llenarle el vaso. El mozo apareció con el postre.

—¿Y tiene alguna pista de los prófugos? —retomó el Loco.

—Señor, ¡ése es secreto de sumario!

—Disculpe, desde luego. Qué tonto soy.

—Lo que sí puedo es darle una descripción de ellos, por si los cruza a nuestra llegada. Del hombre sé poco, se trata de un joven delgado, de estatura algo elevada, cabello castaño claro y ojos entre verdes y ámbar, según declaraciones de testigos. Tiene fuerte acento italiano pero habla un castellano muy aceptable para lo que suele hablar la chusma. En cuanto a ella, a ella se la puedo describir muy bien. Ella...

—¿Sí?

Había sido cliente de Dina, nomás. Pero el juez no continuó. Miraba algo fascinado, por sobre el hombro del Loco, los ojos fijos en la entrada del vagón comedor. El Loco se dio vuelta sobresaltado, esperando ver entrar a Dina. En cambio, vio a la mujer que tal vez había visto de lejos en el andén: era voluptuosa, de cintura y caderas marcadas, usaba un trajecito ajustado que resaltaba sus grandes pechos y el cabello largo atado en trenzas alrededor de la cabeza. El Loco recorrió su rostro agudo y se quedó mirándola, hipnotizado como el juez: era bizca.

—Deforme.

La voz del juez lo arrancó del trance. Era una voz pastosa, extraña, cargada de alcohol y de lujuria.

—Deforme, sí. Los ojos...

—*Un* ojo —corrigió el juez—. El izquierdo. ¡En esto hay que ser preciso! Es *el ojo izquierdo* el desviado. ¡Es uno el que se rehúsa a mirar adonde se debe mirar!

—Uno, sí. ¿Verá bien?

—Amigo —Tolosa se acercó confidencialmente, susurrando—, mi estimado y querido amigo: ni siquiera un hombre ve bien con un ojo semejante. ¡Imagínese lo que verá con él una mujer!

Como si supiera de qué hablaban y quisiera seguir dando tema, la mujer se había sentado a la mesa del lado opuesto del vagón, a la misma altura que ellos. Se había sacado el saco y su blusa blanca poco limpia dejaba ver todavía mejor los pechos puntiagudos.

—Voluptuosa como toda bizca —dijo el juez.

El Loco se estremeció. Era probable que estuviera diciendo la verdad, el temperamento lúbrico de esa hembra le resultaba transparente.

Tolosa siguió:

—¿Qué hace en un lugar como éste? ¡Va a vender su cuerpo a Huahuel Niyeu, a los obreros del tren!

Ahora el Loco tenía un temblor en el estómago. También era probable que eso fuera cierto.

—Doctor Tolosa, tiene usted mucha perspicacia...

—Son muchos años de oficio y experiencia, joven. Usted me cae bien. Es la primera persona inteligente que conozco desde que empezó este viaje. Le digo: esa mujer es una perversa, las curvas de su cuerpo y su ojo deforme lo muestran con total evidencia. Sobre todo el ojo...

Hacía tiempo que el Loco no se descargaba en una mujer, perversa o no perversa. La bizca masticaba con fruición y alternaba los mordiscos al pan con pequeños sorbos de vino. El Loco imaginó su lengua húmeda y roja un instante antes de verla acariciar el labio.

—La ley debería contemplar prisión preventiva para casos como éste. Mire cómo come —seguía Tolosa.

—Como si nos comiera a nosotros —dijo el Loco, y se asustó al escucharse.

Descontrolado por el vino, el juez festejó con risotadas su ocurrencia.

—¡Qué bien lo ha dicho, mi amigo! ¿Cómo se llamaba usted?
—Roberto.
—Roberto. Fíjese que esta puta va a ejercer su profesión sin

hombre que la domine, por su cuenta, imagínese el peligro, imagínese todo el mal que puede hacer.

—Mal... Bien... Cómo saberlo —suspiró el Loco.

—¡Mal, amigo! ¡Mal! ¡No tenga dudas! Que sea eso que suele llamarse mal necesario, es otra cosa. Mal necesario pero mal al fin. Pero además, así sola... No puedo distraerme de mi misión pero le aseguro que alertaría a la policía para que la detuviera ya mismo y me la trajera. Sé lo que debo hacer con esas putas, sé lo que se necesita...

—¿Qué se necesita?

"Ahora va a recitar frases sobre el imperio de la ley y va a contarme cómo encierra prostitutas en la cárcel", pensó el Loco, "y yo voy a poder dejar de mirar a esta atorranta y voy a odiarlo, y se me va a pasar esta maldita erección". A veces deseaba estar castrado, tendría menos problemas en la vida. No estaría en ese tren, por ejemplo.

—Necesitan disciplina —paladeó el juez con voz muy ronca—. Rebenque y mordaza para que no molesten con los gritos. Las da vuelta, les pone el culo bien arriba y las deja en carne viva. ¿Sabe cómo se calman? Y si quiere aliviarse, adelante. No es pecado, amigo, Santo Tomás y San Agustín lo dicen: todo palacio necesita una cloaca para no contaminarse.

Ah, no. Aliviarse no, no con ellas, no dándoles el gusto. Dadas vuelta o boca arriba, boca arriba entregadas, bien putas, listas para morder y comer con esa bocaza, el ojo bizco revoleándose para cualquier lado por el deseo. Tener un revólver ahí nomás, debajo de la almohada, el hierro duro en la mano, hierro tibio por el calor de las sábanas, de los cuerpos, apretarlo contra la mejilla del lado del ojo que no ve, qué hacés, mi amor, qué me hacés, mi chiquito, qué me...

—¡Le cayó mal el vino! —se alarmó el juez.

El Loco se había derrumbado sobre la mesa, tenía las sienes mojadas.

—Es una lipotimia, se me pasa en seguida —murmuró.

—¿Llamo al mozo?

—No, por favor, deme un minuto y me repongo...

—Tome agua, hombre. ¡Mozo! Una botella de agua, por favor.

—Gracias... Ya estoy bien. Me pongo un poco de sal debajo de la lengua... así.

Tenía la cara levantada y acababa de echarse la sal cuando vio a Vittorio.

—¿Otra vez?

—Eh... sí —dijo el Loco derrumbándose a toda velocidad sobre la mesa—. Me pasó ya otra vez, no se preocupe. En unos segundos la sal va a hacer efecto.

—En general hace efecto instantáneo.

—No a todos, se ve.

El Loco no cambiaba de posición, la cara escondida en los brazos.

Vittorio se había escurrido a toda velocidad por su lado, con un paquete en papel madera. Volvía de la cocina. ¿Llevaba comida? Eso quería decir que ya había pasado de ida y él no lo había advertido, concentrado en la bizca. ¿Lo habría visto Vittorio a él? Vittorio sí iba a reconocerlo.

III

—¿Sabés quién está en el tren?

—¡*Oi main Got!* ¿Quién?

—El periodista de *Crítica*, el escritor, el Loco Godofredo...

—¡Loco! ¿Qué? ¿Qué hace él aquí?

—Eso es lo que yo me pregunto —dijo Vittorio mientras apoyaba el paquete con milanesas y pan. Habían decidido comer en el camarote para no dejarse ver. Tal vez fuera excesivo, pero nunca estaba de más tomar precauciones.

Ahora Dina estaba pálida. Se le llenaron los ojos de lágrimas y a Vittorio eso no le gustó.

—¿Qué te pasa?

—Nada...

El muchacho frunció el ceño. Ella le había contado que un periodista de *Crítica* la visitaba en el burdel; por su parte, él un día había visto al Loco en la sala de espera. Pero tantas veces Dina le había asegurado que era Vittorio el mejor, que era su amor, su único amor, que descontaba que nadie más era importante, incluso ella había descripto al Loco Godofredo con esas odiosas dos palabras que lo herían: "Muy bueno". ¿Qué era eso de ser "muy bueno"? ¿Le ocultaba algo su mujer? ¿Se había asombrado lo suficiente por semejante encuentro, o estaba fingiendo? ¿Podía haber algo previsto...? Ella había hablado en su idioma cuando él le anunció quién estaba en el tren. ¿Qué había dicho? ¡Pero no! ¡Estaba pensando cualquier disparate!

—Es todo casualidad, no te asustes —afirmó tratando de dar tranquilidad a su voz—. ¿Cuál es el problema?

Pese a él, la pregunta había sonado desafiante. Dina lo miró asombrada.

—¿Casaulidad?

—¿No es casualidad entonces?

—¿Qué es *casaulidad*?

A Vittorio se le ocurrió que se hacía la que no entendía la palabra para ganar tiempo y se sintió mal por pensarlo. Le explicó la palabra, trataba de ser solícito como siempre, de creerle, pero no encontraba convicción. En ese tren viajaba un hombre del pasado de su mujer, de su reciente pasado, un hombre que se había acostado muchas veces con ella igual que él, un hombre de quien ella había dicho "es muy bueno", algo que bien debía de haber dicho sobre el propio Vittorio ante cualquier otro cliente: *es muy bueno*... ¿Dina le habría hablado de Vittorio, al Loco? Ése era periodista y escritor, trabajaba en *Crítica* como él pero no como obrero. Era intelectual, y de puro intelectual que era se las daba de anarquista. Anarquista de café, por supuesto, ningún héroe. Él lo conocía. Hasta le había caído bien antes, cuando ni siquiera imaginaba que ambos visitaban a la misma... ¿Pero qué estaba diciendo? ¡No habían visitado los dos a la misma puta! ¡Vittorio había encontrado a su amor en un prostíbulo, que era algo muy distinto! Lo había encontrado allí, ¿y qué? También podría haberlo encontrado en cualquier otro lado... (¿Podría haberlo encontrado en otro lado?) Se había enamorado de la mujer maravillosa que ella era, no de la puta. De la trabajadora. De la explotada. De la sensible, interesante, sufrida, hermosa, valiente mujer que ella era. Limpiamente. Amor sagrado, del bueno. No esa suciedad de periodista malcasado, de intelectual vacilante, de doble moral, envejecido y cobarde. Pero algo había pasado entre Dina y ese tipo para que ella se pusiera así. "¡Loco!", había dicho. Eso no era susto solamente. ¿Por qué iba a asustarse de alguien que no era cafishio ni policía? Tampoco era asombro por la casualidad, no era lo único. "¡Loco!" ¿Así se habla de un simple cliente? Así se habla de alguien con quien pasó algo. Había pasado algo entre ellos dos. Ese tipo no era buena entraña. Él estaba seguro de que algo había pasado porque ella parecía estar por decir...

—¿Qué pasa, Dina?

—Es... Él... Él una vez... ¡Basta! Es el pasado. Pasado terminó. Nunca más.

—¿Entonces por qué estás así?

"Pasado nunca más", ya se lo había dicho, también en un tren, rumbo a Bahía, todavía avanzando por la pampa. Y Vittorio le había creído: ellos dos solos ahí, juntos en el riesgo, en el amor, empezando todo juntos, otro mundo, otra vida. Pero ahora acá, en el tren definitivo, en el que creían que dejaban atrás de verdad todo el pasado, estaba ese tipo. ¿Y él debía pensar que ella no tenía nada que ver? "Muy inteligente" —así había descripto Dina al Loco antes de agregar "Es muy bueno. Pero vos sos el mejor". Él no quería ser el mejor, quería ser el único.

—Debe ser casaulidad —dijo Dina ahora, devolviéndolo al presente—. *Az Got vil, shist a beizem oij.*

Vittorio se dio cuenta de que habían estado callados. Él sabía en qué se había quedado pensando él, ¿pero ella? ¿En qué pensaba? ¿Y qué decía ahora en ese idioma suyo incomprensible?

—¿En qué pensabas? ¿Qué dijiste?

—¿Cuándo?

—Ahora. Recién.

—Nada. Pensaba la casaulidad. Y dije "si Dios quiere, florece una... una...". ¿Cómo se dice?

Hizo ademán de barrer.

—¿Barrer?

—¿Con qué vos barrés? Yo sé palabra, yo olvidé...

—Con una escoba.

—¡Escoba! Si Dios quiere, florece una escoba. Si Dios quiere hace casaulidad, cosas raras...

—¡Casualidad se dice! *Casualidad.*

—Casualidad. No te enojes. ¿Estás enojado?

—¿Es casualidad que ese tipo esté acá?

—Sí... ¡No sé!... ¿Cómo puedo saberlo?

—Estás nerviosa.

—Estoy nerviosa. Claro. Sí. ¿Cómo está yo si no está nerviosa? ¡Mirá qué pasa en el tren!

Vittorio se calló cada vez más enojado.

—Vittorio, ¿qué pasa?

—Nada.

—¿Pasa nada decís? No verdad. Decí qué pasa.

—¿Qué hace ese hombre acá? ¿Vos le avisaste algo?

Dina lo miró estupefacta. Después cerró los ojos y entendió. Gritó con violencia:

—¿Vos estás chiflado? ¿Qué decís?

—Sí. Estoy chiflado. Perdoname.

Chiflado de celos, ya lo sabía. Trató de calmarse pero Dina no quería perdonarlo. Estaba horrorizada.

—¿Qué pensás de mí? ¿Qué decís? ¿Qué creés? ¿Cómo decís yo...?

—Es que... No sé... Perdoname... Vos ya una vez no confiaste en mí y a lo mejor ahora pensaste que él podía ayudarte acá...

—¿Yo? ¿Yo no confié en vos? ¡Yo estoy acá y van a matar mí por vos!

Había gritado fuerte. Vittorio trató de que hablara más bajo, ¿no veía que era una locura llamar la atención de ese modo? Ella lloraba con las manos sobre la cara.

—¿Por qué voy a avisar yo él? ¿Cuándo voy a avisar yo él? —gemía— ¿Cómo? Estuve con vos todo día. ¿Para qué voy a avisar? ¿No ves que no hay sentido? ¡No hay sentido lo que decís! Si no confiás no puede ser nada, Vittorio. ¡No hay sentido, sos chiflado, sos loco!

No. No había sentido. Vittorio pensó que los celos lo estaban enfermando, que tenía que aprender de una vez, pedirle perdón, besarla mucho.

—Yo te di mis joyas... —siguió ella entre lágrimas.

Era verdad. Pero antes de darle las joyas había tenido miedo de que él se las robara.

—Vos no me las querías dar.

—¿Te las di o no te las di? —gritó Dina. Empezó a patear el piso, desesperada. Lo sacudió por los hombros— ¿Te las di o no te las di?

Lo soltó y golpeó la pared del camarote con los puños. Él le sujetó las manos.

—¡Basta! Me las diste, sí. Pero a mí me ofendió que antes...

Ella se soltó con violencia.

—¿Decís me ofendió? ¡Él ofendió! ¡Pobrecito, *kalike hent*! ¡Porque yo nunca ofendí! ¡Nunca nadie ofendió mí! ¡Aguantá vos una vez! ¡Sabé vos! ¡Pobrecito, *kalike hent*!

Se quedaron callados. Dina se sentó en el catre inferior, agotada. Vittorio pensó que tal vez ahora sí podían calmarse, que tal vez podían escucharse, y explicó despacio.

—Disculpame, Dina, no quiero desconfiar de vos, no tengo que desconfiar de vos, ya lo sé. Pero a veces me pasa, no puedo evitarlo... No me gusta que hablés en ídish, Dina. Te aprovechás de que no entiendo y decís cosas.

—Dije *Kalike hent*. Manos no sirven para hacer nada, eso sos vos: no aguantás nada. Que yo ofendí yo y vos, pobrecito, manos que no aguantan nada. Eso dije, no tengo palabras escondidas. ¿Que sos ofendido? ¿Y yo? ¡Cuántos hombres ofendieron y acá estoy! Bueno, perdón, yo tenía miedo con las joyas, sí, porque hay motivos...

—Yo no te di nunca motivos.

—¿Vos? ¡Vos sos como todos! ¡Mirá cómo sos! ¡Vos creés yo dije ese tipo Loco que viene acá con nosotros al tren! ¡Loco! *Vos* estás loco! ¡Igual que todos sos vos! ¡Pensás mal de mí como mi madre, como mi padre, como Iosel, como Grosfeld, como ese tipo acá! ¡No sabemos si vamos vivir o morir acá juntos y vos pensás estupideces! ¿Hombres son todos así? ¡Andate! ¡Afuera! ¡Andate en la tierra adentro! ¡Morite!

Vittorio tenía los ojos llenos de lágrimas.

—¿Eso querés? —preguntó muy serio.

—¡Sí! ¡Eso! ¡Afuera ya!

Salió con la cabeza baja. Dina se tiró a llorar en la cama de abajo. Lloraba dando gritos, sacudiéndose, y cuando le parecía que no tenía más llanto, las lágrimas aparecían más potentes.

De pronto tocaron la puerta. Dos golpes claros, fuertes.

Se incorporó. ¿Vittorio?

—¿Quién es?

—Soy el Loco, Dina. Abrime. Tengo que hablarte.

IV

Se había ido de la mesa lo antes posible con el pretexto de que iba a pedir hielo en la cocina y le había preguntado al guardatrén por el hombre que acababa de pasar con un paquete de comida. La credencial de *Crítica* y la información reservada de que estaba haciendo un viaje de incógnito para escribir una nota sobre la construcción del ferrocarril, en la que por cierto el guardatrén estaría mencionado, le habían facilitado una vez más las cosas. El hombre que llevaba la comida podía ir a buscar trabajo en la obra ferroviaria y sería bueno entrevistarlo. El guardatrén le advirtió que pese a su aspecto viajaba con otro joven en un camarote de primera clase, en general los trabajadores no compraban esos pasajes. Con más razón, dijo el Loco, era interesante conversar con él. Los periodistas buscaban lo inusual, no lo usual. Detrás de cada pasajero insólito podía haber una historia interesante. Preguntó cómo ubicarlo, segundo vagón de camarotes, número 7-8, dijo el guardatrén consultando una planilla.

—No olvidaré su apoyo a mi trabajo, ni el suyo ni el de la compañía ferroviaria —prometió el Loco y avanzó con paso rápido por el coche comedor.

—Me voy a descansar a mi asiento —dijo al juez, y le extendió la mano—. Gracias por honrarme con su conversación.

Pero el doctor Tolosa le prestó poca atención. Miraba fijamente por la ventanilla el veloz y monótono desfile de un suelo de resplandores blancuzcos y manchas negras, pequeños depósitos de sal, matas chatas y retorcidas en el suelo reseco, naturaleza perversa y enferma como los ojos de la bizca.

El Loco caminó equilibrándose por el primer pasillo de camarotes y vio de lejos que alguien venía en dirección contraria desde el segundo vagón, cerrando y abriendo las puertas de comunicación. Cuando la silueta ingresó al espacio iluminado pudo distinguirlo: era Vittorio, que avanzaba con pesadumbre por el pasillo, tambaleándose casi sin resistir los sacudones del tren, la cabeza baja. Se metió en el retrete un instante antes de que pasara a su lado mirando el piso.

"¿Y éste qué tiene? ¿Se peleó con la noviecita?", se preguntó malignamente. Asomando la cabeza lo vio salir hacia el vagón comedor. Si iba a tomar algo, era su oportunidad. En todo caso, era la hora de jugarse.

Le pareció que lloraban detrás de la puerta 7-8. Golpeó con energía. Dina se había cortado el pelo. Los ojos hinchados por el llanto y la ropa de varón la volvían más colegiala que nunca. El Loco perdió el habla. Todo ese viaje, toda esa aventura, tenían como único objetivo ese momento, y ahora que la tenía enfrente se había quedado inmovilizado, no podía abrir la boca.

Ella lo despertó:

—¿Qué hacés acá vos? ¿Cómo me encontraste?

Había aprendido castellano en esos días. ¡Vaya si había aprendido! Con un esfuerzo tremendo murmuró:

—Yo no iba a pegarte. Te lo juro. No iba a pegarte. De verdad.

—Vos estás chiflado —dijo Dina y miró el pasillo preocupada. Lo dejó pasar y cerró la puerta.

Refugiada en el camarote se sintió dueña de la situación.

—¿Qué hacés acá? —repitió.

Él no respondía. Se quedaron callados, escuchando el sonido rítmico del tren en la noche. Al Loco la emoción le quemaba la garganta.

—Decí qué hacés acá.

Dina no tenía voz amistosa y él se obligó a recuperar los reflejos. Trabó la puerta por dentro.

—¡No! —dijo ella, y la destrabó.

—Tranquila. Te juro que no te voy a hacer nada —dijo él; volvió a cerrar—. No la trabo para hacerte algo, es que no tiene que entrar nadie. Está acá...

—Ya sé. Está acá Vittorio, que es mi marido.

Dina lo miró desafiante, pero el Loco negó con la cabeza.

—¡No! ¡Sí! ¡Ya sé! No entendés. Está...

—¡Está Vittorio, sí! ¡Está conmigo! Ahora afuera. Andate. Si seguiste a mí no me importa. Andate. Yo estoy con él.

—Dina, te seguí porque quiero que vengas conmigo.

—¡No! No. No quiero.

—Yo no iba a pegarte.

—Bueno. Creo a vos. Ya pasó, es pasado. No voy. Yo quedo acá y vos andate.

—Tenés que confiar en mí. Tenés que escucharme.

—Confiar no confío más. ¡Nadie confío yo!

—Dina, estás en peligro, yo puedo salvarte. En el diario *Crítica* van a ayudarte, me lo prometieron. Vení conmigo, no te voy a tocar, te lo juro. Me arrodillo a tus pies, mirá, te los beso, mirá.

—Vos chiflado —dijo Dina mirándolo desde arriba y corriéndole los pies como si fuera un escorpión.

El Loco se levantó en seguida, estaba haciendo el ridículo. Cambió de táctica, se sentó en la cama tendida.

—¡Yo no dejo sentarte ahí! —dijo Dina furiosa— ¡Arriba! ¡Fuera!

—Escuchame, por favor, ¡escuchame! Acá corrés mucho peligro, no sabés cuánto. En *Crítica* quieren hacer una nota con vos, un artículo en el diario, me mandaron a encontrarte. Si salís en el diario, si todos saben de vos, la *Varsovia* no va a poder hacer nada. Van a conseguirte un trabajo honesto, los lectores te lo van a dar, te vamos a cubrir, a proteger. Vas a ver, vas a salir de esa vida de la que querés escapar.

—¡Ya salí! Ya no esa vida. Nunca más. Gracias pero ya salí.

—¡No saliste! ¡Creés que saliste, pero te van a atrapar!

—No. Nadie va a atrapar. Gracias, Vittorio protege a mí, él es hombre mío.

—Yo no te iba a pegar. Entendiste mal.

—No importa. Vittorio es hombre mío. Andate.

—Dina, Vittorio es un muchacho... es joven. Es inmaduro.

—¿Inmaduro? Yo no entiende.

—Imprudente, no sabe.

—Sabe. Sabe mucho.

—No sabe cuidar. Yo sé. Confiá en mí. Yo sé quién está en el tren, yo sé por qué corrés peligro. *Yo sé quién está en el tren*, Dina.

Ella lo miró sin entender.

—¿Quién está? —preguntó.

—El doctor Leandro Tolosa, juez del crimen. Y te busca a vos.

Dina empezó a gritar antes de que él terminara la frase y se tapó la cara con las manos. Se movió enloquecida por el estrecho camarote buscando una salida que no fuera la puerta. Se lanzó contra la ventanilla y la empezó a subir. El Loco quiso agarrarla pero ella lo tiró al suelo de un empujón.

—¿Qué hacés? ¡Esperá! ¡No te pongas así! ¡Esperá!

Dina estaba sacando el cuerpo afuera. El Loco la sujetó con todas sus fuerzas y tiró para adentro justo a tiempo. La ventanilla cayó con un ruido terrible; le hubiera partido la columna.

Se quedaron quietos, juntos, aterrados: el Loco con las piernas abiertas y un poco flexionadas para afirmarse en el balanceo del tren, sin dejar de apretar con fuerza ese cuerpo suicida que había conseguido dominar. Después ella volvió a debatirse, le mordió el brazo, se deshizo de él y se lanzó contra la puerta del camarote. El Loco la sujetó.

—¡Soltá! ¡Soltá! ¡Dejame ir!

La manija de la puerta se movió con furia.

—¿Qué pasa? Abrime, Dina, soy yo.

El Loco nunca creyó que le abriría la puerta a Vittorio con tantas ganas, pero Vittorio tenía su revólver en la mano y lo apuntaba.

Dina se quedó quieta. El muchacho cerró rápido la puerta y la trabó, sin dejar de apuntar.

—No —murmuró ella—. Vittorio, no. Entendés mal. No hizo nada mí. Yo asusté, él no hizo nada.

—Se volvió loca, se quería tirar del tren.

—Sí, Vittorio. Verdad. Yo asusté. ¡Está acá! ¡Está acá! ¡En el tren!

—Ya veo que está acá. Acá mismo. Quédese quieto. No lo mato por ahora, porque ella dice, pero tiene muchas cosas que explicar. Dina, perdoná. Fui un tonto, fui malo... Es casualidad, ya sé que es casualidad. Yo confío en vos, mi amor...

—¡Está acá, Vittorio! ¡Está acá!

—¡Está acá, ya sé, lo estoy viendo!

—No se refiere a mí —aclaró amablemente el Loco—. Yo no soy su único problema, ¿sabe?

Vittorio se quedó mirándolo.

—Se refiere al doctor Leandro Tolosa, juez del crimen. Liga Patriótica. Yerno de uno de nuestros eminentes jueces de la Corte Suprema. Basura de temer.

—¿Tolosa?

—¡Tolosa!

—Dina, ¿es el que...?

—Sí —dijo casi inaudiblemente ella, roja de vergüenza mirando el piso.

—Es el que libró una orden de captura para ustedes dos —siguió el Loco eufórico, consciente del poder de su información—, están los dos acusados de anarquistas terroristas. Tienen orden de captura.

—El juez... Nos siguió... ¿Cómo hizo?

—No sé cómo hizo. A lo mejor me siguió a mí.

—Lo siguió a usted... ¿Y usted...? ¿Por eso está acá? ¿Y usted cómo llegó acá? ¿*Ma* qué hace acá?

—¿Qué hago acá? Proteger a Dina, ¿no lo ve?

—*Yo* protejo a Dina. Puede irse.

—¡Ya veo que la protege! ¡Hace minutos no se quebró la columna vertebral gracias a mí! Quería tirarse por la ventanilla y yo la saqué un segundo antes de que se le cayera encima y la partiera en dos.

—¿Qué?

—Yo asusté, Vitto, yo asusté mucho mucho. ¡Está acá!

—Tranquila, mi amor. Ya nos escapamos antes, vamos a escaparnos ahora. Yo te voy a proteger.

—¡Sí, claro! —se burló el Loco— ¡Ya me lo explicó ella! Acá el único que la protege es usted. ¡Por favor! ¿Qué se creen ustedes, que esto es un juego?

—Y si mi mujer le explicó eso no sé qué hace acá todavía.

—Estoy parado inmóvil, mirándolo, porque usted me amenaza con un revólver, no sé si se ha dado cuenta.

Vittorio suspiró y se guardó el arma en el saco. El Loco se sacudió la ropa absurdamente.

—Ustedes están locos —rezongó—. No saben con lo que se están metiendo. ¡Usted me amenaza a mí! Para proteger a Dina empiece por saber quiénes son sus enemigos. Hablemos como gente civilizada, ¿quieren? Mire, Vittorio, yo estoy desarmado y no le voy a robar la mujer. No me dedico a secuestrar mujeres, eso se lo dejo a los chiquilines anarquistas.

Vittorio estuvo por tirarle una trompada.

—Yo no secuestro mujeres —masculló con odio—. Libero, no secuestro. Usted paga y usa mujeres, yo las libero.

—Las lleva a la muerte, dirá.

—¡Basta, Vittorio! ¡Basta, Loco!

Era una voz enérgica pero controlada, un grito moderado, indiscutible, de quien de pronto entendía que estaban escondidos, que en el tren había un enemigo. La miraron asombrados. En esos pocos minutos Dina se había transformado. Se acercó a Vittorio, le puso una mano en el hombro.

—Basta. Ahora pensamos. Tenemos problema, somos nerviosos. Hicimos todo esto de chiflados, ahora pensamos. Vengan. Acá, sentados dos conmigo y pensamos.

—*Ma* primero él me explica una cosa —dijo Vittorio—. La me explica y nos sentamos.

—*Me la* explica se dice en castellano.

—*E* lo mismo, no se haga el vivo. ¿Cómo es que usted está acá, en este tren?

—Ah, bueno, yo soy un gran detective. Ella me había hablado de usted, me imaginé que se había escapado con usted. Yo tenía cómo averiguar la dirección de su pensión, de ahí fui a la de la Boca, en la de la Boca supe que viajaban para acá.

—¿Cómo supo?

El Loco contó su hazaña con orgullo.

—Y entonces usted se puso a seguirnos como buitre, a ver si tenía suerte y se alimentaba de carroña, a ver si conseguía sacarme a mi mujer.

—Me puse a seguirlos para salvarla, señor. Usted no sabe salvar a su mujer. Dina, no sabe salvarte. La prueba es obvia: acá estoy yo, y si no les digo que está el juez, ustedes no se enteran. Eso vine a hacer, ¿entiende? A avisarle a su mujer que el juez estaba acá.

—Ahora vino a eso... ¿Y antes?

—Ahora y antes. No sabía que estaba el juez pero sabía que ella corría peligro mortal. Sólo un niño no se da cuenta.

—¿Usted se cree que yo no sé que ella corre peligro mortal? ¿Usted quiere que yo lo baje del tren de una trompada?

—¡Vittorio! ¿Otra vez? Basta. ¿Yo corre peligro mortal y ustedes ayudan así?

—Entré a este camarote solamente para advertirle del juez. Se lo avisé y se puso loca, se quiso tirar por la ventanilla, ya le dije. ¿Qué pasa? ¿Qué hay con ese hombre que la pone así?

Dina se tapó la cara. Vittorio la rodeó por los hombros y miró al otro con furia.

—¿Ve cómo la pone *usted*?

La hizo sentar, le acarició el pelo.

—Mi amor, estoy acá, voy a ayudarte.

—Yo también, Dina, yo también te voy a ayudar. Yo te *puedo* ayudar, ya te dije. Contale.

—Contame. ¿Qué tenés que contarme?

—Estupideces. Dice que voy con él a la *Crítica* y dan... a mí...

—Le hacen una nota...

—Y lectores dan a mí trabajo bueno...

—Botana le hace una nota: prostituta redimida. Y la gente se emociona y le da trabajo y casa donde vivir, y la *Varsovia* se las tiene que aguantar porque es famosa, está arrepentida, y además el diario no habla de la *Varsovia*.

—¿*Varsovia* sin culpa y yo arrepentida?

—Es una estrategia para que la *Varsovia* se las aguante y sepa que si trata de hacer algo, el diario la menciona.

—Un asco, su solución. Solución de burgués reformista. Mi mujer no tiene nada de qué arrepentirse.

—¿Y Vittorio? —preguntó Dina.

—¿Y Vittorio qué?

—Y él y yo. Nosotros dos.

—Ah... ustedes. No sé... Redimida es redimida. Sin hombres.

—Usted es un buitre —recomenzó Vittorio furioso.

—¡Terminan los dos! —dijo Dina.

"Casi se tira del tren", pensó el Loco con admiración, mirando relampaguear sus grandes ojos celestes. Tuvo una punzada de dolor: la quería más que nunca.

—Los dos tontos. Vos: yo te amo, yo con vos para siempre. Además, yo no soy arrepentida y *Varsovia* tiene mucha culpa, yo no va a mentir y no va a perderte. Gracias, Loco, pero yo no quiere. Terminá con eso, yo no vuelve a Buenos Aires nunca más. Ahora el juez acá es el problema. El juez agarra Vittorio y yo... Nos agarra. Si nos agarra yo mato mí, me mato. De verdad.

No lo decía gritando, no intentaba tirarse por la ventana. Hablaba serenamente.

—¿Qué te hizo ese hombre? —preguntó el Loco muy despacio, aunque ya sabía la respuesta.

Dina enrojeció otra vez y bajó los ojos.

—No sos vos la que tiene que tener vergüenza —murmuró Vittorio.

Por segunda vez en ese día al Loco se le empapó la frente de sudor frío. Se recostó en la cama contra el tabique del camarote y recordó a Dina acurrucada en el rincón de su pieza en el burdel, en cuclillas esperando el golpe. Le subieron lágrimas a los ojos.

—Él tiene razón —admitió con voz sorda—. No sos vos la que tiene que avergonzarse. Ese hombre es un monstruo, yo lo sé, hablé con él hace un rato. No te asustes, no sabe qué hago acá, no sabe quién soy. Le mentí y le saqué conversación. Es un monstruo.

—Un *monster*... monstro... *monstruo* —confirmó Dina.

Repitió varias veces la palabra. No necesitaba que se la explicaran. Era difícil de pronunciar en castellano pero le hacía bien: no era el Ángel del Mal, era un monstruo humano.

Al Loco le pareció que nunca la había visto antes. Con su nueva melena corta, su cara hinchada por el llanto, era como si hubiera crecido de pronto. Ya no parecían de colegiala esos ojos celestes fijos en el vacío. Esa mujer había vivido cosas que él apenas podía tolerar imaginar. El Loco había sido golpeado de niño, había sido humillado, pero eso tuvo un final cuando por fin fue grande y levantó él la mano contra el monstruo que se le acercaba con el cinturón en alto. Bastó una vez, un rodillazo en el estómago, para que su padre se convenciera de que no convenía tocarlo nunca más. Conocía la humillación pero también el final de la humillación.

—Yo los voy a ayudar —afirmó de pronto.

—Nadie se lo pide... —empezó Vittorio, pero Dina se superpuso.

—Sí, necesitamos. Gracias. Ahora vos, Vittorio, abrazás así. Y vos de este lado sentado cerquita, sin tocar. Ahora pensamos los tres.

Los hombres obedecieron. Estuvieron callados un rato, encorvados en el catre de abajo, Dina acurrucada en el hombro de Vittorio.

—Usted dijo que habló con el juez —dijo de pronto Vittorio—. Ese hombre en el vagón comedor era el juez, ¿no? ¿Cómo lo reconoció usted?

—¿Qué cree ahora? ¿Que soy un alcahuete? Lo conozco por mi oficio, fue juez en causas que yo seguí. Pero él no se fijó nunca en mi cara. Después lo vi... en un remate de la *Varsovia*... Un remate de mujeres.

—¿Qué es remate?

—Fui como periodista... —siguió el Loco— Por unos contactos que tengo... Quería ver qué canallada era ésa. Así es el oficio, usted entiende. Y lo vi ahí... Y... pidió la tarjeta del burdel de Loria.

304

—Y usted también, por lo que veo —dijo Vittorio sarcástico—. Claro, así es el oficio, yo entiendo.

—Ahora lo vi acá y pensé que tenía que estar viajando en este tren por Dina. Me senté a cenar con él, no le dije quién era yo, le saqué conversación... Y gracias a eso sé... No me mire así, si quisiera alcahuetear, el juez ya estaría acá adentro.

—¿Alcahuetear? —preguntó Dina. Pero nadie le explicó—. ¿Pensaron qué vamos a hacer? —suspiró.

—Es muy fácil. Yo voy a matar a ese juez —dijo Vittorio.

—¡Gran idea! —comentó el Loco con ironía.

—Es una obra para la humanidad. La mejor que haré en mi vida.

—Es su peor error. Lo peor que puede hacer. Hasta ahora los persiguen la *Varsovia* y un juez del crimen que cuenta con la policía. Si usted lo mata, los va a perseguir todo el Estado argentino.

—Verdad —dijo Dina.

—¿Vos entendiste todo eso? —dijo Vittorio— Cuando yo te digo frases tan largas no las entendés tan fácil.

—¿Empezamos otra vez?

Vittorio sonrió pese a sí mismo. Se abrazaron, se besaron en los labios.

"Qué asco. Agarraditos como garrapatas. Y a mí que me parta un rayo."

Pero justo en ese instante Dina soltó a Vittorio y le regaló a él una sonrisa luminosa.

—Yo sé que vas a ayudar, Loco. Gracias.

Había sufrido tanto, pobrecita, y era capaz de sonreír así. Claro que iba a ayudarla. Tanta voluntad de ser feliz merecía una recompensa, aunque fuera ser feliz sin él. "¿Puede estar mal querer ser feliz?", se preguntaba el Loco. El tren se mecía, avanzaba sobre el suelo seco, rodeado de vacío. Miró la noche por la ventanilla: desierto austral, ninguna parte; el cielo de estrellas tan bajas, casi pegado a la tierra. Una silueta pasó recortada por la luna: era una colina baja y sola como una teta erguida sobre el extenso suelo negro. Entre manchas blancas de sal se adivinaba algo: lechos secos de río tal vez, o rastrilladas dejadas por caballos, habría que mirar bajo la luz del día. Qué mundo ése; qué desolación, la vida. Y enchastrado en tanta vida puerca venía a encontrarse a Dina. Estaba con ella.

Sentado allí, sintiéndola a su lado, con otro, sí, pero también a su lado: enamorada, empeñada, valiente, escondidos los tres en el tren que como un dardo humeante en la punta se animaba al desierto patagón.

El Loco supo que el otro Loco, el del Oro, tenía razón: en el desierto cada uno encontraba su verdad, y la de él lo deslumbraba. Se sintió tan rico, tan inmensamente rico que supo que nada de lo que entregara iba a afectarlo. Ayudarlos, ayudarla a ella y ayudar a ese idiota, si era el que ella elegía: he aquí la aventura que había venido a vivir. Para eso había largado todo.

—A usted no lo necesitamos —la voz de Vittorio lo despertó.

—¿Qué?

—¡Dije que no lo necesitamos!

—Vittorio, no... —empezó Dina.

—¡Basta! ¡Elegís: o él o yo! Estoy hablando muy en serio.

Dina abrió mucho los ojos. Enmudeció.

—Usted vino a llevármela, diga ahora lo que diga. Si no va a hablar con el juez es porque se la quiere llevar usted, no porque quiera ayudarnos.

—Sos tonto, Vittorio. Sos muy tonto —dijo Dina con tristeza. El Loco se levantó, se alisó los pantalones y se acercó a la puerta.

—Dejalo, piba, no tiene remedio —dijo dignamente antes de abrirla—. Que tengas suerte, piba. Y usted arrégleselas solo, haga lo que quiera, yo ya me harté. Me voy a dormir. Viajo en el primer vagón de segunda clase, estoy sentado a la izquierda. Si cambian de opinión, ahí me encuentran.

Dina se levantó y le estrechó la mano.

—Yo no escucha más tonterías —advirtió tajante cuando el Loco partió—. Ahora no hablás más. Ahora venís acá conmigo. Sos muy muy tonto. Sos tan tonto.

Lo abrazó, lo besó en la boca, empezó a desnudarlo. Si ésa era la última noche que tenían juntos (lo pensaron los dos, lo callaron) no iban a usarla en más peleas. Porque si era la última noche que tenían juntos, también decidieron que iba a ser la última de sus vidas.

V

A las nueve de la mañana el tren llegó a Huahuel Niyeu. El Loco estaba muy triste: la revelación de lo que quería hacer, la comprensión total, llegaba exactamente cuando ese imbécil lo excluía. Por primera vez en su vida experimentaba la felicidad de dar, deseaba entregar sin pedir nada a cambio, y le quitaban esa dicha. Estuvo esperando que lo despertaran durante la noche, dormitó incómodo en el asiento duro, soñando que la mano de Vittorio se posaba virilmente en su hombro para pedirle disculpas. Ahí estaba ahora, bajaba en una estación ridícula, perdida al fin del mundo, sin nada que hacer salvo averiguar cuándo podía tomar el mismo tren de regreso, masticando el amargo fracaso de la primera aventura real de toda su vida. La piba valía la pena, eso lo había comprobado. Estaba enamorada de un idiota pero valía la pena. Y había entendido que él no le había querido pegar, que él era incapaz de pegarle. Por lo menos para eso sí había servido el viaje. Y el perejil... el perejil no se la merecía, ¿pero qué podía hacer?

Aunque estaba decidido a no preocuparse más por ellos, al descender del tren no pudo evitar mirar la ventanilla de persiana baja que —calculaba— era la del camarote de los dos, y registrar con alivio que el juez caminaba ya por el andén con largos pasos elásticos, cargando solo su valija. ¿Adónde iría? No habría muchas posibilidades en ese caserío elemental, perdido en el vacío. Tampoco él tenía muchas posibilidades. Averiguó en la boletería que el tren regresaba a San Antonio en la noche del día siguiente y había un solo lugar donde un forastero podía dormir: una casa que alquilaba habitaciones enfrente de la plaza. Ahí iría el juez, seguramente. El Loco podría tenerlo vigilado.

—¿Pero no es que te vas? ¿Pero no es que esto no te importa, que te sacaron del juego, que los mandaste al diablo? —se preguntó mientras giraba una vez más para mirar el tren, antes de abandonar la estación.

VI

—Ya se fue, podemos bajar —murmuró Vittorio.

—¿Y el Loco?

—Ése también se fue, menos mal.

—Vino acá para mí. Y no alcuateó.

—Se dice alcahueteó.

—No importa. No hizo. Reconocé.

—¡Reconozco! ¡Está bien! Pero ya nos avisó, ya no lo necesitamos. ¿Vas a nombrármelo siempre?

Golpearon la puerta.

—¡Hay que bajar! —dijo el guardatrén.

Fueron de los últimos en descender. Dina estaba vestida de muchacho y miraba tímidamente el piso, Vittorio caminaba un poco más adelante buscando al hombre que había visto comiendo con el periodista, en el comedor. Era la ventaja que tenía: él ya lo conocía; el juez, no.

Huahuel Niyeu era la estación de tren y unas seis o siete casas que se dispersaban alrededor de una manzana vacía que prometía ser pronto una plaza.

Julián les había nombrado a Otto, trabajador del ferrocarril en Huahuel Niyeu. Había que encontrarlo pronto y esconderse porque ese lugar era demasiado chico. Entraron a la única pulpería del caserío, pegada a la estación. El que despachaba conocía a Otto. Dijo que trabajaba en el depósito de materiales y acostumbraba a pasar por ahí a la hora del almuerzo. No les gustó la idea de esperarlo en un lugar tan a la vista, decidieron irse y regresar. Pero cuando estaban saliendo entró un obrero rubio, muy pecoso.

—Otto —dijo el pulpero—, éstos te buscan.

Había ido hasta la estación porque esperaba una encomienda de Carmen de Patagones. Era un hombre fuerte y ya no joven, de manos inmensas, mirada tranquila. Escuchó con paciencia a Vittorio, que le hablaba muy bajo para que el pulpero no oyera. Los llevó afuera.

—Necesitan por lo menos un día para armar el viaje hacia Chile —dijo marcando con fuerza las consonantes con su acento alemán—. Primero hay que esconder a la compañera. Después usted y yo nos ocupamos. Vengan conmigo. Tengo el refugio ideal.

No hacía frío pero soplaba el viento. Caminaron en paralelo a la vía unos doscientos metros, las ráfagas les golpeaban el rostro. Había algo siniestro en ese paisaje árido, olía a muerte. Inquieto, Vittorio empujaba cada tanto su saco contra el pecho, lo tranquilizaba sentir la dureza del revólver guardado en el bolsillo interno. De pronto a Dina se le voló la gorra y retrocedió corriendo, persiguiéndola, pero no pudo atraparla. Se resignó, alcanzó a los hombres y siguió caminando junto a ellos.

Hacía rato que el pequeño pueblo se había terminado cuando Otto los hizo doblar y cruzar las vías. Anduvieron por una huella. No podían mirar hacia atrás porque ahora desde atrás venía el viento, levantando implacables remolinos de polvo seco y empujándolos. Por eso, porque no miraron hacia atrás, no supieron que el doctor Leandro Tolosa los venía siguiendo. A cómodos cien metros, resistiendo con firmeza las ráfagas que lo lanzaban adelante, los observaba caminar en el desierto, sin árboles ni obstáculos que pudieran disimularlos.

CAPÍTULO 12
EN EL DESIERTO

"Erdosáin a la Coja: '¡Pero qué fría está su
mano!... ¿Por qué está tan fría su mano?'"

Roberto Arlt, *Los siete locos*

I

El doctor Tolosa acababa de instalarse en la única posada del caserío, sobre la calle paralela a la vía, a una cuadra de la estación. Una casa de una planta, de gruesas paredes de adobe y ventanas a la vereda. Su habitación era modesta aunque amplia, nada maravilloso pero inesperadamente mejor que las covachas que había tenido que ocupar en Patagones y San Antonio Oeste. Se la había dado una china bruta, una india incapaz de entender la importancia del caballero que tenía ante sus narices y mucho menos, porque por supuesto era analfabeta, de escribir su nombre en el registro de entradas. El juez quería que le lavaran ropa, que le limpiaran otra vez la habitación, que le trajeran una manta decente que por lo menos no tuviera abrojos pegados. Inútil. La india dijo que el patrón no estaba, que el patrón era el que escribía y el que decía cómo hacer las cosas y que iba a llegar en un rato. Así que lo dejó con las órdenes en la boca, haciendo gala de esa insolencia que tan caro había costado a su raza.

El doctor Tolosa decidió que distraería un pequeño momento de su misión para enseñar a la india que esa tierra bárbara donde vivía también era la Argentina, y en la Argentina un juez es un juez y la campaña del desierto había puesto afortunado fin a muchas cosas. En cuanto fuera al destacamento de policía de Huahuel Niyeu daría las órdenes pertinentes para que a la hembra no le quedaran ganas de volver a insolentarse. Mientras tanto, sacó su ropa de la valija, colgó dos sacos y un pantalón de lana en un inmenso ropero de madera y puso el rebenque en la misma percha. Se presentaría de inmediato en el destacamento policial para suplir la falta de telégrafo y entregar las órdenes de captura de ambos prófugos, hacerse rendir los honores correspondientes e interrogar cuidadosamente a quien estuviera a cargo. Después armaría un plan de rastrillaje sistemático en el pueblo y en sus alrededores. Ya todos debían saber algo.

Se asomó a la ventana: el viento arremolinaba el polvo de la calle pero no hacía nada de frío con ese sol radiante de primavera. Enfundado en su saco de cuero, había tenido calor ya al bajar del tren. Salió de su cuarto y abrió apenas la puerta, justo para ver cómo Dina corría en su dirección, con pelo corto, persiguiendo una gorra que volaba por la vereda. Cerró de inmediato, el corazón le latía enloquecido. Por la ventana de la sala de la posada observó: la gorra estaba ya muy lejos, la mujer desistió, se dio vuelta y se apuró por la vereda, en sentido contrario. Estaba vestida de hombre. ¡Qué astuta! ¡Por eso se había cortado el pelo! La rabia lo hizo temblar: ¿cómo se atrevía a cortarse las crines de yegua que él usaba como riendas? ¿Cuánto tiempo haría que caminaba enfundada en esa ropa de obrero, escondiendo precisamente su arma mortal? Mil veces peligrosa, mil veces hábil, mil veces astuta la serpiente enroscada. Y volvía a quedar claro que Dios estaba de su parte: se la ponía una vez más en su camino para que él la venciera. Para siempre.

II

Se asomó con precaución a la calle. La vio caminar de espaldas. Iba junto a dos sujetos de aspecto dudoso, media cuadra más adelante. Uno de los hombres llevaba una maleta. Mientras empezaba a seguirlos, pidió serenidad y lucidez para no desperdiciar la oportunidad que el Señor le estaba dando. Era obvio que no podía seguir su plan original: iría a la policía después, en cuanto descubriera el escondite de la puta. No iba a perderla ahora que la había encontrado, tampoco convenía actuar porque estaba solo, y ella con dos hombres tal vez armados, él había dejado la pistola en la chaqueta de cuero y podía no divisarlos más si retrocedía a buscarla. Lo inteligente era seguirlos, ver adónde iban, volver a avisar. La policía se organizaría para atraparlos; si no tenían fuerza suficiente, reclutarían ayudantes en el mismo pueblo.

Iba detrás de ellos, tratando de mantener la distancia. Los vio cruzar las vías, aguardó, cruzó detrás. Caminaron por una huella perpendicular, bordeada por matas de coirones grisáceos que les llegaban a la cintura. Caminaron mucho tiempo aguantando el viento; el juez siempre detrás, lejos, protegido por las ráfagas que confundían los ruidos, listo para acuclillarse entre los coirones si alguno del grupo se daba vuelta. Después de un largo rato apareció una elevación de rocas y ellos se apartaron de la picada. Prudente, distante, el juez se apartó tambaleándose un poco entre los yuyos altos. Detrás de la elevación se ocultaba una casilla de ladrillos de barro y techo de chapa. Uno de los hombres sacó una llave, abrió; los tres desaparecieron adentro.

Ahí era cuando debía irse y volver con la policía. ¿Pero qué pasaba si sólo habían entrado para salir en seguida? Perderlos era imperdonable, después de la suerte que había tenido. Intentando no hacer nada de ruido, Tolosa se acercó a la casilla y se acurrucó bajo un espino, lejos del sendero pisoteado que se adivinaba en la entrada pero lo suficientemente cerca como para poder oír cuando se abriera la puerta. Y en efecto, apenas unos minutos más tarde los dos hombres salieron de la casilla.

—Lo espero en la pulpería —dijo uno con acento alemán. Alzaba la voz por el viento, que como el más perfecto sirviente llevaba cada palabra al oído del juez.

—¿No es mejor que me quede con ella?

—Yo lo necesito, camarada, hay muchas cosas que aprontar para que ustedes puedan irse.

—Pero dejarla sola es muy peligroso...

—No se preocupe, en este refugio escondimos gente más perseguida que la señorita. Nadie viene nunca acá, hay más depósitos cerca de las vías y de éste se olvidaron siempre, no se ve desde el pueblo. Es el último al que van a venir. ¿Sabe lo que es peligroso? Que se queden en Huahuel Niyeu, eso sí es peligroso. Tienen que perderse en el desierto cuanto antes, y para eso yo lo preciso, mi amigo: hay que buscar caballos, víveres, baqueano. Entre los dos lo podemos arreglar en una tarde si me hace caso.

—Está bien. Ahora voy. Me da veinte minutos y allí estoy. Hablo con ella un momento, salgo y lo alcanzo.

Un terremoto nació en la raíz misma de la entrepierna del doctor Tolosa y subió enfurecido, irresistible, desde el vientre hasta el cerebro. Las manos se le humedecieron, la boca se secó tanto que tragó tierra y le dolió. Ese que había vuelto a entrar, el que decía que no quería dejar sola a la mujer, ése debía ser el anarquista Vittorio Comencini. ¡Y estaba por dejar sola a Dina! ¡Sola para él! Todo adquirió sentido: un hilo rotundo y evidente unió el instante en que descubrió con desesperación que la habitación del prostíbulo de la calle Loria estaba vacía, con ese en que, agazapado en la tierra más austral, bajo una planta de espinos, escuchaba que la judía se quedaba ahí, encerrada, lista para él. El otro hombre se alejaba por la huella. Temió que le escuchara el corazón, temió que el espino que lo ocultaba temblara con su temblor, que el viento cambiara con su jadeo y lo alertara. Pero no. Ahí estaba ella como tantas veces, encerrada entre cuatro paredes, a punto de quedarse sola para él solo. Y se juró eso: que iba a ser solamente para él desde ese momento y para siempre. Si no estaban esos hombres para defenderla, no tenía por qué acudir a la policía. Ya conocía sus planes, detenerlos era lo más fácil del mundo. Mientras tanto, por ahora sus músculos alcanzaban y sobraban para reducirla. No iba a matarla todavía, primero iba a castigarla como merecía, después iba a llevársela al campo. Su capataz podía construirle una tapera para tenerla alejada de los lugares que frecuentaba su esposa cuando iba.

Naturalmente se iba a hartar de ella después de un tiempo, entonces sí la mataría. Iba a informar en Buenos Aires a los judíos: él era un juez justo, no un ladrón. Se pondrían fácilmente de acuerdo con el precio, siempre se ponían de acuerdo por servicios. En realidad, bien podía él tomar a Dina a cuenta de futuros pagos. Ni siquiera les pasaría los viáticos: un caballero no anda con pequeñeces.

El italiano no salía de la casilla, el juez empezó a enfurecerse. Tenía el miembro duro como una piedra, los puños cerrados. ¿Qué hacía la puta con el pobre diablo? ¿Qué le hacía? La desmayaría a trompadas. No. No desmayarla, no hasta el final, para cargarla hasta la posada. Tenía que recibir bien despierta lo que se merecía.

III

La casilla había servido de depósito de materiales en algún momento de la construcción del ferrocarril. Tenía fácil acceso a las vías pero era poco visible por su posición a un costado de la meseta y ahora estaba abandonada. En invierno no era habitable, en primavera y verano se la podía tolerar. Otto y Severino, un esquilador chileno sobreviviente, como él, de la masacre de obreros que en 1921 había dirigido el teniente coronel Varela más al sur, habían reparado la puerta y le habían puesto candado. Para gente como ellos siempre era bueno tener listo un buen escondite. Meses atrás se lo dieron a un bandolero que repartía el botín con la gente de la zona; pasó dos noches allí antes de escapar a Chile.

No tenía ventanas. En el piso había algunos bulones tirados, pedazos de riel arrinconados contra la pared y dos pieles de oveja en una esquina a modo de cama, con una manta de gruesa lana de telar y un poncho. Allí se tendió Dina, agotada.

—¿No vas con Otto? —preguntó cuando Vittorio volvió a entrar.

—Sí, ahora voy. *Ma* yo quería... estar un ratito con vos antes.

—Anoche peleamos mucho —suspiró Dina.

Vittorio se sentó a su lado, la atrajo contra sí.

—Por *eso* no vamos a pelear nunca más. Te lo prometo.

—¿De verdad?

—Ese tipo... el Loco... y yo... te compartimos. No digo que nos acostamos con vos. Muchos se acostaron. Digo que te compartimos. ¿Verdad?

—Sí. Pero yo elijo vos.

—Ya sé. Pero te compartimos. Fue así y va a ser siempre así. Y así te conocí...

—Sí.

—Entonces contame. Ahora voy a escuchar, te juro.

—Él me enseñaba cosas que hacían que yo te quería más. Él no sabía que hacía eso, pero hacía. Él una vez, antes de vos, cuando vos no mí conocías, hizo llorar mucho, hablando de la vida dura, de la vida mala, la vida puerca. Puerca. Yo pensé en mi vida, en... en Tolosa... Lloré. Yo no lloraba nunca, ya no lloraba... Desde el barco, ¿entendés? Ojos secos. Yo tenía alma dura y él vino... Y después llegaste vos y yo tenía algo blando en alma, por él... Alma: la palabra aprendí por él.

Vittorio le tomó las mejillas entre las manos.

—Es difícil... —murmuró— Dame tiempo para entenderlo... Para aceptar...

—¿Y mientras?

—Mientras... —pensó Vittorio y sonrió— Mientras nada. Te beso mientras.

La besó en la frente, en la boca. Pensó que tal vez empezaba a aceptarlo.

Tenía que irse, había que preparar la partida. Tenía que comprar caballos, Otto iba a ver si encontraba alguien para que los guiara por la cordillera. Estaban a poco, muy poco de perderse del juez... Si perdían al juez iban a ser libres... ¿del pasado? No. Vittorio supo que el pasado era también él, era cada centavo que había pagado para poseerla, y el pasado estaba en ella, en el increíble celeste de los ojos que contenía íntegro no sólo todo su amor, también el semen de cada hombre que la había tocado. Iban a partir, pero no del pasado: del juez, nada más que del juez. El pasado viajaría con ellos, indestructible como una viga. Pero con las vigas se construye.

La dejó recostada en las pieles, relajada, tranquila.

—Vittorio, soy muy feliz —le escuchó decir mientras salía.

IV

"Tengo que ir a poner el candado", estaba pensando Dina cuando Tolosa abrió la puerta de una patada. Se incorporó de un salto y vio los ojos de monstruo, enrojecidos.

—La mano de Dios llega a todas partes —murmuró el juez.

Empezó a acercarse lentamente, como era su tradición, hipnotizando a su víctima que lo observaba rígida, inmóvil.

De un empujón la tiró al suelo y se le abalanzó encima. Le hablaba mientras le rompía la camisa pero ella no escuchaba lo que le decía. Sus manos palpaban hacia atrás, desesperadamente. Encontró un pedazo de riel, un hierro duro. El dolor la obligó a gritar: Tolosa le estaba retorciendo un pecho. Y cuando la cabeza del juez se zambulló para clavarle los dientes levantó el riel y se lo descargó encima.

Aprovechó el segundo en que la soltó atontado para empujarlo y ponerse de pie. De una chapa apoyada contra la pared, en el otro extremo de la casilla, colgaba el saco de Vittorio. Pero Tolosa se había recuperado y se levantaba tocándose la cabeza.

—Te voy a matar —le avisó.

Otra vez el miedo. Dina se quedó quieta.

—Te voy a matar. Iba a llevarte conmigo pero después de esto estás sentenciada. Te voy a matar. Matar a una puta judía no es delito. *La ley* quiere que te mueras.

La ley quería y ahí estaba ella. El juez la olía, olía su terror y sonrió, lamentó haber dejado la pistola en su chaqueta de cuero pero supo que no iba a precisarla. No sentía el dolor del golpe que había recibido, sentía la delicia del miedo de Dina, la proximidad del cuerpo de Dina que en segundos estaría domado y abierto, sentía el cuello de Dina que iba a quebrar con sus manos. Avanzó. Ella lo esperaba hipnotizada. Él volvió a hablar para paladear un poco más el efecto de su voz en esos ojos celestes abiertos, fijos:

—Sentenciada a muerte por la ley. Así, quietita como una puta judía obediente. A nadie le importa que se muera una puta.

¿A nadie? Algo se rompió, algo como las cuerdas gruesas, como la tierra fría contra la que la empujaron en el bosque, y por esa rajadura Dina se escurrió de pronto y miró desesperada a su alrededor, buscando un objeto contundente. Casi sin verlo lo recogió del piso, lo tuvo en la mano: un bulón de ferrocarril. Tenía buena puntería, lo sabía, y tiró con todas sus fuerzas, un poco más arriba de la sonrisa del juez que no había alcanzado a borrarse del todo. La distancia era demasiado corta, el bulón pegó en la frente con toda la fuerza. El juez se derrumbó sobre la manta tapándose la cara con un grito.

Dina corrió hasta el saco de Vittorio y encontró la pistola. Julián le había dicho. Qué le había dicho. El seguro. Sacó el seguro. Miró al juez: se estaba incorporando trabajosamente.

—¿*Vos* vas a usar eso, Dina?

Sonreía otra vez. La había llamado por su nombre. Dina se estremeció. Pocas veces él la había llamado por su nombre. Una fue cuando después de atarla como siempre, no sólo no la golpeó, sino que la penetró dulcemente y se quedó mirándola largo rato.

—Dina —repitió Tolosa—. Dina, no hay caso. Vos no vas a usar un arma.

Avanzó hacia él, examinando la mirada gris, comparándola con las otras que le conocía. De pronto *lo vio*: tenía miedo. Detrás de la compostura que conseguía guardar pese al gran chichón en la frente y al estado de su ropa, el juez tenía miedo. Y no era la primera vez. Vivía aterrado, vivía disfrazando su terror. No era el Ángel del Mal pero tampoco un humano monstruoso. *Era apenas un fraude.* Registró que su mano se relajaba, que el arma empezaba a apuntar hacia el piso. La levantó. Porque ese fraude, ese impostor, era su enemigo. Un enemigo demasiado pobre y débil por el que no valía la pena inmolarse.

Entonces dictó sentencia.

No le tembló la mano. Apuntó fríamente. Creyó que iba a caerse sentada por el impacto pero descubrió que estaba firme y de pie, volvió a apretar, y a apretar, y a apretar. Cuando el cargador estuvo vacío escuchó de pronto todo, como si regresara en un eco: cada estampido (exactamente cuatro), los gritos de él (que ya habían cesado). Ahora no sonaba nada. Sonaba el silencio. Aturdía. El juez tenía los ojos abiertos, estaba completa, definitivamente muerto.

El viento golpeaba las paredes de la casilla. Ya no había sonido humano alrededor. Dina abrió la puerta, salió y dejó que la tierra la azotara. Se arrodilló y vomitó. Miró el cielo: se había nublado. Le pareció que entre las nubes iba a caer un rayo.

—¡Vittorio! —llamó, gritó— ¡Vittorio!

Porque había un sonido humano: saltos veloces que rebotaban en la tierra.

—¡Dina!

Era el Loco, llegaba corriendo y la miraba, pálido.

V

No estaba dispuesto a ayudar a ese italiano paranoico a que se fuera con la chica, que quedara claro. Pero como no había otra posada en el pueblo, nada más lógico que seguir al juez hasta allá. Si se había quedado fuera de la posada, dándole tiempo a Tolosa para que ocupara su pieza, no era porque quisiera vigilarlo sino porque prefería no tener que soportar otra charla con el monstruo. Y haber tomado discretamente, después de que Tolosa se instaló, su propia habitación, fue inevitable: no pensaba dormir a la intemperie la única noche en que pernoctaría en Huahuel Niyeu.

La misma indiecita analfabeta que seguro acababa de atender al juez lo llevó a su habitación, que sólo por azar fue exactamente la de al lado del monstruo. Lo sospechó cuando escuchó que la puerta contigua se abría y se cerraba; tuvo un mal pálpito: ¿y si era Tolosa? ¿Salía ya tan pronto, tan recién llegado?

Se dijo que no era asunto suyo y trató de leer el libro que había traído, pero se desconcentraba en cada página. Finalmente no pudo más y salió al viento de la calle. No era por el italianito paranoico, no, era por Dina, exclusivamente por ella. Su pálpito era correcto. Vio avanzar por la vereda vacía, bastante lejos, la inconfundible silueta del juez, su ropa absurda de ciudad. Se puso a seguirla, estaba mucho más adelante pero el Loco tenía buena vista y caminaba rápido. Cruzando la calle vio tres personas que marchaban aún más lejos. ¿No tenía una el saco de cuero y la gorra de Vittorio? ¿No podía ser de Dina esa cabeza clara y descubierta? Los siguió, siempre a distancia, tolerando el viento. Después de todo era un romántico incurable.

Los vio cruzar la vía, la cruzó él también; después el polvo le hizo arder los ojos y tuvo que cerrarlos. Cuando los abrió ya no estaban. Se detuvo desorientado, probó otras direcciones. Todo era igual ahí, una huella se encimaba con otras y, salvo una meseta, no había punto de referencia posible. Llegó a la meseta y empezó a treparla, desde arriba tendría buena perspectiva. No fue rápido subir, pero valió la pena: vio la casilla, vio ya demasiado lejos a Vittorio que caminaba de espaldas a él, en dirección al pueblo. De pronto descubrió al juez en la puerta de la casilla, lo vio justo cuando la pateaba y desaparecía adentro. Se le paralizó el corazón.

Había otro hombre con ellos. ¿Estaría adentro, con Dina? El juez tenía un arma, eso le había dicho. Vittorio también, pero se había ido. Empezó a bajar a toda la velocidad posible, no era suficiente. Pero había mucha piedra suelta, la pendiente era empinada. Resbaló algunas veces, se abrió las manos con los raspones, se levantó, siguió bajando. Casi llegaba cuando escuchó un estampido tras otro. Corrió enloquecido, patinó otra vez pero volvió a correr. El juez estaba matando a Dina, le estaba vaciando el cargador.

La encontró afuera, arrodillada, con la camisa desgarrada y un moretón en un pecho. La abrazó. Olía a vómito, a pólvora, a muerte, pero no le importó. La dejó llorar en su hombro por segunda vez. La esperó mientras ella decía palabras incomprensibles, sacó un pañuelo sucio para limpiarle los mocos marrones por la tierra y le acarició el pelo áspero de polvo hasta que ella empezó a calmarse, a hablar en castellano:

—Lo maté —decía, repetía—. Lo maté.

Quiso llevarla a la casilla porque el viento era insoportable, pero ella se resistió. Hasta que lo miró fijo, con la cara roñosa y unos ojos celestes inmensos, salvajes, que el Loco nunca había visto en su vida.

—Vení —dijo ella—. Entramos y vos ves. Está muerto. Vení. Yo muestro.

Lo tomó de la mano con su mano helada. Y lo llevó adentro. Didáctica, le señaló el cuerpo extenso, el charco de sangre, los ojos asombrados, los labios entreabiertos. Vaya a saber qué había querido decir el hombre cuando empezó a recibir las balas, pensó el Loco; probablemente nada memorable.

Se sacó la camisa y se la dio a Dina para que se cubriera los pechos, porque ella se los había mirado incómoda, como si de pronto recordara su aspecto. Aceptó, se puso la camisa nueva y de la rota cortó un pedazo de tela que mojó en un bidón de agua, se limpió la boca, y la cara; hizo unos buches y escupió afuera, trató de ordenarse un poco el pelo con las manos. Después se quedó callada, sentada sobre el piso de tierra, por momentos frunciendo el ceño y estremeciéndose.

De pronto levantó la cabeza y miró al Loco. Tenía los ojos llenos de lágrimas.

—Fue en defensa propia —dijo él—. Tenías derecho. Hiciste bien.

—Derecho —repitió ella con una voz extraña—. Bien.

Buscó la mano de él, la apretó, le sonrió con tristeza. Qué fría estaba su mano.

Cuando Vittorio y Otto llegaron a caballo, largo rato después (habían conseguido víveres, agua y animales pero no baqueano), Dina y el Loco seguían sentados en el suelo, de la mano, mirando al muerto.

VI

Vittorio no dejaba de abrazar a Dina, de besarla en la sien como si tuviera miedo de que se le muriera si dejaba de tocarla. El peligro había terminado pero él no lo creía. Ella había hecho lo que había hecho. ¿Era verdad?

Otto sonreía: había visto muchos compañeros muertos. Ver a uno del otro bando no era desagradable. Los otros estaban demasiado alterados como para decir algo práctico pero él no:

—Hay que deshacerse del cuerpo rápido, lo van a buscar.

—Espere un momento —dijo el Loco súbitamente iluminado—. ¿Quién lo va a buscar?

Lo miraron interrogantes.

—Ya les dije: bajó del tren, entró a la posada, tomó el cuarto y vino para acá. Y en el cuarto no dejó sus datos, lo sé porque yo entré minutos después y me atendió una india y me dijo que el patrón no estaba, que cuando estuviera iba a registrar a los que habíamos llegado en el tren. Entonces, no hay nada escrito. ¿Quién sabe que él es el que está acá?

—Es verdad —dijo el alemán—. Si iba a ir a la policía, no tuvo tiempo. Eso quiere decir que a ustedes ahora tampoco los busca nadie acá. Y quiere decir que tienen dónde dormir esta noche: en la posada.

—Es una locura —dijo Vittorio—. La india sabe que fue Tolosa el que alquiló el cuarto.

—Lo bueno de Huahuel Niyeu, joven, es que con tan poca gente todos sabemos de la vida de todos —sonrió Otto—. La india se llama María y trabaja en la posada solamente de mañana. Y el dueño, don Alí, vuelve al mediodía de la chacra. Ustedes llegan pasado el mediodía, yo les aviso cuando María se haya ido. Don Alí espera a un hombre y a un hombre va a ver: Vittorio, que le dice que había dejado a su mujer en la sala de espera de señoras de la estación, mientras él buscaba alojamiento, y que seguirán viaje al día siguiente muy temprano. Don Alí no tiene cómo saber que no es el mismo huésped que recibió María, y que ella no haya entendido no es raro, no siempre entiende bien el castellano. Además usted, Vittorio, que habla tan bien castellano, puede exagerar su acento italiano y empeorar el idioma para que sea más creíble la mala comunicación entre los dos. Lo importante es que partan muy temprano a la mañana, antes de que María llegue. Lleven todo el equipaje de este tipo, no dejen nada que delate su presencia.

—¡Perfecto! —se entusiasmó el Loco— El doctor Leandro Tolosa nunca llegó a Huahuel Niyeu. Una basura menos en el Poder Judicial. ¡Va a ser divertido cuando lo empiecen a extrañar en Buenos Aires! Ahí sí tal vez lo rastreen y concluyan que se perdió en la Patagonia, a lo mejor hasta descubren que bajó acá del tren, pero no van a poder seguir su rastro, lo más probable es que lo den por extraviado en el desierto o en la cordillera. Y ahora, señores y señora, lo que hay que pensar es cómo nos deshacemos del cadáver.

Hacía mucho tiempo que el Loco quería escribir una novela donde alguien dijera esa frase. Nunca había creído que iba a pronunciarla en serio, en la vida real. Estaba ahí, unido a esos hombres justos a través de esa mujer increíble. Estaba feliz, feliz fuera de la ley. Le sonrió a Dina, radiante; la sonrisa triste que ella le devolvió lo hizo mirar el cadáver, los ojos abiertos que nadie se había ocupado de cerrar: la sangre ya estaba seca. Se encogió de hombros, pensó en la sirvientita violada que se pudría en la cárcel por decisión del que ahora estaba muerto, recordó la expectativa y la impotencia con la que había cubierto el caso, la prudencia de Botana ("vea, Loco, tampoco podemos defenderla, la gente no perdona que se mate a los hijos"). Cadena perpetua a la violada embarazada, a la casi adolescente que parió a escondidas como una perra, sin saber del todo bien lo que estaba pasando, preguntándose todavía cómo su vida había llegado a ese punto en que todo su cuerpo se le partía por segunda vez en dos, para hacer salir algo que le habían entrado por la fuerza, libertad al hijo del patrón, cadena perpetua a la asesina. Miró otra vez a Dina y otra vez le hizo una sonrisa radiante, luminosa, que quería confrontar con su tristeza. Repitió con voz firme:

—Eso es lo que hay que pensar: cómo nos deshacemos del cadáver de este hijo de la remil puta, de este pedazo de mierda.

Los otros lo estaban mirando. Esperaban que siguiera.

—Bueno —dijo con su tono más modesto—, debo confesar que algo he estudiado yo, preparándome para situaciones como éstas, de justicia social... Este... hay algunos métodos que puedo sugerir: el ácido nítrico puede servir. ¿Dónde habrá ácido nítrico? A ver, Otto, le pregunto a usted: fábricas de armamento no hay por acá, supongo, pero tal vez regresando en el tren a Carmen de Patagones encontremos una fábrica textil. Podemos traerlo. El ácido nítrico se utiliza en la fabricación de anilinas para el teñido de telas... No. Ya sé. Es complicado... ¡Ya sé! Un horno, un horno de 500 grados, con esa temperatura se carbonizan los huesos...

—Mi amigo —dijo gentilmente Otto—, muy interesante lo que dice usted, pero acá dando la vuelta a la meseta hay una calera. Esperamos la noche por las dudas, montamos los caballos y lo tiramos ahí. Desnudo. No va a quedar nada.

VII

Los hombres querían hacerlo solos pero Dina insistió en acompañarlos. Lo vio hundirse en el líquido blanco y pensó que no había que ser juez para hacer justicia. Descubrió sus puños apretados cuando una mano le tomó uno y empezó a aflojarle cada dedo. Era Vittorio.

—No hay que ser juez para hacer justicia —le dijo Vittorio. Pensaban al unísono.

Después tomaron mate y compartieron una sopa suculenta en el rancho del alemán. Como si nada hubiera pasado, como viejos amigos del café, los varones se habían enfrascado en una entusiasta conversación teórica sobre la acción directa como propaganda política y la justicia de los oprimidos. Dina los seguía a medias, miraba las brasas debajo del caldero de hierro, conviviendo con el retumbar de los cuatro estampidos que continuaban sonando y repasando mentalmente la nueva situación. Porque terminaba algo terrible y empezaba otra cosa. No iba a olvidarse, no quería olvidarse.

—Qué pena que se van mañana —dijo de pronto Otto—. Con su coraje, señorita, y con hombres como ustedes dos, con la formación cultural del compañero —señaló al Loco, que sonrió encantado—, podríamos hacer muchas cosas. ¡Daríamos cada batalla! Loco, ¿no quiere usted quedarse conmigo? Siempre necesitan gente en el ferrocarril y hay mucho descontento, podemos empezar a reorganizar el sindicato.

—Gracias —contestó el Loco conmovido—. Pero vea, yo sirvo

para escribir, no crea que soy bueno para la acción práctica. Y no sabría vivir fuera de Buenos Aires, si no camino en un laberinto de paredes me pierdo, acá hay demasiado espacio. Además, no me gusta mucho trabajar. En Buenos Aires, por lo menos, me pagan por escribir.

—Ah —dijo Otto respetuosamente—, eso sí. Escribir es sagrado. Bueno, cada uno a su función, entonces. Yo voy a seguir acá, ya veré cómo sigo dando dolores de cabeza a los explotadores. Usted se va en el tren y ustedes tienen que desaparecer de acá mañana sin falta, por las dudas.

—¿Nos vamos mañana? ¿*Ma* quién nos va a guiar? —preguntó Vittorio— El baqueano que usted conoce está de viaje. Salir solos al desierto es un gran peligro.

El Loco sacó un papel arrugado de su pantalón.

—Calixto Piyén —leyó triunfante.

—¡Calixto! —exclamó Otto— ¡Es el mejor! Pero no va a querer, él no lleva a cualquiera y no se mete en política. Anda diciendo disparates sobre un lago de oro...

—Sí va a querer —dijo el Loco—. Va a querer porque yo sé en nombre de quién pedírselo. ¿Sabe dónde vive? ¿Me acompaña ahora, aunque lo despertemos?

VIII

A las siete de la mañana del miércoles 22 de octubre de 1927, Vittorio, Dina y Calixto Piyén pasaron a caballo por la casa de Otto. La pareja se había dado un baño y había dormido algunas horas en la posada. Allí levantaron todas las pertenencias del juez, incluyendo sus documentos, que quemarían en cuanto se alejaran, municiones y la pistola que encontraron en su carísimo saco de cuero forrado en piel.

Finalmente el Loco había preferido dormir en casa de Otto. Se despertó ansioso en cuanto oyó acercarse los caballos. La despedida fue breve: Vittorio le entregó el dinero que llevaba el juez. Ellos tenían plata; en cambio, por lo que había contado el Loco, era probable que no tuviera trabajo cuando regresara a Buenos Aires. Dejaron otras cosas: ropa abrigada para Otto y un rebenque con mango de plata que Dina no quería ni tocar y según Otto llamaba demasiado la atención. Vería si un herrero amigo le fundía el mango, de algún modo iba a aprovechar la plata. Y la ropa la iba a transformar, para que no pudiera ser reconocida.

Primero se estrecharon las manos pero después se abrazaron. Otto entró en la casa y dejó a los tres solos.

—Loco, tengo que pedirle perdón —dijo Vittorio.

—¿Vio que sin mí no protegía a la piba?

—Si le admito eso, usted es capaz de seguirnos. Aunque a lo mejor es lo más seguro. Si no, capaz que vuelve y alcahuetea toda la historia. Nunca se puede confiar en los intelectuales.

—¡Ah, no, gracias! Va a tener que confiar porque yo con ustedes no sigo. Mucha mujer, mucho carácter. Me da miedo. Más vale no me la enoje, ¿eh? ¡Sea prudente!

Se midieron con los ojos.

—Cuidala, Vittorio —murmuró de pronto el Loco—. Cuidámela mucho a la piba.

—Con toda mi vida, te lo juro.

—No preocupés, Loco, él cuida bien, de verdad.

—Espero, Dina, que por lo menos compres una novela mía cuando la veas en alguna librería de donde sea que estés.

—Yo voy a comprar y yo voy a acordar de vos donde yo estea.

Se abrazaron. Después ella lo miró sonriendo:

—Loco no es alcuahueto —dijo. Y lo besó en los labios.

IX

—No enojo, ¿eh? Dijimos no enojo. Se merecía beso.

Vittorio meneó la cabeza, resignado. Tenía que aceptarlo: los anarquistas no podían aferrarse a la propiedad privada.

Calixto azuzó los caballos. El viento los despeinaba. Dina miró a Vittorio: estaba hermoso, tan joven, el pelo crecido ondeando, erguido en la montura. El viento seguía como el día anterior, seguiría. Cabalgando, sintiéndolo en la cara, miró la tierra árida y recordó el campo tan verde de Polonia. Todavía divisaba la meseta detrás de la cual había quedado, desintegrándose, el cuerpo de Tolosa: si la patria era el lugar donde se había nacido, ésa era su patria. Nadie se la había prometido y estaba por dejarla para siempre. Pero así era la historia de su pueblo y así era también su propia historia: lo que valía la pena era la diáspora, lo que valía la pena era el presente.

EPÍLOGO

Botana no quiso saber nada con el sumario de notas que le presentó el Loco Godofredo.

—El desierto, el tren, la Patagonia, el sobreviviente de la masacre del 21... —rezongó— Se va a buscar a una mujer y vuelve dando clases de geografía humana.

Además lo echó del diario, por supuesto. Pero como en el fondo era un sentimental (así le dijo), no lo hizo pasar por despido motivado, sin indemnización, sino que lo convenció gentilmente de presentar la renuncia a cambio de un contacto con otro diario que, para su desgracia, estaba por salir el año siguiente en Buenos Aires. La primera novela del Loco había tenido un éxito considerable. Botana no se encargó personalmente de recomendarlo a la competencia, pero sí de que otros lo recomendaran con entusiasmo, y no tanto como periodista sino como escritor (después de todo, para periodista no servía: en primer lugar y aunque él no lo creyera, le faltaba cinismo a raudales, pero además era indisciplinado, delirante y torturaba a los correctores con sus faltas de ortografía). Así que el Loco no entró al otro diario como oscuro cronista de policiales sino como escritor y periodista estrella, con un sueldo mucho mejor que el que tenía, cobrando por escribir un solo artículo por día, artículo que debía ser más bien literario y captar cada vez el alma de la ciudad.

Fue mejor así, porque el Loco le había dado a Otto casi todo el dinero que llevaba el juez Tolosa (Otto iba a usarlo para poner una imprenta y empezar una publicación revolucionaria dirigida a los obreros del ferrocarril). Afortunadamente el nuevo sueldo en el diario flamante fue central para renegociar con Irene la resignación, ya que no el perdón (que por otro lado no le interesaba en absoluto) y así le fueron reabiertas las puertas del hogar familiar. Poco tiempo después vino una discreta separación y sobre todo una tuberculosis que envió a su esposa al apacible clima de Córdoba, junto con su hija, y dejó al Loco en un estado bastante parecido a la calma melancólica, aunque tampoco tanto.

En cuanto al malhadado Hersch Grosfeld, se esforzó como pudo para pagar el préstamo a la Mutual ¡y lo logró! En el prostíbulo se mantuvo el horario extendido y Brania hizo horas extras en el local de su amigo Menajem, como pupila. No obstante todo el esfuerzo fue en vano porque pocos años después, a fines de mayo de 1930, la Mutual recientemente rebautizada *Zwi Migdal* fue allanada, el burdel clausurado por la policía y Grosfeld cayó preso, igual que todos los rufianes de la ex *Varsovia* que no alcanzaron a escapar.

Por primera vez la denuncia de una pupila había prosperado. Por primera vez la insistencia de un comisario enemigo de la *Varsovia*, Julio Alsogaray, uno de los pocos a los que la Mutual nunca había logrado sobornar, había dado frutos. Fugada y vuelta a atrapar, protegida y alentada por el comisario Alsogaray, la pupila Raquel Liberman se había presentado valientemente ante la ley para exigir protección y devolución de joyas y bienes obtenidos con su duro tabajo. No era el primer caso (aunque tampoco hubo muchos) pero la combinación un tanto insólita entre un comisario honesto, una prostituta con coraje y particulares condiciones políticas volvieron posible lo imposible: la Mutual cayó.

Como había anticipado la segunda novela del Loco, que andaba teniendo mucho éxito por esos días en Buenos Aires, un golpe militar con simpatías fascistas había volteado en ese 1930 al gobierno democrático de Hipólito Yrigoyen. El general Uriburu iniciaba su campaña de limpieza moral, la reimplantación de los valores patricios contra la corrupción de la clase media, y con la ayuda de Dios Nuestro Señor, nada mejor para eso que mostrarse implacable con los judíos. Si Buenos Aires era sinónimo de perdición de muchachas inocentes, de tráfico clandestino y corrupción, no era porque la prostitución fuera el mejor negocio legal de cada Concejo Deliberante, de cada municipio, ni porque desde los jueces hasta la policía, pasando por políticos y médicos, miles de señores de distintos sectores del poder recibieran suculentas coimas; tampoco por la poderosa cadena internacional que manejaban los franceses y de la que los patricios se servían, ni por la entusiasta demanda de mujeres con las que hombres de todas las clases sociales lograban preservar para sus negocios la virginidad de sus novias, hijas y hermanas. Si Buenos Aires era sinónimo de perdición de muchachas inocentes, la culpa era de la *Zwi Migdal*, de los judíos.

Así que cada uno de los socios de la siniestra *Zwi Migdal* fue acusado de asociación ilícita, el imponente palacio de mármol de la avenida Córdoba fue allanado y el pobre Hersch Grosfeld tuvo que confirmarse amargamente que no había nacido para triunfar. Estuvo en prisión largos meses, recibiendo las visitas angustiadas de la fiel Brania, que soportaba horas de cola en la vereda de la cárcel, sus piernas varicosas, prematuramente envejecidas y el ardor de la vulva (los herpes la volvían loca); cada vez Brania le llevaba un exquisito *gefilte fish* especialmente preparado para Hersch, envuelto con prolijidad en un paquetito que los guardacárceles rompían sin piedad en la revisación.

Y de pronto, de un día para el otro, cuando parecía que todo se solucionaba como siempre y Brania ya planeaba el mamón con *farfelej* (el plato favorito de Hersch) para recibirlo, el general Uriburu invocó el estado de sitio, pero esta vez no para encerrar y torturar presos políticos sino para poner a todos los cafishios judíos a disposición del Poder Ejecutivo. Es que la venal Corte Suprema, que también integraba el padre de la viuda del juez Leandro Tolosa (distinguido militante de la Liga Patriótica, misteriosamente desaparecido sin dejar rastro en las tierras salvajes del desierto, en cumplimiento del deber), acababa de liberar a los acusados. Afirmaba la Suprema Corte, haciendo gala de un refinado sentido de justicia, que estaba probado que todos los socios de la Mutual se dedicaban a la explotación de mujeres (recordemos que era legal gestionar el desagradable pero socialmente necesario negocio de la prostitución, pero de ninguna manera eso significaba explotar a las mujeres), que estaba probado también que todos las mantenían en la esclavitud, pero no estaba de ninguna manera probado que la Mutual se hubiera armado para fines ilegales, más bien era evidente que se había fundado para el bien común de sus integrantes, ejerciendo un derecho garantizado por la Constitución Argentina. Por lo tanto, la Corte Suprema no hacía lugar al cargo de asociación ilícita, que era el único por el cual estaba denunciada la Mutual *Zwi Migdal*, ex *Varsovia*.

Así que Brania tuvo que seguir haciendo cola dos veces por semana, ahora para un preso a disposición del Poder Ejecutivo, hasta que por fin su hombre pudo embarcarse rumbo a Montevideo, y entonces se embarcó ella también. Fue por eso que no estuvo en Buenos Aires para recibir la carta de Dina y evitar que volviera al remitente, y tampoco hubo ninguna otra persona en la casa de la calle Loria, pues estaba transitoriamente vacía; su propietario andaba buscando otro rufián interesado en poner un burdel (no le llevó mucho tiempo encontrarlo).

No hubiera habido modo de que la carta dirigida a Rosa Divinsk fuera abierta en Buenos Aires, empezando porque su destinataria estaba encerrada en el sifilicomio, con la infección ya muy avanzada, y jamás supo que había llegado. Nadie pudo atender al cartero cuando se paró frente a la puerta, nadie pudo saber que la carta existía. El sobre volvió a su remitente: la ciudad de Los Ángeles, en California, y no se conoció nunca qué decía. Lo supieron Dina y muchos años después su hija, Vittoria, porque cuando Dina recibió el sobre de nuevo, sucio de sellos oscuros que indicaban que había bajado medio planeta para treparlo después, otra vez, por el océano, entendió que no había modo de sacar a nadie del infierno, a nadie que no hubiera decidido antes o al mismo tiempo salir solo. No había más puentes que los de su memoria. Entonces guardó la carta. Su hija tenía ahora dos años pero después iba a saber todo. No iba a haber secretos.

Buenos Aires, diciembre de 2005

AGRADECIMIENTOS

A Vicky Bustos Madrid, que hizo con entusiasmo la primera investigación histórica; a María Inés Alonso y Miguel Ángel Taroncher por los primeros materiales. A José Pinyol, de la Biblioteca José Ingenieros, por el libro de Albert Londres, los documentos, las ganas de ayudar.

A Mauro Sztajnszrajber por los aportes, los contactos y sobre todo el compromiso. Al fiscal Marcelo Sendot y los doctores Raúl Sorracco y Roxana Catalano, de la UFIS de San Martín, porque me permitieron entender que, en materia de trata de blancas, entre 1927 y el siglo XXI cambiaron pocas cosas.

A Fernando Fagnani, mi editor, por la contención, el respeto, las estupendas ideas, los aportes bibliográficos, el seguimiento y sobre todo la espera.

A Ignacio Apolo, por los comentarios al primer esbozo argumental. A Caty Galdeano y Juan Pedro Savoie por las lecturas parciales. A Isabel Dujovne, por sus aportes psicoanalíticos.

A Alejandro Lastiesas, coordinador de la Fundación Metrogas, por su asesoramiento sobre el uso del gas en los hogares de la década del 20 y la energía eléctrica.

A Pablo Ramos, con quien trabajé capítulos de la novela en un intercambio memorable.

A Ana María Shua, porque me planteó el problema del idioma, me hizo conocer *Pu pu pu*, el libro de Graciela Lewitan de Eidelsztein, y me hizo leer *Las polacas* de Patricia Suárez.

A mi papá Simón Drucaroff, por sus preciosas sugerencias sobre el ídish, los nombres, las tradiciones, la detenida lectura del original y el título.

331

A Francisco Wichter, por su memoria de la Polonia antisemita en la que él y Dina se criaron; a Enrique Wichter, por su voluntad y sus contactos. A la señora Eugenia Panasoff de Taich, por sus valiosos recuerdos.

A Annamaría Muchnik porque siempre conoce a quien puede ayudarme y me lo dice; a Liliana Isod por el asesoramiento alrededor del nombre Zwi Migdal.

A Gabriel Guralnik y la Fundación Ciudad de Arena, por la invitación a viajar en el Tren Patagónico, experiencia sin la cual esta novela hubiera sido muy diferente. A Hugo Salas, por la infraestructura.

A Daniela Allerbon, Diego Rojas, Eduardo Muslip y Ariel Bermani por las lecturas cuidadosas y críticas de la primera versión de esta novela.

A Herminia Copa, porque hace en mi casa el trabajo que yo no hago, y me permite ejercer este oficio.

A Alejandro Horowicz, por la escucha, el amor, el diálogo, las lecturas, la solidaridad.

A Iván Horowicz, por acompañar, apoyar y también aguantar el trabajo de su mamá.

ÍNDICE

Capítulo 1
Vas a terminar en Buenos Aires 11

Capítulo 2
El camino a Buenos Aires 35

Capítulo 3
Gajes de un oficio 54

Capítulo 4
El remate 90

Capítulo 5
Ciertos clientes siempre tienen razón 114

Capítulo 6
Vittorio 132

Capítulo 7
El amor Loco 147

Capítulo 8
Acción directa 179

Capítulo 9
Una unión muy peligrosa 211

Capítulo 10
La persecución 253

Capítulo 11
El tren 284

Capítulo 12
   En el desierto 310

Epílogo 327
Agradecimientos 331

Composición de originales
G&A Publicidad / División Publishing

Esta edición de 3.000 ejemplares
se terminó de imprimir en
Encuadernación Araoz S.R.L.,
Avda. San Martín 1265, Ramos Mejía, Bs. As.,
en el mes de febrero de 2006.